JOURNAL
D'UN
VAMPIRE

L.J. SMITH

JOURNAL D'UN VAMPIRE

TOME 3

Traduit de l'anglais (États-Unis)
par Maud Desurvire

hachette

L'édition originale de cet ouvrage a paru en langue anglaise chez Harper Teen,
an imprint of HarperCollins Publishers, sous le titre :

The Vampire Diaries : The Return : Nightfall

© 2009 by L.J. Smith
© Hachette Livre, 2010, pour la traduction française.
Hachette Livre, 43 quai de Grenelle, 75015 Paris.

Pour Kathryn Jane Smith, ma mère, avec tout mon amour

PROLOGUE

Ste... Stefan ?

Elena était frustrée. Le mot avait beau résonner dans son esprit, elle n'arrivait pas à le prononcer correctement.

— *Stefan*, dit-il pour l'encourager.

Appuyé sur un coude, Stefan la regardait de ses yeux verts et lumineux comme des feuilles de printemps gorgées de soleil, des yeux qui lui faisaient presque toujours oublier ce qu'elle essayait de dire.

— Stefan, répéta-t-il. À toi, essaie de le dire, mon tendre amour.

Elena se tourna vers lui d'un air grave. Il était d'une beauté bouleversante avec ses traits pâles et ciselés, ses cheveux bruns tombant négligemment sur le front. Elle cherchait les mots pour exprimer tous les sentiments qui se bousculaient dans son esprit insoumis. Elle avait tant de choses à lui demander... et à lui dire. Mais, pour l'instant, aucun son ne sortait de sa bouche ; les mots s'enchevêtraient sur sa langue engourdie. Même la télépathie n'y faisait rien ; les images lui venaient par bribes.

Après tout, ce n'était que le septième jour de sa nouvelle vie.

Stefan lui avait raconté qu'à son réveil, lorsqu'elle était revenue de l'Autre Côté après être morte en tant que vampire, elle avait marché, parlé et fait toutes sortes de choses qu'elle semblait désormais avoir oubliées. Il ignorait pourquoi. Il n'avait jamais connu quelqu'un qui soit capable de revenir d'entre les morts, excepté les vampires. Elena en avait été un, mais ce n'était plus le cas.

Stefan s'était aussi réjoui du fait que, chaque jour, elle apprenait à la vitesse de l'éclair. De nouvelles images, de nouveaux mots que son esprit lui dictait. Bien qu'à certains moments la communication fût moins facile, il était persuadé qu'elle redeviendrait bientôt elle-même. Alors elle se comporterait comme l'adolescente qu'elle était réellement. Elle ne serait plus une enfant dans un corps d'adulte, telle que les esprits en avaient manifestement décidé : une enfant en devenir, posant un œil neuf et innocent sur le monde.

Elena trouvait que les esprits avaient été un peu injustes. Et si, entre-temps, Stefan rencontrait quelqu'un qui savait marcher, parler et même écrire ? Cette idée la tourmentait.

C'est pourquoi quelques jours plus tôt, lorsqu'il s'était levé en pleine nuit, Stefan avait découvert qu'elle n'était pas dans son lit. Il l'avait trouvée dans la salle de bains, fébrilement absorbée dans un journal, tentant de déchiffrer les gribouillis qu'elle savait autrefois reconnaître comme des mots. Des traces de larmes parsemaient la page. Les gribouillis n'avaient aucun sens pour elle.

— Mais pourquoi es-tu si pressée, mon amour ? Tu réapprendras à lire.

C'était avant qu'il n'aperçoive les morceaux du crayon, cassé d'avoir été serré trop fort, et les serviettes en papier soigneusement amassées dont elle s'était servie pour essayer de recopier les mots. Si elle réussissait à écrire, Stefan arrêterait peut-être de dormir dans son fauteuil et la prendrait dans ses bras sur le grand lit. Il ne la quitterait pas pour une fille plus âgée ou plus intelligente. Il comprendrait qu'elle était *adulte*.

Elle avait vu Stefan prendre lentement conscience de ce qu'elle ressentait et les larmes lui monter aux yeux. Mais il avait grandi avec l'idée qu'il n'avait pas le droit de pleurer, quoi qu'il arrive. Alors il lui avait tourné le dos, et il avait inspiré profondément pendant un long moment.

C'est ensuite qu'il l'avait prise dans ses bras et portée jusqu'au lit, dans sa chambre.

— Dis-moi ce que tu veux que je fasse, Elena, avait-il déclaré en la regardant dans les yeux. Même si c'est impossible, je le ferai, je te le jure. Parle-moi.

Tous les mots qu'elle voulait lui souffler étaient encore figés dans son esprit. Elle versa à nouveau quelques larmes, que Stefan essuya du bout des doigts comme s'il risquait d'abîmer une peinture inestimable par un contact trop brutal.

Elena leva la tête vers lui, ferma les yeux et pinça légèrement les lèvres dans l'attente d'un baiser. Mais…

— Tu as encore l'esprit d'un enfant pour l'instant, dit Stefan d'une voix tourmentée. Comment pourrais-je profiter de toi ?

Autrefois – dans leur ancienne vie –, ils avaient un code gestuel dont Elena se souvenait encore. Elle tapait doucement sous son menton, à l'endroit le plus tendre, une, deux, trois fois.

Ça signifiait qu'elle étouffait intérieurement. C'était signe qu'elle désirait quelque chose…

— Je ne peux pas… gémit doucement Stefan.

Tap, tap, tap…

— Tu n'es pas encore toi-même…

Tap, tap, tap…

— Écoute-moi, mon amour…

TAP ! TAP ! TAP ! Elle le fixa d'un regard suppliant. « *Je t'en prie, crois en moi, je ne suis pas complètement idiote. Écoute ce que je n'arrive pas à te dire ! » :* voilà ce qu'elle lui aurait dit si elle avait pu.

— Tu souffres terriblement, avait-il interprété, à la fois interdit et résigné. Si je…

Et soudain, d'un geste calme et assuré, Stefan avait pris le visage d'Elena entre ses mains, il l'avait levé doucement vers lui et elle avait senti les deux morsures, preuve incontestable qu'elle était bel et bien vivante.

Preuve aussi que Stefan l'aimait, elle et personne d'autre. Et elle avait pu enfin lui dire certaines choses. Mais seulement par petites exclamations – non pas de douleur, mais dans un halo d'étoiles et de lumières scintillant autour d'elle. Stefan s'était retrouvé incapable de s'exprimer. Frappé de mutisme à son tour.

Pour Elena, c'était un juste retour des choses. Depuis ce jour, il la serrait chaque nuit dans ses bras, pour son plus grand bonheur.

1.

Damon Salvatore était paresseusement allongé, en théorie porté par la branche d'un... d'un quoi, déjà ? Peu importe. De toute façon, qui s'intéressait au nom des arbres ? C'était assez haut pour lui permettre de regarder en douce dans la chambre de Caroline Forbes, au deuxième étage, et ça lui faisait un dossier confortable. Il se cala dans la fourche parfaite de deux branches, les mains croisées derrière la tête et une jambe joliment bottée pendue dans le vide, neuf mètres au-dessus du sol. Les yeux mi-clos face au spectacle, il était aussi à l'aise qu'un chat.

Il attendait que l'instant magique de 4 h 44 arrive, lorsque Caroline accomplirait son étrange rituel. Il l'avait déjà surprise deux fois, et ça le fascinait.

Mais, soudain, un moustique le piqua.

Ridicule ! Depuis quand les moustiques s'attaquaient-ils aux vampires ? Leur sang n'était pas nourrissant, pas comme celui des humains. Pourtant la sensation était la même, comme une toute petite piqûre dans la nuque.

Il jeta un œil dans son dos, humant le parfum de la nuit estivale autour de lui… Rien.

Sans doute une aiguille du conifère ; il n'y avait pas le moindre insecte volant ou rampant dans les parages.

Très bien. Dans ce cas, ça ne pouvait être que ça : une aiguille. Mais une aiguille sacrément pointue alors. Et la douleur ne diminuait pas, elle empirait.

Une abeille suicidaire, peut-être ? Damon se passa prudemment la main dans la nuque. Pas de venin, pas de piqûre. Juste une minuscule bosse spongieuse et désagréable.

Très vite, son attention fut rappelée vers la fenêtre de Caroline.

Sans trop savoir ce qui se passait, il perçut soudain cette force sourde qui enveloppait la jeune fille endormie comme un câble à haute tension. Cette vibration l'avait attiré ici plusieurs jours auparavant, mais, une fois sur les lieux, il n'avait pu en trouver la source.

4 h 40 sonnèrent et un réveil se déclencha. Caroline se réveilla et l'expédia à travers la chambre d'un revers de main.

« Petite veinarde, songea Damon d'un œil mauvais. Si j'étais un sale type au lieu d'un vampire, ta vertu – à supposer que tu l'aies encore – serait menacée. Heureusement pour toi, ça fait au moins cinq cents ans que j'ai dû renoncer à ce genre de plaisir. »

Damon eut un sourire éclatant qui dura un dixième de seconde avant de s'évanouir sous son regard noir et glacial. Il tourna de nouveau la tête vers la fenêtre ouverte.

Il avait toujours eu le sentiment que cet idiot de Stefan, son jeune frère, n'appréciait pas Caroline Forbes à sa juste valeur. Pourtant, la fille valait franchement le coup d'œil : de longs bras et de longues jambes dorés, une silhouette harmonieuse et des cheveux couleur bronze qui ondulaient en cascade autour de son visage. Sans parler de son esprit. Tordu, vengeur et malveillant par nature. Un régal. D'ailleurs, sauf erreur de sa part, elle était en ce moment même en train de manipuler des petites poupées vaudoues sur son bureau.

Fascinant.

Damon aimait voir la créativité à l'œuvre !

La mystérieuse force continuait de vibrer, mais il n'arrivait toujours pas à la localiser. Venait-elle… de la fille ? Sûrement pas.

Caroline empoigna un pan de tissu vert et soyeux, semblable à une toile d'araignée. Elle ôta son tee-shirt (presque trop vite pour l'œil du vampire) et se glissa dans un ensemble de lingerie qui lui donnait des airs de reine de la jungle. Elle fixa attentivement son reflet dans un miroir en pied.

« Qu'est-ce que tu attends comme ça, ma petite ? » se demanda Damon, tout en songeant qu'il ferait aussi bien de ne pas se faire remarquer.

Un sinistre battement d'ailes se fit entendre et une plume d'un noir d'ébène voltigea : un corbeau d'une taille exceptionnelle s'était perché dans l'arbre.

Damon observait la scène d'un œil luisant lorsque Caroline fit brusquement un pas en avant, comme si elle venait de recevoir une décharge électrique. La bouche ouverte, elle avait le regard fixé sur ce qui semblait être son propre reflet.

Elle le salua d'un sourire.

Damon pouvait désormais localiser avec précision la source de la force. Elle émanait du miroir ; son amplitude était certainement tout autre mais, pour l'instant, le miroir la contenait.

Caroline eut un comportement bizarre. Elle rejeta en

arrière ses longs cheveux, qui retombèrent dans un magnifique désordre dans son dos ; puis elle s'humecta les lèvres en souriant au miroir comme à un amant. Damon l'entendit parler distinctement.

— Merci, mais tu es en retard aujourd'hui.

Elle était toujours seule dans la chambre, et Damon ne perçut aucune réponse. Cependant, il remarqua que le mouvement des lèvres de la fille dans le miroir n'était pas synchronisé avec celui de la vraie Caroline.

« Bravo ! pensa-t-il, toujours prêt à apprécier une nouvelle ruse au détriment des humains. Qui que tu sois, c'est bien joué ! »

Lisant sur les lèvres de la fille du miroir, il saisit quelques mots comme *désolé* et *ma jolie*.

Curieux, il dressa l'oreille.

— … tu n'es pas obligée… après cette journée.

La vraie Caroline répondit d'une voix rauque :

— Et si jamais ils n'étaient pas dupes ?

— … t'aidera. Ne t'inquiète pas, repose-toi tranquillement, dit l'autre.

— OK. Mais personne ne sera blessé… *mortellement*, n'est-ce pas ? Après tout, il ne s'agit pas de les tuer.

— Bien sûr que non…

Damon sourit intérieurement. Combien de fois avait-il entendu ce genre de conversation ? Chasseur lui-même, il connaissait le truc : d'abord on appâte la proie, ensuite on la rassure, puis, avant qu'elle n'ait le temps de dire ouf, on la manipule à sa guise… jusqu'à ce qu'on n'en ait plus besoin.

« Alors vient l'heure d'une nouvelle proie », conclut silencieusement Damon, ses yeux noirs brillant de convoitise.

Caroline se tordait les mains sur les cuisses.

— Tant que tu es vraiment… enfin, tu sais. Ce que tu as promis. Tu étais sincère quand tu disais m'aimer ?

— … fais-moi confiance. Je m'occuperai de toi… et de tes ennemis aussi. D'ailleurs, j'ai déjà commencé…

Soudain, Caroline s'étira ; les garçons du lycée Robert E. Lee auraient payé cher pour la voir dans cette posture.

— Parfait, répondit-elle. J'en ai vraiment marre d'entendre parler d'Elena par-ci et de Stefan par-là… Dire que tout ça va recommencer !

Brusquement elle s'interrompit, comme si on lui avait raccroché au nez au téléphone et qu'elle venait seulement de s'en rendre compte. Elle plissa les yeux, les lèvres pincées. Puis, lentement, elle se détendit. Sans quitter le miroir des yeux, elle leva une main et la posa doucement sur son ventre. Elle fixa son image. Ses traits semblèrent s'adoucir peu à peu, dans un mélange confus d'appréhension et de désir.

Damon n'avait pas lâché le miroir un seul instant. *Là era !* Au dernier moment, juste quand Caroline se retourna : un éclair rouge.

Des flammes ?

« Qu'est-ce que c'est que ça ? » pensa-t-il avec indolence en voltigeant ; le corbeau au plumage chatoyant se transforma pour laisser réapparaître le superbe jeune homme qu'il était, allongé nonchalamment sur une branche haute de l'arbre. La créature du miroir n'était pas de Fell's Church, c'était certain. Mais elle semblait vouloir s'en prendre à son frère et, à cette idée, un frêle quoique magnifique sourire effleura les lèvres de Damon.

Ah, Stefan et ses *« je vaux mieux que toi parce que je ne bois pas de sang humain »* ! Damon adorait plus que tout voir ce prétentieux moralisateur s'attirer des ennuis.

Les jeunes de Fell's Church, ainsi que certains adultes,

considéraient la légende de Stefan Salvatore et Elena Gilbert, la pin-up locale, comme une version moderne de Roméo et Juliette. Elle avait donné sa vie pour sauver celle de Stefan quand ils s'étaient tous les deux fait capturer par un détraqué, et il était mort de chagrin. On chuchotait même que Stefan n'était pas vraiment humain... qu'il était quelque chose d'autre. Un amant démoniaque qu'Elena avait défendu en mourant.

Damon connaissait la vérité. Stefan était bel et bien mort – c'était déjà le cas depuis des centaines d'années. Et, effectivement, c'était un vampire, mais de là à le qualifier de démon : autant dire que la fée Clochette était armée et dangereuse.

De son côté, Caroline continuait à parler toute seule.

« Vous allez voir », chuchota-t-elle en approchant de la pile désordonnée de papiers et de livres qui jonchait son bureau.

Elle fouilla dans le tas jusqu'à ce qu'elle trouve une caméra miniature munie d'un voyant vert, brillant comme un œil impassible. Elle connecta délicatement l'appareil à son ordinateur et tapa un mot de passe.

Doté d'une vue bien meilleure que celle d'un humain, Damon vit distinctement ses doigts cuivrés aux ongles longs et vernis s'agiter sur le clavier : CFVAINCRA. « Caroline Forbes vaincra », en déduisit-il.

Pitoyable !

Mais, lorsqu'elle se retourna, il vit les larmes lui monter aux yeux. Tout à coup, Caroline se mit à sangloter.

Elle s'assit lourdement sur le lit, se balançant d'avant en arrière et frappant de temps à autre le matelas de son poing serré mais, surtout, sans s'arrêter de pleurer.

D'abord très surpris, Damon céda à l'indifférence.

— Caroline... murmura-t-il. Caroline, je peux entrer ?

— Quoi... qui est là ?! s'écria-t-elle en regardant autour d'elle, affolée.

— C'est moi, Damon. Je peux entrer ?

D'une voix suintant de fausse compassion, il commença à manipuler son esprit.

Tous les vampires avaient ce pouvoir sur les mortels. Son ampleur dépendait de plusieurs choses : l'alimentation du vampire (le sang humain était de loin le plus efficace), le désir de la victime, la relation entre le vampire et sa proie, le cours du jour et de la nuit, et beaucoup d'autres facteurs auxquels même Damon ne comprenait rien. Il savait seulement reconnaître l'intensité de son pouvoir, exactement comme à cet instant.

Caroline attendait.

— Je peux entrer ? demanda-t-il encore.

Il avait pris sa voix la plus douce et la plus séduisante, soumettant Caroline à une volonté qui la dépassait.

— Oui.

La jeune fille s'essuya rapidement les yeux. Manifestement, elle ne voyait rien d'anormal à ce qu'il entre par la fenêtre.

Ils se fixèrent.

— Entre, Damon.

Elle venait de donner le feu vert indispensable à un vampire. Damon se balança par-dessus le rebord avec grâce ; à l'intérieur, la chambre sentait le parfum, et pas un des plus subtils. Il était maintenant d'humeur féroce : l'appel du sang était survenu de façon soudaine, irrésistible. Ses canines supérieures, tranchantes comme des rasoirs, s'étaient allongées presque de moitié.

Ce n'était pas le moment de discuter ou de faire durer les choses comme il en avait l'habitude. Pour les gourmands comme lui, la moitié du plaisir résidait dans l'anticipation, évidemment, mais pour l'heure il était *en manque*. Il stimula avec force son pouvoir de manipulation et adressa un sourire éclatant à Caroline.

Il n'en fallut pas plus.

Caroline, qui s'était approchée de lui, était désormais immobile, les lèvres entrouvertes comme pour poser une question. Ses pupilles s'élargirent brusquement, puis se rétractèrent.

Voilà. Elle était à lui. Et avec quelle facilité !

Une douleur lancinante mais presque agréable taraudait les crocs de Damon, une sensibilité extrême qui le poussait à frapper aussi vite qu'un cobra, à enfoncer ses dents au plus profond d'une artère. Il avait faim – une faim de loup – et son corps tout entier brûlait d'envie de boire son sang jusqu'à plus soif. Après tout, ce n'était pas les vaisseaux qui manquaient.

Sans la quitter des yeux, il souleva la tête de Caroline avec précaution pour mettre à nu sa gorge, au creux de laquelle vibrait son pouls exquis. Le son de ses battements de cœur, l'odeur du sang dense, mûr et sucré qui s'écoulait sous sa peau éveillaient les sens du vampire. La tête lui tournait. Jamais il n'avait été aussi excité, aussi impatient…

À tel point qu'il s'interrompit. Au fond, cette fille ne valait pas mieux qu'une autre, non ? Quelle différence cela faisait-il, cette fois ? Bon sang, qu'est-ce qui lui prenait tout à coup ?

C'est là qu'il comprit.

« Jolie mise en scène ! Cela dit, merci, mais très peu pour moi. »

Damon retrouva brusquement son sang-froid. L'atmosphère voluptueuse dans laquelle il avait été pris au piège s'évanouit instantanément. Il laissa retomber le menton de Caroline et se figea.

Il avait failli tomber sous l'emprise de cette chose qui se

servait de Caroline. Elle avait essayé de le piéger pour qu'il rompe la promesse faite à Elena.

De nouveau, il entraperçut un vif éclair rouge dans le miroir.

Il s'agissait certainement de l'une de ces créatures attirées par la puissance abyssale qui émanait désormais de Fell's Church. Elle l'avait utilisé, encouragé à vider Caroline de son sang, *à tuer un humain*. Un acte qu'il n'avait pas commis depuis sa rencontre avec Elena.

Mais pourquoi ?

Saisi d'une colère froide, Damon se concentra et explora mentalement les environs pour débusquer le parasite. Il devait être encore là ; le miroir n'était qu'un portail qui lui permettait de parcourir de petites distances. Dire qu'il avait réussi à s'en prendre à *lui*, Damon Salvatore ! Forcément, il n'était pas loin.

Mais il ne trouva rien et sa colère grandit. Passant distraitement les doigts sur sa nuque, il formula un sombre message :

Je ne le dirai pas deux fois : ne vous approchez pas de MOI !

Il répandit la menace autour de lui dans une rafale de puissance qui éclata comme un coup de tonnerre. L'impact avait forcément fait des victimes aux alentours : sur le toit, dans les airs, sur une branche... Peut-être même dans la pièce voisine. Une créature aurait dû dégringoler de quelque part et il aurait dû la détecter.

Mais, même si Damon sentait le ciel s'assombrir au-dessus de lui en écho à son humeur et le vent râper les branches au-dehors, aucun corps ne s'écroula, aucun être à l'agonie ne chercha à riposter.

Rien n'était suffisamment proche pour avoir pu pénétrer ses pensées, mais rien d'assez éloigné ne pouvait être aussi influent. Si Damon s'amusait parfois à paraître arrogant, au fond il était capable de s'analyser avec sang-froid et logique, et il connaissait sa force. Tant qu'il continuerait à bien se nourrir et à s'affranchir de sentiments affaiblissants, peu de créatures pourraient lui tenir tête, du moins dans cet univers.

Pourtant c'est ce que deux d'entre elles sont en train de faire à Fell's Church, le contredit une petite voix moqueuse dans son esprit. Damon l'ignora. À part lui, il ne pouvait pas y avoir d'autres Anciens dans les parages, il les aurait sentis venir. Des vampires ordinaires, ça oui, d'ailleurs ils affluaient déjà. Mais ils étaient bien trop faibles pour pénétrer *son* esprit.

De même, il était certain qu'aucune créature se trouvant à portée de tir ne pouvait le défier. Il l'aurait repérée, tout comme il percevait le mystérieux flux de magie qui convergeait sous Fell's Church.

Il regarda de nouveau Caroline, toujours inerte à cause de la transe dans laquelle il l'avait plongée. Elle se réveillerait progressivement et ne serait pas trop marquée par cette expérience, du moins pas par ce qu'il lui avait fait.

Il se tourna et, avec la grâce d'une panthère, s'élança par la fenêtre. Il bondit sur l'arbre avant de retomber sans encombre neuf mètres plus bas.

2.

Damon dut attendre plusieurs heures avant d'avoir une autre occasion de se nourrir (trop de filles dormaient encore à poings fermés), ce qui le rendit fou de rage. La créature perfide avait déclenché en lui une faim bien réelle, même si elle n'avait pas réussi à faire de lui sa marionnette. Il avait besoin de sang, et vite !

Le ventre plein, il pourrait réfléchir aux implications de l'invité mystère du miroir, et au fait que cet amant foncièrement démoniaque lui avait livré Caroline sur un plateau tout en faisant semblant de conclure un marché avec elle.

Vers neuf heures du matin, il arriva en voiture dans la rue principale de la ville, devant un antiquaire, des restaurants, une boutique de cartes postales.

Ah, il y était ! Le nouveau magasin qui vendait des lunettes de soleil. Il se gara et sortit de la voiture avec sa grâce légendaire, sans gaspiller un soupçon d'énergie. Une fois de plus,

Damon émit un vif sourire, qu'il effaça en s'admirant dans la vitrine sombre de la boutique. « Il n'y a pas à dire, je suis sublime », pensa-t-il distraitement.

La clochette de la porte tinta lorsqu'il entra. À l'intérieur se trouvait une fille replète et très jolie, aux cheveux bruns noués et aux grands yeux bleus.

Elle aperçut Damon.

— Bonjour, dit-elle en lui souriant timidement.

Bien qu'il n'eût rien demandé, elle ajouta d'une voix tremblotante :

— Je m'appelle Page.

Imperturbable, Damon la regarda puis, lentement, esquissa un sourire complice.

— Bonjour, Page, dit-il d'une voix suave.

La fille déglutit nerveusement.

— Je peux vous aider ?

— Oui... sûrement.

Damon la fixa en prenant un air grave.

— Vous savez que vous avez vraiment l'air d'une châtelaine du Moyen Âge ?

Page pâlit, puis rougit violemment ; sur le plan physique, c'était tout à son avantage.

— Je... j'ai toujours regretté de ne pas être née à cette époque. Mais comment avez-vous deviné ?

Damon répondit d'un simple sourire.

***

Elena fixa Stefan avec de grands yeux, des yeux bleu marine tachetés d'or, comme du lapis-lazuli. Il venait de lui dire qu'elle allait avoir des *invités* ! En sept jours, depuis qu'elle était revenue de l'Au-delà, elle n'en avait pas eu un seul.

Première chose à faire, sur-le-champ : comprendre ce qu'était un « invité ».

***

Quinze minutes après être entré dans la boutique de lunettes de soleil, Damon ressortit en sifflotant dans la rue, une toute nouvelle paire de Ray-Ban sur le nez.

Page faisait un petit somme par terre. Plus tard, son patron lui demanderait de rembourser les Ray-Ban, mais, pour l'instant, elle se sentait à la fois fiévreuse et folle de joie. Le souvenir de cette extase ne la quitterait jamais complètement.

Damon faisait du lèche-vitrines, mais pas exactement comme le ferait un humain. L'adorable vieille dame derrière le comptoir de la boutique de cartes postales… non. Le type du magasin d'électronique… non plus.

Cependant, quelque chose le fit revenir sur ses pas, vers le dernier magasin. Ils inventaient des appareils si astucieux à l'heure actuelle ! Damon avait très envie de s'acheter une mini-caméra. Il était toujours à l'écoute de ses pulsions et, en cas d'urgence, il ne faisait pas la fine bouche quant au choix du donneur : du sang, c'était du sang, quelle que soit la veine dans laquelle il coulait ! Quelques minutes après avoir eu une démonstration de la caméra, il se retrouva sur le trottoir avec le gadget en poche.

Ça lui plaisait de flâner, même si ses crocs recommençaient sérieusement à lanciner. Bizarre, il aurait dû être rassasié maintenant ; enfin, il n'avait presque rien mangé la veille. Ça expliquait sans doute pourquoi il avait encore faim ; sans compter l'énergie dépensée avec ce fichu parasite dans la chambre de Caroline. Mais, en attendant, il savourait la sensation de ses muscles qui se coordonnaient en douceur, comme une machine bien huilée, faisant de chaque mouvement un délice.

Il s'étira, par plaisir instinctif, puis s'arrêta de nouveau pour s'examiner dans la vitrine de l'antiquaire : un peu plus ébouriffé, mais toujours aussi beau ! Et il avait bien fait pour les Ray-Ban, elles lui allaient du tonnerre. À sa connaissance, la boutique d'antiquités était tenue par une veuve qui avait une nièce aussi jeune que ravissante.

À l'intérieur, l'éclairage était faible et il y avait l'air conditionné.

— Vous savez, dit-il à la fille quand elle vint le servir, vous avez tout l'air de quelqu'un qui aimerait faire le tour du monde. Je me trompe ?

**

Peu après lui avoir expliqué que ses « invités » étaient des amis proches, Stefan demanda à Elena de s'habiller. Elle ne comprit pas pourquoi. Il faisait si chaud ! Elle avait fini par accepter de porter une « chemise de nuit » (au moins quelques heures) mais, dans la journée, il faisait trop chaud. Et puis, elle n'avait pas de « chemise de jour ».

En plus, les vêtements que Stefan lui proposait – un de ses jeans retroussé aux ourlets et un polo beaucoup trop grand – lui posaient problème. Au contact du tee-shirt, elle visualisait des centaines de femmes entassées dans de petites pièces mal éclairées, travaillant comme des forcenées sur des machines à coudre.

— Ça viendrait d'un atelier clandestin ? s'étonna Stefan lorsqu'elle lui transmit les visions qu'elle avait.

Instantanément, il jeta le vêtement dans le placard.

— Et celui-là ? proposa-t-il en lui tendant un autre tee-shirt.

Elena l'examina avec prudence et le posa contre sa joue. Cette fois, pas de couturières anxieuses et en sueur.

— C'est bon ? demanda Stefan.

Mais Elena s'était figée.

Elle s'approcha de la fenêtre et jeta un œil au-dehors.

— Qu'est-ce qui ne va pas ?

Cette fois, Elena ne lui transmit qu'une seule image. Stefan l'identifia immédiatement.

Damon.

Il sentit son cœur se serrer. À cause de son frère aîné, sa vie était un enfer depuis des centaines d'années. Chaque fois que Stefan avait réussi à s'éloigner de lui, Damon l'avait suivi à la trace. Pourquoi ? Il l'ignorait. Soif de revanche ? Ultime pulsion à assouvir ? Mystère. Du temps de la Renaissance italienne, ils s'étaient donné la mort au même moment. Leurs épées avaient transpercé leurs cœurs quasi simultanément, au cours d'un duel pour une femme. Depuis, tout était allé en empirant.

« Mais il t'a aussi sauvé plusieurs fois la vie, pensa Stefan. Et vous avez fait la promesse de veiller l'un sur l'autre… »

Il regarda soudain Elena avec intérêt. C'est elle qui leur avait fait faire ce serment alors qu'elle était mourante. La jeune fille tourna vers lui son regard azur, baigné d'innocence.

Quoi qu'il en soit, il devait s'occuper de son frère, qui était à présent en train de garer sa Ferrari à côté de la Porsche de Stefan, devant la pension.

— Ne bouge surtout pas. Et, s'il te plaît, éloigne-toi des fenêtres, dit-il à Elena.

Stefan sortit en coup de vent de la pièce, referma la porte derrière lui et descendit les escaliers à toute vitesse.

Il retrouva Damon qui, adossé contre la Ferrari, examinait la façade délabrée du bâtiment d'un air impénétrable.

Ce n'était pas sa présence qui inquiétait le plus Stefan. L'aura de Damon dégageait un nombre incalculable d'odeurs impossibles à détecter et encore moins à identifier pour un nez humain.

— Qu'est-ce que t'as fait ? lâcha Stefan, trop secoué pour être accueillant.

Damon lui décocha un de ses fameux sourires.

— Juste un peu de shopping...

Il toucha sa nouvelle ceinture en cuir, palpa la nouvelle caméra dans sa poche et mit ses Ray-Ban sur son nez.

— Qui aurait cru que ce trou paumé abritait des boutiques dignes de ce nom ? J'aime tellement le shopping !

— Tu aimes surtout voler. Mais ça n'explique pas toutes ces odeurs que je sens sur toi. Tu es mourant ou juste devenu dingue ?

Parfois, lorsqu'un vampire s'empoisonnait ou succombait à une des mystérieuses malédictions et autres maladies qui touchaient parfois son espèce, il se nourrissait avidement, de façon incontrôlable, s'attaquant à tout, autrement dit à *quiconque* se trouvait à portée de canine.

— Je suis juste affamé, répondit poliment Damon en continuant d'examiner la bâtisse. Au fait, où sont passées tes bonnes manières ? J'ai fait la route jusqu'ici et, au lieu de commencer par *salut Damon, content de te voir*, j'ai droit à *Damon, qu'est-ce que t'as fait ?* Quel accueil, franchement !

Il avait imité son frère d'un ton geignard et moqueur.

— Tu crois que ça plairait au Signore Marino, p'tit frère ?

Stefan marmonna, constatant que son frère avait toujours le don de lui taper sur les nerfs – cette fois avec une référence à leur ancien précepteur, l'homme qui leur avait enseigné les règles de la bienséance et les danses de la Cour.

— Signore Marino est retourné à la poussière depuis des années. Il devrait en être de même pour nous, mais enfin ce n'est pas le sujet, *mon cher frère*. Tu sais très bien ce que j'ai voulu dire en te posant cette question : je suppose que tu as saigné la moitié des filles de la ville ?

— Des filles et des femmes, pour être plus précis, souligna Damon en levant le doigt d'un geste facétieux. À ce propos, tu devrais faire attention à ton régime. Si tu te nourrissais mieux, qui sait, tu prendrais peut-être un peu de joues !

Stefan jeta un œil à son frère, petit, mince et trapu.

— Et toi, est-ce que tu t'es regardé ? répliqua-t-il. Même en vivant encore une éternité, tu ne prendras plus un centimètre, quel dommage ! Maintenant, si tu me disais ce que tu viens faire par ici, à part me laisser sur les bras une ville dévastée ?

— Je suis venu récupérer ma veste en cuir, répondit Damon, impassible.

— Qu'est-ce qui t'empêche d'en voler une…

Stefan fut stoppé net. Il se retrouva tout à coup plaqué contre les planches délabrées de la façade, le nez de Damon contre le sien.

— J'ai rien volé, morveux ! J'ai payé, *à ma manière*. En échange de rêves, de fantasmes et de plaisirs étrangers à ce monde !

Damon accentua intentionnellement les derniers mots pour énerver Stefan.

Il y réussit. Stefan était fou de rage. Et tiraillé aussi. Il savait depuis le début que Damon était venu pour Elena. C'était mauvais signe. Mais, dans l'immédiat, il percevait une étrange lueur dans les yeux de son frère. Comme si, furtivement, ses pupilles avaient reflété une flamme. Quoi que Damon ait pu faire aujourd'hui, ça, c'était anormal. Stefan ignorait ce qui se passait, mais il savait comment ça allait finir.

— Un vrai vampire n'a pas à payer, dit Damon d'un ton franchement sarcastique. Au fond, on est si faibles qu'on devrait déjà tous être morts, n'est-ce pas, frérot ?

Il leva la main, celle qu'ornait la bague de lapis-lazuli qui l'empêchait de se désagréger à la lumière du jour, et, comme Stefan faisait un geste, il s'en servit pour plaquer le poignet de son frère contre le mur.

Stefan feinta à gauche et plongea à droite pour se libérer de sa poigne. Mais Damon était plus vif qu'un serpent. Grâce à toute l'énergie des vies qu'il avait prises, il était rapide et puissant.

— Espèce de...

Stefan était si en colère que, l'espace d'un instant, toute logique lui échappa. Il s'efforça de faire basculer Damon en lui donnant un violent coup de pied dans les jambes.

— Oui, c'est moi ! jubila son frère, débordant de haine. Sache que je ne paie que si j'en ai envie. Autrement : je me sers ! Je prends *ce que je veux*, sans rien donner en retour.

Fixant son regard noir et embrasé, Stefan y vit à nouveau vaciller une flamme minuscule. Il tâcha de réfléchir. Damon avait toujours été violent, prompt à attaquer, à s'offenser. Mais pas à ce point. Il connaissait son frère depuis assez longtemps pour savoir qu'il se passait quelque chose d'étrange, d'anormal. Damon était presque fiévreux. Comme un radar, Stefan sonda son esprit à l'aide de son pouvoir pour tenter de mettre le doigt sur ce qui ne collait pas.

— Bien essayé, mais tu n'arriveras à rien comme ça, ironisa Damon.

Soudain, le ventre puis le corps tout entier de Stefan, qui

souffrait le martyre sous la décharge de pouvoir que Damon venait de lui asséner, s'embrasèrent.

Malgré l'intensité de la douleur, Stefan devait absolument retrouver son sang-froid. Il devait réfléchir encore, et pas simplement *réagir*. Discrètement, il tourna la tête et jeta un œil vers la porte de la pension. Pourvu qu'Elena reste à l'intérieur...

Mais difficile de réfléchir alors que la puissance de Damon continuait de lui cingler la chair. Stefan avait toutes les peines du monde à respirer.

— Eh oui ! poursuivit Damon. Nous, les vampires, *on se sert*. Tâche de t'en souvenir !

— Damon, on est censés veiller l'un sur l'autre ! On l'a promis...

— Exact ! D'ailleurs je vais m'occuper de toi tout de suite.

Et Damon le mordit.

La douleur décupla, mais Stefan s'efforça de ne pas bouger, refusant de se battre. Il n'aurait pas dû sentir les dents pointues de son frère s'enfoncer dans sa carotide, mais Damon le maintenait par les cheveux – justement pour lui faire mal.

Stefan souffrait, son sang aspiré contre sa volonté, incapable de résister. Une torture que les humains comparaient au fait qu'on puisse voler leur âme de leur vivant. Ils feraient n'importe quoi pour empêcher ça. C'était un des plus grands supplices que Stefan ait eu à endurer. Finalement, les larmes lui montèrent aux yeux et se mirent à couler le long de ses tempes, dans ses cheveux bruns ondulés.

Le pire pour un vampire, c'était d'être traité comme un humain, *comme de la viande*, par un des siens. Stefan sentit son cœur tambouriner tandis qu'il essuyait l'affront en se tordant sous les deux petites dagues de Damon. Dieu merci, au moins Elena l'avait écouté et était restée dans sa chambre.

Il commençait à se demander si Damon n'était pas réellement devenu fou et s'il avait l'intention de le tuer, quand, enfin, son frère le relâcha d'un geste brusque qui lui fit perdre l'équilibre. Stefan trébucha, tomba et roula par terre avant de relever la tête vers Damon, qui était de nouveau sur lui, appuyant sur la chair déchiquetée de son cou.

— Maintenant lève-toi et rapporte-moi ma veste, ordonna-t-il d'un ton glacial.

Stefan se leva lentement. Damon devait se délecter du spectacle : son humiliation, ses vêtements froissés, couverts d'herbe et de boue arrachées aux affreuses platebandes de Mme Flowers. Il fit de son mieux pour se nettoyer d'une main, gardant l'autre pressée contre son cou.

— Tu es bien calme, remarqua Damon en s'appuyant contre sa Ferrari.

Il passa la langue sur ses lèvres et ses gencives, plissant les yeux de plaisir.

— Tu n'as pas une petite réplique cinglante pour moi ? Pas un mot, rien ? Eh bien, je devrais te faire plus souvent la leçon, dis-moi !

Stefan marchait avec difficulté. « Il fallait s'y attendre », pensa-t-il en retournant vers la pension.

Mais il s'arrêta net.

Elena était penchée par la fenêtre de sa chambre, la veste de Damon dans les mains. Elle avait une expression grave qui laissait supposer qu'elle avait tout vu.

Stefan fut choqué, mais il soupçonna Damon de l'être encore plus.

Elena fit tournoyer la veste et la balança de telle façon qu'elle atterrit directement aux pieds de Damon en s'enroulant autour.

À la stupeur de Stefan, son frère blêmit. Il ramassa la veste du bout des doigts, comme s'il ne voulait pas vraiment la toucher, puis, sans quitter Elena des yeux, il monta dans sa voiture.

— Au revoir, Damon. Ce n'était pas vraiment un plaisir de te voir…

Sans un mot, comme un enfant qui aurait reçu une bonne correction, Damon mit le contact.

— Fiche-moi la paix, murmura-t-il.

Et il s'éloigna dans un nuage de poussière et de graviers.

***

Lorsque Stefan referma la porte de sa chambre derrière lui, Elena lui jeta un regard qui était tout sauf serein. Il s'arrêta dans l'embrasure.

Il t'a fait du mal.

— Il en fait à tout le monde. Apparemment, c'est plus fort que lui. Cela dit, il était vraiment bizarre aujourd'hui. Je ne sais pas pourquoi, et pour l'instant je m'en fiche. Mais ?… Écoute-toi : tu fais des phrases !

Il…

Elena marqua une pause et, pour la première fois depuis qu'elle avait ouvert les yeux dans la clairière qui l'avait vue ressusciter, un froncement de sourcils rida son front. Elle n'arrivait pas à formuler une idée claire. Les mots justes lui échappaient. *C'est en lui. Ça enfle. Comme… un feu de glace, une lueur opaque*, souffla-t-elle finalement. *Un feu caché. Qui brûle de l'intérieur.*

Stefan tenta de faire un rapprochement avec un phénomène dont il aurait entendu parler, en vain. Il se sentait encore si humilié qu'Elena ait assisté à toute la scène !

— Il a surtout *mon sang* en lui. Et celui de la moitié des filles de la ville.

Elena ferma les yeux et secoua lentement la tête. Puis, désireuse de ne pas s'engager davantage dans cette voie, elle tapota le lit à côté d'elle.

Viens, ordonna-t-elle gentiment. Les nuances d'or qui se reflétaient dans ses yeux brillaient d'un éclat particulier.

Laisse-moi... apaiser... la douleur.

Comme Stefan ne venait pas, elle tendit les bras vers lui. Il savait qu'il ne devrait pas céder, mais il était blessé, surtout dans son amour-propre.

Il s'approcha d'Elena et déposa un baiser dans ses cheveux.

3.

Debout avec Matt Honeycutt et Meredith Sulez près du téléphone de Bonnie McCullough, Caroline écoutait Stefan qui parlait à l'autre bout du fil.

— *En fin d'après-midi, ce serait mieux*, disait-il à Bonnie. *Elena se repose après déjeuner et, de toute façon, il fera moins chaud dans deux heures. Je lui ai dit que vous alliez passer et elle a hâte de vous voir. Mais n'oubliez pas deux choses : d'abord, ça ne fait que sept jours qu'elle est revenue et elle n'est pas encore tout à fait... elle-même. Je pense que les symptômes disparaîtront dans quelques jours ; en attendant, ne soyez pas surpris par son comportement. Ensuite, n'en parlez à personne.*

— Stefan ! s'écria Bonnie, indignée. Après tout ce qu'on a traversé ensemble, tu crois vraiment qu'on irait jouer les commères ?

— *Non, je sais, mais...*

La voix de Stefan résonna avec douceur dans le haut-parleur tandis que Bonnie continuait :

— On s'est serré les coudes face à des vampires, des fantômes, des loups-garous, des cryptes secrètes, des meurtres en série, et même face à Damon ! Et on n'a jamais rien dit à personne !

— *Je suis désolé*, s'excusa Stefan. *C'est juste que, si vous en parlez à quelqu'un, Elena pourrait être en danger. Ça ferait tout de suite la une des journaux, du genre « Une jeune fille ressuscite ! », et après on serait mal.*

— Je comprends, intervint Meredith en se penchant vers l'écran du téléphone pour que Stefan la voie. Ne t'en fais pas, on va tous jurer de ne rien dire.

Ses yeux bruns s'arrêtèrent un instant sur Caroline, puis elle tourna la tête.

— *Désolé pour la question, mais...*

Sachant que, sur les quatre personnes auxquelles il parlait, trois étaient des femmes, Stefan usa de tout le tact qu'il avait acquis en cinq cents ans pour ne pas les vexer.

— *... vous êtes sûrs de pouvoir respecter ce serment ?*

— Oui, sans problème, affirma Meredith, en fixant Caroline droit dans les yeux cette fois.

Caroline rougit, les joues et la gorge subitement écarlates sous sa peau bronzée.

— On s'en occupe, et on passe en fin de journée.

— Quelqu'un veut ajouter un mot ? demanda Bonnie, qui tenait le téléphone.

Matt était resté silencieux pendant presque toute la conversation. Il secoua la tête, faisant voler sa tignasse de cheveux blonds.

— On peut parler à Elena ?! Juste pour lui dire bonjour ? lâcha-t-il d'une traite, comme s'il ne pouvait plus se retenir.

Sa peau hâlée rougeoyait comme un soleil couchant, presque autant que celle de Caroline.

— *Le mieux, c'est que vous veniez. Vous comprendrez pourquoi en la voyant*, répondit Stefan avant de raccrocher.

***

Ils étaient réunis chez Meredith, assis autour d'une vieille table de jardin à l'arrière de la maison.

— Bon, on peut au moins leur apporter à manger, suggéra Bonnie en se levant d'un bond. Dieu sait ce que Mme Flowers leur cuisine, si toutefois elle s'occupe d'eux...

Elle agita doucement les mains en direction de ses amis, comme pour essayer de les décoller de leur siège à distance.

Matt s'exécuta, mais Meredith resta assise.

— On vient de faire une promesse à Stefan, dit-elle calmement. On doit d'abord régler la question du serment. Ainsi que ses conséquences.

— Si je dois me sentir visée, autant le dire franchement, lâcha brusquement Caroline.

— OK, j'avoue. Explique-moi pourquoi tout à coup tu t'intéresses de nouveau à Elena ? Qu'est-ce qui nous prouve que tu n'iras pas répandre la nouvelle dans Fell's Church ?

— Pourquoi je ferais ça ?

— Pour attirer l'attention. Tu aimerais tellement être le centre d'intérêt de la ville et te répandre en détails croustillants.

— Ou par esprit de revanche, ajouta Bonnie en se rasseyant. Par jalousie, par ennui, par...

— Ça va, la coupa Matt. Je crois qu'on a compris.

— Encore une chose, Caroline, reprit Meredith d'une voix posée. Pourquoi tu tiens tant à la voir ? Vous n'avez pas arrêté de vous disputer pendant presque un an, depuis l'arrivée de Stefan à Fell's Church. On t'a mise au courant pour le coup de fil avec Stefan mais, après ce qu'il a dit...

— Il te faut vraiment une raison ? Après tout ce qui s'est passé il y a une semaine ? Je pensais que tu l'aurais compris de toi-même, rétorqua Caroline en braquant sur elle ses yeux verts de chat.

Meredith resta de marbre.

— Très bien, je vais t'expliquer ! Elena a tué ce vampire pour moi : Klaus. Ou l'a renvoyé aux Enfers, appelez ça comme vous voulez. Alors qu'il m'avait kidnappée et... et utilisée comme un jouet chaque fois qu'il voulait du sang ou...

Caroline tourna la tête, le souffle court.

Bonnie éprouvait de la compassion pour elle, mais elle s'en méfiait aussi. Elle avait un pressentiment désagréable. Caroline parlait de Klaus et, bizarrement, elle ne disait rien à propos de son autre ravisseur, Tyler Smallwood, le loup-garou. Peut-être parce que Tyler avait été son petit ami jusqu'à ce que lui et Klaus la prennent en otage.

— Désolée, dit Meredith d'un ton toujours aussi calme et apparemment sincère. Tu veux donc remercier Elena ?

— Exactement.

Caroline respirait fort.

— Et m'assurer qu'elle va bien.

— OK. Mais ce serment sera valable longtemps – sans parler des conséquences. Tu changeras peut-être d'avis demain, la semaine prochaine ou dans un mois...

— Écoutez, on ne peut pas la menacer, intervint Matt. Pas physiquement, du moins.

— Ni *faire en sorte* qu'elle se sente menacée, soupira Bonnie.

— Effectivement. Mais… Dis-moi, Caroline, reprit Meredith, tu as bien une période d'essai avant d'entrer dans cette confrérie universitaire à la rentrée, non ? Je peux toujours raconter à tes futures recruteuses que tu as rompu une promesse solennelle au sujet d'une personne inoffensive, qui ne te voulait *aucun* mal. Quelque chose me dit que tu ne les intéresseras plus beaucoup après ça.

Le visage de Caroline redevint écarlate.

— Tu ne ferais pas ça ? Tu n'irais pas te mêler de…

Meredith la coupa net.

— Je me gênerais.

Caroline parut sur le point de céder.

— Je n'ai jamais dit que je ne prêterais pas ce serment ni que je ne le tiendrais pas. Tu n'as qu'à me mettre à l'épreuve, tu verras bien. Je… j'ai compris certaines choses, cet été.

Il y a intérêt. Même si personne ne les avait prononcés à voix haute, les mots semblèrent planer au-dessus d'eux. Durant l'année qui venait de s'écouler, le passe-temps favori de Caroline avait été d'essayer de nuire à Stefan et à Elena par tous les moyens.

Bonnie changea de position, mal à l'aise. Caroline leur cachait quelque chose. Elle ne pouvait pas l'expliquer, mais elle le savait. *D'instinct.* C'était un sixième sens qu'elle possédait depuis sa naissance. Cependant, elle se rassura en pensant que c'était peut-être juste lié au fait que Caroline avait changé.

Il n'y avait qu'à voir le nombre de fois où elle avait demandé des nouvelles d'Elena ces derniers jours. Est-ce qu'elle allait vraiment bien ? Est-ce qu'on pouvait lui faire livrer des fleurs ? Est-ce qu'on pouvait lui rendre visite ? Quand serait-elle complètement rétablie ? Caroline avait été une vraie plaie, même si Bonnie n'avait pas eu le cœur de le lui dire. Tout le monde attendait avec autant d'impatience qu'elle de voir comment était Elena… depuis son retour de l'Au-delà.

Meredith, qui avait toujours un papier et un crayon sur elle, griffonna quelques mots.

— Qu'est-ce que vous dites de ça ? lança-t-elle tout à coup.

Tous se penchèrent sur la feuille.

Je jure de ne parler à personne de tout phénomène surnaturel concernant Stefan ou Elena, à moins que l'un d'eux ne m'y autorise expressément. Je veillerai aussi à punir quiconque romprait ce serment, selon les termes qui seront fixés par le reste du groupe. Ce serment est fait à perpétuité, avec mon sang pour témoin.

Matt hocha la tête.

— *À perpétuité*, c'est parfait, approuva-t-il. Un avocat n'aurait pas mieux dit.

Mais ce qui suivit n'eut rien d'un protocole de tribunal. Chaque personne autour de la table prit le papier, le lut à voix haute et le signa solennellement. Puis chacun se piqua le doigt à l'aide d'une épingle de nourrice que Meredith avait sortie de son sac à main et apposa une goutte de sang près de sa signature – non sans que Bonnie ferme les yeux au contact de l'épingle.

— Ça, c'est du lien, affirma-t-elle d'un air sévère. C'est pas moi qui risquerais de rompre ce serment.

— Moi qui ai toujours eu horreur du sang ! murmura Matt en appuyant sur son doigt d'un air sombre.

Mais soudain, un étrange incident se produisit. Le pacte de Meredith était posé au centre de la table pour que tout le monde puisse l'admirer, quand un corbeau descendit en piqué d'un immense chêne planté au fond du jardin, à la lisière de la forêt. Il se posa sur la table en poussant un croassement rauque, arrachant par la même occasion un cri de terreur à Bonnie. L'oiseau jeta un œil aux quatre humains, qui s'empressèrent de reculer leur chaise. Puis il pencha la tête dans l'autre sens. C'était le plus gros corbeau qu'ils aient jamais vu, et le soleil dessinait des arcs-en-ciel chatoyants sur son plumage.

On aurait dit qu'il examinait le pacte. Tout à coup, il eut un mouvement si brusque que Bonnie se réfugia derrière Meredith en renversant sa chaise. L'oiseau déploya ses ailes, se pencha en avant et se mit à donner de violents coups de bec sur la feuille.

Puis il disparut en voltigeant, montant en flèche vers le ciel jusqu'à devenir un minuscule point noir face au soleil.

— Il a tout bousillé ! s'écria Bonnie, toujours abritée derrière Meredith.

— Je ne crois pas, répondit Matt, qui se trouvait plus près de la table.

Lorsque les quatre amis osèrent s'approcher de la feuille, Bonnie eut l'impression qu'on venait de lui jeter une couverture glacée sur les épaules. Son cœur se mit à battre la chamade.

C'était impossible, et pourtant : les traces de coups de bec étaient rouge vif, comme si le corbeau avait craché du sang pour les colorer. Et leur étonnante finesse semblait dessiner une lettre minutieusement calligraphiée :

𝕯.

Et en dessous :

𝕰lena est à moi.

Le pacte signé et rangé en lieu sûr dans le sac à main de Bonnie, les quatre amis se garèrent devant la pension de famille où Stefan avait de nouveau élu domicile. Ils cherchèrent Mme Flowers mais, comme d'habitude, elle était introuvable. Alors ils gravirent l'étroit perron avec son tapis usé et sa balustrade pleine d'échardes, appelant à grands cris pour annoncer leur arrivée.

— Stefan ! Elena ! C'est nous !

En haut, la porte s'ouvrit et la tête de Stefan apparut. D'une certaine manière, il semblait… différent.

— *Plus heureux*, chuchota Bonnie d'un air entendu à Meredith.

— Tu crois ?

— Évidemment. Il a retrouvé Elena !

— C'est vrai. Et je parie qu'elle est la même que le jour de leur première rencontre. Tu te souviens quand tu l'as vue dans les bois ?

La voix de Meredith était lourde de sous-entendus.

— Mais… ? Regarde, elle est redevenue *humaine* !

Matt jeta un œil dans son dos.

— Vous allez arrêter toutes les deux ? lâcha-t-il entre ses dents. Ils vont nous entendre.

Bonnie eut l'air embarrassée. Évidemment que Stefan pouvait les entendre. Dans ce cas, ils devaient aussi faire attention à ce qu'ils *pensaient* : Stefan était toujours capable de saisir l'idée, à défaut des mots exacts, qui leur traversait l'esprit.

— Pff, les mecs ! râla Bonnie. Je sais bien qu'ils sont indispensables, mais parfois ils ne comprennent vraiment RIEN !

— Et encore, attends de connaître les hommes, gloussa Meredith.

Bonnie songea alors à Alaric Saltzman, l'étudiant de fac auquel son amie était plus ou moins fiancée.

— Je peux t'en parler si tu veux, ajouta Caroline, malicieuse, en examinant ses longs ongles manucurés.

— Bonnie n'a pas besoin d'en savoir plus pour l'instant, dit Meredith d'un ton maternel. Elle a tout le temps pour ça. Venez, on entre.

— Allez-y, asseyez-vous.

En hôte parfait, Stefan les invitait à s'installer à mesure qu'ils entraient. Mais personne n'arrivait à s'asseoir. Tous les regards étaient tournés vers Elena.

Elle était assise dans la position du lotus devant la seule fenêtre ouverte de la pièce, où s'engouffrait un vent frais qui faisait onduler sa chemise de nuit blanche. Ses cheveux étaient de nouveau blonds comme les blés, et non plus blanc et or, cette couleur sinistre qu'ils avaient prise quand Stefan l'avait involontairement transformée en vampire. Elle était exactement comme dans le souvenir de Bonnie.

Excepté qu'elle flottait à un mètre au-dessus du sol.

Ils restèrent tous muets.

— C'est rien, juste un truc qu'elle aime bien faire, dit Stefan en s'excusant presque. Elle s'est réveillée le lendemain de notre combat contre Klaus et elle s'est mise à flotter. Je crois que la gravité n'a pas encore de prise sur elle.

Il se tourna vers Elena.

— Regarde qui est là, lui dit-il d'un ton encourageant.

Elena les observa l'un après l'autre. Ses yeux bleus tachetés d'or semblaient intrigués et sa bouche dessinait un sourire, mais rien n'indiquait qu'elle reconnaissait ses invités.

Bonnie tendit les bras vers elle :

— Elena ? C'est moi, Bonnie. Tu te souviens ? J'étais là quand tu es revenue. Si tu savais comme je suis contente de te voir.

Stefan essaya à son tour :

— Elena, tu te souviens d'eux ? Ce sont tes plus fidèles amis. Cette grande beauté aux cheveux bruns s'appelle Meredith, ce petit lutin impétueux, c'est Bonnie, et le garçon au look cent pour cent américain, c'est Matt.

Une lueur vacilla sur le visage d'Elena.

— *Matt*, répéta Stefan.

— Et moi, je suis invisible ? intervint Caroline dans l'embrasure de la porte.

Elle semblait d'assez bonne humeur, mais Bonnie savait qu'au fond elle bouillait de voir Stefan et Elena ensemble, et sains et saufs.

— Tu as raison, excuse-moi.

Stefan eut alors un geste qu'aucun ado ordinaire n'aurait pu faire sans passer pour un idiot : il prit la main de Caroline et la baisa avec autant de grâce et de spontanéité qu'un jeune noble. « Au fond, c'est plus ou moins ce qu'il est », pensa Bonnie.

Caroline fit une moue un peu suffisante ; il faut dire que Stefan avait pris son temps avec le baisemain.

— Et enfin, cette belle jeune fille bronzée, c'est Caroline.

Puis, très gentiment, d'un ton que Bonnie ne l'avait entendu prendre qu'en de rares occasions, Stefan ajouta :

— Tu te souviens d'eux, mon amour ? Ils ont failli mourir pour toi... *pour nous.*

Elena flottait avec aisance, mais désormais debout, rebondissant doucement dans les airs comme un nageur essayant de rester immobile dans l'eau.

— C'est parce qu'on tient à toi, Elena, ajouta Bonnie en tendant encore la main vers elle. Mais on ne s'attendait pas à te revoir.

Ses yeux s'emplirent de larmes.

— Tu ne nous reconnais vraiment pas ?

Elena regagna le sol en douceur, jusqu'à se trouver juste en face de Bonnie.

Elle n'avait toujours pas l'air de reconnaître ses amis. En revanche, autre chose se lisait sur son visage. Une sorte de béatitude et de sérénité sans limites. Elena dégageait une immense quiétude et un amour inconditionnel devant lesquels Bonnie prit une profonde inspiration et ferma les yeux. C'était comme un rayon de soleil caressant son visage, comme l'océan murmurant à ses oreilles. Au bout d'un moment, elle comprit que cette sensation de bonté à l'état pur allait la faire pleurer. La *bonté* : le mot avait presque disparu du vocabulaire aujourd'hui, mais certaines choses demeuraient à jamais *bien*, tout simplement.

Elena incarnait le bien.

Frôlant l'épaule de Bonnie, Elena se laissa ensuite porter, les bras tendus, vers Caroline.

Caroline parut troublée. Une trace écarlate rougit sa gorge. Bonnie s'en aperçut, mais sans comprendre. Ils avaient tous eu l'occasion de renouer avec Elena, y compris Caroline. Toutes les deux avaient été très proches, jusqu'à ce que Stefan arrive et qu'elles deviennent les meilleures ennemies. C'était *bien* qu'Elena choisisse de prendre Caroline en premier dans ses bras.

— Je...

Mais Caroline n'eut pas le temps d'en dire plus. Elena l'embrassa à pleine bouche, et ce n'était pas une simple bise. Elle l'enveloppait et se cramponnait à elle. Pendant un moment, Caroline resta paralysée, comme en état de choc. Puis elle se débattit, d'abord faiblement, ensuite avec une telle violence qu'Elena fut projetée en arrière, les yeux écarquillés.

Stefan la rattrapa comme un joueur de baseball se jetant sur une balle en plein vol.

— C'est quoi ce... *délire* ?

Caroline se frotta la bouche avec force.

— Caroline !

La voix de Stefan révélait un violent besoin de protéger Elena.

— Ce n'est pas ce que tu crois. Elena essaie juste de t'identifier, c'est tout. De comprendre qui tu es. Elle a ce don depuis qu'elle est revenue.

— Comme les chiens de prairie, dit Meredith de cette voix froide et distante qu'elle utilisait souvent pour apaiser les tensions. Les chiens de prairie s'embrassent quand ils se croisent pour la première fois. Comme tu dis, Stefan : ça les aide à se reconnaître entre eux...

Cependant, Caroline était loin d'avoir le flegme de Meredith.

Se frotter la bouche n'avait pas été une bonne idée ; elle s'était barbouillé le visage de rouge à lèvres pourpre, de sorte qu'elle avait l'air tout droit sortie d'un film d'épouvante, genre *La Fiancée de Dracula*.

— T'es dingue ou quoi ? Tu me prends pour qui ? Alors pour toi c'est rien, vu que les hamsters font pareil. C'est ça ?

Elle avait le visage marbré de rouge, de la gorge jusqu'à la racine des cheveux.

— Des chiens de prairie, pas des hamsters.

— Et alors ? On s'en fout ! Qu'est-ce que ça change ?

Caroline fouilla dans son sac d'un geste frénétique jusqu'à ce que Stefan lui tende une boîte de mouchoirs, après avoir essuyé les traces rouges sur la bouche d'Elena. Caroline se précipita dans la petite salle de bains attenante et claqua violemment la porte derrière elle.

Bonnie et Meredith échangèrent un coup d'œil, retenant leur souffle, puis éclatèrent de rire en même temps. Bonnie imita la tête de Caroline se frottant la bouche comme une folle et utilisant des montagnes de mouchoirs. Meredith prit un air réprobateur mais, comme Stefan et Matt, elle était en proie à une crise de fou rire qu'elle tentait vainement de contrôler. C'était en grande partie nerveux, le rire de la délivrance : ils avaient revu Elena vivante après six longs mois sans elle ; n'empêche, ils ne pouvaient plus s'arrêter...

Du moins jusqu'à ce qu'une boîte de mouchoirs effectue un vol plané à travers la pièce en rasant la tête de Bonnie. Tous réalisèrent alors que la porte de la salle de bains ne s'était pas bien refermée en claquant, et qu'à l'intérieur de la petite pièce il y avait un miroir. Bonnie croisa le regard furieux de Caroline dans la glace.

Elle les avait vus se moquer d'elle. Pas de doute.

La porte se referma – cette fois comme si elle avait reçu un coup de pied. Bonnie baissa la tête et s'agrippa à ses petites boucles blond vénitien, comme une souris cherchant un trou pour se cacher.

— J'irai m'excuser, dit-elle, la gorge serrée.

En relevant les yeux, elle se rendit compte que les autres étaient plus préoccupés par Elena, visiblement peinée d'avoir été rejetée.

« On a bien fait de faire signer le serment à Caroline, songea Bonnie. Et c'est une bonne chose que qui-on-sait l'ait signé aussi. » Question conséquences, Damon en connaissait un rayon.

Tout en réfléchissant, elle s'approcha des autres qui s'étaient regroupés autour d'Elena. Stefan essayait de la retenir alors qu'elle voulait rejoindre Caroline dans la salle de bains ; Matt et Meredith aidaient Stefan en s'efforçant de rassurer Elena.

Lorsque Bonnie arriva, Elena capitula. Son visage était bouleversé, ses yeux bleus baignés de larmes. Sa sérénité avait été brisée par la peine et la déception, qui, chose surprenante, semblaient cacher une profonde inquiétude. Bonnie sentit son intuition la titiller.

Elle tapota le coude d'Elena, et joignit sa voix à celle des autres :

— Tu ne pouvais pas prévoir sa réaction. Tu ne lui as fait aucun mal !

Des larmes cristallines coulèrent sur les joues d'Elena, que Stefan rattrapait au fur et à mesure à l'aide d'un mouchoir, comme si chacune était très précieuse.

— Elle pense que Caroline a de la peine, expliqua Stefan, et, pour une raison que j'ignore, elle s'inquiète pour elle.

Bonnie réalisa que, malgré tout, Elena pouvait communiquer… par transmission de pensée.

— Oui, j'ai aussi senti cette peine, dit-elle. Mais dis-lui

que… Elena, je te promets que j'irai m'excuser. J'irai ramper à ses pieds pour qu'elle me pardonne.

— On devra même tous s'y coller, ajouta Meredith. Mais, en attendant, j'aimerais être sûre que ce petit ange tombé du ciel me reconnaît.

D'un geste délicat, elle écarta Elena des bras de Stefan et la prit dans les siens, puis elle l'embrassa.

Malheureusement, la coïncidence fit que Caroline sortit au même instant de la salle de bains. Dépouillé de tout maquillage – rouge à lèvres, fond de teint, fard à joues et tout le tralala –, son visage était plus pâle en bas qu'en haut. Elle se figea.

— C'est pas vrai ! Vous êtes encore en train de faire ce truc dégueu… !

— Caroline !

La voix de Stefan était maintenant menaçante.

— Écoutez, je suis venue ici pour voir Elena… !

Caroline, la belle Caroline au corps bronzé et agile, se tordait les mains comme si elle était victime d'un terrible conflit.

— … l'autre Elena, celle que je connaissais *avant*. Et je tombe sur un bébé qui peut à peine parler ! D'abord on dirait un gourou en lévitation qui sourit d'un air béat, et ensuite elle se transforme en une espèce de perverse qui…

— Ça suffit ! la coupa Stefan d'un ton calme mais ferme. Je vous avais prévenus. Mais, à en juger par ses progrès, les premiers symptômes devraient passer dans quelques jours.

« Lui aussi a changé », songea Bonnie en l'écoutant. Il n'était pas seulement heureux d'avoir retrouvé Elena. Il était comme… plus agité intérieurement. Or Stefan avait toujours été d'une nature calme ; en pensant à lui, son instinct lui renvoyait l'image d'une étendue d'eau limpide. À présent, cette mer calme se transformait en tempête.

« Pourquoi aurait-il changé à ce point ? »

La réponse lui apparut instantanément : Elena était encore en partie un esprit, Bonnie en avait la nette intuition. Quel effet ça faisait de boire le sang de quelqu'un dans cet état ?

— Caroline, laisse tomber. Je suis désolée, s'excusa finalement Bonnie. Vraiment, vraiment, désolée de m'être... enfin, j'ai eu tort, je regrette.

— Oh, tu regrettes ? Dans ce cas, ça change tout, non ?

Le ton de Caroline était cinglant. Elle tourna le dos à Bonnie de manière irrévocable. Bonnie fut surprise de sentir des larmes lui picoter les yeux.

Elena et Meredith étaient dans les bras l'une de l'autre, les joues humides de larmes. Elles se regardaient, et Elena rayonnait.

— Maintenant, elle te reconnaîtra tout le temps, assura Stefan. Pas seulement ton visage, mais aussi, disons, ce qui est en toi. J'aurais dû vous en parler avant, je ne me suis pas rendu compte que...

— Eh ben, t'aurais dû !

Caroline arpentait la pièce comme un lion en cage.

— Bon, ça va, maintenant ! Tu as embrassé une fille, et alors ? fulmina tout à coup Bonnie. Tu crois quoi ? Qu'une barbe va te pousser au menton ?

Comme propulsée par le conflit qui l'encerclait, Elena décolla du sol. Tout à coup, elle parcourut la pièce à la vitesse d'un boulet de canon ; de l'électricité crépitait dans ses cheveux chaque fois qu'elle s'arrêtait ou virait brusquement. Elle fit deux fois le tour de la chambre et, en voyant sa silhouette se découper face à la vieille fenêtre poussiéreuse, Bonnie songea qu'ils devaient absolument lui trouver des vêtements ! Elle jeta un œil à Meredith et comprit qu'elle était du même avis. Oui, il fallait qu'elles trouvent de quoi l'habiller, surtout des sous-vêtements.

Alors que Bonnie s'approchait timidement d'Elena, Caroline explosa :

— Ça vous amuse de faire ça ?!

Elle hurlait presque à présent :

— Mais qu'est-ce qui vous prend, à la fin ? Vous n'avez vraiment aucune morale !

Malheureusement pour Caroline, cette réplique déclencha une nouvelle crise de rires étouffés entre Bonnie et Meredith. Même Stefan se détourna promptement, tentant vainement de rester poli face à son invitée.

« Remarque, ce n'est pas une simple invitée, pensa Bonnie, c'est une fille avec qui il est allé plutôt loin. » Effectivement, Caroline ne s'était pas gênée pour parler à tout le monde du jour où elle avait mis le grappin sur lui – autant qu'un vampire pouvait se le permettre, c'est-à-dire pas complètement. Il y avait une histoire d'échange de sang, une sorte de plaisir de substitution à « l'acte ». Mais Stefan n'était pas le seul garçon dont elle s'était vantée. La réputation de Caroline était tristement célèbre.

Bonnie jeta un œil à Elena et vit qu'elle fixait Caroline d'un air étrange. Pas comme si elle avait peur d'elle, plutôt comme si elle s'inquiétait sérieusement *pour* elle.

— Ça va ? lui chuchota Bonnie.

À sa grande surprise, Elena hocha la tête sans quitter Caroline des yeux. Elle l'observait avec l'air perplexe du docteur examinant un patient très malade.

Tout à coup, Elena se laissa porter jusqu'à Caroline, une main tendue vers elle.

Caroline s'effaroucha, dégoûtée à l'idée qu'Elena puisse encore la toucher.

« Non, en fait, ce n'est pas du dégoût, réalisa Bonnie. C'est de la *peur*. »

— Qu'est-ce qu'elle va encore me faire ? se défendit sèchement Caroline.

Bonnie sentit qu'il y avait une autre raison cachée derrière cette peur. « Il se passe quelque chose de bizarre. Elena a peur pour Caroline, Caroline a peur d'Elena : qu'est-ce que ça signifie ? »

Son intuition lui donnait la chair de poule. Quelque chose ne collait pas chez Caroline ; une chose à laquelle elle n'avait jamais été confrontée. Et l'air de la pièce semblait... s'épaissir en quelque sorte, comme si un orage menaçait.

Caroline détourna la tête d'un mouvement brusque et alla se réfugier derrière une chaise.

— Empêchez cette dingue de m'approcher, pigé ? Je ne la laisserai pas...

Mais Meredith la coupa net en prononçant deux petits mots qui changèrent la donne.

— Répète un peu ce que tu viens de dire ! répliqua Caroline, folle de rage.

5.

Damon vadrouillait au volant de sa voiture lorsqu'il repéra la fille.

Elle était seule et marchait au bord du trottoir, les cheveux flottant au vent et les bras ployant sous le poids des paquets qu'elle portait.

Il joua aussitôt les chevaliers servants. Il s'arrêta en douceur, attendit que la fille arrive à sa hauteur, puis bondit hors du véhicule et s'empressa d'aller lui ouvrir la portière côté passager.

Il se trouvait qu'elle s'appelait Damaris.

Quelques instants plus tard, la Ferrari reprenait la route à une allure folle, faisant ondoyer la chevelure blond vénitien de la jeune femme derrière elle comme un étendard. Elle méritait amplement le type de compliments ensorcelants que Damon avait généreusement servis toute la journée. « Tant mieux », pensa-t-il brièvement, car il commençait sérieusement à être à court d'imagination.

Cependant, pas besoin d'être un génie pour flatter cette charmante créature à la peau laiteuse et pure, auréolée de cheveux flamboyants. Selon lui, elle ne poserait pas de problèmes : il était prêt à en parier sa Ferrari. Et il comptait bien s'occuper d'elle toute la nuit.

Ils s'arrêtèrent à proximité d'un point panoramique et, quand Damaris se pencha pour ramasser le sac à main qu'elle avait fait tomber, il vit sa nuque, ses cheveux dorés d'une délicatesse saisissante sur la blancheur de sa peau.

Une peau qu'il embrassa aussitôt, impulsivement, et qu'il trouva aussi douce que celle d'un bébé, chaude au contact de ses lèvres. Il la laissa complètement libre de réagir, curieux de voir si elle le giflerait. Mais, contre toute attente, elle se redressa simplement, l'air un peu interloqué et gêné, avant de laisser Damon la prendre dans ses bras et faire d'elle, d'un simple baiser, un petit être tremblant, passionné et craintif, qui le suppliait de ses yeux bleu marine tout en essayant de résister.

— Je n'aurais pas dû te laisser faire… ça n'arrivera plus. Je veux rentrer chez moi.

Damon sourit : sa Ferrari n'avait rien à craindre !

« Sa soumission ultime devrait être particulièrement agréable », songea-t-il tandis qu'ils reprenaient la route. Si elle se révélait à la hauteur – et c'était bien parti pour –, peut-être même qu'il s'occuperait d'elle encore quelques jours, voire qu'il la transformerait.

Cela dit, pour le moment, une agitation obscure le tourmentait. Elena, évidemment ; et le fait de s'être retrouvé si près d'elle sans oser l'approcher par crainte de sa propre réaction.

« Tu parles, j'aurais dû le faire depuis longtemps ! » râla-t-il avec une soudaine véhémence.

Stefan avait raison : quelque chose ne tournait pas rond chez lui aujourd'hui. Il n'aurait jamais imaginé être aussi frustré.

Retenir son petit frère face contre terre, lui tordre le cou comme à une oie et monter ce petit perron poisseux pour *emmener* Elena de gré ou de force : voilà comment il aurait dû agir ! Jusque-là, il s'était retenu à cause d'une sensiblerie à la noix, redoutant de l'entendre hurler lorsqu'il soulèverait son sublime menton et plongerait ses crocs enflés et douloureux dans sa gorge innocente.

Une nuisance sonore persistait dans la voiture.

— ... tu ne trouves pas ? demanda Damaris.

Agacé et trop absorbé par ses rêveries pour se répéter mentalement ce que son esprit avait capté de ses bavardages, il la fit taire instantanément. Damaris était une adorable *stomata*. Une petite écervelée. Assise à côté de lui, les cheveux fouettés par le vent mais le regard vide et les pupilles rétractées, elle était parfaitement immobile, maintenant.

Tout ça pour rien. Damon émit un petit sifflement, exaspéré. Il n'arrivait pas à replonger dans ses rêveries ; même dans le silence, les sanglots imaginaires d'Elena l'en empêchaient.

« Mais il n'y aurait plus de larmes si tu faisais d'elle un vampire », lui suggéra une petite voix intérieure. Damon pencha la tête et se laissa aller en arrière, trois doigts sur le volant. Autrefois, il avait cherché à faire d'elle sa princesse des ténèbres. Pourquoi ne pas réessayer ? Elle lui appartiendrait corps et âme, même s'il devait renoncer à son sang de mortelle (« De toute façon, tu ne lui as encore rien fait jusqu'à présent, non ? » insinua encore la petite voix). Elena en vampire, pâle et resplendissante sous une aura de puissance, des cheveux blond presque cendré, une tunique noire sur sa peau satinée. Cette vision aurait fait battre le cœur de n'importe quel vampire.

Il la désirait plus que jamais maintenant qu'elle était devenue esprit. Même en vampire, elle conserverait sa beauté, et il s'imaginait très bien le tableau : son éclat contre sa noirceur, son innocence dans ses bras fermes revêtus de noir. Il embrasserait cette bouche exquise, l'étoufferait de baisers et…

Mais qu'est-ce qui lui prenait ? Les vampires n'embrassaient pas comme ça, juste pour le plaisir, et encore moins ceux de leur espèce ! Le sang, la chasse : voilà ce qui comptait. Faire le nécessaire pour conquérir sa victime, oui, mais l'embrasser ne rimait à rien. Il n'y avait que les âmes sensibles comme son idiot de frère pour s'intéresser à ce genre de foutaises. Un couple de vampires pouvait se partager le sang d'un être humain en attaquant leur victime en même temps et en la contrôlant mentalement, afin que leurs deux esprits entrent en communion. C'est comme ça qu'ils trouvaient leur plaisir, pas autrement.

Mais, à sa grande surprise, Damon était quand même excité à l'idée d'embrasser Elena de force, de voir cesser ses tentatives désespérées de lui échapper et de la sentir s'abandonner entièrement à lui, non sans une ultime hésitation.

« Peut-être que je deviens fou ? » pensa Damon, intrigué. Il n'avait jamais vécu cela, et cette perspective avait quelque chose d'attrayant. Il n'avait pas ressenti une telle ardeur depuis des siècles.

« C'est tout à ton avantage, Damaris. » Il était arrivé à l'endroit où Sycamore Street coupait brièvement à travers la vieille forêt, là où la route zigzaguait dangereusement. Il se tourna vers sa passagère pour la réveiller, remarquant avec satisfaction que ses lèvres nues étaient d'une couleur cerise, tendre et naturelle. Il l'embrassa doucement, puis évalua patiemment sa réaction…

… et vit le plaisir alanguir l'esprit de la fille.

Il jeta un œil à la route devant eux puis recommença, cette fois avec un baiser plus appuyé. Face à la réaction de Damaris – et à la sienne ! – il exulta. Fascinant ! C'était forcément lié à la quantité hors norme de sang qu'il avait bue en une seule journée…

Soudain, il dut brusquement s'arracher à Damaris pour se concentrer sur sa conduite. Un petit animal brun-roux était apparu comme par magie sur la route devant lui. En temps normal, Damon ne se donnait pas autant de mal pour écraser les lapins, porcs-épics et autres bestioles du genre, mais celui-ci l'avait dérangé à un moment crucial. Il agrippa le volant des deux mains, le regard aussi sombre et froid que les entrailles d'un glacier, et fonça droit sur la petite créature.

Pas si petite que ça, d'ailleurs ; ça risquait de secouer un peu.

— Accroche-toi, murmura-t-il à Damaris.

Au dernier moment, l'animal fit un bond de côté. Damon donna un brusque coup de volant pour le suivre et se retrouva devant un fossé. Seuls les réflexes surhumains d'un vampire – et la réactivité d'une voiture hors de prix – pouvaient leur éviter l'accident. Heureusement, Damon possédait les deux : il braqua à fond dans un crissement de pneus et un nuage de fumée.

Mais sans aucune secousse.

Il sauta avec agilité par la vitre ouverte de la portière et regarda autour de lui. Quoi que ça ait été, la chose s'était volatilisée aussi mystérieusement qu'elle était apparue.

Sconosciuto.

Bizarre…

Si seulement il avait fait nuit ; la lumière vive de l'après-midi diminuait sérieusement son acuité visuelle. Cependant, il avait entraperçu l'animal quand il s'était approché et il lui avait paru difforme : pointu d'un côté et en forme d'éventail de l'autre.

Enfin, bref.

Il retourna à la voiture, où Damaris piquait une violente crise de nerfs. Comme il n'était pas d'humeur à dorloter qui que ce soit, il l'endormit à nouveau. Elle tomba en arrière sur le siège, les joues encore baignées de larmes.

Il s'installa derrière le volant, frustré. Au moins, maintenant, il savait ce qu'il voulait faire de sa journée. Il voulait dégoter un bar, miteux et sordide ou chic et cher, peu importe, et trouver un autre vampire. Ça ne devrait pas être difficile dans le coin : Fell's Church étant un point névralgique sur le tracé des lignes d'énergie, les vampires et autres créatures des ténèbres étaient attirés par ce genre d'endroit comme les abeilles par le miel.

Ensuite, il voulait une bonne bagarre. Ce ne serait pas du tout fair-play : à ce qu'il en savait, il était le vampire le plus puissant encore en vie, sans compter qu'il était plein comme une barrique d'un élixir de sang des plus belles vierges de la ville. Il avait envie de se défouler (il eut ce sourire qui n'appartenait qu'à lui) et, qu'il s'agisse d'un loup-garou, d'un vampire ou d'un ignoble fantôme, un être allait mourir. Peut-être même plusieurs, avec un peu de chance. Après quoi, Damaris ferait un agréable dessert.

Finalement, la vie était belle. « Et la non-vie encore plus », pensa Damon, les yeux brillant derrière ses lunettes de soleil. Il n'allait pas rester assis les bras croisés en boudant parce qu'il ne pouvait pas avoir Elena tout de suite. Il allait sortir, s'amuser et prendre encore plus de forces. Et, bientôt, il retournerait chez sa chiffe molle de frère et emmènerait sa belle.

Il jeta par hasard un coup d'œil dans le rétroviseur. Un jeu de lumières bizarre ou une sorte d'inversion de température lui donna l'impression de voir à travers ses lunettes... une flamme rouge dans ses propres yeux.

6.

— *Va-t'en*, répéta Meredith à Caroline, toujours calmement. Tu as dit des choses qui ne se disent pas. On est chez Stefan et, même si c'est à lui de te dire de partir, je le fais à sa place parce qu'il ne demandera jamais à une fille, et encore moins à une ancienne petite amie, de foutre le camp de chez lui.

Matt s'éclaircit la voix ; il s'était isolé dans un coin de la pièce, si bien que tout le monde l'avait oublié.

— Caroline, je te connais depuis longtemps, donc je vais y aller franchement : Meredith a raison. Si tu veux déblatérer sur Elena comme tu viens de le faire, vas-y, mais pas ici, pas devant elle. Quoi qu'il en soit, je sais une chose... peu importe ce qu'Elena a fait quand elle était ici, *avant*...

Il baissa un peu la voix, l'air gêné.

— Aujourd'hui, elle est pour ainsi dire devenue un ange. Elle est complètement...

Il hésita, bafouillant à la recherche du mot juste.

— *Pure*, lui souffla Meredith avec décontraction.

— Exactement. Elle est pure. Tout ce qu'elle fait est pur. Ton agressivité ne pourra pas l'atteindre, mais on n'a pas envie de te voir à l'œuvre.

Stefan le remercia à voix basse.

— N'importe comment, j'allais partir, maugréa Caroline. Mais vous êtes mal placés pour me faire la morale sur la pureté avec tout ce qui se passe ici ! Je parie que ça te plairait que les filles continuent à s'embrasser et…

— Ça suffit.

Stefan la coupa d'un air presque absent, mais, comme poussée par des mains invisibles, Caroline se leva, se dirigea rapidement vers la porte et s'en alla, traînant son sac à main derrière elle.

La porte se referma doucement.

De fines mèches de cheveux se dressèrent dans la nuque de Bonnie. C'était un flux d'énergie d'une telle force que ses sens psychiques furent momentanément transis. Pour pousser Caroline à partir, il en fallait de la force !

Stefan avait peut-être beaucoup changé lui aussi. Bonnie jeta un œil à Elena, dont le regard serein avait été troublé par l'attitude de Caroline. Elle lui tapota le genou et, quand elle se tourna, Bonnie l'embrassa.

En s'écartant d'elle, Elena, lavée de tout son chagrin par la *pureté* du baiser, eut un sourire rayonnant, comme avec Meredith. Bonnie eut même l'impression de s'être en partie imprégnée de sa sérénité.

— … on aurait mieux fait de ne pas amener Caroline, dit Matt à Stefan. Désolé de m'être immiscé là-dedans, mais je la connais bien et elle aurait pu faire sa crise pendant des heures sans jamais partir.

— Stefan s'est chargé d'elle, intervint Meredith. Ou bien c'était Elena ?

— Non, c'était moi, avoua Stefan. Matt a raison : elle aurait pu parler pendant des heures. Je préférerais mourir que d'entendre quelqu'un dire du mal d'Elena.

« Pourquoi est-ce qu'ils parlent encore de ça ? » s'étonna Bonnie. Meredith et Stefan n'étaient pourtant pas du genre à épiloguer. Et puis, elle comprit. Leurs bavardages délibérés laissaient le champ libre à Matt : lentement mais sûrement, il s'approchait d'Elena.

Aussi vive et agile qu'un petit oiseau, Bonnie se leva et passa en catimini devant lui pour se joindre à la conversation moyennement discrète de Meredith et Stefan. Ils s'accordaient pour dire que Caroline n'était pas vraiment une menace, mais apparemment elle n'avait toujours pas compris que ses manigances contre Elena se retournaient toujours contre elle. D'ailleurs, Bonnie mettrait sa main à couper qu'elle préparait déjà un sale coup.

— Elle se sent seule, dit Stefan, comme s'il voulait lui trouver une excuse. Elle veut à tout prix se faire accepter parce qu'au fond, elle se sent à l'écart.

— Elle est toujours sur la défensive, ajouta Meredith. Mais elle aurait pu montrer un minimum de reconnaissance. On lui a quand même sauvé la vie !

Bonnie sentait cependant qu'il n'y avait pas que ça. Son intuition essayait de lui parler, de lui dire quelque chose à propos d'un incident qui se serait produit *avant* qu'ils viennent en aide à Caroline. Mais, elle était encore si en colère qu'elle ignora cette hypothèse.

— Pourquoi est-ce qu'on lui ferait confiance ? lança-t-elle à Stefan.

Elle jeta un œil à Matt et à Elena. *A priori*, l'affaire était scellée : Elena le reconnaîtrait n'importe où à l'avenir ! Lui, en revanche, semblait sur le point de s'évanouir.

— D'accord, Caroline est belle, mais ça s'arrête là. Elle n'a jamais un mot gentil pour personne. Elle joue constamment un jeu, et je sais qu'on était aussi un peu comme ça avant, mais elle, c'est toujours dans le but de blesser. La plupart des garçons tombent dans le panneau...

Soudain assaillie par l'angoisse, Bonnie haussa la voix pour tenter de se ressaisir :

— ... mais, pour les filles, elle n'est qu'une paire de jambes interminables et de gros...

Bonnie s'interrompit. Figés, Stefan et Meredith la regardaient l'air de dire *oh, elle va pas recommencer avec ça !*

— Et Caroline a aussi une très bonne ouïe, dit une voix menaçante dans leur dos.

Bonnie sursauta, la gorge serrée.

Voilà ce qui arrive quand on ignore son intuition.

— Caroline... ?

Meredith et Stefan tentèrent de réparer les dégâts, mais il était trop tard. Caroline entra d'un pas raide sur ses longues jambes, comme si elle ne voulait pas que ses pieds touchent le sol (curieusement, elle avait sa paire de chaussures à talons à la main).

— Je suis revenue chercher mes lunettes de soleil, dit-elle. Et j'en ai suffisamment entendu pour savoir ce que mes soi-disant « amis » pensent de moi.

— Tu te trompes ! protesta Meredith. Tu as juste entendu des personnes très en colère se défouler après avoir été insul-tées par toi.

— Et puis, avoue que tu l'as un peu cherché, ajouta Bonnie. C'est pour ça que tu as retiré tes chaussures, non ? Pour nous écouter derrière la porte ?

Stefan ferma les yeux.

— C'est ma faute...

— Non, le rassura Meredith.

Elle se tourna vers Caroline.

— Mis à part ce qu'a dit Bonnie sur ta silhouette – mais bon, tu la connais –, ose dire qu'on a menti ou exagéré ? Cite-moi une seule chose qui ne soit pas vraie dans tout ce qu'on a dit et je te demanderai pardon.

Caroline n'écoutait pas. Un tic nerveux crispait son adorable visage à présent rouge de colère.

— Un peu que vous allez me demander pardon ! lâcha-t-elle en les désignant un par un avec l'ongle pointu de son index. Vous allez *tous* le regretter. Et toi, si t'essaies encore de m'avoir avec ta sorcellerie de vampire, dit-elle à Stefan, j'ai des amis, *des vrais*, qui seraient ravis de s'occuper de toi.

— Caroline, tu viens de signer un pacte...

— Et ALORS ?

Stefan se leva. L'obscurité était tombée dans la pièce aux fenêtres poussiéreuses, et la lampe de chevet projetait son ombre devant lui. Bonnie, sentant ses poils frissonner sur ses bras et dans sa nuque, donna un petit coup de coude à Meredith. L'ombre était d'une noirceur et d'une taille impressionnantes. Celle de Caroline était petite, presque transparente comparée à celle de Stefan.

Le pressentiment qu'un orage se préparait refit surface. Bonnie tremblait à présent ; malgré tous ses efforts, elle était incapable de contrôler ce grelottement qui l'avait prise d'un coup, comme si on l'avait jetée dans une eau glaciale. Ce froid avait tout de suite pénétré ses os, pétrifiant chacun d'eux comme un monstre affamé et la secouant de plus en plus fort...

Il se passait quelque chose dans la pénombre ; quelque

chose qui émanait de Caroline ou qui s'en prenait à elle, peut-être les deux. Dans tous les cas, une force les encerclait, et la tension était si palpable que Bonnie eut l'impression d'étouffer. D'ordinaire pragmatique et posée, Meredith remua d'un air mal à l'aise à côté d'elle.

Soudain, comme si tout avait été savamment orchestré en coulisses par cette mystérieuse présence, la porte de la chambre de Stefan claqua ; la lampe s'éteignit d'un coup et les vieux stores vénitiens accrochés à la fenêtre dégringolèrent, plongeant subitement la pièce dans le noir absolu.

Caroline poussa un hurlement. Un cri atroce et douloureux, sortant de sa gorge comme s'il avait été arraché à sa propre chair.

Incapable de se retenir, Bonnie hurla à son tour, terrifiée, mais son cri était trop étouffé pour égaler les vocalises de Caroline. Meredith lui glissa un bras autour des épaules. Mais, face à l'obscurité, au silence de plus en plus pesant et à l'agitation croissante de Bonnie, elle la passa sans pitié à Matt, qui la rattrapa maladroitement.

— Tu vas voir, il ne fait pas si noir : tes yeux vont s'habituer, souffla-t-il à Bonnie d'une voix craquelée, comme s'il était assoiffé.

Il ne pouvait pas dire mieux pour la rassurer car, parmi toutes ses phobies, Bonnie avait surtout peur du noir : il cachait des *choses* qu'elle seule pouvait voir. Malgré ses terribles tremblements, elle retrouva son équilibre avec l'aide de Matt.

Soudain, ils eurent tous les deux le souffle coupé.

Une intense lumière enveloppait Elena et se propageait dans son dos, de part et d'autre de son corps, dessinant très nettement la forme d'une magnifique… paire d'ailes.

— Elle... a des ailes ! chuchota Bonnie en bafouillant, plus à cause de ses frissons que par peur.

Matt se cramponna à elle comme un enfant, incapable d'émettre un son.

Les ailes remuaient au rythme du souffle d'Elena, qui flottait – cette fois sans à-coups –, assise dans le vide, une main tendue dans un geste d'opposition en direction de Caroline.

Elle se mit à parler une langue que Bonnie n'avait jamais entendue ; elle doutait même que ce langage soit humain. Les mots étaient vifs et tranchants, comme une multitude de cristaux volant en éclats après une chute vertigineuse. À travers leurs formes, Bonnie en comprenait presque le sens, car l'extraordinaire énergie qui émanait d'Elena stimulait ses facultés psychiques. Dressée contre les ténèbres, cette énergie repoussait l'obscure présence qui détalait en faisant crisser ses griffes, pourchassée par des mots cinglants et dédaigneux...

Elena était d'une beauté aussi bouleversante qu'à l'époque où elle était vampire, et elle semblait presque aussi pâle que l'un d'eux.

Caroline aussi parlait. Elle criait de terribles mots de Magie Noire et, pour Bonnie, c'était comme si des ombres, des créatures sinistres et ignobles, sortaient de sa bouche : des lézards, des serpents, des araignées.

C'était un duel, une joute verbale de magie. Seulement... comment Caroline pouvait-elle en savoir autant sur la Magie Noire ? Elle n'était même pas issue d'une lignée de sorcières, comme Bonnie.

À l'extérieur de la chambre, un étrange bruit se fit entendre, un peu comme le rotor d'un hélicoptère. *Flap-flap-flap-flap-flap...*

Bonnie fut terrorisée.

Elle devait à tout prix réagir. Entre ses origines celtes et ses talents de médium, il fallait qu'elle trouve un moyen d'aider Elena. Lentement, comme si elle avançait face à des vents soufflant en tempête, elle s'approcha d'Elena et posa la main sur la sienne pour lui offrir sa force.

Lorsque Elena serra sa main, Bonnie réalisa que Meredith se tenait de l'autre côté de leur amie. La lumière se répandit davantage. Les petites créatures rampantes s'éparpillèrent dans tous les sens, hurlant et se bagarrant à coups de griffes pour s'enfuir.

Subitement, Elena s'affaissa sur elle-même. Ses ailes avaient disparu, tout comme les sinistres reptiles. Elle avait réussi à les chasser moyennant une incroyable quantité d'énergie et de Magie Blanche.

— Elle va tomber, chuchota Bonnie en regardant Stefan. Elle est à bout...

Une série de phénomènes s'enchaînèrent alors à toute vitesse, comme si la pièce était prise dans la lumière d'un stroboscope.

Flash. Le store se rembobina jusqu'en haut de la fenêtre dans un bruit de ferraille effroyable.

Flash. La lampe de chevet se ralluma, apparaissant dans les mains de Stefan, qui avait dû essayer de la réparer.

Flash. La porte s'ouvrit en grinçant, très lentement, comme pour compenser le fait d'avoir claqué quelques minutes plus tôt.

Flash. Caroline rampait à quatre pattes, haletante.

Elena avait gagné...

Elle s'effondra lentement.

Seuls des réflexes surhumains pouvaient permettre de la rattraper, surtout en étant à l'autre bout de la pièce. Stefan jeta la lampe à Meredith et parcourut la distance plus vite que son ombre. Il rattrapa Elena, l'entourant de ses bras d'un geste protecteur.

— Quel enfer ! marmonna Caroline.

Les traces noires de mascara qui dégoulinaient sur ses joues lui donnaient une tête pas tout à fait humaine. Elle fixa Stefan avec une haine non dissimulée. Il la regarda d'un air grave. Non, pas grave : *sévère*.

— N'invoque pas l'Enfer, dit-il tout bas. Pas ici, pas maintenant. Il pourrait t'entendre et répliquer.

— Comme s'il ne l'avait pas déjà fait !

À cet instant précis, elle parut pitoyable, abattue et piteuse. Elle donnait l'impression d'avoir déclenché quelque chose qu'elle ne maîtrisait pas.

— Caroline, qu'est-ce que tu racontes ?

Stefan s'agenouilla.

— Tu veux dire que tu as déjà… conclu un marché ?

— Quelle horreur ! lâcha spontanément Bonnie, ébranlant le sinistre climat qui régnait dans la pièce.

Un des ongles cassés de Caroline avait laissé une trace de sang par terre. Caroline s'était agenouillée dessus, et le résultat n'était pas beau à voir. Compatissante, Bonnie ressentit un élancement dans les doigts jusqu'à ce que Caroline agite sa main ensanglantée face à Stefan. La compassion de Bonnie se transforma en nausée.

— Tu veux lécher ? proposa Caroline d'un ton narquois.

Sa voix comme son visage avaient complètement changé, et elle n'essayait même pas de s'en cacher.

— Oh, allez, Stefan ! Ne me dis pas que tu n'as pas bu de sang ces derniers jours ? Elena et toi, vous êtes de vraies chauves-souris, maintenant, non ?

— Caroline, chuchota Bonnie, tu n'as donc pas vu ses ailes… ?

— Si : de chauve-souris ! Qui sait ? Elle est peut-être redevenue vampire, si Stefan…

— Je les ai vues aussi, intervint Matt d'un ton catégorique.

— Vous êtes tous aveugles ou quoi ? lâcha Meredith, qui se trouvait près de la table de nuit. Regardez !

Elle se pencha pour ramasser une longue plume blanche qui étincela sous la lumière.

— C'est un corbeau blanc, alors. Ça me paraît logique. Je n'arrive pas à croire que vous soyez tous là à lui lécher les bottes comme si c'était une princesse ! Faut toujours que tu sois la chouchoute de tout le monde, hein, Elena ?

— Arrête ! ordonna Stefan.

— *Tout le monde*, voilà le mot-clé !

— Ça suffit !

— La façon dont elle vous embrassait, les uns après les autres…

Caroline frémit d'un air outré.

— Vous semblez tous l'avoir oublié, mais en fait, elle ressemble à…

— Arrête, Caroline.

— … la *vraie* Elena !

Caroline prit alors une voix prude, sans pour autant abandonner sa langue de vipère.

— Tous ceux qui connaissent Elena savent qui elle était *vraiment* avant que Stefan ne nous fasse l'honneur de son irrésistible présence. C'était une…

— Caroline, arrête-toi tout de suite !

— … une salope ! Voilà ce que t'étais, Elena ! La pauvre salope de *tout le monde* !

7.

Tous restèrent sans voix. Stefan blêmit, les lèvres serrées à l'extrême. Bonnie crut s'étrangler en sentant les mots de la colère affluer dans sa gorge. Elena avait peut-être eu autant de petits amis que le ciel compte d'étoiles, mais elle avait renoncé à cette vie-là quand elle était tombée *amoureuse*. Et ça, forcément, Caroline n'y connaissait pas grand-chose.

— Alors, on n'a plus rien à dire ? ricana cette dernière. Ton vampire t'a coupé la langue ? Tu fais moins la maligne, maintenant, *hein* ?!

Caroline exulta d'un rire forcé. Puis ce fut un flot incontrôlable de paroles assassines, un véritable torrent de fiel.

L'emportement de Caroline allait crescendo. Quelque chose allait forcément arriver, une telle violence ne pourrait pas être contenue…

« Répercussion », songea Bonnie alors que le volume sonore commençait à augmenter…

« S'éloigner du verre », lui souffla son instinct.

Stefan eut juste le temps de faire volte-face vers Meredith.

— Jette la lampe ! cria-t-il.

Meredith, non seulement vive d'esprit mais aussi excellente lanceuse au baseball, s'empara de la lampe en porcelaine, qui vola en éclats à l'instant où elle la balançait à travers la fenêtre ouverte.

Au même moment, un fracas identique retentit dans la salle de bains. Le miroir avait explosé derrière la porte close.

Alors Caroline gifla Elena en plein visage.

Une trace rouge puis une empreinte de main apparurent sur la joue d'Elena, que cette dernière effleura d'un geste hésitant. Son expression aurait fait pleurer une pierre.

La réaction de Stefan fut d'autant plus stupéfiante : après avoir embrassé le visage bouleversé d'Elena, il se tourna vers Caroline, posa les mains sur ses épaules, sans la secouer mais en la forçant à le regarder.

— Caroline : arrête ! Ressaisis-toi. Par amour pour tes plus vieux amis qui tiennent à toi, pour ta famille et pour ton âme, *reviens*, Caroline. Je t'en supplie, *reviens* !

Caroline le toisa d'un air mauvais.

Stefan tourna la tête vers Meredith en grimaçant.

— Je ne suis pas très doué pour ça. Ce n'est pas le point fort des vampires.

Puis il se tourna vers Elena.

— Tu veux bien m'aider, mon amour ? demanda-t-il d'une voix pleine de tendresse.

Elena fit un effort surhumain pour le rejoindre. Chancelante, elle se releva en s'appuyant d'abord sur le fauteuil à bascule, puis sur Bonnie, qui essaya de l'aider malgré la pesanteur. Elena flageolait comme un bébé girafe sur des patins à roulettes, et Bonnie, qui faisait presque une demi-tête de moins qu'elle, avait bien du mal à l'orienter.

Stefan voulut les aider, mais Matt le devança et alla prêter main-forte à Bonnie pour stabiliser Elena.

Stefan fit alors pivoter Caroline. Il la tenait fermement pour l'empêcher de partir et pour l'obliger à faire face à Elena.

Tenue par la taille, Elena esquissa des gestes curieux devant le visage de la jeune fille, comme si elle dessinait dans le vide à toute vitesse, joignant et écartant successivement les mains avec les doigts dans différentes positions. Elle semblait savoir parfaitement ce qu'elle faisait. Caroline suivait ses gestes des yeux à contrecœur et ses grognements féroces signifiaient qu'elle n'aimait pas ça.

« C'est de la magie, comprit Bonnie, fascinée. De la Magie Blanche. Elena invoque les anges, de la même manière que Caroline appelait les démons. Mais est-ce qu'elle est assez forte pour arracher Caroline aux ténèbres ? »

Finalement, comme pour achever le cérémonial, Elena se pencha et embrassa chastement Caroline sur les lèvres.

Une pagaille monstre éclata. Moyennant quelques contorsions, Caroline parvint à se libérer de la poigne de Stefan et chercha à griffer Elena au visage. Des objets se mirent à fuser à travers la pièce, propulsés par une force inhumaine. Matt tenta d'empoigner Caroline, mais il reçut un coup de poing dans le ventre, suivi d'un autre dans la nuque qui le plia en deux.

Stefan s'empressa d'aller mettre Elena et Bonnie à l'abri du danger. Il semblait penser que Meredith pouvait se débrouiller seule, et il avait raison. Caroline essaya de la frapper, mais Meredith l'attendait au tournant : elle bloqua son poing et la projeta de toutes ses forces derrière elle. Caroline atterrit toute tordue sur le lit, puis elle se jeta de nouveau sur elle, cette fois en l'empoignant par les cheveux. Lui en abandonnant une touffe entre les doigts, Meredith se libéra et, déjouant sa garde, lui décocha un coup de poing en pleine mâchoire. Caroline s'écroula.

Bonnie l'acclama, sourde à tout remords vis-à-vis de Caroline qui gisait par terre. C'est alors qu'elle remarqua que la jeune fille avait à nouveau tous ses ongles : longs, durs, arrondis et impeccables. Pas un seul n'était abîmé ou cassé.

Ce seraient les pouvoirs d'Elena ? Sûrement. Sinon, quoi d'autre ? En quelques gestes et un baiser, Elena avait cicatrisé les plaies sur la main de Caroline.

Meredith quant à elle massait la sienne.

— Je ne savais pas que ça faisait aussi mal d'assommer quelqu'un, dit-elle. On ne voit jamais ça dans les films. C'est aussi douloureux pour les hommes ?

Matt rougit.

— C'est pareil pour tout le monde, même pour les vampires, répondit Stefan à sa place. Ça va, Meredith ? Autrement, Elena peut…

— Non, ça ira. Bonnie et moi, on a à faire.

Elle fit un signe de tête à Bonnie, qui acquiesça mollement.

— On est responsables de Caroline, et on aurait dû se douter qu'elle allait revenir : elle n'a pas de voiture. Maintenant, il faut qu'on la ramène chez elle. Je suis désolée, Stefan. Ce n'était pas très réussi comme retrouvailles.

Stefan afficha une mine sombre.

— Pour être franc, je ne pensais pas qu'Elena tiendrait autant le coup.

— Bon, intervint Matt, je ne suis peut-être pas un cow-boy, mais je reste un mec avec une voiture et je suis aussi responsable de Caroline.

— On peut peut-être repasser demain ? demanda Bonnie.

— Oui, ce serait mieux, approuva Stefan. Mais ça m'embête un peu de la laisser partir, ajouta-t-il en fixant Caroline, qui était toujours inconsciente par terre, le visage dans l'ombre. Je suis très inquiet pour elle…

Bonnie sauta sur la remarque.

— Pourquoi ?

— Eh bien, il est peut-être trop tôt pour le dire. On dirait qu'elle est… *possédée*. Je ne sais pas du tout par quoi, mais je vais trouver.

Bonnie se sentit à nouveau submergée par une vague de terreur glaciale, prête à s'abattre sur elle et à l'emporter.

— Ce qui est sûr, continua Stefan, c'est que son attitude était bizarre, même sachant que c'est Caroline. Je ne sais pas vous, mais quand elle jurait, j'ai entendu une autre voix lui souffler ses mots.

Il tourna la tête vers Bonnie.

— Pas toi ?

Bonnie se repassa la scène mentalement. Est-ce qu'elle avait perçu quelque chose, ne serait-ce qu'un chuchotement, un bruit ou même le plus faible des murmures, juste avant que Caroline ouvre la bouche ?

— La situation a dû empirer avec ce qui s'est passé, répondit-elle. Caroline a invoqué l'Enfer au moment où cette pièce était saturée de pouvoir. Sachant que Fell's Church est bâtie sur un flux d'énergies, il n'y a pas de quoi être rassuré. Dommage qu'on n'ait pas un bon parapsy sous la main…

Tous pensèrent aussitôt à Alaric.

— Je vais essayer de contacter Alaric, proposa Meredith. Mais en général, à cette époque, il est en voyage d'études au Tibet ou à Tombouctou. Rien que pour lui faire parvenir un message, ça va prendre du temps.

— Merci.

Stefan parut soulagé.

— Pas de quoi. Comme je l'ai dit, on est responsables de Caroline.

— Et on est désolés de l'avoir amenée, ajouta Bonnie assez fort, dans l'espoir qu'une part de Caroline l'entende.

Chacun leur tour ils allèrent dire au revoir à Elena, incertains de sa réaction. Mais elle sourit simplement, en leur touchant les mains.

Caroline se réveilla finalement. Elle semblait même plutôt lucide, quoique un peu dans les vapes, lorsque la voiture se gara devant chez elle. Matt l'aida à sortir et la porta dans ses bras jusqu'à la porte, que Mme Forbes vint ouvrir en entendant la sonnette. C'était une femme aux traits fatigués, effacée et timide, qui ne parut pas surprise de retrouver sa fille dans cet état un soir d'été.

Matt déposa les filles chez Bonnie, où elles passèrent la nuit assaillies par d'inquiétantes hypothèses. Bonnie s'endormit au son des injures proférées par Caroline, qui résonnaient encore dans son esprit.

Cher Journal,

Il va se passer quelque chose ce soir.

Je ne peux ni parler ni écrire, et je ne sais plus très bien comment taper au clavier, mais je peux transmettre mes pensées à Stefan pour qu'il les note. On n'a aucun secret l'un pour l'autre.

Alors, ceci sera désormais mon journal...

Ce matin, je me suis réveillée. Une nouvelle journée commençait. Dehors, c'était encore l'été et tout était vert. Les jonquilles du jardin sont toutes écloses. Et des personnes sont venues me rendre visite. Je ne savais pas vraiment qui elles étaient, mais trois d'entre elles brillaient d'une couleur vive. Je les ai embrassées pour ne plus les oublier.

La quatrième était différente. Je ne percevais qu'une lumière fragmentée, teintée de noir. J'ai dû utiliser de puissantes formules de Magie Blanche pour l'empêcher de faire entrer le Mal dans la chambre de Stefan.

Je commence à avoir sommeil. J'ai envie d'être dans les bras de Stefan et de le sentir m'enlacer. Je l'aime. Je renoncerais à tout pour rester auprès de lui. « Même à mes ailes d'ange ? » me demande-t-il. Oui, pour être avec lui et le protéger, je renoncerais à ça et à tout le reste. Même à ma vie.

Maintenant je veux le rejoindre.

Elena

PS : Je suis désolé d'écrire dans le nouveau journal d'Elena, mais il y a certaines choses à dire et peut-être qu'un jour elle voudra les lire pour se souvenir. J'ai écrit ses pensées sous forme de phrases, mais ce n'est pas ainsi qu'Elena les a formulées. C'était plutôt des bribes d'idées. Les vampires ont l'habitude de traduire les pensées quotidiennes des gens en phrases cohérentes, mais celles d'Elena nécessitent plus qu'une simple retranscription. En général, son esprit lui transmet des couleurs vives, accompagnées d'un mot ou deux.

La « quatrième » personne dont elle parle est Caroline Forbes. Elena la connaît quasiment depuis l'enfance, je crois. Aujourd'hui Caroline s'en est prise violemment à elle ; pourtant, ce qui me trouble quand je sonde l'esprit d'Elena, c'est que je ne perçois aucune colère, ni même le moindre chagrin. C'en est presque effrayant.

Il y a une question à laquelle j'aimerais vraiment trouver une réponse : qu'est-il arrivé à Caroline pendant le peu de temps où elle était l'otage de Klaus et Tyler ? Est-ce qu'elle a agi de son plein gré aujourd'hui ? Est-ce que la haine de Klaus aurait laissé des traces qui subsisteraient encore comme un miasme empoisonnant l'atmosphère ? Ou bien est-ce qu'un nouvel ennemi rôde à Fell's Church ?

Et surtout : qu'est-ce qu'on doit faire ?

Stefan – qu'on est en train d'arracher à l'ord...

8.

Les vieilles aiguilles de la pendule affichaient trois heures du matin lorsque Meredith fut soudain tirée d'un sommeil agité.

Elle se mordit la lèvre pour réprimer une envie de hurler. Un visage était penché sur le sien, à l'envers. La dernière chose dont elle se souvenait, c'était d'être allongée sur le dos dans son sac de couchage, en train de parler d'Alaric avec Bonnie.

À présent, Bonnie était penchée au-dessus d'elle, mais la tête à l'envers et les yeux fermés. Elle était agenouillée derrière l'oreiller de Meredith, dont elle touchait presque le nez avec le sien. En ajoutant à cela l'étrange pâleur de ses joues et le souffle chaud et saccadé qui chatouillait le front de Meredith, on peut admettre que *n'importe qui* (Meredith en était certaine) aurait été en droit de hurler un minimum.

Elle attendit sans bouger, fixant l'obscurité face aux yeux étrangement clos de son amie.

Soudain, Bonnie se redressa, se leva et marcha rapidement

à reculons jusqu'au bureau de Meredith, où elle attrapa le téléphone portable qui était en charge. Elle l'avait sans doute allumé en mode vidéo, car elle entrouvrit les lèvres et se mit à parler en gesticulant.

C'était terrifiant. Meredith comprit très vite ce qui se passait : Bonnie parlait à l'envers. Les sons qui sortaient de sa bouche étaient confus, tantôt gutturaux et tantôt aigus, produisant au final ce langage sinistre que les films d'horreur ont rendu si populaire. Mais de là à parler *délibérément* de cette façon… un être humain normal ou n'importe quel esprit sain en serait incapable. Meredith avait la sensation étrange qu'une force essayait de les attirer, de les atteindre à travers une dimension parallèle.

Elle n'allait pas tarder à craquer. Peu à peu, elle avait l'impression de distinguer des mots et même des phrases qui n'avaient rien d'agréable.

« Pitié, faites que ça s'arrête. *Maintenant !* »

Un gémissement puis un bredouillement se firent entendre.

Bonnie referma la bouche dans un claquement de dents, coupant court aux stridulations. Puis, comme un film rembobiné au ralenti, elle retourna à reculons dans son sac de couchage, s'agenouilla et rampa en arrière pour se glisser dedans, avant de s'allonger et de poser la tête sur son oreiller, tout ça sans jamais ouvrir les yeux pour regarder où elle allait.

C'était un des spectacles les plus terrifiants que Meredith ait jamais vus ou entendus ; pourtant, question horreur, elle en connaissait un rayon.

Mais elle se sentait incapable d'attendre le lendemain matin pour visionner l'enregistrement.

Elle se leva, s'approcha du bureau sur la pointe des pieds et emporta le téléphone dans la pièce voisine. Là, elle le raccorda à son ordinateur, grâce auquel elle put lire le message à *l'endroit*.

Au bout d'une ou deux écoutes, elle décida que Bonnie ne devrait jamais l'entendre. Ça lui ficherait une peur bleue à vie, et c'en serait fini des phénomènes paranormaux pour elle.

On y entendait des cris d'animaux, mélangés à cette voix difforme qui psalmodiait à l'envers... mais qui n'était en aucune façon la voix de Bonnie. Ni celle d'une personne normale. Ça semblait presque pire à l'endroit qu'à l'envers, ce qui signifiait peut-être que celui ou celle qui avait prononcé ces mots parlait naturellement dans l'autre sens.

À travers les grognements, les rires déformés et les bruits de fauve tout droit sorti des steppes, Meredith arrivait à distinguer des voix humaines. Bien qu'elle en eût la chair de poule et des picotements dans tout le corps, elle essaya d'assembler les mots extraits de ce charabia.

En les mettant bout à bout, elle obtenait ceci :

« Leuuuuuu... rév... eiiil... seuuuura... b-b-brusk... hééé... terrrrribl ! TwAA... hé-hé-é... moaaaa... deuv-onnn... ÊTRE... làààà... lorsk... eeeelse... réveyeraaaa... Pl... taaar... neseron... pluu... LAAAAA-ahhrrr- pourr-rrrrel... » (À ce stade, Meredith se demandait s'il fallait comprendre « pour elle » ou si ça faisait juste partie du grognement.) « Dauuutrrre... ke... NOUuuus... s-s-s-a-n-... okupronnn... »

Le Réveil sera brusque et terrible.

Toi et moi devons être là lorsqu'elle se réveillera. Plus tard, nous ne serons plus là (pour elle ?). D'autres que nous s'en occuperont.

Meredith posa son crayon d'un geste précis, juste à côté du message déchiffré sur le carnet.

Après quoi, elle retourna s'allonger et se recroquevilla dans son sac de couchage en regardant Bonnie, qui était aussi immobile qu'un chat devant un trou de souris, jusqu'à ce qu'enfin, l'épuisement la plonge dans le sommeil.

***

— J'ai dit QUOI ?! répéta Bonnie, sous le choc.

Le lendemain matin, en bonne hôtesse, Bonnie pressait du jus de pamplemousse et servait des céréales à son amie pendant que Meredith était aux fourneaux en train de préparer des œufs brouillés.

— Ça fait trois fois que je te le dis, et je te promets que ça n'a pas changé.

— Bon, dit Bonnie, se faisant subitement une raison, il est clair que le « Réveil » concerne Elena. Parce que, primo, toi et moi on doit être là quand ça arrivera, et, secundo, c'est *elle* qui doit se réveiller.

— Absolument, acquiesça Meredith.

— Il faut qu'elle se souvienne qui elle était…

— Exactement.

— … Et donc, on doit l'aider !

— Mais non !

Meredith passa sa nervosité sur les œufs à l'aide d'une spatule en plastique.

— Tu n'as pas dit ça, Bonnie ! Et, de toute façon, je ne crois pas qu'on puisse l'aider. On peut lui apprendre des petits trucs, peut-être, comme Stefan l'a fait. Comment faire un lacet de chaussures ou se brosser les cheveux. Mais, vu ce que tu as dit, le Réveil va être terrible et brutal, et apparemment on n'y est pour rien. Tu as simplement parlé du fait qu'on devait être là pour elle parce qu'après ça, pour une raison ou pour une autre, on ne le sera plus.

Bonnie médita ces mots dans un silence lugubre.

— On ne sera plus là ? répéta-t-elle finalement. Plus là, du genre plus auprès d'Elena ou… *plus là du tout ?*

Meredith jeta un œil au petit déjeuner, l'appétit soudain coupé.

— J'en sais rien.

— Stefan a dit qu'on pouvait revenir la voir aujourd'hui.

— Stefan resterait poli même sous la torture…

— Je sais ! la coupa brusquement Bonnie. On va appeler Matt et on va aller voir Caroline – enfin, si elle est d'accord. On verra bien si elle est différente aujourd'hui. Ensuite, on n'a qu'à attendre le milieu d'après-midi et appeler Stefan pour lui demander si on peut passer.

Chez Caroline, Mme Forbes leur annonça que sa fille était malade et qu'elle devait garder le lit. Matt, Meredith et Bonnie repartirent donc penauds et, en chemin, Bonnie ne put s'empêcher de jeter plusieurs coups d'œil derrière elle en se mordillant les lèvres. La mère de Caroline aussi leur avait semblé mal en point, avec ses yeux cernés. Sans parler de l'atmosphère orageuse, cette tension palpable sous laquelle la maison de Caroline croulait presque.

Une fois chez Meredith, Matt alla bricoler sa voiture, qui avait constamment besoin de réparations, pendant que Bonnie et Meredith exploraient la penderie à la recherche de vêtements pour Elena. Ce serait un peu grand, mais toujours mieux que ceux de Bonnie, qui seraient beaucoup trop petits.

À quatre heures, elles appelèrent Stefan. Ils étaient effectivement les bienvenus. Les amis se mirent en route.

À la pension, Elena ne renouvela pas le rituel de la veille avec ses baisers – à la grande déception de Matt, visiblement.

Par contre, elle s'émerveilla de ses nouveaux vêtements (l'ancienne Elena n'aurait sûrement pas eu la même réaction). Flottant à un mètre au-dessus du sol, elle n'arrêtait pas de les brandir et de les humer longuement, l'air heureux, en souriant à Meredith ; pourtant, quand Bonnie attrapa un tee-shirt au hasard, elle ne sentit aucune odeur particulière, pas même l'eau de Cologne de Meredith.

Un mélange de désespoir et de tendresse se lisait sur le visage de Stefan et, quoique un peu gênée, Meredith le rassura : la gratitude d'Elena était touchante.

— Bonnie et moi, on a quelque chose à te dire, ajouta-t-elle.

Pendant qu'elle racontait à Stefan la prophétie nocturne de Bonnie, cette dernière emmena Elena dans la salle de bains et l'aida à enfiler un short qui lui alla très bien, et un haut bleu ciel qui, lui, était un peu long.

La couleur mettait parfaitement en valeur les cheveux emmêlés mais toujours aussi splendides d'Elena. Cependant, quand Bonnie la mit face au miroir de poche qu'elle avait apporté, Elena parut aussi confuse qu'un chiot qu'on prend dans les bras pour lui montrer son reflet. Bonnie continua de tenir le miroir face à elle et Elena de passer la tête derrière, comme un enfant jouant à cache-cache. Bonnie dut donc se contenter de donner un bon coup de brosse à sa chevelure dorée, que Stefan n'avait apparemment pas réussi à démêler. Lorsque Elena eut enfin les cheveux lisses et soyeux, Bonnie l'emmena fièrement se faire admirer.

Mais elle déchanta vite. Les autres étaient en pleine discussion, et l'atmosphère semblait morose. À contrecœur, Bonnie lâcha Elena, qui alla aussitôt se blottir contre Stefan.

— Oui, je comprends, disait Meredith. En fin de compte,

même si Caroline n'était pas devenue barjot, vous n'auriez pas vraiment eu le choix ?

— Quoi, quel choix ? intervint Bonnie en s'asseyant à côté de Stefan sur le lit. De quoi vous parlez ?

Il y eut un long silence, puis Meredith s'approcha en passant un bras autour des épaules de Bonnie.

— On parlait de la raison pour laquelle Stefan et Elena vont devoir quitter Fell's Church et partir loin d'ici.

— Partir ? Mais pourquoi ? bafouilla Bonnie.

— Tu sais pourquoi. Tu as bien vu ce qui s'est passé hier.

Le regard ténébreux de Meredith était empli de chagrin et, pour une fois, son expression trahissait l'angoisse irrépressible qu'elle éprouvait.

Mais, pour l'instant, l'angoisse des autres n'avait aucune importance pour Bonnie.

La sienne l'accablait déjà assez, comme une avalanche l'enterrant sous une neige brûlante. Elle se démena pour refaire surface.

— Caroline ne fera rien. Elle a signé un pacte. Elle sait que si elle rompt le serment, d'autant que qui-on-sait l'a signé aussi...

Meredith avait dû parler du corbeau à Stefan, car il soupira en secouant la tête et repoussa gentiment Elena, qui essayait de sonder son esprit. Elle percevait clairement la tristesse au sein du groupe, mais sans vraiment comprendre quelle en était la cause.

— Mon frère est la dernière personne que j'ai envie de voir tourner autour de Caroline.

Stefan écarta une mèche noire devant ses yeux d'un geste agacé, comme si on venait de lui rappeler à quel point il ressemblait physiquement à Damon.

— Et je ne crois pas non plus que la menace de Meredith

au sujet de l'université marchera. Caroline est plongée dans les ténèbres.

Bonnie frissonna. *Dans les ténèbres* : elle n'aimait pas du tout les images que ces mots évoquaient.

Bonnie comprit que Matt ressentait la même chose : vertiges et nausées, comme s'ils descendaient d'un manège de fête foraine qui ne leur aurait pas réussi.

— Écoutez, reprit Stefan, il y a une autre raison pour laquelle on ne peut pas rester.

— Laquelle ? demanda lentement Matt.

Bonnie était trop contrariée pour parler. Quelque part, inconsciemment, elle savait que ça devait arriver. Mais elle avait toujours repoussé cette idée.

— Je crois que Bonnie a déjà compris.

Stefan la regarda, et Bonnie tourna vers lui un regard plein de larmes.

— C'est Fell's Church, expliqua Stefan d'une voix douce et amère. La ville a été bâtie sur un croisement de lignes d'énergie. Une force souterraine à l'état brut, vous vous souvenez ? J'ignore si c'était voulu. Quelqu'un sait si ce sont les Smallwood qui ont choisi cet emplacement ?

Personne n'en avait la moindre idée. Dans le vieux journal intime d'Honoria Fell's Church, rien n'indiquait un quelconque lien entre la famille de loups-garous et la fondation de la ville.

— Eh bien, si c'était un hasard, on peut dire qu'il était malheureux. La ville, ou plutôt son cimetière, a été bâtie pile à la jonction de plusieurs flux. Ce qui fait d'elle une sorte de balise pour les créatures surnaturelles, maléfiques... ou non.

Stefan parut gêné, et Bonnie comprit qu'il faisait allusion à lui-même.

— J'ai été attiré par cet endroit. Et d'autres vampires aussi, comme vous le savez. Chaque fois qu'un être doté de pouvoirs arrive ici, la balise devient plus puissante. Plus lumineuse. Plus attrayante pour d'autres créatures. C'est un cercle vicieux.

— Et certaines d'entre elles finiront par repérer la présence d'Elena, devina Meredith. N'oublie pas, Bonnie, que ces créatures sont comme Stefan, sauf qu'elles n'ont pas son sens moral. Quand ils la verront...

Bonnie faillit fondre en larmes à cette pensée. C'était comme si elle visualisait une rafale de plumes blanches tourbillonnant au ralenti jusqu'à ses pieds.

— Mais... elle n'était pas comme ça à son réveil, dit Matt. Elle parlait, elle était lucide. *Elle ne flottait pas.*

— Qu'elle parle ou non, qu'elle marche ou qu'elle vole, elle a des pouvoirs, affirma Stefan. Suffisamment pour rendre fou n'importe quel vampire, qui serait alors prêt au pire pour le lui prendre. Or Elena n'a pas la faculté de tuer ou même de blesser pour se défendre. Du moins, j'ai du mal à l'en imaginer capable. Mon seul espoir, ajouta-t-il d'un air plus sombre, c'est de trouver un endroit ... où elle sera en sécurité.

— Mais tu ne peux pas l'emmener ! protesta Bonnie en se levant d'un bond. Meredith t'a raconté ce que j'ai dit ? Le Réveil d'Elena va avoir lieu et, le moment voulu, Meredith et moi, on devra être à ses côtés.

« Parce qu'après, on ne sera plus *avec elle* », ajouta-t-elle en silence. Soudain, tout était clair. La perspective de cette prophétie était pénible, mais moins insupportable que celle de ne plus être là *du tout*.

— Je ne comptais pas l'emmener avant qu'elle soit capable de marcher correctement, précisa Stefan en passant un bras autour des épaules de Bonnie.

La sensation était la même que lorsque Meredith la prenait dans ses bras : un peu comme une étreinte fraternelle.

— Vous n'imaginez pas comme je suis heureux à l'idée qu'elle se réveille bientôt et que vous soyez là pour la soutenir. Mais...

« Mais les créatures démoniaques vont quand même venir à Fell's Church ? devina Bonnie. Et tu ne seras pas là pour nous protéger, c'est ça ? »

Elle leva les yeux et comprit que Meredith avait lu dans ses pensées.

— Stefan et Elena ont suffisamment souffert pour le bien de cette ville, dit son amie d'une voix prudente et posée.

Soit. Il n'y avait rien à redire sur ce point. Et pas la peine de débattre davantage avec Stefan. Sa décision était prise.

Ils discutèrent quand même jusque tard dans la nuit, examinant différents plans d'action à la lumière des prédictions de Bonnie. Ils n'aboutirent à aucune solution définitive, mais au moins ils avaient écarté certaines options. Insistant pour qu'ils aient un moyen de communiquer avec Stefan, Bonnie s'apprêtait à lui demander un peu de sang et une mèche de cheveux pour le rituel d'invocation lorsqu'il lui fit remarquer qu'il s'était enfin équipé d'un téléphone portable.

Finalement, ce fut l'heure de partir. Tous avaient une faim de loup ; Bonnie songea que c'était sûrement aussi le cas de Stefan. Assis avec Elena sur les genoux, il était particulièrement pâle.

Lorsqu'ils se séparèrent en haut des marches, Bonnie dut se répéter avec force la promesse de Stefan : Elena serait là pour que Meredith et elle la soutiennent à son Réveil. Jamais il ne l'emmènerait sans les prévenir.

Ce n'était pas de *vrais* adieux.

Alors pourquoi cela y ressemblait-il tant ?

9.

Lorsque Matt, Meredith et Bonnie furent partis, Stefan se retrouva seul avec Elena, qui avait sagement revêtu la « chemise de nuit » de Bonnie. Dehors, la nuit était tombée et apaisait ses yeux endoloris par le tourment d'avoir annoncé une mauvaise nouvelle à des amis. Le plus pénible, cependant, c'était la fébrilité qu'il éprouvait, comme tout vampire affamé. Stefan y remédierait bientôt. Une fois qu'Elena se serait endormie, il filerait en douce dans la forêt à la recherche d'un chevreuil ; les vampires chassaient mieux que personne, et personne ne pouvait rivaliser avec Stefan sur ce plan. Il faudrait plusieurs animaux pour assouvir la faim qui le tenaillait, mais il ne leur infligerait aucune blessure définitive.

Elena, elle, avait d'autres projets. Elle n'avait pas sommeil et elle ne se lassait jamais de leur duo solitaire. Dès que le bruit du moteur de leurs invités s'évanouit au loin, elle fit ce qu'elle faisait toujours quand elle était dans cet état d'esprit :

elle flotta jusqu'à lui et pencha la tête en arrière, les yeux fermés et les lèvres légèrement pincées. Puis elle attendit.

Stefan se précipita vers la fenêtre pour baisser le store en pensant à d'éventuels voyeurs, du genre corbeau indésirable, puis retourna vers Elena. Les joues un peu rouges mais les yeux toujours clos, elle n'avait pas bougé d'un centimètre. Parfois, Stefan se disait qu'elle pourrait attendre comme ça pendant des heures pour obtenir son baiser.

— Ce n'est pas juste, je profite trop de toi, dit-il dans un soupir.

Il se pencha et l'embrassa simplement, en douceur.

Elena manifesta sa déception par un petit bruit semblable au ronronnement d'un chaton, ponctué d'une pointe d'étonnement. Elle lui donna un petit coup de nez sous le menton.

Alors il se blottit dans la chaleur de son cou, impuissant. Une vague douleur montait déjà vers sa mâchoire supérieure.

Elena réclama encore, d'un petit coup de nez. Stefan l'embrassa un peu plus longuement. Il avait beau savoir qu'elle était nettement plus expérimentée que neuf mois auparavant, lorsqu'ils s'étaient perdus dans une étreinte passionnée, la culpabilité ne le laissait jamais longtemps en paix. Sans consentement concret de sa part, il ne pouvait s'empêcher de s'en vouloir.

Cette fois, le ronron trahit un agacement. Elena en avait assez. Elle se laissa tomber de tout son poids sur lui, l'obligeant à faire face à son regard suppliant.

S'il te plaît ?

C'était l'un des premiers mots qu'elle avait appris quand elle s'était réveillée, muette et légère comme l'air. Ange ou non, elle savait parfaitement quel effet il produisait sur lui.

— Mon tendre amour…, gémit Stefan avant de l'embrasser.

Il y eut un long silence pendant lequel il sentit son cœur battre de plus en plus vite. Dans ses bras, le corps d'Elena – elle qui avait un jour donné sa vie pour lui – était chaud et lourd de sommeil. Elle était à lui et à lui seul, et c'est ainsi qu'ils partageaient leur amour. À cet instant, il souhaita que jamais rien ne change. Même la douleur de plus en plus lancinante dans ses crocs était délectable. Face à la bouche brûlante d'Elena, ce mal se transformait en plaisir sous les baisers taquins qu'elle lui soufflait.

C'était toujours elle l'instigatrice et, quels que soient ses désirs, il lui obéissait, inexorablement. La seule fois où il avait refusé et interrompu leur baiser, elle avait cessé net toute communication et elle était partie pleurer dans un angle du plafond, parmi la poussière et les toiles d'araignée. Bien qu'il se soit agenouillé, qu'il l'ait suppliée, cajolée, et qu'il ait même versé quelques larmes, elle avait été inconsolable... jusqu'à ce qu'il la reprenne dans ses bras.

Il s'était juré de ne jamais refaire cette erreur. Mais sa culpabilité continuait de le tourmenter... Soudain, Elena l'embrassa plus fort, ébranlant ses certitudes. Stefan dut reculer et se retrouva assis sur son lit. Ses pensées se morcelèrent. Il ne voyait plus qu'Elena, si *vivante*. Une douce explosion s'opéra en lui, et il n'eut plus besoin de se forcer.

Il comprit qu'elle appréciait autant que lui le délicieux supplice de ses crocs endoloris.

Il était trop tard pour réfléchir ou inutile de le faire. Elena l'attendrissait ; sa chevelure était d'une douceur harmonieuse sous la caresse. Leurs esprits communiaient déjà. L'élancement dans sa mâchoire supérieure engendra finalement l'inévitable : des canines plus longues, plus aiguisées. Au contact des lèvres d'Elena, elles provoquèrent une étincelle de douleur qui lui coupa le souffle de plaisir.

Elena eut alors un geste inattendu : avec délicatesse et précaution, elle captura un des crocs de Stefan entre ses lèvres.

Stefan en eut le vertige.

Ce fut par la seule grâce de son amour pour elle qu'il se retint de lui transpercer la bouche. Ses vieilles pulsions de vampire, à jamais indomptables, lui criaient pourtant tout le contraire.

Il était transi de plaisir. Ses dents n'avaient jamais été si longues, si pointues, et, malgré lui, leurs extrémités tranchantes s'étaient plantées dans la lèvre pulpeuse d'Elena. Un filet de sang coula très lentement le long de sa gorge : le sang d'Elena. Son goût avait changé depuis qu'elle était revenue de l'Au-delà. Autrefois, il était extraordinaire, plein de vitalité, de l'essence même de sa vie.

À présent, il appartenait juste à une catégorie particulière. Indescriptible. Stefan n'avait encore jamais goûté au sang d'un revenant. Il contenait une force si surprenante ! Autant que le sang humain était différent du sang animal.

Pour un vampire, une gorge dégoulinante de sang procurait un plaisir aussi vif que n'importe quel bonheur intense pour un humain.

Stefan sentit son cœur cogner dans sa poitrine.

Elena jouait délicatement avec la dent qu'elle tenait prisonnière entre ses lèvres.

Il sentit chez elle une satisfaction bien réelle à mesure que ce petit sacrifice se muait en plaisir. Liée à lui, elle appartenait désormais à l'une des plus rares espèces de l'humanité : un être qui se plaisait à nourrir un vampire, qui adorait cette sensation de l'assouvir et de lui être indispensable. Elle faisait partie de l'élite.

Des sueurs chaudes parcoururent le corps de Stefan, encore vacillant au contact du sang d'Elena.

Elle lâcha sa canine, passant la langue sur ses lèvres. Puis elle renversa la tête en arrière, exposant son cou.

Ce dernier geste était vraiment irrésistible, même pour Stefan. Il connaissait les veines de sa gorge au millimètre près, comme les traits de son visage.

Il planta ses deux petites dagues dans une veine minuscule. Ses crocs étaient maintenant si aiguisés qu'Elena, habituée à cette sensation de morsure de serpent, ne ressentit presque rien. Finalement, ils se nourrirent l'un de l'autre, Stefan s'abreuvant de la douceur indescriptible de ce sang neuf, et Elena s'offrant à lui avec effusion avant de sombrer dans un plein abandon.

Il existait toujours un risque : lui prendre trop de sang ou, pour parler franchement, ne pas lui en donner assez en retour pour l'empêcher de mourir. Stefan se satisfaisait de petites quantités, mais trafiquer avec un vampire restait dangereux. Toutefois, ces scrupules furent vite balayés par le bonheur absolu auquel ils succombèrent.

**

Matt extirpa les clés de sa poche tandis qu'il s'entassait avec Bonnie et Meredith à l'avant de son vieux tacot. Bonjour la honte d'avoir dû le garer près de la Porsche de Stefan ; la mousse des sièges arrière partait en lambeaux et avait tendance à coller aux fesses. Bonnie tenait sans problème, entre Matt et Meredith, sur la banquette où pendillait une ceinture de sécurité improvisée. Matt garda un œil sur elle car, en général, elle oubliait de s'attacher. Or, la route du retour à travers la vieille forêt n'était semée que de virages dangereux.

« Il y a eu assez de morts comme ça, pensa Matt en s'éloignant de la pension. Et même assez de résurrections miraculeuses. » Il avait eu sa dose de surnaturel pour le restant de ses jours. En fait, il désirait la même chose que Bonnie : il voulait que les choses redeviennent normales, il voulait reprendre sa bonne vieille vie d'autrefois.

Alors, tu renonces à Elena ? chuchota une petite voix moqueuse dans sa tête. *Tu jettes l'éponge sans même te battre ?*

« Eh quoi ? De toute façon, je ne ferais pas le poids face à Stefan, même s'il avait les bras ligotés dans le dos et un sac sur la tête. Non, je laisse tomber. C'est fini, même si elle m'a embrassé. C'est juste une amie, maintenant. »

Cependant, le baiser de la veille était intact dans sa mémoire. Il sentait encore les lèvres chaudes d'Elena sur sa bouche, ce contact léger qui, sans qu'elle en ait conscience, ne se faisait pas « entre amis ». Il sentait aussi la chaleur et la finesse de son corps chaloupé.

« Bon sang, elle est parfaite depuis qu'elle est revenue ! Physiquement, en tout cas. »

La voix plaintive de Bonnie interrompit ses rêveries.

— ... moi qui croyais que tout allait bien finir ! gémissait-elle. Qu'au final tout s'arrangerait. Mais non ! Ce qui devait arriver va arriver.

— C'est dur, je sais, dit gentiment Meredith. On dirait qu'on n'arrête pas de la perdre. Mais il ne faut pas être égoïste.

— *Si !* répliqua Bonnie d'un ton catégorique.

« *Si*, répéta Matt en silence. J'ai envie d'être égoïste, du moins sans que personne s'en aperçoive. *Oh, ce brave Matt, il s'en fiche, c'est un chic type !* Eh ben, pour une fois, non : le bon vieux Matt, il ne s'en fout pas. Mais bon, c'est l'autre qu'elle a choisi, qu'est-ce que je peux y faire ? La kidnapper ? L'enfermer à double tour ? »

Cette pensée lui fit l'effet d'une douche froide. Matt se ressaisit et se concentra sur la route. Machinalement, il avait déjà enchaîné plusieurs tournants sur l'étroite route crevassée qui traversait la forêt.

— On était censés aller à l'université ensemble, continua Bonnie. Et ensuite, on devait revenir chez *nous*, à Fell's Church. Depuis la maternelle, on avait tout prévu ! Elena est revenue, je croyais que ça voulait dire que tout redeviendrait comme avant. Mais ça n'arrivera jamais, hein ?

Ce n'était pas vraiment une question.

Matt et Meredith échangèrent des coups d'œil. Malgré leur compassion, ils étaient incapables de réconforter Bonnie, qui repoussa la main de Meredith.

— Je crois qu'on espérait tous un peu ça, dit Matt, lentement. On s'imaginait qu'ils pourraient vivre tranquillement à Fell's Church et que la vie reprendrait son cours normal. Jusqu'à ce que Stefan…

Meredith secoua la tête, regardant au loin à travers le pare-brise.

— Ce n'est pas la faute de Stefan…

Matt comprit. Stefan était venu à Fell's Church pour rejoindre le monde des hommes, pas pour enlever une jeune fille et l'emporter vers l'inconnu.

— Tu as raison, dit-il. Elena et lui auraient sûrement trouvé un moyen de vivre ici tranquillement. Ou du moins de rester près de nous. En fait, tout est à cause de Damon. Il est venu chercher Elena de force, et ça a tout changé.

— Et maintenant, Elena et Stefan s'en vont et ils ne reviendront jamais ! gémit Bonnie. Pourquoi Damon a provoqué tout ça ?! Pourquoi la vie change tout le temps !?

— Un jour, Stefan m'a expliqué que son frère s'amusait à changer le cours des choses juste parce qu'il s'ennuyait, confia Meredith. Cette fois, c'est sans doute sa haine envers son frère qui a tout déclenché. Mais j'aurais bien aimé qu'il nous laisse tranquilles, pour une fois.

Bonnie pleurait à présent.

Meredith continua d'une voix plus douce.

— Tu ne poses peut-être pas la question aux bonnes personnes. Elena saurait sûrement te dire pourquoi les choses doivent changer si elle se souvenait de ce qui lui est arrivé...

— Je n'ai jamais dit que ça *devait* changer.

— Mais c'est le cas. Tu ne comprends pas ? Ce n'est pas surnaturel, c'est *la vie*. Tout le monde grandit...

— Ça va, je sais ! Matt a une bourse d'études grâce au foot, et toi tu vas aller à l'université et te marier et même faire des enfants !

À entendre Bonnie, ce genre de projets était totalement scandaleux.

— Moi je vais rester coincée en fac toute ma vie alors que vous, vous évoluerez et vous finirez par oublier Stefan, Elena et même moi, termina Bonnie d'une toute petite voix.

Matt s'était toujours montré très protecteur envers les plus faibles. À cet instant, même avec le souvenir d'Elena si vif dans son esprit (il se demandait s'il réussirait un jour à oublier ce baiser), il se sentit attiré par Bonnie, qui semblait si jeune et si fragile.

— Qu'est-ce que tu racontes ? Je vais revenir vivre ici après la fac. Peut-être même que je mourrai à Fell's Church. Je penserai toujours à toi. Enfin, si tu es d'accord ?

Il caressa gentiment le bras de Bonnie, qui ne repoussa pas sa main comme elle l'avait fait avec Meredith ; elle se pencha et posa la joue contre son épaule. En la sentant frissonner, Matt passa spontanément un bras autour de ses épaules.

— Je n'ai pas froid, dit Bonnie sans toutefois se dégager. Il

fait bon ce soir. Mais je n'aime pas quand tu parles de mour...
ATTENTION !

— Fais gaffe ! cria Meredith.

Matt écrasa la pédale de frein en jurant et en luttant avec le volant. Bonnie baissa la tête et Meredith se cramponna. Le tas de ferraille qui leur servait de voiture remplaçait l'ancien tacot déglingué dont Matt s'était débarrassé, mais il était tout aussi vieux et ne disposait pas d'airbags. C'était un patchwork de pièces détachées.

— Accrochez-vous ! hurla Matt tandis que l'auto dérapait dans un crissement de pneus.

L'arrière du véhicule fit une embardée dans le fossé, puis percuta un arbre, projetant les passagers dans tous les sens.

Lorsque la course folle de la voiture s'arrêta, Matt reprit son souffle, relâchant le volant qu'il avait serré à mort. Il se tourna lentement vers les filles et se figea, cherchant à tâtons le plafonnier pour l'allumer.

Comme toujours en cas de panique, Bonnie s'était jetée sur Meredith. Elle était étendue, la tête sur les genoux de son amie, les mains cramponnées à son pull. Immobile, Meredith s'enfonçait dans son siège. Elle tenait fermement Bonnie pour l'empêcher de se relever.

Comme une lance verte touffue et noueuse ou le bras crochu d'un monstre géant sorti de terre, la branche d'un arbre s'était encastrée dans l'habitacle à travers la fenêtre ouverte. Elle passait sous le cou de Meredith, et ses rameaux frôlaient dangereusement Bonnie. Si la ceinture de sécurité s'était bloquée ; si elle ne s'était pas jetée en avant ; et si Meredith ne l'avait pas tenue d'une main de fer...

Matt, lui, se retrouvait nez à nez avec l'extrémité fendue de la branche. Si sa propre ceinture ne l'avait pas retenu...

Il respirait avec peine. L'odeur du feuillage envahissait

la voiture. Il sentait même la sève suinter des rameaux qui s'étaient cassés net sous le choc.

Tout doucement, Meredith tendit le bras pour tenter de briser un des rameaux qui pointait vers sa gorge comme une flèche. Rien à faire : il ne cédait pas. Hébété, Matt essaya à son tour. Le bois n'était pas plus épais que son doigt, mais il était robuste et ne pliait même pas.

« Comme s'il avait été durci au feu, songea Matt. Mais non, c'est ridicule... »

— Je peux me relever, maintenant ? demanda Bonnie d'une voix étouffée. S'il te plaît, je ne veux pas qu'*elle* m'attrape.

Matt, qui se frottait la joue contre la grosse branche, jeta un œil vers elle.

— Personne ne va t'attraper, Bonnie, dit-il en tâtonnant pour trouver l'attache de sa ceinture.

Comment Bonnie pensait-elle à la même chose que lui : que cette branche ressemblait à un gros bras crochu plein d'échardes ?

— Tu sais bien qu'elle veut m'attraper...

Bonnie tremblait de la tête aux pieds. Elle passa le bras dans son dos pour décrocher sa ceinture.

— Matt, il faut qu'on glisse sous la branche, dit Meredith.

Prudente, elle était restée cambrée, mais la position avait l'air assez éprouvante et Matt comprit à sa respiration qu'elle commençait à peiner.

— Il faut qu'on glisse vers toi. Je sens que ça se resserre autour de ma gorge.

— C'est impossible...

Pourtant c'était vrai, il le voyait : les rameaux fraîchement fendus avaient bougé de quelques millimètres. Désormais courbées, leurs extrémités étaient à deux doigts de s'enfoncer dans la gorge de Meredith.

— Tu as dû bouger. Personne ne peut tenir aussi longtemps dans cette position, dit Matt. Il y a une lampe de poche dans la boîte à gants...

— Elle est bloquée par les branches. Bonnie, tu peux essayer de défaire ma ceinture ?

— Je vais essayer.

Bonnie se laissa glisser sans lever la tête et tripota le bas de la sangle pour trouver le bouton.

Matt avait l'impression que le feuillage capiteux les engloutissait. Qu'il les attirait contre ses aiguilles.

— Plutôt flippant, le sapin de Noël, hein ?

Il tourna la tête, jetant un œil à travers la vitre fermée de sa portière. Les mains en coupe autour des yeux, il appuya le front contre la glace étrangement froide.

Quelque chose toucha sa nuque. Il sursauta.

— Merde, Meredith, fais gaffe !

— Matt...

Il était furieux d'avoir sursauté. Mais le contact avait été si... rêche.

— Meredith ?

Lentement, il écarta les mains jusqu'à ce qu'il puisse voir dans le reflet de la vitre noire.

— Ne bouge pas, Matt... à gauche... il y a un gros morceau très pointu.

Matt comparait souvent la voix de Meredith, d'ordinaire froide et un peu distante, à ces photos de calendrier montrant de grands lacs bleus sous la neige. Mais là, elle était étranglée et particulièrement tendue.

— Meredith !

La voix de Bonnie semblait plutôt étouffée sous un oreiller de plumes.

— Tout va bien, Bonnie. Il faut juste que j'écarte la branche, la rassura Meredith. Ne t'inquiète pas, je ne te lâche pas.

Matt sentit un autre picotement, plus vif cette fois. Quelque chose lui touchait le cou à droite, tout doucement.

— Bonnie, arrête de bouger ! Tu fais entrer l'arbre dans la voiture !

— Matt, ferme-la !

Matt obéit. Son cœur battait la chamade. Il tendit un bras hésitant derrière lui, essayant de regarder ce qu'il faisait dans le reflet de la vitre. Sa main se referma sur un gros nœud d'écorce et de bois fendu.

« Bizarre, je ne me rappelle pas avoir vu ça quand la branche était pointée sur ma gorge… »

— Je l'ai !

Un clic se fit entendre.

— Je sens des épines partout dans mon dos…

— OK, Bonnie : ne bouge pas. Matt ?

Meredith gardait son sang-froid, comme ils l'avaient tous fait en revoyant Elena.

— Matt, il faut que tu ouvres ta portière.

— Ce ne sont pas de simples épines. On dirait… du fil barbelé. Je suis coincée !

— Matt, ouvre ta portière, *MAINTENANT !*

— Je ne peux PAS !

Silence.

— Matt ?!

Matt s'arc-bouta, s'appuyant sur ses pieds, cramponné à l'écorce qui commençait à lui entailler les mains. Il poussa en arrière de toutes ses forces.

— Matt ! répéta Meredith, presque en hurlant. Ça s'enfonce dans ma gorge !

— J'arrive pas à ouvrir ! Ma portière est bloquée par un arbre !

— Mais c'est impossible : c'est la *route* de ce côté !

— Comment un arbre peut avoir poussé là ?

Nouveau silence.

Matt sentit les esquilles de bois, les rameaux cassés, s'enfoncer un peu plus dans sa nuque. S'il ne bougeait pas très vite, bientôt il ne bougerait plus du tout.

10.

Elena était au comble du bonheur. C'était à son tour.

Stefan prit un coupe-papier sur son bureau pour se faire une entaille. Elena détestait le voir faire ça, choisir l'outil le plus efficace pour transpercer sa peau de vampire ; alors elle ferma très fort les yeux et les rouvrit seulement lorsqu'un filet de sang dégoulina dans son cou.

— Tu n'as pas besoin d'en boire beaucoup... Il ne vaut mieux pas, chuchota Stefan.

Il la prévenait avant de ne plus en avoir la force.

Il était toujours si inquiet. Cette fois, c'est elle qui l'embrassa.

Elle sentit qu'il trouvait ça très étrange, mais qu'il préférait ses baisers plutôt que de la laisser boire son sang. Amusée, elle le renversa sur le dos, voltigea un peu au-dessus du lit et se pencha vers son cou en le laissant croire qu'elle allait faire durer le plaisir. Mais, en réalité, elle se jeta sur la blessure comme une sangsue et aspira violemment son sang, de toutes ses forces, jusqu'à ce que les pensées de Stefan la supplient d'arrêter. Ce n'est que lorsqu'il l'implora *à voix haute* qu'elle fut pleinement satisfaite.

***

Dans l'obscurité de la voiture, Matt et Meredith eurent soudain la même idée. Elle fut plus rapide.

— Quelle idiote ! Matt, où est la commande du dossier ?

— Bonnie, il faut que tu abaisses le dossier de Meredith ! Il y a une petite manette, tu dois pouvoir l'atteindre !

Bonnie commençait à manquer d'air.

— Mes bras… Ça s'enfonce dans mes bras ! dit-elle dans un hoquet.

— Bonnie, tu peux le faire, la rassura Meredith avec fermeté. Matt : où est la manette ? Sous le siège avant… ?

— Oui, sur le côté. À deux heures.

Matt, qui manquait d'air, ne pouvait en dire plus. Après avoir agrippé la branche, il s'était rendu compte que, s'il relâchait sa prise un seul instant, la pression sur son cou s'accentuait.

« Je n'ai pas le choix », pensa-t-il. Il prit une grande inspiration, repoussa la branche non sans arracher un cri de protestation à Meredith, et se contorsionna en sentant des éclats de bois aux bords déchiquetés tailler sa gorge, son oreille et la peau de son crâne. Il était désormais libéré de la pression sur son cou, mais il constata avec horreur que le nombre de branches à l'intérieur de la voiture avait décuplé. Ses genoux en étaient recouverts ; tout l'habitacle était investi d'une épaisse couche d'aiguilles vertes.

Quasiment ensevelie sous les branches, Meredith luttait d'une main avec l'une d'elles qui lui serrait la gorge.

Elle croisa le regard de Matt.

— Matt, tire la manette de ton siège, MAGNE ! Bonnie, vas-y, tu peux y arriver !

Sans hésiter, Matt plongea la main et tâtonna jusqu'à ce qu'il trouve la poignée qui abaisserait son dossier, mais impossible de l'actionner : de petites vrilles tenaces, souples et difficiles à casser, s'entortillaient autour. Il les tordit violemment et les arracha net.

Son dossier se renversa. Il baissa la tête sous l'énorme branche crochue et, au moment où il tendait le bras pour aider Meredith, le dossier de la jeune fille s'inclina brusquement à son tour.

Basculant en arrière, loin des branches, elle suffoqua. L'espace d'un instant, elle resta immobile. Puis elle finit par se glisser tant bien que mal sur la banquette arrière, tirant derrière elle un petit corps couvert d'aiguilles.

— Pour une fois, Matt, articula-t-elle d'une voix rauque, je te bénis d'avoir un tas de ferraille.

D'un coup de pied, elle redressa le dossier du siège avant. Matt l'imita.

— Bonnie ? murmura-t-il d'un air hébété.

Bonnie ne bougeait pas. Une multitude de branchages l'enlaçaient encore, accrochés à son chemisier, entortillés dans ses cheveux.

Meredith et Matt se mirent à les enlever un à un. Les rameaux qui cédaient laissaient des zébrures ou de minuscules piqûres.

— On dirait qu'ils essaient de pousser à l'intérieur de son corps, constata Matt, tandis qu'un long rameau brusquement délogé laissait une marque rouge sang.

— Bonnie ?

Meredith se chargea de démêler ses cheveux.

— Allez, Bonnie. Regarde-moi.

Bonnie tremblait, mais elle laissa Meredith lui soulever le menton.

— Je pensais pas y arriver...

— Mais tu l'as fait. Tu m'as sauvé la vie.

— J'avais tellement peur...

Elle se mit à pleurer doucement contre l'épaule de Meredith.

Matt jeta un œil à cette dernière alors que la lumière du plafonnier vacillait avant de s'éteindre. Il eut juste le temps de voir son regard sombre, voilé d'une expression qui lui donna la nausée. Il tourna la tête vers l'extérieur de la voiture qu'il distinguait à peine.

Un amas de végétation compacte recouvrait chaque centimètre carré autour de la voiture.

Sans avoir besoin de se concerter, Meredith et lui essayèrent chacun d'attraper une poignée de portière. Un clic se fit entendre, les portes s'entrouvrirent un peu... et *vlan !* elles se refermèrent dans un claquement irrévocable.

Meredith et Matt échangèrent un coup d'œil. Puis elle tourna la tête et se remit à ôter les brindilles dans les cheveux de Bonnie.

— Je te fais mal ?

— Non. Enfin, un peu...

— Tu trembles.

— Il fait si froid...

Effectivement, la température avait baissé. Le vent sifflait comme un serpent dans un feuillage. Les arbres se mirent à grincer au-dessus d'eux dans un fracas saisissant. On aurait dit qu'une tempête se levait.

— Mais bon sang, c'était quoi ce truc que j'ai voulu éviter ?! explosa Matt en donnant un coup de pied brutal dans le siège avant.

— J'en sais rien, je remontais la vitre. Je l'ai juste entra-perçu, répondit Meredith d'une voix sombre.

— C'est apparu en plein milieu de la route !

— Un loup, peut-être ?

— Mais c'est sorti de nulle part !

— C'était pas un loup, mais c'était roux, dit Bonnie d'un ton catégorique en se redressant.

— Roux ?

Meredith secoua la tête.

— C'était beaucoup trop gros pour être un renard.

— Pourtant c'était roux, confirma Matt.

— Un loup de cette couleur, ça n'existe pas… Mais un loup-garou ? Ce ne serait pas un parent de Tyler Smallwood ?

— C'était pas un loup, insista Bonnie. C'était… à l'envers.

— Comment ça, « à l'envers » ?

— Ça avait la tête de l'autre côté. Ou alors il y avait une tête de chaque côté du corps.

— Bonnie, tu me fous les jetons, là !

Matt ne l'avouerait pas, mais Bonnie lui fichait vraiment la trouille à lui aussi. Car, dans son souvenir, l'aperçu qu'il avait eu de l'animal ressemblait à la silhouette difforme que Bonnie décrivait.

— Peut-être qu'on l'a juste vu sous un angle bizarre ?

— Si ça se trouve, enchaîna Meredith, c'était juste un ani-mal effrayé…

— Par *quoi* ? la coupa Bonnie.

Meredith leva les yeux vers le toit de la voiture. Matt suivit son regard. Très lentement, dans un grondement métallique, le plafond se creusa. À plusieurs reprises. Comme s'il était écrasé par quelque chose de très lourd.

— Bon sang ! Mais pourquoi j'ai pas appuyé sur le cham-pignon…

Matt maugréa en regardant à travers les branches pour tenter de repérer l'accélérateur et la clé de contact.

— Est-ce que les clés sont encore là ?

— Matt, on est à moitié dans le fossé, soupira Meredith. Et puis, t'inquiète : si ça avait servi à quelque chose de foncer, je te l'aurais dit.

— Cette branche t'aurait coupé la tête, je te signale.

— Je sais.

— Mais ça t'aurait tuée !

— Si ça vous avait permis de sortir d'ici, je l'aurais fait. Mais vous ne voyiez rien d'où vous étiez, alors que moi, si. Les arbres étaient déjà là. *Partout.*

— C'est pas possible... j'y-crois-pas ! explosa Matt en martelant chaque mot d'un coup de poing dans le dossier qui lui faisait face.

Le toit grinça de nouveau.

— Arrêtez, tous les deux ! lâcha Bonnie, avant que sa voix se brise dans un sanglot.

Soudain, une explosion retentit et la voiture s'affaissa en arrière, de travers.

— Et *ça*, c'était quoi ? dit Bonnie la première.

Silence.

— ... un pneu crevé, suggéra finalement Matt sans trop y croire.

Il regarda Meredith.

Bonnie l'imita.

— Meredith, les branches envahissent les sièges avant... Je vois à peine la lune. Il fait de plus en plus noir !

— Je sais.

— Alors qu'est-ce qu'on va *faire* ?

— Je n'en sais rien.

***

Stefan frissonnait encore tandis qu'Elena se pelotonnait comme un chat dans le lit. Elle lui offrit un sourire ivre de plaisir et d'amour. Il aurait voulu l'empoigner par les bras, la faire redescendre et tout recommencer à zéro.

Voilà à quel point elle l'avait rendu fou. Car, d'expérience, il connaissait bien le danger avec lequel ils flirtaient. Encore quelques séances de ce genre et Elena deviendrait le premier esprit vampire, tout comme elle avait été le premier vampire ressuscité qu'il ait connu.

Il fallait voir comme elle était belle ! Il se glissa en dessous d'elle comme il le faisait parfois, et sentit son cœur battre la chamade à sa vue. Ses cheveux, de vrais fils d'or, tombaient sur le lit en une cascade de soie. Sa silhouette, sous la lumière de la seule petite lampe de la pièce, paraissait nimbée d'ambre. Elle semblait réellement flotter, bouger et dormir dans un halo doré. C'était terrifiant. Pour un vampire, c'était comme d'avoir fait entrer dans son lit un soleil en chair et en os.

Il étouffa un bâillement. Elena lui faisait aussi cet effet, comme une Dalila ôtant sans le savoir ses forces à Samson. Il avait beau être gorgé de son sang, il éprouvait aussi une délicieuse fatigue. Dans ses bras, la nuit serait douce.

***

Dans la voiture de Matt, l'obscurité allait croissant tandis que les arbres continuaient de faire barrage au clair de lune. Un moment, ils essayèrent d'appeler à l'aide, en vain ; sans compter que, comme Meredith le fit remarquer, ils devaient économiser l'oxygène dans la voiture. Tout le monde tenta de recouvrer son calme.

Finalement, Meredith plongea la main dans sa poche de jean et en sortit un trousseau de clés réunies par un anneau auquel pendait une mini-lampe de poche. Elle diffusait une lumière bleue.

« Dire qu'un si petit truc peut s'avérer aussi crucial », songea Matt.

La pression s'intensifia sur les sièges avant.

— Personne ne nous entendra crier, dit Meredith. Au mieux, quelqu'un aura juste entendu le pneu éclater et pensé à un coup de feu.

Bonnie secoua la tête comme si elle ne voulait pas l'écouter et continua d'enlever les aiguilles de pin plantées dans sa peau.

« Meredith a raison. On est à des kilomètres de tout », pensa encore Matt.

— Il y a une présence très dangereuse ici, murmura Bonnie.

Elle parlait lentement, mais en accentuant les mots malgré elle, tels des pavés jetés un par un dans une mare.

Matt se sentait de plus en plus mal.

— Dangereux... à quel point ?

— Au point que je n'ai jamais *rien* ressenti de pareil. Ni quand Elena a été tuée, ni venant de Klaus ou quoi que ce soit d'autre. C'est incomparable. Un danger réel et puissant. Je ne pensais pas qu'une telle force existait. Ça m'oppresse...

Meredith l'interrompit.

— Bonnie, tu sais comme moi qu'il n'y a qu'un seul moyen de s'en sortir...

— Il n'y a *aucune* issue !

— Et je sais que tu as peur.

— Qui veux-tu appeler à l'aide ? Si tu penses à quelqu'un,

je veux bien essayer. Je peux fixer ta petite lampe et essayer d'imaginer que c'est une flamme…

— Tu veux entrer en transe ?

Matt jeta un regard sévère à Meredith.

— Elle n'est plus censée faire ça.

— Klaus est mort.

— Mais…

— De toute façon, personne ne m'entendra ! s'affola Bonnie, qui éclata finalement en sanglots. Elena et Stefan sont trop loin et ils dorment sans doute à l'heure qu'il est. On est *seuls* !

Ils étaient maintenant ballottés les uns contre les autres, tandis que les branches repoussaient les sièges avant sur eux. Matt et Meredith étaient suffisamment près pour se voir, juste au-dessus de la tête de Bonnie.

— Tu crois vraiment qu'on est seuls, toi ? demanda Matt, pétrifié.

— Non.

Meredith était partagée entre désarroi et espoir.

— Rappelez-vous, ce matin : on n'est sûrs de rien. Au fond, je suis persuadée qu'*il* est encore dans les parages.

Matt avait vraiment la nausée maintenant et, sous la lumière bleue, Meredith et Bonnie avaient l'air malade elles aussi.

— Juste avant d'avoir cet accident, on disait que beaucoup d'événements…

— … en gros, tout ce qui est arrivé à Elena…

— … était *sa* faute.

— Et on en a parlé dans les bois.

— Avec une vitre ouverte.

Bonnie continua de sangloter.

Matt et Meredith se mirent d'accord en silence, d'un simple regard.

— Bonnie ? dit cette dernière, très doucement. Ce que tu as proposé tout à l'heure : il va falloir que tu le fasses. Essaie de contacter Stefan, de réveiller Elena ou de… t'excuser auprès de Damon. Surtout la dernière option, à mon avis. En même temps, il n'a jamais eu l'air de vouloir notre mort, et il doit se douter que ça n'arrangera rien avec Elena s'il tue ses amis.

Sceptique, Matt poussa un grognement.

— Il ne veut peut-être pas notre mort, mais il attend sûrement que l'un de nous meure avant de sauver les autres ! Je n'ai jamais eu confiance…

— Mais tu ne lui as jamais voulu de mal, le coupa Meredith.

Matt la fixa en clignant des yeux, puis se tut. Il se sentait bête.

— Bon, voilà : la lampe est allumée, reprit Meredith.

Même en pleine crise, sa voix restait ferme, cadencée, envoûtante. Et cette pauvre petite lumière si précieuse ! C'était leur seule parade contre l'obscurité totale.

« Si on se retrouve dans le noir, pensa Matt, ça voudra dire que le moindre rayon de lumière, le moindre souffle d'air et tout ce qui vient de l'extérieur auront été bloqués par la pression des arbres. » Pression qui aura alors broyé leurs squelettes.

— Bonnie ?

Meredith avait la voix d'une grande sœur venant à la rescousse de sa cadette.

Si douce. Si retenue.

— Essaie de faire comme si c'était une bougie… la flamme d'une bougie…

— Je suis déjà en transe.

La voix de Bonnie avait quelque chose de distrait et de lointain, un peu comme un écho.

— Alors demande de l'aide, continua doucement Meredith.

Bonnie se mit à chuchoter, inconsciente de ce qui l'entourait.

— S'il te plaît, viens nous aider. Damon, si tu m'entends, je t'en prie, accepte nos excuses et viens. Tu nous as fait une peur bleue et je suis sûre qu'on le méritait, mais je t'en prie, aide-nous ! J'ai mal, Damon. Tellement mal que je pourrais hurler. Mais je préfère utiliser mes dernières forces pour faire appel à toi. S'il te plaît, aide-nous…

Elle continua à ce rythme pendant cinq, dix, quinze minutes, tandis que les branches grossissaient dans l'habitacle, les encerclant de leur odeur sucrée et résineuse. Elle insista longtemps, bien plus que Matt ne l'en pensait capable.

Puis la lumière s'éteignit. Après quoi on n'entendit plus que le bruissement des pins.

***

Force était d'admirer la technique.

Une fois de plus, Damon était allongé paresseusement sur une branche, encore plus haut que lorsqu'il s'était introduit dans la chambre de Caroline par la fenêtre du deuxième étage. Cette branche était comme un siège aux premières loges de la scène qui se déroulait en contrebas. Il commençait à s'ennuyer un peu, étant donné qu'il ne se passait plus grand-chose à terre. Il avait abandonné Damaris un peu plus tôt dans la soirée, lorsqu'elle était devenue ennuyeuse à force de parler mariage et autres sujets qu'il préférait éviter. Son mari du moment, par exemple. Quelle barbe. Il était parti sans vraiment vérifier si elle s'était transformée en vampire (il était tenté de penser que oui, ne serait-ce pas une merveilleuse surprise pour son mari chéri lorsqu'il rentrerait à la maison ?). Il sourit.

Au-dessous de lui, le drame avait presque atteint son paroxysme.

Et, franchement, force était d'admirer la technique : une chasse en meute. Damon ignorait totalement quel genre de sales petites créatures manipulaient les arbres, mais, à l'instar des loups ou des lionnes, elles semblaient maîtres dans cet art. Celui de s'allier pour capturer une proie trop rapide et trop cuirassée pour être gérée par un seul individu. Dans le cas présent, une voiture.

L'art de la collaboration dans toute sa splendeur ! « Dommage que les vampires soient si solitaires, pensa Damon. Si on s'alliait, on serait les maîtres du monde. »

Il cligna des yeux d'un air somnolent, son éternel rictus aux lèvres.

« Bien entendu, si on y arrivait – disons, à s'emparer d'une ville et à diviser ses habitants –, on finirait tous par s'entretuer. On brandirait crocs et pouvoirs comme la lame d'une épée jusqu'à ce qu'il ne reste que des lambeaux de chair tremblants et des caniveaux dégoulinant de sang. »

Damon baissa les paupières pour apprécier cet alléchant tableau.

« Quel chef-d'œuvre : du sang en mares écarlates qui, comme par magie, serait encore assez liquide pour ruisseler sur des marches en marbre blanc, disons… celles du stade Kallimarmaro d'Athènes ! Une ville entière devenue silencieuse, purgée de ses humains bruyants, désordonnés et hypocrites, où il ne resterait d'eux que l'indispensable : quelques artères pour fournir en quantité l'exquis nectar rouge. »

Un pays de Cocagne à la sauce vampire, en somme.

Soudain, il rouvrit les yeux d'un air agacé. Ça commençait à s'agiter bruyamment là-dessous. Des humains en train de hurler. Pourquoi ? Quel intérêt ? Le lapin pousse toujours des cris perçants quand il est dans la gueule du renard, mais a-t-on déjà vu un lapin voler au secours d'un des siens ?

« Tiens, ça fera un nouveau proverbe – et apportera la preuve que les humains sont aussi stupides que les lapins ! » Cependant, Damon avait perdu sa bonne humeur. Il tenta de chasser cette évidence de son esprit, mais ce n'était pas seulement le bruit en contrebas qui le perturbait. Une terre d'abondance… quel délire ! Il n'aurait pas dû avoir de telles pensées. Il repensa à la peau d'Elena une semaine plus tôt, d'une pâleur lactée et chaude sous le clair de lune, et à ses cheveux étincelants comme un filet de miel malgré la pénombre. Elle serait malheureuse de voir les conséquences de cette chasse nocturne. Elle pleurerait, des larmes cristallines comme des gouttes de rosée et qui auraient le goût du sel.

Damon se raidit. Comme un radar, ses pouvoirs balayèrent furtivement les alentours.

Mais il n'obtint aucun écho, hormis celui des stupides arbres à ses pieds. Quiconque orchestrait tout ça, il était invisible.

« Très bien. Dans ce cas, on va essayer autre chose. » Concentrant son attention sur tout le sang qu'il avait englouti durant les derniers jours, il lâcha un nouvel éclair de pouvoir brut, irradiant comme le Vésuve lors d'une éruption pyroclastique. Lancée à trente kilomètres-heure comme du gaz surchauffé, cette bulle d'énergie l'encercla complètement.

Et pour cause : le parasite était de retour. Si incroyable que cela puisse paraître, il avait recommencé. Il essayait de pénétrer son esprit, ça ne pouvait être que ça !

Il essayait d'amadouer Damon avec un acharnement discret, pendant que ses copains de meute achevaient leurs proies dans la voiture. Il lui murmurait des choses à l'oreille pour qu'il reste tranquille, s'emparait de ses idées noires et les répercutait dans son esprit en les assombrissant encore ; un cercle vicieux qui aurait sans doute fini par faire sortir Damon de ses gonds et le pousser au massacre, par pur plaisir macabre.

À présent, l'esprit de Damon était de marbre et envahi par la rage. Il se leva, étira ses bras et ses épaules endoloris, et largua cette fois plusieurs salves de pouvoir d'une force inouïe, écoutant attentivement derrière chaque coup porté, sondant les environs pour débusquer le parasite. Il était forcément dans le coin ; les arbres continuaient leur cirque. Mais en vain. Damon avait pourtant utilisé la technique de repérage la plus rapide et la plus efficace qu'il connût : un millier d'ondes aléatoires par seconde, propagées en mode « marche de l'ivrogne ». Il aurait dû trouver tout de suite un cadavre ! Et, au lieu de ça, *rien*.

Il enrageait encore plus, mais avec une certaine excitation à présent. La bagarre, il l'avait voulue ; il avait cherché une occasion de tuer où le meurtre aurait un sens. Et voilà qu'il avait un adversaire de taille, mais qu'il ne pouvait pas lui régler son compte car il était infoutu de le trouver ! Son esprit diffusa alors un message féroce dans toutes les directions.

« Je vous ai déjà averti une fois ! Maintenant je vous mets au DÉFI : montrez-vous ! Autrement, GARDEZ VOS DISTANCES ! »

Il prépara une nouvelle décharge, rassemblant toute sa puissance en songeant aux êtres humains qui y avaient contribué. Mentalement, il la nourrit, la façonna en vue de son objectif, et en déchaîna la force avec tout ce qu'il connaissait de l'art de la guerre. Il contint cette boule d'énergie jusqu'à ce qu'il ait l'impression d'avoir une bombe nucléaire entre les mains. Puis il la lâcha d'un coup. Un souffle jaillit de lui comme une flèche, loin devant, à la vitesse de la lumière.

Maintenant, à coup sûr, il allait percevoir l'agonie d'une créature extrêmement puissante et rusée. Une créature qui avait réussi à survivre à ses précédents tirs, pourtant spécialement adressés aux êtres surnaturels.

Damon déploya tous ses sens, impatient d'entendre ou de sentir quelque chose voler en éclats ou s'enflammer : un être aveuglé dont le sang dégoulinerait à proximité – d'une branche, du ciel, de n'importe où mais de *quelque part*. Quelque chose aurait dû dégringoler à terre ou griffer le sol avec d'énormes pattes dignes d'un dinosaure ; une proie à moitié paralysée et totalement condamnée, perdue corps et âme. Mais, bien qu'il sente le vent se lever dans un mugissement et de gros nuages noirs s'accumuler au-dessus de lui en écho à son humeur, il ne détectait toujours pas la moindre présence malfaisante.

Quelle était donc la force de cette créature ? D'où est-ce qu'elle venait ?

Un instant, une pensée lui traversa l'esprit. Un cercle. Un cercle avec un point au centre. Ce cercle représentait la portée de ses salves, et le point, la cible qui restait hors d'atteinte. Cette cible était *déjà* en lui…

Clac ! Soudain, Damon eut un blanc. Un peu perplexe, il essaya lentement de reconstituer le puzzle. Il avait pourtant savamment axé son tir, non ? Et il avait largement attendu que la victime se manifeste…

Bon sang ! Il ne détectait même pas une bestiole plus grosse qu'un renard ! Certes, il avait fait en sorte que son offensive n'atteigne que les créatures maléfiques dans son genre, mais les animaux de la forêt avaient été si effrayés qu'ils avaient détalé dans tous les sens. Il jeta un œil au-dessous de lui. Hmm. Mis à part les arbres qui encerclaient la voiture, pas une âme à l'horizon ; de toute façon, ce n'était pas après lui qu'ils en avaient. Quelle que soit leur nature, ces arbres n'étaient que l'instrument d'un prédateur invisible.

Est-ce qu'il n'aurait pas tout inventé, finalement ? Après tout, il était surtout furieux contre lui-même, si repu qu'il était devenu imprudent au point de baisser sa garde.

« Repu… Eh, mais, si ça se trouve, je suis soûl ! » pensa-t-il en retrouvant le sourire sans même s'en rendre compte. Soûl, parano et à cran. Et *soûlé* aussi.

Damon s'appuya contre l'arbre pour se détendre. Le vent hurlait, tourbillon glacial dans un ciel chargé de nuages noirs qui masquaient toute lueur de lune ou d'étoiles. Pile le genre de temps qu'il aimait.

Sa nervosité persistait, sans qu'il comprenne pourquoi. La seule chose qui perturbait l'atmosphère de la forêt, c'étaient les pleurs d'une âme coincée dans la voiture, comme un oiseau au chant monocorde piégé dans une cage. Ça devait être la plus jeune, la petite sorcière rousse au cou délicat. Celle qui s'était plainte du fait que la vie changeait trop vite.

Damon se laissa aller un peu plus contre l'arbre. Ses pensées avaient suivi la voiture sans réel intérêt. Ce n'était pas sa faute s'il les avait surpris à parler de lui, mais forcément ça réduisait un peu leurs chances de survie.

Il cligna lentement des yeux.

Bizarre qu'ils aient eu un accident en essayant d'éviter un animal sur la route, plus ou moins dans la zone où lui avait failli planter la Ferrari en essayant d'en écraser un. Dommage, il aurait bien aimé voir la bête en question, mais les arbres étaient trop touffus.

Le moineau à tête rousse recommença à gémir.

« Alors, petite sorcière : je m'occupe de toi ou pas, finalement ? Décide-toi. Et demande-le gentiment. Après, bien sûr, *moi seul* déciderai de ton sort ! »

11.

Pour se réconforter, Bonnie se mit à psalmodier : « Pitié, Seigneur, prenez mon âme... »

Elle s'était épuisée à appeler à l'aide, et n'avait obtenu aucune réponse hormis quelques bruits parasites. Elle avait tellement sommeil, maintenant. La douleur s'était dissipée et elle se sentait simplement engourdie. La seule chose qui la dérangeait, c'était le froid. Mais bon, ça aussi, ça pouvait s'arranger. Elle n'avait qu'à se laisser aller, glisser sous une couverture, un bon duvet bien épais, et elle se réchaufferait...

Mais, à la seule pensée de sa mère, elle luttait. Car sa mère serait triste si elle baissait les bras. Si seulement elle pouvait lui faire passer un message, lui dire qu'elle s'était battue, de toutes ses forces, et qu'elle n'avait pas souffert...

***

Damon fit une entrée volontairement spectaculaire, coordonnant son atterrissage sur le toit de la voiture à la fulgurance d'un éclair dans le ciel. Simultanément, il lâcha une autre salve brutale de pouvoir, cette fois destinée aux arbres, ces marionnettes contrôlées par un maître introuvable. Le coup fut si puissant qu'il sentit, à distance, la réaction stupéfaite de Stefan à la pension. Quant aux arbres... ils se replièrent jusqu'à disparaître dans l'obscurité. Debout sur le capot, Damon constata qu'ils avaient arraché le toit de la voiture comme s'il s'était agi d'une boîte de sardines géante. Tant mieux, ça lui simplifierait la tâche.

Il reporta son attention sur la jeune Bonnie, l'humaine aux cheveux bouclés, qui, en toute justice, aurait déjà dû se prosterner à ses pieds pour le remercier.

Ce n'était pas le cas. Elle n'avait pas bougé de l'étreinte des arbres. Agacé, Damon tendit le bras pour lui attraper la main lorsqu'il reçut soudain une décharge très nette. Il en eut conscience avant même de la ressentir, la flaira avant même qu'elle ne se propage dans ses doigts. Une centaine de petites piqûres ensanglantées. C'était sûrement à cause des arbres : leurs aiguilles avaient dû pomper le sang de la fille – ou plutôt lui injecter une substance résineuse dans les veines. Une sorte d'anesthésiant qui l'empêcherait de bouger quand la créature passerait à l'étape suivante et achèverait sa proie (comment ? mystère, mais sûrement avec cruauté, à en juger par ses manières jusque-là). Une injection de sucs digestifs semblait le plus probable.

« Sinon, une simple substance pour la maintenir en vie, comme un antigel de voiture », pensa Damon, qui eut aussi la mauvaise surprise de découvrir que Bonnie était gelée. Son poignet était un vrai glaçon. Il jeta un œil aux deux autres humains, la brune au regard lucide et troublant et le blondinet qui cherchait toujours la bagarre – il aurait mieux fait de s'abstenir pour une fois. Ils étaient assurément dans un piteux état. Mais c'était l'autre qu'il allait sauver. Ce serait son petit caprice du jour ! Parce qu'elle l'avait appelé à l'aide d'une manière si pitoyable. Et parce que ces créatures – ces malachs – l'avaient incité à la regarder mourir en détournant son attention par de glorieuses rêveries. « Malach » était un terme courant pour désigner une créature des ténèbres : une sœur ou un frère de la nuit. À la réflexion, Damon trouvait que le mot en soi avait quelque chose de démoniaque, une sonorité chuintante et âpre.

Il n'avait pas l'intention de les laisser gagner. Il releva Bonnie, la jeta sur son épaule comme un simple pétale de fleur, puis il sauta du capot. Au début, prendre son envol sans changer d'apparence fut un vrai défi. Mais Damon aimait ça, les défis.

Il décida de l'emmener à la source d'eau chaude la plus proche, qui se trouvait être à la pension. Il n'aurait pas besoin de déranger Stefan. Ce terrier qui se délabrait dignement dans la bonne vieille boue de Virginie abritait une demi-douzaine de chambres. À moins que son frère ne joue les fouineurs, il n'entrerait pas sans prévenir dans une salle de bains qui n'était pas la sienne.

Mais voilà, Stefan était curieux et également *rapide*. Il faillit y avoir collision : dans un virage, Damon se retrouva nez à nez avec son frère qui roulait sur la route obscure ; Elena flottait derrière la voiture, suspendue dans les airs comme un ballon.

Les premiers mots qu'ils échangèrent ne furent ni chaleureux ni charmants.

— Qu'est-ce que tu fais ici ?! explosa Stefan.

— Et toi, alors ? commença à répliquer Damon.

C'est là qu'il remarqua le changement considérable chez son frère… et le pouvoir encore plus énorme que représentait Elena.

Malgré le choc, il analysa aussitôt la situation pour tenter de comprendre comment sa nullité de frère avait pu devenir si…

« Ça alors ! Enfin… essayons de faire bonne figure. »

— J'ai senti une bagarre, rétorqua Stefan. Depuis quand tu joues les Peter Pan ?

— Il y a bien eu bagarre. Estime-toi heureux de ne pas avoir été pris dedans. Quant au fait que je vole, sache que j'en ai le pouvoir, mon p'tit.

C'était de la provoc pure et simple. En tout cas, du temps de leur enfance, il était tout à fait correct d'utiliser le terme *ragazzo* ou « petit » pour s'adresser au cadet de la famille.

D'accord, ça ne se faisait plus aujourd'hui mais, en attendant, Damon pouvait continuer son analyse avec ce qui lui restait de clairvoyance. Il voyait l'aura de Stefan, il pouvait la sentir, faire tout ce qu'il voulait avec, *sauf* la toucher. C'était… inimaginable. S'il n'avait pas été aussi près, s'il ne l'avait pas éprouvé par lui-même, il n'aurait jamais cru possible qu'un seul être ait autant de pouvoirs.

Cependant, malgré l'ivresse et le sang qu'il avait pris à toutes ces femmes dernièrement, sa faculté de raisonner avec sang-froid et logique lui faisait dire qu'à cet instant ses propres pouvoirs n'étaient rien comparés à ceux de Stefan. Et, d'instinct, il comprit aussi que c'était cette force qui avait tiré Stefan du lit et que, par manque de temps sans doute (ou de jugeote), il n'avait pas pris soin de la dissimuler.

— Eh bien, quelle allure ! s'exclama Damon avec dans la voix tout le sarcasme dont il était capable (autrement dit, *beaucoup*). C'est une auréole que je vois là ? Tu t'es fait canoniser pendant mon absence ? Je dois t'appeler saint Stefan, maintenant ?

Stefan riposta à coups d'insultes télépathiques.

— Où sont Matt et Meredith ? ajouta-t-il d'un ton féroce.

— Ou dois-je plutôt te féliciter d'avoir enfin appris l'art de la supercherie ? continua Damon, exactement comme si son frère n'avait rien dit.

— Qu'est-ce que tu fabriques avec Bonnie ? dit encore Stefan, ignorant à son tour la remarque de son frère.

— Par contre, comme tu n'as toujours pas l'air d'avoir développé ton vocabulaire, je vais essayer de te faire une réponse simple : c'est *toi* qui as déclenché la bagarre.

— C'est vrai, répondit Stefan, impassible.

Visiblement, il avait pris conscience du fait que Damon ne répondrait à aucune question tant qu'il ne lui aurait pas dit la vérité.

— Heureusement, tu semblais trop en colère et trop soûl pour vraiment t'en rendre compte. Je voulais justement t'empêcher, toi comme le reste du monde, de mesurer la force du sang d'Elena. Tu es parti sans même essayer de comprendre. Et, surtout, sans soupçonner que j'aurais pu t'écraser comme une mouche depuis le début !

— Je ne pensais pas que tu l'avais en toi.

Damon se remémora leur petite bagarre dans les moindres détails, un peu trop bien même. C'était vrai : à aucun moment, il n'avait soupçonné que Stefan jouait la comédie à ce point et qu'il aurait pu jeter Damon à terre et faire ce qu'il voulait de lui.

— Et voilà ta bienfaitrice !

Damon hocha la tête en direction d'Elena.

— *De peu inférieure aux anges mais couronnée de gloire et d'honneur*, psalmodia-t-il en la contemplant.

L'aura d'Elena dégageait une lumière si vive que la regarder revenait à essayer de fixer le soleil les yeux grands ouverts.

— On dirait qu'elle a aussi oublié comment se cacher. Elle brille comme une supernova !

— Elle ne sait pas mentir, Damon.

La colère de Stefan allait visiblement crescendo.

— Maintenant, dis-moi ce qui se passe et ce que tu as fait à Bonnie.

« Rien, pourquoi ? J'aurais dû lui faire quelque chose ? » La tentation d'une telle réponse était presque irrésistible. *Presque*. Mais Damon n'avait jamais vu son frère comme ça. Stefan n'était plus le même. « Ce n'est plus le petit frère que tu connais et que tu aimes tant ridiculiser », lui souffla la voix de la raison. Et, pour une fois, Damon en tint compte.

— Les deux autres hummmains sont dans leur auuuto, répondit-il en mimant un grelottement. Quant à Bonnie, je l'emmenais chez toi, figure-toi !

Debout près de la voiture, Stefan examinait le bras ballant de Bonnie. Lorsqu'il le toucha, les piqûres laissèrent sur ses doigts une traînée de sang qu'il regarda avec horreur.

De son côté, Damon n'allait pas tarder à saliver à la vue de tout ce sang. Préférant éviter de se retrouver dans une posture aussi indigne, il se concentra sur un phénomène astronomique à proximité.

La pleine lune, à mi-hauteur dans le ciel, blanche et pure comme la neige.

Et Elena flottant devant, dans une chemise de nuit à col haut démodée – et, *a priori*, sans rien en dessous.

Tant qu'il n'utilisait pas ses pouvoirs pour discerner son aura, il pouvait regarder cet ange incandescent sans être aveuglé.

Il pencha la tête pour mieux voir sa silhouette. Cette tenue lui allait vraiment à ravir ; elle devrait se mettre plus souvent devant une lumière vive ! Si seulement il pouvait…

Vlan.

Il fit un vol plané en arrière. En heurtant un arbre, il essaya de protéger Bonnie (si elle se cognait, elle risquait de se briser les os). Temporairement assommé, il voltigea jusqu'à terre, littéralement soufflé par une force invisible.

Stefan se retrouva au-dessus de lui.

— Tu as été… vilain, le sermonna Damon entre ses dents ensanglantées.

— Elle m'y a forcé. Son aura était si enflée… j'ai cru qu'elle allait mourir si je ne lui prenais pas un peu de sang. Maintenant, dis-moi ce qui se passe avec Bonnie…

— Alors tu l'as saignée en dépit de ta légendaire volonté !

Vlan.

Encore un arbre. Celui-ci sentait fort la résine. « Moi qui ne connaissais rien aux arbres… C'est ce qui s'appelle un apprentissage accéléré », pesta Damon en crachant du sang.

Stefan avait réussi à rattraper Bonnie au vol pendant que Damon était projeté contre l'arbre. Il était si rapide, maintenant. *Extrêmement* rapide. Elena avait un effet phénoménal sur lui !

— Maintenant tu as une petite idée de ce que ça fait de boire son sang, non ?

D'habitude, Damon était toujours partant pour la bagarre, mais là, il pouvait presque entendre les amis d'Elena pleurer dans la voiture et quelque part, en son for intérieur, il se sentait fatigué. Vieux – de plusieurs siècles – et vraiment las.

Pour ce qui était de la question de Stefan, la réponse était *oui* : comparé à celui de la plupart des filles, qui avait un goût d'essence sans plomb, le sang d'Elena (elle continuait à rebondir doucement dans les airs, tantôt étendue de tout son long, tantôt pelotonnée comme un chaton) était du propergol.

Stefan voulait se battre, et il ne s'en cachait pas. « J'avais raison, pensa Damon. Chez les vampires, l'envie d'en découdre est plus forte que tout. Plus que le besoin de se nourrir ou, dans le cas de Stefan, de s'inquiéter pour… comment dit-on, déjà ? Ah oui… pour ses *amis*. »

Soucieux d'éviter la raclée, Damon essaya de faire le compte de ses avantages : ils n'étaient pas nombreux, étant donné que Stefan le maintenait toujours au sol. Réflexion. Raisonnement. Propension aux coups bas que Stefan semblait incapable d'anticiper. Logique. Faculté instinctive à trouver les failles dans la cuirasse de l'ennemi…

Bien.

— Je pense que Meredith et…

« Zut ! Comment s'appelait le gamin, déjà ? »

— Meredith et son cavalier doivent être morts à l'heure qu'il est, dit Damon en toute innocence. On peut rester ici et se bagarrer si c'est ce que tu veux, sachant que *moi*, je ne t'ai pas touché, ou bien on peut s'efforcer de les ressusciter. Que faire ? Telle est la question.

Il était réellement curieux d'évaluer le degré de sang-froid de Stefan à cet instant précis.

Comme si Damon avait brusquement zoomé avec une caméra, Stefan sembla rapetisser. Alors qu'il flottait quelques mètres au-dessus du sol, il reposa pied à terre en regardant autour de lui avec stupeur.

Damon profita de cet instant de faiblesse.

— Je n'ai rien fait. Regarde les blessures de Bonnie (loué soit l'Enfer : il se rappelait *son* nom !), tu verras que ce n'est pas l'œuvre d'un vampire.

Puis, juste pour l'effet, il ajouta d'un air ingénu :

— Je crois qu'ils ont été attaqués par des arbres manipulés par des malachs.

— *Des arbres ?*

Stefan ne perdit pas de temps à examiner davantage le bras de Bonnie.

— Il faut qu'on aille les chercher et qu'on mette Bonnie dans un bain chaud. Ramène Elena avec toi...

« Volontiers ! D'ailleurs, je donnerais n'importe quoi pour... »

— ... et conduis-les directement à la pension. Réveille Mme Flowers. Fais tout ce que tu peux pour Bonnie. Je pars à la recherche de Meredith et de Matt...

« Voilà ! C'était ça, son prénom : Matt ! Si seulement il avait un truc mnémotechnique... »

— Ils sont un peu plus loin sur la route, c'est ça ? Ta première rafale semblait venir de là.

« Une rafale ? Honnêtement, c'était plutôt un tir raté. »

Tiens, pendant que c'était encore frais dans son esprit : « M comme Mortel, A comme Agaçant et T comme Truc. Voilà, c'était tout trouvé. Dommage que ça ne s'applique qu'à lui et qu'ils ne s'appellent pas tous MAT. » Oh, saleté de nom : il avait oublié l'autre T à la fin. « Mortel, Agaçant, Tête de Truc ? »

— Alors, on est d'accord ?

Damon revint à la réalité.

— Non, il y a un problème. L'autre voiture est HS. Elle ne démarrera pas.

— Je la tracterai.

Stefan ne cherchait pas à se vanter ; il exposait juste les faits.

— Mais elle est en morceaux.

— Je la rapiécerai. Écoute, Damon, je suis désolé de m'en

être pris à toi ; je me suis trompé sur ce qui se passait. Mais Matt et Meredith sont en train d'agoniser et, même avec mes nouveaux pouvoirs et ceux d'Elena, on ne pourra peut-être rien pour eux. J'ai augmenté la température du corps de Bonnie de quelques degrés, mais il faut que j'y aille. Je peux compter sur toi, maintenant ?

Il installa Bonnie sur le siège passager.

Voilà un discours qui ressemblait plus à l'ancien Stefan, mais qui avait quelque chose de plus équivoque, empreint d'une nouvelle énergie. Enfin ! Si ça l'amusait de se croire plus fort, Damon jouerait le jeu. Fin du débat.

Quelques heures plus tôt, il s'était senti comme un volcan en éruption. À présent, il avait plutôt l'impression d'être au pied du Vésuve et que la montagne grondait. Pire encore : aussi près de Stefan, il avait la sensation de prendre feu.

Il rassembla toutes ses forces, s'armant encore de sang-froid, et espéra que sa réponse laisse transparaître un minimum d'assurance.

— OK, j'y vais. À plus tard. Pourvu que les autres ne soient pas morts.

Tandis qu'ils se séparaient, Stefan lui fit clairement comprendre ce qu'il pensait de lui : non pas en lui infligeant une douleur barbare, comme il l'avait fait en le projetant contre les arbres, mais par le biais d'un message mental très explicite.

En chemin, Damon répliqua une dernière fois. « Je ne comprends pas, songea-t-il d'un ton innocent en tournant ses pensées vers Stefan qui disparaissait au loin. Qu'est-ce qu'il y a de mal à dire "Pourvu que les autres ne soient pas morts" ? Tu sais, l'autre jour, je suis allé dans une librairie (il se garda bien de préciser que ce n'était pas pour des emplettes, mais plutôt pour les caissières) et il y avait un rayon de cartes de vœux. Certaines disaient "Prompt rétablissement", d'autres "Sincères condoléances" (sans doute en cas d'échec des premières). Alors, en quoi c'est mal de souhaiter *que les autres ne soient pas morts* ? C'est juste un vœu comme un autre ! »

Stefan ne se fatigua même pas à répondre. Mais Damon afficha un sourire éclatant en faisant demi-tour avec la Porsche et en prenant la route de la pension.

Elena flottait toujours à l'arrière de sa voiture, sa chemise de nuit ondulant au vent.

— Bonjour, princesse. Tu es superbe, comme toujours ! Toi, au moins, tu n'as pas l'air trop méchante.

« Pathétique, pensa-t-il d'un air abattu. De toute ma vie, je n'ai jamais aussi mal dragué. » En fait, il ne se sentait pas très bien. La transformation de Stefan lui avait fait un drôle d'effet. « C'est rien, décida-t-il, ça doit être le choc. »

— D... Damon.

Damon sursauta. La voix d'Elena était douce, hésitante... et absolument magnifique : un sirop dégoulinant de douceur, du miel tombé tout droit de la ruche. Elle était aussi plus grave qu'avant, il en était certain ; elle avait pris l'accent traînant du Sud. À l'oreille d'un vampire, ça ressemblait au *floc-floc* exquis d'une veine fraîchement ouverte.

— Oui, mon ange. Est-ce que je t'ai déjà appelé « mon ange » ? Non ? Quel étourdi je fais.

Puis il réalisa qu'une autre caractéristique de sa voix lui avait échappé : la pureté. L'éclat perçant d'un chœur de séraphins. Cela aurait dû le dissuader, mais ça lui rappela simplement qu'il devait prendre Elena au sérieux.

« Je te prendrais au sérieux ou à la légère, se dit Damon, je ferais même tout ce que tu veux si tu n'étais pas aussi entichée de mon idiot de frère ! »

Deux petits soleils bleutés se tournèrent vers lui. Elena l'avait entendu.

Pour la première fois de sa vie, Damon était entouré de personnes plus puissantes que lui. Or, pour un vampire, le pouvoir, c'était tout à la fois : bien matériel, statut dans la communauté, trophée qu'on exhibe pour épater la galerie, confort, sexe, argent facile et plaisir à l'état pur.

Ce sentiment de vulnérabilité était étrange. Pas totalement désagréable à l'égard d'Elena. Il aimait les femmes puissantes. Cela faisait des siècles qu'il en cherchait une qui soit à la hauteur.

Mais le regard d'Elena le ramena brutalement à la situation présente. Il se gara de biais devant la pension, attrapa le corps ankylosé de Bonnie et s'envola en haut de l'escalier étroit et sinueux qui menait à la chambre de Stefan. À sa connaissance, c'était la seule équipée d'une baignoire.

Il y avait à peine la place pour trois personnes à l'intérieur de la minuscule salle de bains et, avec Bonnie dans les bras, Damon eut du mal à entrer. Il fit couler l'eau dans l'ancienne baignoire sur pieds, en se basant sur ce que ses sens aiguisés estimaient être cinq degrés au-dessus de l'actuelle température glaciale de son corps. Il essaya d'expliquer à Elena ce qu'il faisait, mais elle semblait s'être désintéressée de la question et tournoyait en rond dans la chambre de Stefan, évoquant un gros plan de la fée Clochette en cage. Elle n'arrêtait pas de se cogner contre la fenêtre close, puis repartait en trombe vers la porte ouverte pour regarder dehors.

Quel dilemme : demander à Elena de déshabiller et de laver Bonnie, au risque qu'elle la mette dans la baignoire dans le mauvais sens ? Ou laisser Elena se charger de Bonnie et les surveiller toutes les deux sans les approcher sauf en cas de catastrophe ? En plus, il fallait trouver Mme Flowers et préparer des boissons chaudes. Écrire un mot et envoyer Elena le lui porter ? Le nombre de blessés risquait d'augmenter d'une minute à l'autre.

C'est alors que Damon croisa le regard d'Elena, et toutes ses tracasseries s'évanouirent. Les mots apparurent silencieusement dans son esprit.

S'il te plaît, aide-la !

Il retourna près de la baignoire, étendit Bonnie sur l'épais tapis et l'effeuilla comme une fleur. D'abord le sweat-shirt et le petit haut d'été qu'elle portait dessous. Ensuite, le soutien-gorge – « bonnet A », remarqua-t-il avec déception en s'en débarrassant, évitant de regarder directement Bonnie ; mais il fut forcé de constater que les arbres avaient laissé des marques partout sur son corps.

Puis le jean. Et, pour finir, les chaussettes.

Voilà. Bonnie était nue. Il ne lui restait rien sur le dos, excepté du sang et une culotte en soie rose. Il la souleva et la posa dans la baignoire, en se mouillant au passage. Les vampires associaient l'eau des bains au sang des vierges, mais seuls les plus fous se risquaient à en boire.

Dans la baignoire, l'eau devint rose. Il laissa le robinet couler un bon moment, tellement la cuve était grande, puis alla s'asseoir pour réfléchir à la situation. L'arbre avait injecté quelque chose dans les veines de Bonnie avec ses aiguilles. Quoi que ce soit, c'était mauvais signe. Donc il fallait que ça ressorte. La solution la plus logique aurait été d'aspirer le liquide comme pour une morsure de serpent. Mais Damon hésitait à s'engager dans cette voie sans avoir la certitude qu'Elena ne lui fracasserait pas le crâne si elle le trouvait méthodiquement penché sur le buste de Bonnie.

Il devrait donc se contenter de l'autre solution. L'eau rouge sang ne dissimulait pas vraiment la frêle silhouette de

Bonnie, mais elle brouillait au moins les détails. D'une main, Damon soutint sa tête contre le rebord de la baignoire et, de l'autre, il se mit à lui masser un bras pour en extraire le poison.

Il devina que son geste portait ses fruits en sentant l'odeur résineuse du pin. Le liquide était si épais et visqueux qu'il n'avait pas encore complètement pénétré la chair de Bonnie. Il réussit à en faire sortir une petite quantité, mais était-ce suffisant ?

Prudemment, il jeta un œil à la porte, puis porta la main de Bonnie à ses lèvres comme s'il allait l'embrasser. Mais, au lieu de ça, il prit son poignet dans sa bouche et, réprimant toute envie de mordre, se mit à aspirer.

Il recracha presque aussitôt. Sa bouche était pleine de résine ! Le massage était loin d'avoir suffi. Même s'il trouvait deux douzaines de vampires qu'il collait au petit corps de Bonnie comme des sangsues, cela ne suffirait pas.

Il s'assit sur les talons et regarda cette femme-enfant intoxiquée et condamnée qu'il avait promis de sauver coûte que coûte. Pour la première fois, il réalisa qu'il était trempé jusqu'à la taille. Levant les yeux au ciel d'un air agacé, il se débarrassa de son blouson d'aviateur noir.

Qu'est-ce qu'il pouvait faire ? Bonnie avait besoin de médicaments, mais il n'avait pas la moindre idée desquels, et il ne connaissait aucune sorcière à qui faire appel. Mme Flowers s'y connaissait peut-être en sciences occultes ? Est-ce qu'elle l'aiderait ? Ou est-ce qu'elle n'était qu'une vieille folle ? Quel genre de remèdes donnait-on généralement... aux humains ? Il pourrait très bien la conduire à l'hôpital et la confier aux charlatans de son espèce pour qu'ils testent leurs sciences inexactes sur elle. Mais ce serait peine perdue pour eux face à cette patiente infectée par l'Autre Monde, ce lieu obscur qu'ils ne seraient jamais autorisés à voir ou à comprendre.

Machinalement, il s'était essuyé les bras, les mains et la chemise avec une serviette. À défaut de savoir quoi faire de plus pour Bonnie, il décida qu'elle méritait au moins un peu de pudeur et plongea la serviette dans l'eau en l'étalant sous la surface pour la recouvrir des pieds à la gorge. Le tissu flottait par endroits, coulait à d'autres, mais en gros ça faisait l'affaire.

Il augmenta encore la température de l'eau, en vain. Bonnie, de plus en plus raide, était vouée à une mort certaine malgré son jeune âge. Il songea à ses pairs italiens de l'époque… Comme ils disaient : une humaine de cet âge était *une jeune fille* ; ce n'était plus une enfant, mais pas encore une femme. La remarque était d'autant plus pertinente que n'importe quel vampire aurait pu sentir que Bonnie n'était « pas encore femme » dans tous les sens du terme.

Dire que tout s'était déroulé sous son nez ! L'appât, l'attaque en meute, la technique hors pair et la synchronisation : on avait tué cette jeune vierge pendant qu'il restait assis, les bras croisés, à admirer le spectacle.

Lentement, Damon sentit quelque chose grandir en lui. Ça s'était déclenché quand il avait pensé à l'audace avec laquelle les malachs avaient chassé *ses* proies sous son nez. (La question n'était pas de savoir à quel moment le groupe d'humains dans la voiture était devenu sien ; étant donné leur proximité ces derniers temps, il supposa que c'était à lui de les liquider, de décider s'ils devaient vivre, mourir ou devenir comme lui.) Ce sentiment s'accrut quand il songea à la façon dont les malachs avaient manipulé son esprit, l'entraînant dans une méditation béate sur la mort alors que la Faucheuse était précisément à l'œuvre à ses pieds. Cette sensation intime prenait maintenant des proportions incendiaires : il s'était fait ridiculiser trop souvent aujourd'hui, c'était insoutenable...

... et tout ça à cause de Bonnie !

Bonnie qui n'avait jamais touché à une créature inoffensive juste par méchanceté. Bonnie qui faisait, comme les chatons, de petits bonds sur une proie imaginaire. Bonnie et ses cheveux qu'on disait éclatants mais qui semblaient tout bonnement en feu. Elle dont la gorge et le creux des bras étaient veinés de fjords et d'estuaires violacés sous la peau translucide. Elle qui, récemment, avec son regard d'enfant, ses grands yeux noisette et ses longs cils, s'était mise à voir Damon sous un autre angle...

Une douleur lancinait la mâchoire et les crocs du vampire, et la résine toxique dans sa bouche lui faisait l'effet d'un brasier. Mais tout ça n'était rien comparé à l'autre pensée qui le dévorait.

Bonnie l'avait appelé à l'aide pendant presque une demi-heure avant de succomber aux ténèbres.

C'était important de le souligner. Ça méritait réflexion. Elle avait appelé à la rescousse Stefan – qui était alors trop loin et trop occupé avec son ange – mais elle avait aussi appelé Damon, et elle avait imploré son aide.

Et lui avait fait semblant de ne pas entendre. Trois amis d'Elena agonisaient à ses pieds et il les avait ignorés, tout comme les supplications désespérées de Bonnie.

D'habitude, dans ce genre de situation, il aurait simplement quitté la ville. Mais, pour une raison ou pour une autre, il était encore là à savourer les conséquences amères de son geste.

Damon se pencha en arrière, les yeux fermés, essayant de repousser l'irrésistible odeur de sang... et un curieux relent de moisi.

Il fronça les sourcils en jetant un œil autour de lui. La

petite pièce était propre jusque dans les moindres recoins. À vue de nez, aucune trace de moisissure. Pourtant l'odeur était tenace.

C'est alors qu'il se souvint.

12.

Tout lui revint en mémoire : les couloirs exigus, les fenêtres minuscules et l'odeur de renfermé des vieux livres. Une cinquantaine d'années plus tôt, alors qu'il était en Belgique, il avait été surpris qu'un ouvrage en anglais sur un tel sujet existe encore. Seulement voilà : de la couverture usée et brunie par une épaisse couche de rouille, il ne restait pour ainsi dire rien ; et des pages du texte manquaient, de sorte que personne ne connaîtrait jamais le nom de l'auteur ou le titre. Chaque « recette » à l'intérieur, que ce soit une formule, un enchantement ou un sortilège, impliquait un savoir tabou.

Damon se souvenait encore très bien de l'une d'elles : « *Le săng de Sămphire ou Vămpyre est un excellent remède contre les affections ou mauvais tours infligés par ceux qui Dănsent dans les Bois au Solstice Lunaire.* »

Pas de doute, ça collait : primo, les malachs avaient fait un sale coup dans la forêt, secundo, c'était le solstice d'été, autrement dit, dans l'Ancienne Langue, le mois de la pleine lune. Damon ne voulait pas laisser Bonnie, et encore moins Elena, voir ce qu'il allait faire. Tout en continuant de tenir la tête de la jeune fille hors de l'eau tiède et rosâtre, il ouvrit sa chemise. Un poignard en bois de fer était calé dans une gaine contre sa hanche. Il le sortit et, d'un geste vif, s'entailla la gorge.

Ce n'était pas le sang qui manquait, maintenant. Seul problème : comment le lui faire boire ? Rengainant sa lame, il souleva Bonnie pour la sortir de l'eau et essaya d'approcher ses lèvres de l'entaille.

« Non, c'est stupide, pensa-t-il, faisant preuve d'une autocritique inhabituelle. Elle va reprendre froid et, de toute façon, tu ne pourras pas la forcer à avaler. » Il laissa le corps de la jeune fille retomber dans la baignoire en réfléchissant. Puis il dégaina de nouveau son poignard et se fit une nouvelle entaille : cette fois sur le bras, au poignet. Il suivit la veine apparente jusqu'à ce que le sang qui dégoulinait se mette à couler à flots. Il posa alors son poignet contre la bouche renversée de Bonnie, ajustant l'angle de sa tête de l'autre main. Ses lèvres étaient entrouvertes et le sang rouge foncé s'écoulait merveilleusement. Elle avalait avec régularité. Un souffle de vie l'animait encore.

« C'est comme de nourrir un oisillon », constata-t-il, extrêmement content de sa mémoire, de son ingéniosité et, en somme, de lui-même.

Il eut un sourire éclatant.

Si seulement ça pouvait marcher !

Il changea légèrement de position pour être plus à l'aise et rouvrit l'eau chaude en maintenant la tête de Bonnie pour continuer de la nourrir, le tout – il le savait – avec grâce et sans efforts inutiles. C'était plutôt amusant. De quoi ravir son sens du ridicule : ici, à cet instant précis, au lieu de s'en délecter à petites gorgées, un vampire tentait de sauver un être humain d'une mort certaine en le nourrissant de son propre sang !

Le plus grotesque, c'est qu'il avait même suivi à la lettre toutes sortes de traditions et de pratiques humaines pour essayer de déshabiller Bonnie sans compromettre sa pudeur de jeune fille. C'était très excitant. Bien entendu, il avait quand même vu son corps ; difficile d'y couper. Mais l'expérience se révélait plus palpitante quand il s'efforçait de suivre les règles. C'était une première pour lui.

C'est peut-être aussi ça qui excitait Stefan. Non, Stefan avait Elena ; Elena qui avait été tour à tour humaine, vampire, esprit invisible, et qui semblait maintenant être un ange de chair et d'os, si toutefois ce genre de créature existait. Elle était suffisamment *excitante* en soi. Cela faisait un moment qu'il n'avait pas pensé à elle. Un record de négligence !

Il ferait mieux de l'appeler et de lui expliquer ce qu'il fabriquait, histoire qu'elle ne s'en prenne pas à lui.

Soudain, Damon réalisa qu'il ne percevait plus l'aura d'Elena dans la chambre. Mais, avant qu'il n'ait le temps de réfléchir, il y eut un fracas suivi de bruits de pas lourds, puis un autre fracas beaucoup plus proche. La porte de la salle de bains s'ouvrit d'un coup de pied – dû au Mortel Agaçant Tête de Truc...

Matt avança d'un air menaçant, se prit les pieds dans le tas de vêtements et se baissa pour s'en débarrasser. Ses joues s'empourprèrent quand il souleva la brassière rose de Bonnie. Il la lâcha comme si elle l'avait mordue, la ramassa à nouveau et se retourna brusquement pour finalement se heurter à Stefan qui entrait. Damon observait, amusé.

— Comment on les tue, Stefan ? Un pieu, ça suffit ? Tu peux me le tenir pendant que je le *saigne* ! Il lui fait boire du sang !

Matt s'interrompit, l'air prêt à se battre. « Mauvaise idée », jubila Damon face au regard noir du garçon.

— Laisse… la… tranquille.

Matt articula lentement, sans doute dans une tentative d'intimidation, mais Damon eut plutôt l'impression qu'il le prenait pour un attardé.

« Bafouillage lamentable du Truc, pensa Damon d'un air songeur. Du coup, ça fait… »

— Blatte, conclut-il à voix haute, en secouant un peu la tête.

Au moins, à l'avenir, il s'en souviendrait.

— C'est moi que tu traites de cafard ?! Bon sang, Stefan, aide-moi à lui faire la peau ! Il a tué Bonnie !

Les mots jaillirent de la bouche de Matt d'une traite. Affligé, Damon vit son dernier acronyme partir en fumée.

Stefan était particulièrement calme. Il passa devant Matt dans un geste protecteur.

— Va t'asseoir avec Elena et Meredith, dit-il d'un ton qui ne souffrait pas la protestation.

Puis il se retourna vers son frère.

— Dis-moi que tu n'as pas bu son sang.

Ce ton-là insinuait que la question n'en était pas une.

— Son *poison*, tu veux dire ? Non merci, pas trop ma tasse de thé.

Stefan eut une petite contraction à la commissure des lèvres. Sans répondre, il se contenta de fixer Damon d'un regard entendu.

Damon se rebiffa.

— C'est la vérité !

— Et je devrais te croire sur parole ?

Damon commença à relâcher Bonnie dans l'eau ensanglantée, supposant que ce serait une bonne façon d'annoncer son départ de ce trou à rats...

Mais Bonnie était son oisillon. Elle avait avalé une telle quantité de sang à présent qu'une gorgée de plus pourrait bien commencer à la transformer. Et si la dose qu'il lui avait donnée ne suffisait pas, c'est qu'en fin de compte ce n'était pas le bon remède. Sans compter que le « sauveur » était arrivé !

Il referma la plaie de son bras, assez pour stopper l'hémorragie, et s'apprêta à répliquer...

... quand la porte se rouvrit dans un fracas.

Cette fois, c'était Meredith, avec le soutien-gorge de Bonnie dans les mains. Stefan et Damon tremblèrent ; Damon surtout, qui trouvait Meredith vraiment impressionnante. Contrairement à la Blatte, elle au moins prit le temps de jeter un œil aux vêtements en boule sur le carrelage.

— Comment elle va ? demanda Meredith à Stefan.

La Blatte aurait pu poser la question avant de s'exciter.

— Elle va s'en sortir.

Damon fut surpris de ressentir... pas du soulagement bien sûr, mais la satisfaction d'avoir fait du bon boulot. Peut-être même que Stefan s'abstiendrait de le démolir.

Meredith inspira un grand coup et ferma quelques secondes ses yeux effrayants. Son visage se mit à rayonner. Peut-être qu'elle priait ? Cela faisait des siècles que Damon n'avait pas prié ; de toute façon, il n'avait jamais eu aucune réponse à ses prières.

Puis la jeune fille rouvrit les yeux, secoua la tête et reprit son air menaçant en poussant de côté la pile de vêtements.

— Si je ne trouve pas ce qui va avec cette brassière sur Bonnie, ça va chauffer.

Elle agita le désormais fameux soutien-gorge comme un drapeau.

Stefan eut l'air confus.

« Quoi, il ne comprend pas le grand mystère de la petite culotte manquante ? s'étonna Damon. Comment peut-on être aussi… bête et peu perspicace ? Elena n'en porte donc pas ? Jamais ? » Damon se figea un moment, trop absorbé par les images qui défilaient dans sa tête. Puis il se porta volontaire pour résoudre le problème soulevé par Meredith.

— Tu veux vérifier ? proposa-t-il en tournant pudiquement la tête.

— Oh que oui !

Il resta dos à elle tandis que Meredith approchait de la baignoire, plongeait la main dans l'eau rose et tiède et remuait légèrement la serviette. Il l'entendit pousser un soupir de soulagement.

— Tu as la bouche en sang, dit-elle lorsqu'il se retourna.

Ses petits yeux noirs étaient plus sombres que jamais.

Damon fut surpris. Il n'aurait quand même pas saigné la rouquine sans s'en rendre compte ? Il comprit subitement ce qui avait dû se passer.

— Tu as essayé d'aspirer le poison, c'est ça ? comprit Stefan, qui lui jeta une petite serviette blanche.

Damon s'essuya la joue et découvrit une traînée de sang dans la serviette. Pas étonnant qu'il ait eu la bouche en feu tout à l'heure. Ce poison était vraiment une saleté, même si visiblement il n'atteignait pas autant les vampires que les humains.

— Tu en as aussi dans le cou, continua Meredith.

— Une expérience ratée, répondit Damon en haussant les épaules.

— Alors, tu t'es ouvert le poignet. Et bien, en plus !

— Pour un humain, peut-être. Bon, la conférence de presse est finie ?

Meredith se calma. Déchiffrant l'expression de son visage, Damon sourit intérieurement. « Oyez ! Oyez ! Édition spéciale : L'EFFRAYANTE MEREDITH EST CONTRARIÉE ! » Il connaissait le regard de ceux qui renonçaient à résoudre le « cas Damon ».

Meredith se redressa.

— Qu'est-ce qu'on peut lui donner pour que sa bouche arrête de saigner ? Quelque chose à boire, peut-être ?

Stefan fut très choqué par cette suggestion. Le problème avec lui – enfin un des nombreux problèmes –, c'est qu'il considérait que s'alimenter était un acte honteux, et même le simple fait d'en parler. Peut-être qu'en fait ça l'excitait encore plus ? Les gens se délectent de tout ce qu'ils trouvent immoral. Même les vampires ! Damon était déconcerté. Si seulement il pouvait revenir à l'époque où *tout* était péché. Il commençait vraiment à s'ennuyer ferme ici.

Dos à lui, Meredith était moins effrayante.

Damon risqua une réponse.

— Toi, chérie. Je pourrais te boire, chérie…

— Ça fait un peu trop de chéries, répliqua Meredith d'un ton sec, avant de disparaître en emportant le soutien-gorge.

Maintenant que les deux frères se retrouvaient seuls, Stefan approcha d'un pas, en évitant de regarder la baignoire. « Tu passes à côté de tant de choses, gros nigaud », songea Damon. Voilà le mot qu'il cherchait tout à l'heure : nigaud.

— Tu as fait beaucoup pour elle, dit Stefan.

Il semblait avoir autant de mal à regarder Damon que la baignoire.

Du coup, il ne lui restait plus grand-chose à fixer. Il choisit un des murs.

— Tu as dit que tu me tabasserais, sinon ! Je n'ai jamais été fan des raclées, tu sais.

Damon eut un sourire, qui s'effaça dès que son frère se retourna.

— Tu t'es surpassé.

— Avec toi, p'tit frère, on ne sait jamais où s'arrête le sens du devoir. Dis-moi, ça ressemble à quoi l'infini ?

Stefan poussa un long soupir.

— Au moins, tu n'es pas comme ces petites brutes qui jouent les terreurs uniquement quand ils ont le dessus.

— Dois-je comprendre que tu « m'invites à partir », comme on dit ?

— Non, je te félicite juste d'avoir sauvé la vie de Bonnie.

— Je crois que je n'avais pas le choix. Au fait, Meredith et... l'autre ? Comment tu as fait pour les guérir ?

— Elena les a embrassés. Tu n'as même pas vu qu'elle était partie ? Quand je les ai ramenés, elle est descendue, elle leur a soufflé dans la bouche et ça les a guéris. On dirait qu'elle est doucement en train de redevenir humaine, mais je suppose que ça prendra encore quelques jours.

— Au moins, elle parle. Pas beaucoup, mais on ne peut pas tout avoir.

Damon se souvint du spectacle vu de la Porsche, avec le toit ouvert et Elena qui flottait dans les airs comme un ballon.

— Même topo pour la rouquine : elle n'a pas dit un mot, ajouta-t-il d'un ton grincheux.

— *Pourquoi*, Damon ? Pourquoi ne pas simplement admettre que tu tiens à elle, du moins assez pour ne pas la tuer ni même l'agresser ? Tu savais très bien qu'elle allait mourir...

— C'était juste une expérience, expliqua Damon.

Et maintenant c'était terminé. Bonnie allait se réveiller ou dormir, vivre ou mourir entre les mains de Stefan, pas entre les siennes. Il était trempé, mal à l'aise, et il avait suffisamment reporté son dîner pour être affamé et en colère. Ses crocs lui faisaient mal.

— Prends sa tête, dit-il brusquement. Je m'en vais. Toi, Elena et Blatte, vous n'avez qu'à vous en occuper…

— Il s'appelle *Matt*, Damon. C'est pas difficile à retenir !

— Si, ça l'est : il ne m'intéresse pas. Comparé à toutes les jolies demoiselles, ce serait bien le dernier casse-croûte que je choisirais.

Stefan donna un violent coup dans le mur. Son poing s'enfonça dans le plâtrage délabré.

— Bon sang, Damon ! Les humains ne se réduisent pas à ça !

— Moi, c'est tout ce que je leur demande !

— Mais tu ne demandes pas. C'est *ça* le problème.

— C'était un euphémisme, voyons. C'est tout ce que j'ai l'intention de leur *prendre*, si tu préfères. En tout cas, c'est la seule chose qui m'intéresse chez eux. N'essaie pas de me faire croire qu'il y a plus important. Ce serait comme de vouloir prouver un mensonge.

Le poing de Stefan partit d'un coup. C'était le gauche, du côté où Damon tenait encore la tête de Bonnie : il ne put donc l'esquiver avec sa grâce habituelle. La fille était inconsciente ; l'eau risquait de pénétrer dans ses poumons et de la tuer sur le coup.

Damon s'efforça plutôt d'armer un bouclier mental pour protéger le côté droit de son menton. Il s'estimait capable d'encaisser un coup du Stefan nouvelle formule sans lâcher la fille ; même si son frère lui cassait la mâchoire.

Le poing de Stefan s'immobilisa à quelques millimètres de son visage.

Il y eut un silence ; les deux frères se fixèrent à cinquante centimètres de distance.

Stefan inspira profondément et baissa le bras.

— Admets-le.

Damon fut sincèrement perplexe.

— Quoi donc ?

— Que tu tiens un peu à eux. Assez pour encaisser un coup de poing plutôt que de laisser Bonnie se noyer.

L'air ébahi, Damon se mit soudain à rire sans pouvoir s'arrêter.

Stefan le dévisagea. Puis, affligé, il ferma les yeux.

Damon avait toujours le fou rire.

— Non mais, tu crois vraiment que j'en ai quelque chose à faire, de la rouquine ?

— Alors pourquoi tu l'as aidée ? répéta Stefan d'un ton fatigué.

— Je te l'ai dit : sur un coup de tête !

Damon s'écroula, abruti par la faim et l'excès d'émotions.

La tête de Bonnie plongea sous la surface.

En se précipitant pour la relever, les deux vampires se cognèrent la tête au-dessus de la baignoire. Hébétés, ils eurent un bref mouvement de recul.

Damon ne riait plus. Il se battait comme un lion pour sortir la fille de l'eau. Stefan aussi, d'ailleurs, mais, avec ses réflexes fraîchement affûtés, il paraissait plus près de la victoire. C'était exactement ce que pensait Damon une heure plus tôt : ils n'envisageaient pas un seul instant d'unir leurs forces pour rattraper la fille. Chacun essayait d'y arriver seul – et ils se gênaient mutuellement.

— Pousse-toi, gamin ! siffla Damon d'une voix rageuse, presque menaçante.

— *Toi*, pousse-toi. T'en as rien à faire d'elle...

Soudain, Bonnie jaillit brusquement de l'eau en se redressant d'elle-même.

— Qu'est-ce qui s'est passé ?! s'écria-t-elle sur un ton à attendrir une pierre, après avoir recraché l'eau qui lui remplissait la bouche.

Les deux garçons fondirent. À contempler son oisillon trempé qui s'agrippait instinctivement à la serviette dans l'eau, ses cheveux rougeoyants plaqués sur le visage et ses grands yeux noisette battant des paupières entre deux mèches, Damon sentit une autre émotion grandir en lui. Stefan avait couru vers la porte pour annoncer la bonne nouvelle aux autres. Pendant un instant, il n'y eut plus qu'eux deux : Damon et Bonnie.

— Ça a un goût horrible, lâcha Bonnie d'un ton affligé en recrachant encore de l'eau.

— Je sais, répondit Damon en la fixant.

Son âme enflait à un point presque insoutenable.

— Mais je ne suis pas morte ! s'écria Bonnie en changeant du tout au tout d'expression.

Face à son visage en cœur tout rose de joie, Damon ressentit une fierté terriblement enivrante. Lui seul l'avait écartée du précipice de la mort. C'était grâce à lui que son corps rempli de poison avait guéri ; grâce à son sang, qui avait dissous et anéanti la toxine. *Son* sang !

Alors l'émotion explosa en lui.

Damon eut l'étrange impression de sentir, voire d'entendre, une part de lui se désagréger tandis que le roc qui enrobait son âme se fissurait.

Le cœur frémissant, il serra Bonnie contre lui, sentant la serviette mouillée à travers sa chemise de soie grège et son corps menu en dessous. « C'est une vraie jeune fille », pensa-t-il étourdiment, en dépit de la crise que le morceau de Nylon rose avait déclenchée. Il se cramponna à elle comme s'il lui fallait son sang ; comme s'ils étaient ballottés dans une mer déchaînée et que la lâcher signifierait la perdre.

Une violente douleur lui brûlait la nuque, mais les fissures continuaient de se propager en lui ; le roc allait entièrement exploser, libérant le Damon qui se trouvait à l'intérieur. Mais il était trop ivre de fierté et de joie (oui, *de joie*) pour s'en soucier. Ça craquait en lui dans tous les sens, des fragments de pierre volaient en éclats…

Bonnie le repoussa.

Elle avait une force incroyable pour quelqu'un d'aussi fluet. Elle se libéra complètement de son étreinte. Une fois de plus, son expression changea du tout au tout. Ses traits étaient à présent marqués par la peur, le désespoir et… le dégoût.

— Au secours ! Venez m'aider !

Ses yeux noisette étaient écarquillés et son visage de nouveau blême.

Stefan avait fait volte-face, Meredith se précipita depuis la pièce voisine en passant sous son bras et Matt essaya de regarder dans la minuscule salle de bains bondée : Bonnie se cramponnait farouchement à sa serviette pour tenter de cacher son corps et Damon était à genoux près de la baignoire, le visage dénué d'expression.

— S'il vous plaît, aidez-moi. Il m'a entendue l'appeler dans la forêt, je le *sentais*, mais il n'a rien fait. Il nous a regardés souffrir ! Il veut que tous les hommes meurent et que leur sang ruisselle sur des marches blanches quelque part. Je vous en prie, faites-le partir !

Eh bien ! La petite sorcière était plus compétente qu'il ne le pensait. C'était déjà rare de pouvoir affirmer que quelqu'un avait reçu votre transmission de pensée – à cause des parasites –, mais identifier la personne en question nécessitait un sacré talent. Sans compter que, de toute évidence, elle avait perçu certaines de ses pensées en écho. Son petit oiseau était doué... Non, ce n'était pas son oiseau : pas quand Bonnie le fixait avec toute la haine dont elle était capable.

Il y eut un silence. Damon pouvait très bien nier l'accusation, mais à quoi bon ? Stefan saurait distinguer le vrai du faux. Et Bonnie aussi, sans doute.

Le dégoût se propagea d'un visage à l'autre, comme une maladie hautement contagieuse.

Meredith s'avança en hâte pour attraper une autre serviette. Elle tenait une boisson chaude dans la main – du chocolat, à l'odeur. Il semblait assez chaud pour faire une arme redoutable, et un vampire fatigué ne pouvait tout esquiver.

— Tiens, dit-elle à Bonnie. Tu n'as rien à craindre. Je suis là, Stefan et Matt aussi. Prends cette serviette et mets-la sur tes épaules.

Stefan avait gardé le silence. Les traits durcis, il prononça un seul mot :

— Dehors !

Chassé comme un vulgaire chien, Damon chercha à tâtons sa veste derrière lui et la trouva (à défaut de retrouver aussi son sens de l'humour). Les visages qui l'entouraient étaient tous les mêmes. Ils auraient pu être gravés dans la pierre.

Une pierre toutefois moins dure que celle qui se reformait autour de son âme. Cette roche avait une prodigieuse capacité à se ressouder ; une épaisseur supplémentaire se superposa aux autres, comme des couches de nacre, mais pour couvrir quelque chose qui était loin d'être aussi joli.

Leurs visages n'avaient pas changé quand Damon quitta la petite pièce surpeuplée. Certains parlaient : Meredith à Bonnie, et Blatte – pardon, *Matt* – débitait un flot de mots haineux, brûlants comme l'acide, que Damon n'entendit pas vraiment. Ça sentait trop le sang par ici. Tout le monde avait de petites blessures. Leurs odeurs – un vrai fumet de troupeau – se resserraient comme un étau autour de lui. Il avait la tête qui tournait. Il fallait qu'il sorte, sinon il allait sauter sur le premier vaisseau qui passait pour le vider. À présent, il avait plus que des vertiges ; il avait trop chaud... trop soif.

Très soif. Il avait tenu un bon moment sans se nourrir et voilà qu'il était entouré de proies. Elles l'encerclaient. *Lui*. Comment se retenir d'en attraper une ? Une seule, est-ce que ça ferait une grande différence ?

Puis arriva celle qu'il n'avait pas encore vue et qu'il ne voulait pas voir. Voir le beau visage d'Elena se déformer et revêtir le même masque de révulsion que les autres serait... « très désagréable », pensa-t-il en retrouvant finalement son bon vieux sang-froid.

Mais il ne pouvait pas l'éviter. Lorsque Damon sortit de la salle de bains, Elena se tenait juste devant lui, flottant dans les airs comme un gigantesque papillon. Son regard fut attiré précisément par ce qu'il ne voulait pas voir : ses yeux.

L'expression d'Elena ne reflétait pas celle des autres. Elle semblait inquiète, bouleversée, mais pas la moindre trace du dégoût ou de la haine que tous les autres visages affichaient.

Elle se mit même à parler, dans cet étrange langage qui n'était pas de la télépathie mais qui, d'une certaine manière, lui permettait de communiquer à deux niveaux en simultané.

— Da... mon.

Parle des malachs. S'il te plaît.

Damon haussa un sourcil vers elle. Parler de *ça* à une bande d'humains ? Elle faisait exprès d'être idiote ou... ?

En plus, les malachs n'avaient pas fait grand-chose. Ils l'avaient distrait quelques minutes, c'est tout. Pas de quoi les blâmer, ils n'avaient fait que développer temporairement ses ambitions personnelles. Damon se demanda si Elena avait la moindre idée du contenu de ses rêveries nocturnes.

— Da… mon.

Je sais tout. Mais, quand même, s'il te plaît…

Ah.

Enfin, bon, les esprits étaient peut-être habitués à voir le linge sale de tout le monde. Elena ne réagit pas à cette pensée, laissant Damon dans les ténèbres sur ce point.

Les ténèbres. Ça, il connaissait : c'est de là qu'il venait. Tous partiraient chacun de leur côté, les humains au chaud et au sec dans leurs maisons, et lui dans un arbre de la forêt. Elena resterait avec Stefan, évidemment.

Évidemment.

— Vu la situation, je ne vous dis pas adieu, railla Damon en lançant son fameux sourire à Elena, qui l'implora du regard. Contentons-nous d'un *au revoir*.

Pas de réponse.

— Damon !

Elena pleurait.

S'il te plaît !

Damon sortit, s'enfonçant dans l'obscurité.

Je t'en supplie…

Se frottant la nuque d'une main, il continua à avancer sans se retourner.

13.

Cette nuit-là, Elena n'arriva pas à dormir. Elle disait ne pas vouloir rester « enfermée dans la Grande Chambre ». Secrètement, Stefan craignait qu'elle ne veuille sortir et suivre la trace des malachs qui avaient attaqué la voiture. Il ne la pensait pas capable de mentir – pas encore – mais, en attendant, elle n'arrêtait pas de se cogner contre la fenêtre fermée en répétant qu'elle avait juste besoin de sortir « prendre l'air ».

— Tu devrais te couvrir.

Perplexe, Elena s'entêta et se cogna encore contre la fenêtre. À cet instant précis, les désirs d'Elena concordaient tant avec les siens qu'il se sentait un peu coupable. Mais il se laissa vite convaincre.

Poussés par le vent, ils se laissèrent aller main dans la main, Elena comme un fantôme ou un ange dans sa chemise de nuit blanche et Stefan tout en noir, qui avait l'impression d'être invisible quand les arbres masquaient le clair de lune.

Sans s'en rendre compte, ils arrivèrent dans la vieille forêt, où des squelettes d'arbres côtoyaient les branchages vivants. Stefan déploya ses nouveaux sens mais ne trouva que les hôtes habituels des bois, qui revenaient lentement, hésitants, après avoir essuyé la fureur de Damon. Des hérissons, des cerfs, et une pauvre renarde qui n'avait pas pu s'enfuir à cause de ses deux petits. Des oiseaux, aussi. Tous ces animaux qui faisaient de la forêt cet endroit si merveilleux.

Rien qui ressemble à une bête démoniaque ou susceptible de nuire.

Stefan commença à se demander si Damon n'avait pas tout inventé pour se disculper. Son frère était un menteur diablement convaincant.

Il dit la vérité, intervint Elena. *Mais soit la créature est invisible, soit elle est déjà partie. À cause de toi. De ton pouvoir.*

En se tournant vers elle, Stefan vit qu'elle le regardait avec un mélange de fierté et une autre expression facilement identifiable.

Elle pencha le visage en arrière, exposant ses contours familiers, purs et pâles, au clair de lune.

Ses joues étaient roses d'émotion et ses lèvres légèrement pincées.

— Après tout ce que tu as enduré, je ne peux pas faire ça, protesta Stefan avec agitation.

Il la prit pourtant dans ses bras, et une sorte de synergie entre leurs pouvoirs respectifs les emporta lentement vers le ciel, dans une spirale.

Il sentit la chaleur, l'exquise douceur du corps d'Elena. Les yeux fermés, elle attendait toujours son baiser.

On pourrait recommencer ? proposa-t-elle avec espoir.

Elle avait raison. Stefan avait envie qu'elle ressente à son tour les sensations qu'elle lui avait procurées dans la chambre. Il voulait la serrer très fort ; la faire frémir, fondre et défaillir sous ses baisers.

Il en était capable. Non seulement parce que, en tant que vampire, on apprend pas mal de choses sur les femmes, mais surtout parce qu'il connaissait bien Elena. Au fond, ils ne faisaient qu'un, une seule âme.

S'il te plaît ?

Elle était encore si jeune, si vulnérable dans sa chemise de nuit angélique, avec sa peau laiteuse rougissant d'impatience. C'était forcément mal de profiter d'un tel être.

Elena ouvrit ses yeux bleus argentés par la lune et le fixa.

Tu veux...

Elle parla d'un ton posé mais d'un air espiègle.

... voir jusqu'à quel point je pourrais te supplier ?

« Surtout pas. » Stefan ne put s'empêcher de la serrer encore contre lui. Il embrassa sa chevelure soyeuse, puis descendit sur son front et plus bas, évitant seulement la petite bouche en cerise et les lèvres roses qui attendaient encore leur baiser. *Je t'aime.* Réalisant qu'il lui écrasait presque les côtes, il essaya de s'écarter, mais Elena se cramponna à lui.

Tu veux...

L'intonation était la même, innocente et sincère.

... voir jusqu'à quel point tu *pourrais me supplier ?*

Stefan la fixa un instant, puis, dans un élan presque fiévreux, il embrassa la petite bouche jusqu'à en perdre haleine, jusqu'à ce qu'il soit pris de vertige et doive relâcher sa pression – un peu seulement.

Il la fixa de nouveau. On pourrait se perdre dans les yeux d'Elena, plonger pour toujours dans ces abîmes étoilés. Stefan en avait envie. Mais il y avait une chose qu'il désirait encore plus.

— Je veux t'embrasser, chuchota-t-il au creux de son oreille en la mordillant doucement.

Oui.

Elena était décidée.

— Jusqu'à ce que tu t'évanouisses dans mes bras.

Il sentit un frisson parcourir le corps de la jeune fille, et vit ses yeux s'embrumer et se fermer à moitié. Mais, à sa grande surprise, elle répondit sans attendre à voix haute :

— Oui.

Alors Stefan céda.

Elena fut à deux doigts de succomber aux frissons qui l'agitaient et aux petits cris qu'il tentait d'étouffer sous ses baisers. Puis, parce que les frissons commençaient à devenir douloureux et que le souffle d'Elena était si saccadé quand il la laissait respirer qu'il avait réellement peur qu'elle ne perde connaissance, il s'ouvrit une veine dans le cou avec l'ongle d'un geste magistral.

Elena, qui avait jadis été un simple être humain et qui aurait été horrifiée à l'idée de boire le sang de quelqu'un, s'agrippa à lui avec un petit cri de joie étranglé. Stefan sentit d'abord sa bouche brûlante, puis son corps frémissant. Enfin, il éprouva une sensation grisante : son propre sang aspiré par celle qu'il aimait ! Il aurait voulu que tout son être se déverse à ses pieds, lui donner tout ce qu'il était, aujourd'hui comme demain. Et il savait qu'il s'était produit la même chose quand elle lui avait offert son sang. C'était ça, le lien sacré qui les unissait.

Il avait l'impression qu'ils s'aimaient depuis l'origine du monde, depuis la naissance de la première étoile dans le néant. Cette sensation primitive était profondément ancrée en lui. Lorsque le sang afflua dans la bouche d'Elena, il étouffa un cri. L'instant d'après, il lui chuchotait à l'oreille des choses violentes, instinctives, sur le fait qu'il l'aimait et qu'ils ne devaient jamais se quitter ; puis des paroles tendres et des absurdités jaillirent de sa bouche dans une douzaine de langues différentes. Après il n'y eut plus un mot, juste des émotions.

Lentement, ils montèrent en spirale sous le clair de lune, la chemise de nuit blanche s'enroulant de temps à autre autour de ses jambes revêtues de noir, jusqu'à ce qu'ils atteignent la cime des arbres, debout et vivants bien que morts.

C'était une cérémonie très solennelle, très intime, et ils étaient bien trop absorbés par leur bonheur pour se soucier d'un quelconque danger. Mais Stefan avait déjà vérifié, et il savait qu'Elena aussi. Ils étaient en sécurité ; rien que tous les deux, dérivant dans les airs sous la voûte céleste.

***

Un des trucs très utiles que Damon avait appris récemment (plus encore que de voler, même si c'était sacrément amusant), c'était de masquer complètement sa présence.

Pour ça, évidemment, il devait renoncer à tous ses boucliers, sinon ça se verrait. Mais peu importe car, si on ne pouvait pas le voir, on ne pouvait pas le trouver non plus. Donc il ne risquait rien, CQFD.

Ce soir, après avoir quitté la pension, il était allé dans la vieille forêt pour se trouver un arbre où râler en paix.

Il n'en avait rien à faire de ce que la vermine humaine pensait de lui ; autant se soucier de ce qu'un poulet pensait avant de lui tordre le cou ! Et, s'il y avait une chose dont il se fichait pas mal, c'était bien l'opinion de son frère.

Sauf qu'il y avait Elena. Et, même si elle avait compris – et qu'elle s'était efforcée de faire entendre raison aux autres –, il trouvait humiliant d'avoir été mis à la porte devant elle.

Alors il s'était retiré, amer, dans le seul endroit où il se sentait chez lui. Cela dit, c'était un peu idiot étant donné qu'il aurait pu passer la nuit dans le meilleur hôtel de Fell's Church (le seul, en fait) ou avec un tas de demoiselles qui auraient sûrement invité un voyageur fatigué à venir chez elle boire... un verre d'eau. Quelques tours de passe-passe pour endormir les parents, et il aurait disposé d'un abri, ainsi que d'un repas chaud et consentant, jusqu'au petit matin.

Mais il était de mauvaise humeur et il avait envie d'être seul. L'idée de chasser lui faisait presque peur. Dans son état d'esprit actuel, il serait incapable de se contrôler face à un animal paniqué. Il avait des envies de meurtre et, surtout, envie de rendre quelqu'un très malheureux.

Cependant, alors qu'il prenait soin de n'utiliser que ses sens ordinaires et rien qui trahirait sa présence, il remarqua que les animaux revenaient. Pour eux qui avaient tendance à avoir la mémoire courte, la nuit d'épouvante était terminée.

Il venait juste de s'allonger sur une branche en espérant au moins que la Blatte avait écopé d'une blessure douloureuse et tenace quand ils étaient apparus, comme par magie : Stefan et Elena, main dans la main, ondoyant dans le ciel comme deux amants bienheureux, comme si la forêt leur appartenait.

Au début, il n'en avait pas cru ses yeux.

Et puis, au moment où il s'apprêtait à déchaîner foudre et sarcasmes, ils avaient entamé leur scène d'amour.

Sous son nez.

Comme un fait exprès, ils s'étaient même élevés à sa hauteur. Ils s'étaient mis à s'embrasser, à se caresser... et pire encore.

Ils en avaient fait un voyeur malgré lui. Lorsque Stefan offrit son sang à Elena, Damon avait serré les dents. Il aurait voulu crier qu'à une époque il aurait pu faire ce qu'il voulait de cette fille, qu'il aurait pu la saigner et qu'elle serait morte volontiers dans ses bras ; à une époque, elle aurait obéi instinctivement au son de sa voix et le goût du sang l'aurait emmenée au septième ciel avec lui.

Comme avec Stefan, manifestement.

C'était ça le pire. Il s'était enfoncé les ongles dans la paume en voyant Elena s'enrouler autour de Stefan comme un long serpent gracieux, et refermer sa bouche sur son cou tandis que son frère basculait la tête face au ciel, les yeux fermés.

Par tous les démons de l'Enfer, ils n'ont pas bientôt fini leur cirque ?

C'est là qu'il remarqua qu'il n'était pas seul dans son arbre.

Quelqu'un d'autre était là, tranquillement assis juste en dessous de lui sur la plus grosse branche. La créature avait dû apparaître pendant qu'il était absorbé par la scène d'amour et par sa propre fureur, mais, quand même, elle était douée. Personne ne s'était jamais approché de lui sans faire un minimum de bruit en plus de deux siècles. Peut-être même trois.

Le choc le fit dégringoler de la branche – sans que sa capacité à flotter dans le vide se déclenche.

Un long bras mince le rattrapa pour le hisser en lieu sûr, et Damon se retrouva face à deux yeux dorés et rieurs.

Mais vous êtes qui ?

Damon ne s'inquiéta pas du fait que son message puisse être intercepté par les deux amants au clair de lune. Hormis un dragon ou une bombe atomique, rien ne pourrait les distraire à présent.

Je suis le démon Shinichi, répondit l'autre garçon. Damon n'avait pas vu des cheveux aussi étranges depuis longtemps. Ils étaient lisses, brillants et complètement noirs, à l'exception d'un liseré rouge foncé inégal aux pointes. L'extrémité de la frange qu'il écartait négligemment de ses yeux était pourpre, tout comme les fines mèches autour de son col – oui, la coupe était un peu longue. On aurait dit que des langues de flammes vacillantes lui léchaient le bout des cheveux, ce qui donna une note singulière à sa réponse : *je suis le démon Shinichi.* Si quelqu'un pouvait se faire passer pour un démon tout droit sorti de l'Enfer, c'était bien lui.

D'un autre côté, il avait des yeux dorés aussi purs que ceux d'un ange. *La plupart des gens m'appellent juste Shinichi,* ajouta-t-il avec retenue mais en laissant son regard trahir une pointe de malice. *Maintenant tu connais mon nom. Et toi, qui es-tu ?*

Damon le fixa sans répondre.

14.

Le lendemain matin, Elena se réveilla dans l'étroit lit de Stefan. Elle le reconnut avant même d'avoir ouvert les yeux et pria intérieurement, espérant avoir donné une excuse valable à tante Judith la veille. L'idée même de « veille » était très confuse. De quoi avait-elle rêvé pour que ce réveil lui semble si merveilleux ? Impossible de s'en souvenir. Bon sang, elle ne se rappelait de rien !

C'est alors que tout lui revint.

Se redressant d'un coup, ce qui, la veille encore, l'aurait fait basculer du lit, Elena fouilla dans ses souvenirs.

L'aube. Elle se souvenait de la lumière du jour qui l'avait inondée alors qu'elle ne portait pas sa bague. Elle jeta un regard nerveux à ses mains : pas de bague. Elle était assise face à un rayon de soleil, et pourtant ça ne lui faisait pas mal. Impossible. Elle savait, elle se rappelait très bien – un souvenir vif stimula chaque cellule de son corps – que la lumière du jour la tuerait. Un jour, elle avait compris la leçon au simple contact d'un rayon de soleil sur sa main. Elle n'oublierait jamais la douleur fulgurante et brûlante : ça l'avait marquée à vie. Conséquence : ne jamais sortir sans la bague de lapis-lazuli, qu'elle trouvait déjà magnifique en soi, mais encore plus en sachant qu'elle la protégeait. Sans elle, elle pourrait, elle serait…

Morte !

Mais elle l'était *déjà*, non ?

Pas seulement « transformée » comme quand elle était devenue vampire, mais bel et bien morte, de cette mort dont on ne revient pas. Elle aurait dû se désagréger en une infinité d'atomes ou aller droit en Enfer.

Mais, en fin de compte, elle n'était allée *nulle part*. Durant tout ce temps, il lui semblait avoir rêvé de personnes bien-veillantes, hommes et femmes, lui donnant des conseils, et avoir eu très envie d'aider les autres ; des rêves qui étaient subitement beaucoup plus faciles à comprendre. Une petite brute du lycée ? Elle avait regardé avec tristesse son ivrogne de père passer ses propres colères sur lui nuit après nuit. Cette fille qui ne faisait jamais ses devoirs ? Elle était censée élever trois petits frères et sœurs pendant que leur mère traînait au lit toute la journée. Rien que les biberons du bébé et le ménage lui prenaient le peu de temps libre qu'il lui restait. Derrière chaque comportement, il y avait toujours une explication, et aujourd'hui elle le voyait.

Elle avait même communiqué avec des personnes durant leurs rêves. Puis un des Anciens était arrivé à Fell's Church et, tout ce qu'elle avait pu faire, c'était résister à son intrusion dans ses rêves, sans s'enfuir. Il poussait les humains à appeler Stefan à l'aide – et, par accident, Damon avait été appelé lui aussi. Elena avait fait tout ce qui était en son pouvoir pour les aider, même dans les pires moments ; car les Anciens s'y connaissaient en amour, ils savaient y faire pour envoyer l'ennemi dans la bonne direction. Mais les deux frères l'avaient combattu, et ils avaient gagné. En essayant de soigner les plaies mortelles de Stefan, d'une certaine manière, Elena avait elle-même fini par redevenir mortelle : étendue par terre dans la vieille forêt, nue sous le blouson de Damon qui s'était volatilisé sans attendre un merci.

Ce réveil avait été fait de plaisirs simples : ceux des sens – toucher, goûter, entendre, voir – et du cœur, mais pas de l'esprit. Stefan avait été si bon avec elle.

— Et maintenant, je suis quoi ? se demanda Elena à voix haute.

Elle fixa ses mains en les retournant plusieurs fois, s'émerveillant de cette chair ferme et humaine qui cédait aux lois de la pesanteur. Elle se rappelait effectivement avoir dit que, pour lui, elle renoncerait à ses ailes. Apparemment, quelqu'un l'avait prise au mot.

— Tu es belle, dit distraitement Stefan.

Puis il se leva d'un bond.

— Mais tu parles !

— Je sais.

— Et tu comprends ce que je dis !

— Merci.

— Et tu fais des phrases !

— J'avais remarqué.

— Vas-y, continue, parle, et dis quelque chose de *long* s'il te plaît, s'emballa Stefan, qui n'y croyait pas.

— Toi, tu as passé trop de temps avec mes amis ! répondit Elena. Cette phrase a l'effronterie de Bonnie, la courtoisie de Matt et la fermeté de Meredith !

— Elena... c'est toi !

Plutôt que d'entretenir l'absurdité du dialogue en répondant « oui, Stefan, c'est bien moi ! », Elena s'arrêta, l'air songeuse. Puis, prudemment, elle se leva et fit un pas. Stefan s'empressa de détourner les yeux en lui tendant un peignoir.

Lorsqu'il se retourna après un intervalle décent, il vit Elena agenouillée à la lumière du soleil, le peignoir dans les mains.

Elle savait qu'à ses yeux elle avait l'air d'un jeune ange en méditation.

— Elena, mais… tu pleures ?

— Je suis de nouveau humaine, Stefan !

Elle leva une main, et la laissa retomber entre les griffes de l'attraction terrestre.

— Je suis humaine, ni plus ni moins. Je suppose qu'il me fallait quelques jours pour récupérer complètement.

Elle regarda Stefan droit dans les yeux. Ils étaient toujours aussi verts. Verts comme du cristal, avec une sorte de lueur hors champ derrière ; comme une feuille d'été présentée face au soleil.

Je peux lire dans tes pensées.

— Moi pas, Stefan. Je perçois juste une idée générale, mais même ça, ça va peut-être disparaître… Plus rien n'est certain.

Elena, tout ce que je désire est dans cette pièce. Il tapota le lit. *Tout ce que je désire est là, devant moi.*

Elle se leva et se jeta à son cou, enchevêtrant ses jambes dans les siennes.

— Je suis encore très jeune, chuchota-t-elle en le serrant fort. Et, si on compte les jours, on n'a pas eu beaucoup de moments comme celui-ci ensemble… Dis-moi que tu m'aimeras toujours !

— Pour l'éternité.

— Quoi qu'il arrive ?

— Elena, mon tendre amour... je t'ai aimée quand tu étais humaine, vampire, esprit, enfant... et aujourd'hui je t'aime toujours.

— Promets-moi qu'on restera ensemble.

— Promis.

— Arrête, Stefan : c'est *moi*.

Elle indiqua sa tête du doigt, comme pour souligner que, derrière ses yeux bleus tachetés d'or, il y avait un esprit intelligent et vif tournant à plein régime.

— Je te connais. À défaut de pouvoir lire dans tes pensées, je sais lire dans tes yeux. Toutes tes vieilles peurs sont revenues, n'est-ce pas ?

Il détourna le regard.

— Je ne te quitterai jamais.

— Pas même pour une journée ? Une heure ?

Il hésita, puis releva les yeux vers elle.

Si c'est vraiment ce que tu veux. Je ne quitterai pas, même pour une heure.

Là, il se projetait dans le futur ; elle le savait, car elle entendait ses pensées.

— OK, je te libère de toutes tes promesses !

— Mais, Elena ? Je suis sincère !

— Je sais. Mais, le jour où tu partiras, je ne veux pas que tu culpabilises.

Même sans télépathie, elle devinait le fond de sa pensée dans ses moindres nuances : il voulait lui faire plaisir. Au fond, elle venait juste de se réveiller. Elle était sûrement un peu perdue. Mais elle, ça ne l'intéressait pas d'y voir plus clair ou de lui ouvrir les yeux. C'est sans doute pour cette raison qu'elle se mit à lui mordiller doucement le menton et à l'embrasser.

Le temps parut s'étirer puis s'arrêter autour d'eux. Ensuite, tout devint limpide. Elena comprit que Stefan connaissait ses moindres désirs et qu'il ferait tout ce qu'elle voulait.

***

Bonnie regarda les chiffres sur l'écran de son téléphone, l'air inquiet. Stefan appelait. Elle passa nerveusement la main dans ses cheveux, ébouriffant ses boucles, et prit l'appel en visioconférence.

Ce n'était pas Stefan, c'était Elena. Avec un petit rire nerveux, Bonnie commença à lui dire qu'il ne fallait pas jouer avec les jouets des grandes personnes... mais elle s'arrêta en fixant l'image avec des yeux ronds.

— Elena, c'est *toi* ?

— Je vais entendre ça à chaque fois ? Ou seulement de la part de ma sorcière préférée ?

— *Elena ?*

— Consciente et comme neuve, acquiesça Stefan en entrant dans le cadre. On a appelé dès qu'elle s'est réveillée...

— Mais il est midi ! s'écria Bonnie.

— On était occupés..., expliqua doucement Elena.

C'était si bon d'entendre Elena parler comme ça, avec ce ton mi-innocent mi-effronté, qui vous donnait envie de lui demander tous les détails croustillants !

— Oh, Elena ! soupira Bonnie.

Elle s'adossa contre le mur le plus proche et se laissa glisser par terre, lâchant sur la moquette une pluie de chaussettes, de chemisiers, de pyjamas et de sous-vêtements qu'elle tenait dans les bras, tandis que des larmes s'échappaient de ses yeux.

— Elena, ils ont dit que tu allais devoir quitter Fell's Church... C'est vrai ?

Elena se rebiffa.

— Ils ont dit *quoi* ?

— Que toi et Stefan devrez partir pour votre bien.

— Jamais de la vie !

— Mais ? Mon tendre amou...

Stefan fut brusquement interrompu.

Bonnie fixa l'écran. Ça s'était passé en bas à droite, hors champ, mais elle aurait presque juré que le tendre amour de Stefan venait de lui donner un coup de coude dans les côtes.

— Rendez-vous au mémorial à deux heures ? proposa Elena.

Bonnie revint subitement à la réalité ; Elena ne vous laissait jamais le temps de cogiter.

— J'y serai !

***

— Elena !

Meredith poussa un cri, la voix entrecoupée par un sanglot.

— Oh, Meredith, arrête ! Tu vas me faire pleurer sur ce corsage en soie.

— Je sais qu'il est en soie, il est à moi !

Elena prit soudain un air aussi innocent que si elle était un ange.

— Tu sais, Meredith, je crois que j'ai pas mal grandi ces derniers temps...

— Je te préviens, Elena Gilbert : si tu as l'intention de dire que ce corsage te va mieux qu'à moi..., menaça Meredith.

Elle marqua une pause et, brusquement, les deux amies se mirent à rire et à pleurer en même temps.

— Évidemment que tu peux le garder !

***

— Stefan ? Je ne vois rien…

Matt secoua le téléphone, d'abord avec précaution, puis en le cognant contre le sol du garage. L'image à l'écran s'ajusta. Il se figea, la gorge serrée.

— E… Elena ?

— Oui, Matt, c'est bien moi. Même là-haut, ajouta-t-elle en indiquant son front du doigt. Tu viens nous retrouver ?

Allongé sous la voiture presque en état de marche qu'il s'était récemment achetée, Matt se mit à marmonner.

— Merci mon Dieu, merci…

— Matt, je ne te vois pas. Tout va bien ?

Un bruit indistinct se fit entendre.

— On dirait qu'il s'est évanoui.

— Matt ? s'étonna Stefan à côté d'Elena. Elle aimerait *vraiment* te voir, tu sais.

Matt releva la tête, clignant des yeux face à l'écran.

— Elena…

— Je suis désolée de tout ce qui s'est passé, Matt. Si tu ne veux pas venir…

Matt rit brusquement.

— Tu es sûre que c'est bien toi ?!

Elena eut ce sourire qui avait brisé un millier de cœurs.

— Puisque tu y tiens : Matt Honeycutt, j'exige que tu nous retrouves au mémorial à deux heures ! C'est mieux comme ça ?

— Ce bon vieux ton impérial : je pense que tu y es presque !

Matt toussa et renifla d'une façon exagérée.

— Désolé… j'ai un petit rhume. Ou une allergie, peut-être.

— Ne fais pas l'andouille, Matt, se moqua gentiment Elena. Je vois bien que tu pleures, comme moi, et comme Bonnie et Meredith quand je les ai appelées. En résumé, j'ai passé ma journée à pleurer et, à ce rythme-là, je vais avoir du mal à préparer un pique-nique et à être à l'heure. Meredith a prévu de passer te prendre. Apporte quelque chose à boire ou à manger. Bisous !

***

Elena raccrocha, haletante.

— Ça, c'était dur.

— Il t'aime toujours.

— Il aurait préféré que je reste un bébé toute ma vie ?

— Peut-être qu'il aimait bien ta façon de dire bonjour et au revoir.

— Tu te moques, maintenant ?

Elena agita la tête d'un air contrarié.

— Jamais de la vie, répondit doucement Stefan.

Il lui prit la main.

— Viens, on va faire des courses pour le pique-nique et s'acheter une voiture aussi ! dit-il en la soulevant.

Elena fit alors une chose qui les surprit tous les deux : elle décolla si vite que Stefan dut la rattraper par la taille pour l'empêcher de partir en flèche vers le plafond.

— Je croyais que tu avais un centre de gravité !?

— Mais moi aussi ! Qu'est-ce que je fais ?

— Pense à des trucs lourds !

— Et si ça marche pas ?

— On t'achètera une ancre !

***

À deux heures, Stefan et Elena arrivèrent au cimetière de Fell's Church dans une Jaguar rouge flambant neuve ; Elena portait des lunettes foncées sous un foulard dans lequel elle avait relevé tous ses cheveux avec des épingles, ainsi qu'un cache-nez et des mitaines en dentelle noire empruntées à la jeunesse de Mme Flowers (qui avouait ne pas savoir pourquoi elle les avait encore). « Elle est ravissante avec son corsage violet et son jean », constata Meredith en silence. Bonnie et elle avaient étalé une nappe de pique-nique, et les fourmis goûtaient déjà aux sandwichs, au raisin et à la salade de pâtes allégée disposés dessus.

Elena leur raconta la façon dont elle s'était réveillée le matin même, puis il y eut une effusion d'embrassades et de larmes – un spectacle un peu trop larmoyant au goût des garçons.

— Ça te dit d'aller faire un tour pour voir si ces malachs sont encore dans le secteur ? proposa Matt à Stefan.

— J'espère pas. Si les arbres sont infectés jusqu'ici…

— C'est mauvais signe ?

— Très.

Ils s'apprêtaient à partir quand Elena les rappela.

— Arrêtez de faire vos gros durs, dit-elle. C'est mauvais de refouler ses émotions. C'est plus sain de se lâcher.

— Tu es plus forte que je n'imaginais, répondit Stefan. Ce pique-nique au cimetière, par exemple…

— C'est parce qu'on retrouvait tout le temps Elena ici, expliqua Bonnie en désignant une pierre tombale voisine avec un bâton de céleri.

— C'est le tombeau de mes parents, confirma Elena. Depuis leur accident… c'est là que je me sens le plus près d'eux. Je venais ici quand ça n'allait pas ou quand j'avais des questions.

— Et tu as eu des réponses ? demanda Matt en attrapant un cornichon dans un bocal, qu'il passa ensuite aux autres.

— Je n'en sais trop rien, même aujourd'hui.

Elena avait ôté ses lunettes et toute sa tenue de camouflage.

— Tout ce que je sais, c'est que ça m'a toujours fait du bien d'être ici. Pourquoi, tu as une question à poser, Matt ?

— En fait... oui, avoua-t-il.

Le fait de se retrouver brusquement au centre de l'attention le fit rougir. Bonnie se retourna vers lui, son bâton de céleri à la bouche, Meredith se rapprocha illico et Elena se redressa. Appuyé contre une imposante pierre tombale avec sa grâce naturelle, Stefan s'assit par terre.

— J'allais justement dire que tu n'avais pas l'air dans ton assiette, commenta Bonnie.

— Merci, rétorqua sèchement Matt.

Les grands yeux de Bonnie s'embuèrent de larmes.

— Mais ? Je ne disais pas ça pour...

Meredith et Elena se rapprochèrent d'elle dans un mouvement protecteur, un élan de soutien féminin qu'elles appelaient « la solidarité du vélociraptor ». En d'autres termes : si quelqu'un cherchait des noises à l'une d'elles, il aurait affaire aux trois.

— Agressivité plutôt que galanterie ? Ce n'est pas le Matt que je connais, dit Meredith, le sourcil arqué.

— Bonnie essayait juste de montrer un peu de compassion, ajouta Elena calmement.

— OK, ça va ! Je suis désolé, Bonnie, s'excusa Matt en se tournant vers elle d'un air piteux. C'était pas sympa de ma part et je sais que tu ne disais pas ça méchamment. Bon, vous voulez entendre ce que j'ai à dire, oui ou non ? conclut-il, sur la défensive.

Oui, tout le monde avait hâte de le savoir.

— Alors voilà : je suis passé voir Jim Bryce ce matin. Vous vous souvenez de lui ?

— Oui, je suis sortie avec, répondit Meredith en haussant les épaules. Un mec cool, capitaine de l'équipe de basket, un peu jeune, mais...

— Jim est très bien comme il est, la coupa Matt d'une voix étranglée. Écoutez, je ne veux pas faire des ragots mais...

— Des ragots ! Des ragots ! scandèrent les filles comme un chœur antique.

Matt eut un sursaut.

— D'accord. Bon, j'étais censé passer vers dix heures, mais je suis arrivé un peu en avance et... Caroline était là. Sur le départ.

Il entendit trois souffles coupés par la surprise et sentit le regard perçant de Stefan.

— Tu veux dire qu'elle aurait passé la nuit chez lui ?

— Stefan ! râla Bonnie. C'est pas comme ça que ça marche, les ragots ! On ne dit jamais clairement ce qu'on pense...

— Laisse Matt s'expliquer, dit Elena d'un ton égal. Je me souviens suffisamment du passé avec Caroline pour que ça m'inquiète.

— Et il y a de quoi..., murmura Stefan.

Meredith hocha la tête.

— C'est pas un ragot, c'est une information capitale.

— Oui, si vous voulez. Enfin, bon, c'est ce que j'ai cru au début. Mais Jim m'a dit que Caroline était passée très tôt dans la matinée pour voir sa petite sœur Tamra, qui a à peine *quinze ans* ! Jim était rouge pivoine en s'expliquant.

Les autres échangèrent des regards graves.

— Caroline a toujours été un peu... louche, commença Bonnie.

— … mais, à ce que je sais, elle ne s'est jamais intéressée une seconde à Jim, termina Meredith.

Elles se tournèrent vers Elena dans l'attente d'une réponse. Leur amie secoua lentement la tête.

— Je ne vois vraiment aucune raison pour qu'elle aille rendre visite à Tamra. Et puis…

Elle jeta un rapide coup d'œil à Matt.

— … j'ai l'impression que tu ne nous dis pas tout. Qu'est-ce qui s'est passé d'autre ?

— Raconte ! insista Bonnie. Caroline s'est baladée en petite culotte ?

Elle éclata de rire jusqu'à ce qu'elle voie le visage écarlate de Matt.

— Allez quoi… c'est nous, Matt. Tu peux tout nous dire !

Matt inspira un bon coup et ferma les yeux.

— Eh bien, en sortant de chez Jim, je crois… que Caroline m'a fait des avances.

— Quoi ?!

— Elle ne ferait jamais…

— De quelle façon, Matt ? demanda Elena.

— En fait, Jim pensait qu'elle était partie et il est allé dans le garage chercher son ballon de basket. Je me suis retourné et, tout à coup, Caroline était là. Et elle a dit… oh, peu importe ce qu'elle a dit ! C'était à propos du fait qu'elle préférait le football au basket, et elle m'a demandé si je voulais être « chic » avec elle.

— Qu'est-ce que tu as répondu ? haleta Bonnie, fascinée.

— Rien du tout. Je l'ai juste regardée.

— Et Jim est revenu ? devina Meredith.

— Non. Caroline est partie en me lançant une œillade – vous savez, le genre qui ne laisse aucun doute sur ce qu'elle insinuait – et ensuite Tami est arrivée.

Le visage franc de Matt était à présent en feu.

— Après... je ne sais pas comment le dire. Peut-être que Caroline lui a dit un truc sur moi qui l'a poussée à faire ça...

— À faire quoi, Matt ?

Stefan n'avait quasiment rien dit jusque-là ; il se pencha vers lui et parla d'un ton calme.

— On ne cherche pas les ragots. On essaie juste de découvrir s'il se passe bel et bien des choses bizarres à Fell's Church. Alors, *s'il te plaît*, raconte-nous ce qui s'est passé.

15.

Rouge de la tête aux pieds, Matt acquiesça.

— Tami… s'est collée contre moi.

Il y eut un long silence.

— Tu veux dire qu'elle t'a serré hyper fort dans ses bras ? demanda posément Meredith. Ou bien elle a…

Elle s'interrompit car Matt secouait vigoureusement la tête.

— Crois-moi, ça n'avait *rien* d'innocent. On était seuls dans l'entrée et elle a… j'y croyais pas. Elle a quinze ans, mais elle se comportait comme une femme. Cela dit… aucune femme ne m'a déjà fait ça.

L'air gêné mais soulagé de s'être délesté d'un poids, Matt observa ses amis.

— Alors, qu'est-ce que vous en pensez ? À votre avis, c'était juste une coïncidence que Caroline soit là ou… elle a dit quelque chose à Tamra ?

— Caroline qui te drague et Tamra qui se comporte comme ça juste après ? Non, ce n'est pas une coïncidence, répondit simplement Elena. Ce serait trop gros. Je connais Tamra, du moins je la *connaissais*. C'était une gentille fille…

— Elle l'est toujours, confirma Meredith. Je vous ai dit, à une époque je suis sortie avec Jim. C'est une chouette fille, mais pas du tout mature pour son âge. Je la vois mal avoir une attitude déplacée, sauf si…

Elle s'arrêta en regardant au loin, puis haussa les épaules sans finir sa phrase.

Bonnie ne riait plus du tout.

— Il faut qu'on fasse quelque chose, dit-elle. Imaginez qu'elle se comporte comme ça avec un garçon moins gentil et moins timide que Matt. Elle risque de se faire agresser !

— C'est bien le problème, reprit Matt en rougissant de nouveau. Si ça avait été une autre fille avec qui je sortais – pas que je sorte avec plusieurs filles à la fois d'habitude…, ajouta-t-il précipitamment en jetant un œil à Elena.

— Pourtant tu devrais, dit cette dernière d'un ton ferme. Matt, tu ne me dois pas la fidélité éternelle. Je ne demande pas mieux que de te voir sortir avec une fille sympa.

Comme par hasard, son regard dévia jusqu'à Bonnie, qui essayait de croquer son céleri proprement et sans faire de bruit.

— Stefan, tu es le seul qui puisse nous dire quoi faire, ajouta Elena en se tournant vers lui.

Le vampire fronça les sourcils.

— Je ne sais pas. Difficile de tirer des conclusions avec deux filles seulement…

— Alors on attend de voir ce que Caroline ou Tami vont faire ? demanda Meredith.

— On ne va pas se contenter d'attendre. Il faut qu'on en

sache plus. Gardez un œil sur elles pendant que je fais des recherches.

— Merde ! pesta Elena en frappant le sol du poing. Dire que…

Elle s'interrompit brusquement en voyant la tête de ses amis. Bonnie avait lâché son bâton de céleri, le souffle coupé, et Matt, qui s'était étranglé avec une gorgée de Coca, avait une quinte de toux. Même Meredith et Stefan la dévisageaient.

— J'ai dit un truc qui cloche ? dit-elle d'un air ébahi.

Meredith fut la première à se ressaisir.

— C'est juste qu'hier encore… Les anges ne jurent pas, tu comprends.

— Alors, parce que je suis déjà morte deux fois, je devrais dire « flûte » pour le restant de mes jours ?

Elena secoua la tête.

— Sûrement pas ! Je suis moi et je le resterai… *quoi* je sois maintenant.

— Bien, intervint Stefan en se penchant pour l'embrasser sur le front.

Matt détourna les yeux. La mine boudeuse, Elena donna une petite tape à Stefan, tout en pensant « je t'aime » et en sachant très bien qu'il lirait dans ses pensées. À sa surprise, elle capta une réponse diffuse de sa part, un nuage rose tendre qui semblait l'envelopper.

Est-ce que c'était ça que Bonnie appelait une « aura » ? Elle réalisa que presque toute la journée elle avait vu Stefan enveloppé d'une sorte d'ombre émeraude, froide et claire – si tant est qu'une ombre puisse être claire. À présent, le rose perdait son éclat et laissait la place au vert.

Aussitôt, elle examina les autres convives. Bonnie était entourée d'un camaïeu de roses, Meredith d'un violet profond et Matt d'un bleu clair intense.

Ça lui rappela que, jusqu'à la veille (« seulement ? »), elle avait vu beaucoup de choses que personne d'autre ne pouvait voir. Y compris une image qui lui avait fichu une trouille monstre.

Qu'est-ce que c'était déjà ? Ça lui revenait par bribes, des petits détails assez effrayants. On aurait dit un corps, mais avec une peau d'écorce. Et il y avait comme des antennes d'insecte, très nombreuses et s'agitant comme des fouets – trop vite pour que ce soit un insecte. Elena éprouva cette sensation diffuse de répulsion qu'elle avait d'habitude quand elle pensait aux insectes. Donc, c'était bien une bestiole. Mais une bestiole dont la disposition des organes n'était pas celle d'un insecte. En fait, ça ressemblait plus à une sangsue ou à un calmar. La bouche était toute ronde, bordée de dents pointues, et à l'arrière une multitude de tentacules semblables à de grosses lianes cinglaient l'air sans arrêt.

« Une bestiole qui pourrait se fixer sur quelqu'un », songeat-elle. Mais elle avait le terrible sentiment que cette créature pouvait faire bien pire.

Elle pouvait devenir transparente et s'insinuer à l'intérieur d'un corps, moyennant une piqûre à peine perceptible.

Et ensuite, que se passait-il ?

Elena se tourna vers Bonnie.

— Tu crois que, si je te montre à quoi ressemble quelque chose, tu sauras le reconnaître ? Pas visuellement mais intuitivement ?

— Je suppose que tout dépend de la « chose » en question, répondit Bonnie avec prudence.

Elena jeta un œil à Stefan, qui acquiesça d'un signe de tête.

— Alors ferme les yeux.

Bonnie s'exécuta, et Elena posa le bout de ses doigts sur

les tempes de Bonnie, effleurant doucement les cils de son amie avec ses pouces. Essayer d'activer ses pouvoirs de Magie Blanche (hier encore, c'était si facile !), c'était comme de frotter deux pierres pour essayer d'allumer un feu en espérant que l'une d'elles soit un silex. Finalement, Elena sentit une petite étincelle et Bonnie sursauta en rouvrant brusquement les yeux.

— C'est *quoi* ce truc ?! s'écria-t-elle, le souffle coupé.

— C'est… ce que j'ai vu hier.

— Où ?

— À l'intérieur de Damon, répondit lentement Elena.

— Qu'est-ce que ça signifie ? Est-ce que Damon contrôlait cette chose ou… ?

Bonnie s'arrêta, les yeux écarquillés.

Elena termina la phrase à sa place.

— Ou est-ce que c'était cette chose qui le contrôlait ? Aucune idée. Par contre, je suis quasi certaine d'un truc : quand il a ignoré ton appel à l'aide, Bonnie, il était sous l'influence de ces malachs.

— Si ce n'est pas Damon, reste à savoir qui contrôlait cette bestiole, dit Stefan en se relevant d'un air agité. J'ai perçu la créature qu'Elena t'a montrée : elle n'est pas du genre autonome. Il faut un cerveau extérieur pour la commander.

— Un autre vampire, par exemple ? demanda Meredith.

Stefan haussa les épaules.

— En général, les vampires les ignorent car ils peuvent obtenir ce qu'ils veulent sans eux. Il faudrait un esprit très puissant pour réussir à posséder un vampire par le biais d'un malach comme celui-ci. Fort… et particulièrement maléfique.

***

— Ce sont eux, dit Damon d'un ton acerbe, assis sur la grosse branche d'un chêne.

— Épatant, murmura Shinichi.

Le démon s'était allongé sur la branche avec encore plus de grâce et de langueur que Damon. Implicitement, la compétition s'était installée entre eux. En voyant Elena et à l'évocation de Tami, les yeux dorés de Shinichi s'étaient embrasés une ou deux fois – Damon l'avait vu.

— N'essaie pas de me faire croire que tu n'es pour rien dans l'histoire de ces deux débauchées, dit sèchement Damon. D'abord Caroline, ensuite Tamra, et ainsi de suite, c'est ça ?

Shinichi secoua la tête.

Les yeux rivés sur Elena, il se mit à chanter doucement une chanson populaire :

« Avec ses joues roses comme un bouquet en fleur,
Et ses cheveux dorés comme les blés… »

— À ta place, je ne toucherais pas à ces filles-*là*, dit Damon en fixant Elena et ses amies en dessous d'eux.

Il eut un sourire glacial et plissa les yeux.

— Je te l'accorde : elles ont l'air aussi costaud que du papier de soie mouillé, mais, crois-moi, elles sont plus solides que tu ne l'imagines, surtout quand l'une d'elles est menacée.

— Je t'ai dit que ce n'était pas moi ! assura Shinichi.

Pour la première fois depuis leur rencontre, Damon le vit mal à l'aise.

— Mais je connais peut-être l'initiateur…

— Dis toujours, suggéra Damon, les yeux mi-clos.

— Eh bien, je t'ai parlé de ma sœur jumelle ? Elle s'appelle Misao.

Il sourit d'un air charmeur.

— Ça signifie « jeune fille ».

Machinalement, Damon sentit un début de faim l'aiguillonner. Mais il n'y prêta pas attention. Il était trop détendu pour partir en chasse, et il n'était pas sûr du tout que les *kitsune* – ces esprits magiques ressemblant à des renards dont Shinichi prétendait faire partie – soient comestibles.

— Non, tu ne m'as pas parlé d'elle, répondit-il en se grattant distraitement le cou. Ça a dû t'échapper, j'imagine.

Sa piqûre de moustique avait disparu, mais lui avait laissé de violentes démangeaisons.

— En fait, elle est quelque part dans le coin. Elle est arrivée en même temps que moi à Fell's Church, quand elle a perçu l'éclat des pouvoirs qui ont ramené ton... Elena.

Damon eut la nette impression que l'hésitation avec laquelle il avait prononcé le nom d'Elena était simulée. Il pencha la tête, l'air de dire *me prends pas pour un idiot*, et attendit.

— Misao est assez joueuse, expliqua simplement Shinichi.

— Ah oui ? Et qu'est-ce qu'elle aime comme jeux : le backgammon, les échecs, la pêche à la ligne ?

Shinichi feignit de tousser, mais Damon capta l'éclair rouge dans son regard. Ça, par exemple ! Le grand frère serait-il susceptible ? Damon lança à Shinichi un de ses sourires éclatants.

— Je tiens beaucoup à elle, répondit le jeune homme aux cheveux noirs léchés par le feu.

Cette fois, il y avait une mise en garde non dissimulée dans sa voix.

— Je n'en doute pas, répondit Damon d'un ton apaisant. Ça se voit.

— Mais, bon, en général ses jeux ont un effet dévastateur sur les villes.

Damon haussa les épaules.

— Ce trou à rats ne sera une perte pour personne. Bien entendu, il faut d'abord que mes filles sortent d'ici vivantes.

Là, c'était lui qui se montrait ouvertement menaçant.

— Comme tu voudras.

Shinichi avait retrouvé son humeur docile.

— On est alliés et on s'en tiendra à notre accord. C'est vrai que ce serait dommage... de gâcher tout ça.

Son regard dévia encore sur Elena.

— Au fait, je veux bien ne pas revenir sur le petit fiasco avec tes malachs – je suis certain d'en avoir pulvérisé au moins trois. Mais, si j'en recroise un, fin du marché. Je fais un ennemi redoutable, Shinichi. Tu ne devrais pas essayer de mesurer à quel point...

Shinichi hocha la tête, l'air assez impressionné. Mais l'instant d'après, les yeux de nouveau rivés sur Elena, il reprenait sa chanson :

« ... des cheveux dorés comme les blés,
Tombant sur ses épaules laiteuses ;
Ma jolie rose, ma bien-aimée... »

— Et pense à me présenter ta Misao. Je dis ça pour son *bien.*

— Je sais déjà qu'elle veut te rencontrer. Elle est prise dans son jeu pour l'instant, mais j'essaierai de l'y arracher.

Shinichi s'étira voluptueusement.

Damon le regarda un moment. Puis, spontanément, il s'étira aussi.

Le démon l'observa du coin de l'œil et sourit.

Ce sourire étonna Damon. Il avait remarqué que, lorsque Shinichi souriait, deux petites flammes rouges se reflétaient dans ses yeux.

Mais il était vraiment trop fatigué pour réfléchir maintenant ; trop détendu, tout simplement. À vrai dire, tout d'un coup, il avait même très sommeil…

***

— Donc on doit chercher ces malachs dans le corps de filles comme Tami ? demanda Bonnie.

— Exactement, répondit Elena.

— Tu crois que, en quelque sorte, Caroline l'a contaminée ? ajouta Meredith en fixant Elena.

— Oui. Mais le tout est aussi de savoir qui l'a transmis à Caroline. Et ça, je n'en sais rien. On ignore ce qui lui est arrivé quand elle a été enlevée par Klaus et Tyler. Et on ne sait rien de son emploi du temps de la semaine dernière – mis à part que, visiblement, elle n'a jamais cessé de nous haïr.

Matt se prit la tête entre les mains.

— Et après ? Qu'est-ce qu'on va faire ? Je me sens tellement responsable.

— Non. S'il y a un responsable, c'est Jimmy, dit Stefan. Si Caroline n'avait pas… passé la nuit chez lui et qu'il ne l'avait pas ensuite laissée parler avec sa petite sœur. Bon, ça ne fait pas de lui un coupable, mais il aurait sûrement pu être un peu plus subtil.

— C'est là que tu te trompes, objecta Meredith. Matt, Bonnie, Elena et moi, on connaît Caroline depuis des lustres et on sait de quoi elle est capable. Si quelqu'un doit se considérer comme responsable d'elle, c'est nous. Et je crois qu'on a manqué à nos devoirs. Je vote pour qu'on passe la voir chez elle.

— Moi aussi, approuva tristement Bonnie. Même si je ne

suis pas franchement pressée de la voir. Et puis, qu'est-ce qu'on fait si elle n'a pas de bestiole en elle ?

— C'est tout l'intérêt de faire des recherches, dit Elena. Il faut qu'on trouve qui se cache derrière tout ça, qui est suffisamment puissant pour influencer Damon.

— Génial, ironisa Meredith d'un air sombre. Vu le flux de magie qui converge à Fell's Church, ce ne sont pas les candidats qui doivent manquer.

***

Neuf mètres plus haut, Damon luttait pour ne pas s'endormir.

Shinichi tendit le bras et écarta la mèche couleur nuit qui balayait son front. Sous ses paupières fermées, il observait intensément Damon.

Damon aurait voulu le regarder avec autant d'intensité, mais il ne pouvait s'empêcher de somnoler. Lentement, il imita le geste de Shinichi repoussant quelques mèches noires et soyeuses. Ses paupières s'abaissèrent encore un peu plus. Shinichi lui souriait toujours.

— Marché conclu, donc, murmura ce dernier. Misao et moi, on s'empare de la ville et de son pouvoir. Et toi tu emmènes tes filles en lieu sûr… et tu as ta revanche.

— Oui, contre mon moralisateur de frère et ce… Blatte !

— *Matt.*

Shinichi avait l'ouïe fine.

— Si tu veux. Par contre, pas touche à Elena. Ni à la petite sorcière rousse.

— Ah oui : la gentille Bonnie. Je ne serais pas contre une ou deux filles comme elle. Une pour Samhain, l'autre pour le Solstice.

Damon marmonna d'une voix endormie :

— Tu peux toujours chercher, il n'y en a pas deux comme elle.

— Et la grande et belle brune... Meredith ?

Damon sursauta.

— *Où ça ?*

— Du calme. Elle ne vient pas t'attraper, le rassura Shinichi. Mais qu'est-ce que tu veux faire d'elle ?

Damon se rallongea sur sa branche, soulagé.

— Laisse-la partir... du moment qu'elle est loin de moi.

Shinichi se détendit, l'air pleinement conscient de ce qu'il faisait.

— Ton frère ne posera pas de problème. Par contre, il faudra s'occuper de l'autre garçon, murmura-t-il.

Ce murmure était plein de sous-entendus.

— Oui. Mais mon frère...

Damon dormait à moitié à présent, exactement dans la position que Shinichi avait adoptée.

— On va s'en occuper, je te dis.

— Hm... c'est bien.

— Alors, marché conclu ?

— Hmm-hmm.

— Oui ?

— Oui.

— Ça marche !

Cette fois, Damon ne répondit pas. Il était en train de rêver. Il rêvait que les yeux angéliques de Shinichi s'ouvraient brusquement face à lui.

« Damon. »

Il entendait son nom, mais, dans le rêve, il avait trop de mal à ouvrir les yeux. Toutefois, il voyait, même les yeux fermés.

Dans son rêve, Shinichi était penché sur lui, juste au-dessus de son visage, de telle façon que leurs auras se mélangeaient et qu'ils auraient pu se faire du bouche-à-bouche. Shinichi resta un long moment dans cette position : peut-être testait-il l'aura de Damon, mais le vampire savait qu'elle était indétectable par un étranger. Shinichi restait tout près de son visage, comme s'il essayait de mémoriser le croissant lumineux que formaient ses cils noirs sur ses joues pâles ou la courbe délicate de sa bouche.

Finalement, le Shinichi du rêve passa la main sous la tête de Damon et caressa la piqûre de moustique dans sa nuque, là où sa peau le démangeait.

— Alors ? On prend des forces pour devenir un bon petit gars ?

Damon ne pouvait pas voir à quoi ou qui il parlait, mais ça semblait être... à l'intérieur de lui.

— Tu pourrais presque faire plier sa volonté de fer, n'est-ce pas ?

Comme s'il admirait un tourbillon de fleurs de cerisier, Shinichi s'assit un moment puis ferma les yeux.

— Je crois que c'est ce que nous ferons dans très peu de temps, murmura-t-il. Bientôt. Très bientôt... Mais d'abord, on doit gagner sa confiance ; se débarrasser de son rival. Entretenir le flou, sa colère, sa vanité, son équilibre instable. Le faire penser à Stefan, à sa haine pour lui, ce frère qui a pris son ange... Pendant ce temps, je m'occupe de ce qui doit être fait.

Puis il s'adressa directement à Damon.

— Nous, des alliés ? Tu rêves ! ricana-t-il. Pas tant que je pourrai toucher le tréfonds de ton âme. Là, tu sens ? Tu sens ce que je pourrais te pousser à faire... ?

Puis il sembla s'adresser une nouvelle fois à la créature dans le corps de Damon.

— Mais, pour l'heure, un petit festin pour t'aider à prendre des forces plus vite et à devenir plus *puissant*.

Dans le rêve, Shinichi fit un geste puis se renversa en arrière en encourageant les malachs jusque-là invisibles à grimper dans l'arbre. Ils montèrent furtivement et se glissèrent dans la nuque de Damon. Puis, comble de l'horreur, ils s'enfoncèrent dans son corps un par un, par le biais d'une entaille que Damon ignorait avoir. Sentir leurs corps mous et flasques comme des méduses pénétrer sa chair était presque insoutenable...

Shinichi chanta doucement, dans un langage ancien :

« Apressez, apressez, jolies demoiselles,
Hastez-vous, petites sœurs, en mon sein,
Venez à moi à l'ajor ou la brunor,
Pendant que les roses uncor sont en fleurs... »

Damon rêvait qu'il était fou de rage. Non pas à cause de cette histoire absurde de malachs dans son corps. C'était ridicule. Il était fou de rage parce qu'il savait que le Shinichi du rêve regardait Elena pendant qu'elle rangeait les restes du pique-nique. Il observait tous ses gestes avec une proximité obsédante.

« Elles fleurissent partout où l'on marche
... les roses sauvages rouge sang. »

— Une fille extraordinaire, ton Elena, ajouta le Shinichi du rêve. Si elle survit, je crois que je la ferai mienne pour une nuit ou deux.

Doucement, il écarta les mèches qui restaient sur le front de Damon.

— Quelle aura ! Je veillerai à ce que sa mort soit douce.

Mais c'était dans un de ces rêves où l'on ne peut ni bouger ni parler ; Damon ne répondit pas.

Pendant ce temps, dans le rêve, les pantins de Shinichi continuaient de grimper dans l'arbre et de se déverser en lui comme de la gelée. Un, deux, trois, une douzaine, une cinquantaine. *Plus.*

Damon était incapable de se réveiller, même s'il sentait d'autres malachs sortir de la forêt. Ni mortes ni vivantes, ni hommes ni femmes, ces créatures étaient plutôt des capsules d'un pouvoir qui permettrait à Shinichi de contrôler l'esprit de Damon à distance. Une armada à perte de vue.

Shinichi ne quittait pas le spectacle des yeux, ces organes qui étincelaient dans le corps de Damon. Au bout d'un moment, il se remit à chanter :

« Les jours sont précieux, ne les laissez pas filer,
Comme vous un jour, les fleurs finiront par faner...
Apressez, apressez, belles demoiselles,
Jeunesse et beauté ne sont pas éternelles. »

Damon rêva qu'il entendait le mot « oublier » comme chuchoté par des milliers de voix. Et, alors qu'il essayait de se rappeler ce qu'il devait oublier, tout s'évanouit d'un coup.

Il se réveilla seul dans l'arbre, le corps tout entier happé par la douleur.

16.

En rentrant du pique-nique, Stefan fut surpris de croiser Mme Flowers qui les attendait. Et, chose tout aussi rare, elle avait quelque chose à dire qui ne concernait pas son jardin.

— Un message vous attend là-haut, dit-elle en levant la tête vers l'escalier étroit. C'est de la part d'un mystérieux jeune homme... qui vous ressemble un peu d'ailleurs. Il n'a rien voulu me dire. Il a juste demandé où il pouvait laisser un mot.

— Un mystérieux jeune homme. Damon ? suggéra Elena.

Stefan secoua la tête.

— Pour qu'il me laisse un message, c'est qu'il a besoin de quelque chose.

Il laissa Elena avec Mme Flowers et monta à toute allure l'escalier en zigzag. En haut, il trouva un papier coincé sous la porte.

C'était une carte de vœux, sans enveloppe. Stefan, qui

connaissait son frère, douta qu'il l'ait payée – avec de l'argent, du moins. À l'intérieur, il y avait un mot écrit en grosses lettres au feutre noir :

AUCUN INTÉRÊT À MES YEUX,
MAIS PEUT-ÊTRE PAS POUR SAINT STEFAN.
RETROUVE-MOI CETTE NUIT DEVANT L'ARBRE
OÙ LES HUMAINS ONT EU L'ACCIDENT
À 4 H 30 PRÉCISES.
JE TE FILERAI UN SCOOP.
D.

C'était tout… mis à part l'adresse d'une page Web.

Stefan s'apprêtait à jeter le mot dans la corbeille à papiers quand la curiosité l'assaillit. Il alluma l'ordinateur, tapa l'adresse du site en question et attendit que la page s'affiche. L'espace d'un instant, rien : écran noir. Puis des lettres gris foncé apparurent. Aux yeux d'un humain, la page aurait semblé complètement vierge. Mais pour les vampires, grâce à leur excellente acuité visuelle, le gris sur fond noir était pâle mais net.

Marre du lapis-lazuli ?
Envie de vacances à Hawaï ?
Las de cette sempiternelle nourriture liquide ?
Faites un tour chez Shi no Shi.

Stefan voulut fermer la page, mais quelque chose le retint. Il s'assit en fixant la petite publicité discrète sous le poème, jusqu'à ce qu'il entende Elena sur le pas de la porte. Il éteignit rapidement l'ordinateur et alla la débarrasser du panier de pique-nique. Il ne dit rien à propos du mot ou de ce qu'il avait vu à l'écran. Mais il gambergea toute la nuit.

***

Dans la chambre au haut plafond, tout était calme. Une fenêtre ouverte laissait filtrer le clair de lune. Dans le ciel, même la lune semblait avancer à pas de loup, et ses rayons la suivaient sur le plancher.

Damon sourit. La journée avait été longue et reposante, et maintenant il espérait bien que la nuit serait « intéressante ».

Passer par la fenêtre ne fut pas aussi simple que prévu. Il arriva sous la forme d'un énorme corbeau noir en pensant se poser sur le rebord et reprendre son apparence humaine pour l'ouvrir. Mais il y avait un piège : un fil de pouvoir invisible reliait la fenêtre à l'un des occupants endormis de la chambre. Damon se creusa la tête pour trouver une solution. Il lissait violemment ses plumes, craignant d'exposer ce lien étroit à la moindre tension, lorsque quelque chose approcha dans un battement d'ailes.

Ça ne ressemblait à aucun corbeau digne de ce nom ni à un quelconque oiseau répertorié dans un manuel d'ornithologie. Son plumage était lisse et brillant, ça oui, mais le bout de ses ailes était écarlate et ses yeux dorés brillaient.

C'est toi, Shinichi ? demanda Damon par la pensée.

Qui veux-tu que ce soit ? entendit-il en réponse tandis qu'un œil doré se fixait sur lui. *Je vois que tu as un problème, mais ne t'en fais pas, ça peut s'arranger. Je vais alourdir leur sommeil pour que tu puisses rompre le lien.*

Surtout pas ! protesta instinctivement Damon. *Si tu touches ne serait-ce qu'à l'un d'eux, Stefan va…*

Shinichi l'interrompit sur un ton apaisant. *Stefan est un*

garçon comme un autre, d'accord ? Fais-moi confiance. *Tu as confiance en moi, n'est-ce pas ?*

Tout se déroula exactement comme l'oiseau aux couleurs démoniaques avait dit. Les occupants de la chambre s'enfoncèrent peu à peu dans un sommeil plus profond.

Quelques minutes plus tard, la fenêtre s'ouvrit, Damon changea d'apparence et se retrouva à l'intérieur. Son frère et... *elle*... celle qu'il était toujours *obligé* de regarder... elle dormait, ses cheveux d'or étalés sur l'oreiller et le corps de son frère.

Damon arracha son regard à ce tableau. Dans l'angle, sur le bureau, il y avait un ordinateur de taille moyenne, légèrement obsolète. Il s'en approcha et, sans la moindre hésitation, l'alluma. Les occupants du lit ne remuèrent pas d'un pouce.

Dossiers... dossiers... ah ! *Journal.* Quel nom original. Damon l'ouvrit pour en examiner le contenu.

Cher Journal,

En me réveillant ce matin – ô miracle : j'étais moi *! Je marche, je parle, je bois !*

Quel voyage infernal.

Je suis morte, cher Journal. Réellement. Ensuite, je suis morte en tant que vampire. Mais ne me demande pas de détails sur ce qui s'est passé chaque fois : crois-moi, il fallait le voir pour le croire.

Ce qui compte, c'est que j'étais morte, et maintenant je suis revenue – oh, si tu savais, mon tendre ami, toi qui gardes mes secrets depuis mon enfance... je suis si heureuse d'être de retour.

La mauvaise nouvelle, c'est que je ne pourrai jamais revivre avec tante Judith ou Margaret. Elles croient que je

« repose en paix » parmi les anges. La bonne, c'est que je peux vivre avec Stefan.

Ça compense pour tout ce que j'ai enduré ; mais j'ignore comment remercier tous ceux qui ont approché les Portes de l'Enfer pour moi. Oh, je suis si fatiguée et – autant l'avouer – si impatiente de passer la nuit dans les bras de mon bien-aimé.

Je suis très heureuse. On a passé une bonne journée, joyeuse et pleine de tendresse, avec nos amis, qui ont fait une drôle de tête en voyant que j'étais en vie ! (Et que je ne me comportais plus comme une folle, ce qui, apparemment, était le cas ces derniers jours. Franchement, les Grands Esprits du Ciel auraient pu me ramener avec toute ma tête. Enfin, bon.)

Je t'embrasse,
Elena.

Damon parcourut ces lignes avec impatience. Ce n'était pas exactement ce qu'il cherchait. Ah. Voilà. Il avait presque trouvé :

Elena, mon amour,
Je savais que tu finirais par regarder ici tôt ou tard. J'espère que tu n'auras jamais à voir ça. Si tu lis ce mot, c'est que Damon est un traître ou que quelque chose de terrible s'est produit.

Un traître ?

« Le mot est un peu fort », se dit Damon, à la fois blessé et brûlant du désir de poursuivre sa lecture.

Je vais le retrouver cette nuit dans la forêt pour lui parler :
si je ne reviens pas, tu sauras qui interroger en premier.

À vrai dire, je ne sais pas exactement de quoi il retourne.
Tout à l'heure, Damon m'a laissé une carte avec une adresse
Web dessus. J'ai mis la carte sous ton oreiller, mon amour.

« C'est pas vrai ! » Damon allait avoir du mal à attraper cette carte sans réveiller Elena. Mais il n'avait pas le choix.

Elena, va sur ce site Internet et suis le lien indiqué. Il fau-
dra que tu règles l'intensité lumineuse de l'écran, car la page
n'est lisible que par les vampires. Le lien semble indiquer
qu'il existe un endroit appelé Shi no Shi – ce qui signifie lit-
téralement la Mort des Morts – où l'on peut mettre fin à la
malédiction qui me hante depuis presque cinq cents ans. Ils
utilisent un mélange de magie et de sciences pour ramener
d'anciens vampires, hommes et femmes, à une simple vie
d'humain.

S'ils peuvent réellement le faire, Elena, on pourrait vivre
ensemble comme tous les gens normaux, jusqu'à la fin de nos
jours. C'est tout ce que j'attends de la vie.

C'est mon souhait le plus cher. Je veux avoir la chance
d'être un jour face à toi comme un garçon ordinaire, qui res-
pire et qui mange.

Mais ne t'inquiète pas. Je vais juste en discuter avec
Damon. Inutile de me demander de rester. Jamais je ne te
laisserais seule avec tous les événements louches qui se pro-
duisent en ce moment à Fell's Church. Ce serait trop dan-
gereux pour toi, surtout avec ton nouveau sang et ta nouvelle
aura.

Je réalise que je ne devrais pas me fier autant à Damon.

Mais il y a une chose dont je suis sûr : il ne te ferait jamais de mal. Il t'aime. Que peut-on y faire ? C'est plus fort que lui.

Enfin, il faut au moins que j'aille au rendez-vous : selon ses termes, je dois le retrouver seul, dans un endroit précis de la forêt. Ensuite, on verra bien.

Comme je l'ai dit plus haut, si tu lis cette lettre, c'est que les choses ont très mal tourné. Défends-toi, mon amour. N'aie pas peur. Aie confiance. En toi et en tes amis. Tous peuvent t'aider.

Je fais confiance à Matt et à son besoin inconscient de te protéger, à l'avis de Meredith et à l'intuition de Bonnie. Dis-leur de s'en souvenir.

J'espère que tu n'auras jamais à lire ceci.

Je t'aime de tout mon cœur et de toute mon âme,

Stefan

P.S. Au cas où, il y a vingt mille dollars en coupures de cent sous la seconde latte du plancher en partant du mur face au lit. Pour l'instant, le rocking-chair est dessus. En le déplaçant, tu verras facilement la fente.

Damon effaça soigneusement les lignes de ce fichier. Puis, avec le même soin et un petit sourire narquois au coin des lèvres, il tapa en silence un nouveau texte au sens quelque peu différent. Il se relut à voix haute et sourit de toutes ses dents. Il s'était toujours pris pour un écrivain : il était convaincu d'avoir un don instinctif pour l'écriture.

« Étape numéro 1 accomplie », pensa-t-il en sauvegardant le document contenant ses mots à la place de celui de Stefan.

Ensuite, sans bruit, il s'approcha de l'endroit où dormait Elena, lovée derrière Stefan dans le petit lit.

Et maintenant : étape numéro 2.

Très lentement, Damon glissa la main sous l'oreiller où

reposait la tête de la jeune fille. Au contact de ses cheveux étalés sur l'oreiller éclairé par la lune, une douleur se réveilla dans sa poitrine, plus que dans ses crocs. Faisant avancer petit à petit ses doigts sous l'oreiller, il chercha quelque chose de lisse.

Elena murmura dans son sommeil et se retourna brusquement. Damon faillit sursauter dans la pénombre, mais les yeux d'Elena étaient toujours fermés, ses cils formant un épais croissant noir sur ses joues.

Elle lui faisait désormais face. Bizarrement, Damon se surprit non pas à suivre du regard le tracé bleu de ses veines sous sa peau douce et claire, mais à fixer avidement ses lèvres entrouvertes. Elles étaient pour ainsi dire... irrésistibles. Même immobiles, elles restaient colorées comme des pétales de rose, un peu humides, et dans cette position...

« Je pourrais le faire très doucement. Elle n'en saurait jamais rien. Je pourrais, je le sais. Je me sens invincible ce soir. »

Alors qu'il se penchait vers elle, ses doigts touchèrent un carton.

Brusquement, il eut l'impression d'être tiré d'un monde imaginaire. Ma parole, il avait complètement perdu la tête ! Prendre tous ces risques juste pour un baiser ? Plus tard, il aurait tout le temps de l'embrasser – ça et d'autres choses bien plus importantes.

Il attrapa doucement la petite carte sous l'oreiller et la mit dans sa poche.

Puis il se transforma en corbeau sur l'appui de fenêtre et prit son envol.

***

Stefan avait appris depuis longtemps à contrôler son sommeil et à se réveiller au bout d'un laps de temps précis. C'est ce qu'il venait de faire. Il jeta un œil à la pendule sur la cheminée, qui lui confirma qu'il était pile quatre heures du matin. Il ne voulait pas réveiller Elena.

Il s'habilla sans faire de bruit et sortit par la fenêtre en empruntant le même chemin que son frère, mais sous la forme d'un aigle. Quelque part, il était sûr que Damon se faisait mener en bateau par quelqu'un qui utilisait des malachs pour faire de lui son pantin. Et Stefan, qui était toujours plein du sang d'Elena, sentait qu'il avait le devoir de les stopper.

Le mot laissé par Damon indiquait l'arbre où ses amis avaient eu l'accident ; Damon voudrait sans doute le réexaminer, tant qu'il n'aurait pas remonté la piste des marionnettes jusqu'à leur manipulateur.

Il piqua vers le sol et faillit provoquer une crise cardiaque chez une souris avant de remonter comme une fusée vers le ciel.

Puis, en plein ciel, après avoir aperçu un arbre portant les traces d'un accident de voiture, l'aigle magnifique qu'il était se changea en un jeune homme aux cheveux bruns, au visage pâle et aux yeux verts d'une grande intensité.

Léger comme un flocon de neige, il se laissa porter jusqu'au sol et regarda de tous côtés, utilisant son instinct de vampire pour analyser les environs. Il ne perçut aucune sorte de piège ; aucune hostilité, excepté les marques indubitables du combat violent des arbres. Il garda son apparence humaine pour grimper dans l'arbre qui portait l'empreinte psychique de son frère.

Il n'avait pas froid en escaladant ce chêne dans lequel Damon s'était prélassé au moment de l'accident ; il avait trop de sang d'Elena dans les veines pour sentir le froid. Cependant, il avait conscience que cette zone de la forêt était particulièrement fraîche ; et quelqu'un la contrôlait. Mais pourquoi ? Il avait déjà revendiqué les rivières et les forêts qui traversaient la ville, alors pourquoi prendre ses quartiers ici sans le prévenir ? Qui que ce soit, la créature allait devoir se présenter à lui un jour si elle voulait rester à Fell's Church. « Alors à quoi bon attendre ? » se demanda Stefan en s'accroupissant sur une branche.

Avant la transformation d'Elena, ses sens n'auraient jamais repéré aussi vite la présence de Damon qui fonçait droit sur lui à cet instant. Il se retint de tressaillir et se tourna plutôt dos à l'arbre, le regard fixé vers l'extérieur. Il sentait Damon arriver à toute vitesse dans sa direction, de plus en plus vite, de plus en plus fort...

Il devrait déjà être là maintenant ; mais non, personne.

Stefan fronça les sourcils.

— Il faut toujours lever le nez, p'tit frère ! l'avisa une voix chantante au-dessus de lui.

Damon, qui s'était cramponné à l'arbre comme un lézard, fit un salto avant et atterrit sur la branche de Stefan.

Sans un mot, ce dernier se contenta de l'observer.

— Tu as l'air de bonne humeur, dit-il finalement.

— J'ai passé une journée merveilleuse ! répondit Damon. Tu veux que je te dise avec qui ? Alors, d'abord il y a eu Elizabeth, la fille de la boutique de cartes ; ensuite, ma chère amie Damaris, dont le mari travaille à Bronston ; et puis la petite Teresa, qui est bénévole à la bibliothèque...

Stefan soupira.

— Je me rends compte que tu pourrais citer le nom de toutes les filles que tu as saignées dans ta vie, mais que tu oublies régulièrement le mien.

— Ne dis pas de bêtises, frérot... Bon, étant donné qu'Elena t'a sûrement expliqué ce qui est arrivé quand j'ai essayé d'aider ta mini-sorcière, Bonnie, j'estime que j'ai droit à des excuses.

— Et moi, j'estime que tu me dois une explication étant donné que tu m'as laissé un message légèrement provocant.

— Les excuses d'abord, insista Damon.

Puis, sur un ton plus posé :

— Je suis sûr que tu trouves ça pénible d'avoir promis à Elena sur son lit de mort que tu veillerais sur moi toute ta vie, mais tu n'as pas l'air d'avoir compris que j'ai promis la même chose, or je ne suis pas du genre scrupuleux. Maintenant qu'elle n'est plus morte, on devrait laisser tomber.

Stefan poussa un nouveau soupir.

— D'accord, d'accord : je m'excuse. J'ai eu tort. Je n'aurais pas dû te mettre à la porte. Ça te va comme ça ?

— Je ne te sens pas très sincère. Recommence, en y mettant plus de…

— Damon, pour l'amour du ciel ! C'est quoi ce site Internet ? dit brusquement Stefan.

— Ah, ça ? Plutôt bien fichu, non ? Ils ont fait en sorte que les couleurs soient si proches que seuls les vampires ou les créatures démoniaques puissent le lire, tandis que les humains ne voient qu'un écran noir.

— Mais comment l'as-tu découvert ?

— Je vais te le dire, patience. Mais imagine, p'tit frère : toi et Elena en lune de miel, deux êtres humains se mêlant au reste de l'humanité. Plus tôt tu pars, plus vite tu pourras chanter « ding, dong : le vampire est mort ! ».

— Soit, mais j'aimerais vraiment savoir comment tu es tombé sur ce site.

— OK, j'avoue : je me suis finalement laissé prendre par le multimédia. Je me suis créé une page Web. Et un jeune homme très aimable m'a contacté juste pour voir si je pensais réellement les choses que je disais en ligne ou si j'étais simplement un idéaliste frustré. Je me suis dit que cette description t'allait bien.

— Une page Web... toi ? Je ne te crois pas..

Damon fit semblant de ne pas entendre.

— Je t'ai fait suivre l'info parce que j'avais déjà entendu parler de cet endroit, le *Shi no Shi*.

— La *Mort des Morts*.

— C'est comme ça qu'on me l'a traduit, en effet.

Damon lança à son frère un sourire éclatant, presque pénétrant, jusqu'à ce que Stefan détourne les yeux avec la désagréable impression d'avoir été exposé au soleil sans sa bague de lapis-lazuli.

— En fait, continua Damon d'un ton bavard, j'ai même demandé au type de venir t'expliquer tout ça en personne.

— Quoi ?!

— Il devrait être là à 4 h 44 précises. Ne m'en veux pas pour le timing, il y tenait.

C'est alors que, avec discrétion et sans aucun pouvoir *a priori* perceptible par Stefan, quelque chose atterrit au-dessus d'eux, dans l'arbre, puis se posa sur leur branche en se transformant au passage.

C'était effectivement un jeune homme aux cheveux noirs effilés en flammes, et aux yeux dorés et sereins. Stefan fit volte-face, mais l'invité mystère leva les mains en signe d'impuissance et de soumission.

— Qui es-tu ? lâcha durement Stefan.

— Je suis le démon Shinichi, répondit tranquillement le garçon. Mais, comme je l'ai déjà dit à ton frère, la plupart des gens m'appellent simplement Shinichi. Bien entendu, c'est comme tu préfères.

— Tu sais tout à propos du Shi no Shi, c'est ça ?

— Personne ne sait tout sur cet endroit. C'est à la fois un lieu... et une organisation. Je me suis un peu penché sur le sujet parce que...

Shinichi eut l'air intimidé.

— ... parce qu'au fond je crois que j'aime bien aider les autres.

— Et aujourd'hui tu as décidé de m'aider ?

— Si tu tiens vraiment à redevenir humain... je connais un moyen.

— Je vais vous laisser discuter entre vous, d'accord ? dit Damon. *Deux c'est bien, trois c'est trop*, comme on dit ! Surtout sur une branche.

Stefan le regarda sévèrement.

— Si tu t'avises une seconde de faire un détour par la pension...

— Alors que Damaris m'attend ? Franchement, tu n'y penses pas, frérot !

Avant que Stefan n'ait le temps d'exiger sa parole d'honneur, Damon se transforma en corbeau et disparut.

***

Elena se retourna dans le lit, cherchant machinalement un corps tiède à côté d'elle. Mais ses doigts ne trouvèrent qu'un creux froid à la place de Stefan. Elle ouvrit les yeux d'un coup.

— Stefan ?

Oh, quel amour ! Ils étaient tellement synchrones que c'était comme s'ils ne formaient qu'un : il savait toujours quand elle était sur le point de se réveiller. Il était sans doute descendu lui chercher un petit déjeuner : Mme Flowers le tenait toujours prêt et fumant quand il arrivait dans la cuisine (preuve supplémentaire que c'était une sorcière), et Stefan remontait le plateau.

« E-le-na, articula-t-elle à voix haute, juste pour le plaisir d'entendre son ancienne voix toute neuve. Elena Gilbert, ma fille, tu as un peu abusé des petits déjeuners au lit. » Elle se tapota le ventre. Pas de doute : elle avait vraiment besoin d'exercice.

« Bon, très bien, continua-t-elle tout haut. On va commencer par une petite séance d'assouplissement et de respiration. Ensuite, des étirements en douceur. » Rien ne l'empêcherait de tout interrompre au retour de Stefan.

Mais quand elle s'allongea, épuisée, après une heure entière d'exercices, toujours pas de Stefan à l'horizon.

Il n'était ni revenu, ni en train de monter les escaliers avec une tasse de thé pour elle.

Où était-il passé ?

Elena regarda par l'unique fenêtre de leur chambre et aperçut un bref instant Mme Flowers en contrebas.

Son cœur s'était mis à battre plus vite pendant les exercices d'aérobic, et il n'avait pas encore retrouvé son rythme normal. Bien que ce ne soit pas une manière idéale d'entamer une conversation avec Mme Flowers, elle l'appela en criant :

— Madame Flowers !

Ô miracle, la dame cessa d'étendre son linge sur la corde et leva les yeux.

— Oui, ma petite Elena ?

— Vous savez où est Stefan ?

Le drap ondula autour de Mme Flowers et la fit disparaître. Lorsqu'il retomba, elle était partie.

Mais Elena aperçut le panier de linge qui n'avait pas bougé.

— Attendez ! Ne partez pas ! cria-t-elle en se dépêchant d'enfiler un jean et son nouveau haut bleu.

Descendant l'escalier en sautillant pour boutonner son pantalon, elle sortit en trombe dans le jardin de derrière.

— Madame Flowers !

— Oui ?

Elena la voyait à peine parmi les kilomètres de tissu blanc gonflé par le vent.

— Vous n'auriez pas vu Stefan ?

— Pas ce matin, ma chérie.

— Du tout ?

— Je me lève aux aurores, en règle générale. Sa voiture était déjà partie et il n'est pas revenu.

Le cœur d'Elena battait maintenant à tout rompre. Elle avait toujours redouté ce genre de situation. Elle prit une profonde inspiration et remonta l'escalier en courant.

Un mot... il doit y avoir un mot quelque part...

Il ne serait jamais parti sans lui laisser un mot. Mais il n'y avait rien sur l'oreiller de Stefan. Elle pensa alors au *sien*.

Elle tâtonna comme une folle sous son oreiller, puis sous celui de Stefan. Elle voulait tellement que le mot soit là – et, en même temps, elle avait si peur de ce qu'il dirait – qu'elle ne les retourna pas tout de suite.

Finalement, quand elle comprit qu'il n'y avait rien sous ces oreillers, elle les souleva brusquement et fixa le vide un bon moment. Ensuite, elle écarta le lit du mur au cas où le mot serait tombé derrière.

D'une certaine manière, elle se disait qu'à force de chercher elle réussirait à trouver. Pour finir, elle retourna toute la literie et se retrouva une fois de plus à contempler les draps vierges d'un air accusateur, en passant les mains çà et là.

Au fond, ça ne pouvait être que bon signe, car ça signifiait que Stefan n'était pas *parti*. Sauf que, sans le vouloir, elle avait laissé la porte de la penderie ouverte : elle aperçut une poignée de cintres vides à l'intérieur.

Il avait emporté toutes ses affaires.

Même constat pour le bas du placard, il avait pris toutes ses paires de chaussures.

Tout ce dont il avait besoin pour partir en voyage avait disparu. Lui compris.

Pourquoi ? Où ? Comment avait-il pu lui faire ça ?

Même s'il s'avérait par la suite qu'il était juste parti en repérage pour leur trouver un nouvel endroit où vivre, comment avait-il pu ? Il aurait droit à la pire scène de sa vie quand il reviendrait...

... *s'il* revenait.

Transie et consciente que des larmes coulaient malgré elle sur ses joues, elle s'apprêtait à appeler Meredith et Bonnie lorsque, soudain, elle eut une idée.

Son journal.

17.

Dans les jours qui avaient suivi son retour de l'Au-delà, Stefan l'avait toujours mise au lit de bonne heure en s'assurant qu'elle ait bien chaud. Ensuite, il la laissait prendre son ordinateur et elle se mettait à rédiger une sorte de journal qui contenait ses impressions sur les événements de la journée, et auquel il ajoutait toujours les siennes.

D'un geste frénétique, elle ouvrit le fichier en question et fit défiler le texte à toute vitesse jusqu'à la dernière page.

Le mot était là.

Elena, mon amour,

Je savais que tu finirais par regarder ici tôt ou tard. Le plus tôt sera le mieux.

Ma chérie, je crois que tu es capable de te débrouiller seule maintenant, et je n'ai jamais vu une jeune femme aussi forte et indépendante que toi.

Ça signifie qu'il est temps. Temps pour moi de partir. Je ne peux pas rester et prendre le risque de te transformer une fois de plus en vampire ; nous savons tous les deux que cela ne doit pas se produire.

S'il te plaît, pardonne-moi. Et oublie-moi. Oh, mon amour ! Je ne veux pas te quitter et pourtant il le faut.

En cas de besoin, j'ai demandé à Damon de me donner sa parole qu'il te protégerait. Il ne te fera jamais de mal et, quel que soit le vaurien qui rôde dans Fell's Church, il n'osera pas te toucher avec mon frère dans les parages.

Mon amour, mon ange, je t'aimerai toujours...
Stefan

P.S. Afin de t'aider à reprendre une vraie vie, j'ai laissé de l'argent pour payer la chambre à Mme Flowers pendant un an. Je t'ai aussi laissé vingt mille dollars en coupures de cent sous la seconde latte du plancher en partant du mur face au lit. Sers-t'en pour construire un nouvel avenir avec celui que tu choisiras.

Je te le répète : s'il te faut quoi que ce soit, Damon pourra t'aider. Fais confiance à son avis si tu as besoin d'un conseil. Oh, mon tendre amour ! Comment te quitter même si c'est pour ton bien ?

Elena termina de lire la lettre et resta prostrée, sans voix.

Toutes ses recherches avaient finalement abouti.

Mais à présent, à part hurler, elle ne savait pas quoi faire.

En cas de besoin, va voir Damon... Fais confiance à son jugement... Une vraie pub déguisée pour Damon ; il l'aurait écrit lui-même que ça n'aurait pas été mieux.

Et Stefan n'était plus là. Ni ses affaires, ni ses chaussures.

Il l'avait quittée.

Construire un nouvel avenir...

C'est ainsi que Meredith et Bonnie la trouvèrent, alertées par une heure de coups de fil passés à Elena sans réponse. C'était la première fois qu'elles ne réussissaient pas à contacter Stefan depuis qu'il était venu, à leur demande, tuer un monstre. Mais ce monstre était désormais mort, et Elena...

Elena était assise par terre, face à la penderie de Stefan.

— Il a même emporté ses chaussures, dit-elle d'une voix douce et impassible. Il a tout pris. Par contre, il a payé la chambre pour un an. Et, hier matin, il m'a acheté une Jaguar.

— Elena...

— Mais vous ne comprenez pas ?! Le voilà mon fameux Réveil ! Bonnie avait prédit que ce serait soudain et brutal et que j'aurais besoin de vous. Et Matt, où est-ce qu'il est ?

— Il n'était pas explicitement nommé, répondit Bonnie d'un air sombre.

— Mais je crois qu'on va avoir besoin de lui, ajouta Meredith.

— Depuis le début de notre histoire... avant que je devienne un vampire, murmura Elena, j'ai toujours su qu'un jour ou l'autre Stefan essaierait de partir loin de moi, pour mon bien.

Brusquement, elle frappa du poing sur le plancher, suffisamment fort pour se blesser.

— Je le savais, mais je pensais être là pour pouvoir l'en dissuader ! Il est si généreux... si dévoué ! Et maintenant... il n'est plus là.

— Au fond, tu te fiches de rester humaine ou de devenir un vampire, dit calmement Meredith en la regardant.

— Exactement : je m'en fiche ! De ça et de tout le reste d'ailleurs, du moment que je suis avec lui. Quand j'étais encore un esprit, je savais que rien ne pourrait modifier ce que j'étais. Aujourd'hui, je suis humaine et aussi susceptible que n'importe qui de me transformer... mais peu importe.

— C'est peut-être ça, le Réveil, suggéra Meredith, toujours d'un ton calme.

— De ne pas lui avoir rapporté le p'tit déj ? Tu parles d'un réveil ! rétorqua Bonnie avec agacement.

Cela faisait plus d'une demi-heure qu'elle fixait une flamme pour essayer d'entrer en contact psychique avec Stefan.

— Soit il ne veut pas... soit il ne *peut* pas, ajouta-t-elle, sans voir Meredith secouer violemment la tête.

— Comment ça « il ne peut pas » ! s'exclama Elena en se relevant d'un bond de l'endroit où elle était avachie.

— Je ne sais pas ! Elena, tu me fais mal !

— Est-ce qu'il est en danger ? Concentre-toi, Bonnie ! Est-ce qu'on va lui faire du mal à cause de moi ?

Bonnie jeta un œil à Meredith, qui lui soufflait « non » de toute son élégante silhouette. Puis elle regarda Elena, avide de vérité.

Elle ferma les yeux.

— Je n'en suis pas sûre.

Elle rouvrit les yeux lentement, s'attendant à ce qu'Elena explose. Mais cette dernière n'eut aucune réaction de ce genre. Elle ferma simplement les yeux à son tour, les lèvres serrées.

— Il y a très longtemps, j'ai juré que Stefan serait à moi, même si ça devait nous tuer tous les deux, raconta-t-elle calmement. S'il croit qu'il peut me quitter comme ça, pour mon bien ou sous n'importe quel autre prétexte... il se trompe. Je vais d'abord aller voir Damon, puisque Stefan semble tant y tenir. Ensuite, je partirai à sa recherche. Quelqu'un me donnera bien une piste. Il m'a laissé vingt mille dollars. Je m'en servirai pour le retrouver. Si la voiture tombe en panne, je continuerai à pied ; et quand je ne pourrai plus marcher, je ramperai. Mais, quoi qu'il arrive, je le retrouverai.

— Sûrement pas toute seule, dit Meredith de son ton doux et rassurant. On est avec toi, Elena.

— Et si jamais il est parti de son plein gré, il aura droit à la pire engueulade de sa vie.

— Si tu veux. Mais pour ça il faut d'abord le retrouver, souligna Meredith.

— Tous pour un et un pour tous ! s'écria Bonnie. On va le ramener et lui faire regretter son geste… ou pas, ajouta-t-elle rapidement en voyant Meredith secouer de nouveau la tête. Oh, non ! Ne pleure pas, Elena !

Mais Elena fondit en larmes.

***

— Alors, comme ça, Damon a juré qu'il veillerait sur Elena et il serait aussi le dernier à avoir vu Stefan ce matin ? récapitula Matt.

Les filles étaient passées le chercher chez lui et venaient de lui expliquer la situation.

— Exactement, confirma Elena d'un air imperturbable. Mais, Matt, tu as tort de croire que Damon ferait n'importe quoi pour éloigner Stefan de moi. Il n'est pas celui que vous pensez. Il essayait vraiment de sauver Bonnie hier soir. Et il a été sincèrement blessé de voir à quel point vous le haïssiez.

— Je crois qu'en droit, c'est ce qu'on appelle la « preuve de motif », précisa Meredith.

— Non. C'est la preuve de son tempérament, la preuve que Damon a bel et bien un cœur et qu'il lui arrive de s'attacher à des êtres humains, répliqua Elena. Il ne ferait jamais de mal à Stefan parce que... je compte pour lui et qu'il sait ce que je ressentirais.

— Dans ce cas, pourquoi il ne me répond pas ? protesta Bonnie d'un ton grincheux.

— Peut-être parce que, la dernière fois qu'il nous a vus tous ensemble, on le fusillait du regard ? suggéra Meredith avec son équité habituelle.

— Dis-lui que je lui demande pardon, dit Elena. Et que je veux lui parler.

— J'ai l'impression d'être un satellite de communication, ronchonna Bonnie.

Mais elle mit visiblement tout son cœur et toute son énergie dans chaque prise de contact. Ça la laissait complètement lessivée.

Et même Elena finit par admettre que ça ne servait à rien.

— Peut-être qu'il changera d'avis et que c'est lui qui te contactera, dit Bonnie. Demain, peut-être ?

— On va rester dormir ici cette nuit, décida Meredith. Bonnie, j'ai appelé ta sœur pour lui dire que tu étais avec moi. Maintenant, il faut que je prévienne mon père. Matt, tu peux y aller...

— Sympa, la coupa-t-il sèchement. Et je dois rentrer à pied, aussi ?

— Non, prends ma voiture, proposa Elena. Mais, s'il te plaît, ramène-la dans la matinée. Je ne veux pas que les gens commencent à se poser des questions.

Le soir venu, à la manière des écolières, les trois adolescentes se préparèrent un petit nid douillet dans les draps et les couvertures de réserve de Mme Flowers (« pas étonnant qu'elle ait fait autant de lessives aujourd'hui : à tous les coups, elle savait déjà », pensa Elena), poussant les meubles contre les murs et ajustant les trois couchages improvisés par terre.

Leurs têtes se touchaient et leurs corps en étoile se déployaient comme les rayons d'une roue.

« Alors c'est ça, le fameux Réveil, songea Elena. C'est prendre conscience qu'après tout je peux encore me retrouver seule. Mais... je suis si heureuse que Meredith et Bonnie soient restées ! Leur amitié est tellement importante pour moi, plus que je ne peux le leur dire. »

Machinalement, elle était allée à l'ordinateur pour écrire dans son journal. Mais, au bout de quelques mots, elle s'était remise à pleurer. En son for intérieur, elle n'avait pas été mécontente quand, à ce moment, Meredith l'avait prise par les épaules et plus ou moins forcée à boire un lait chaud aromatisé de vanille, de cannelle et de muscade, et quand Bonnie l'avait ensuite aidée à s'installer sur la pile de couvertures et lui avait tenu la main jusqu'à ce qu'elle s'endorme.

***

Matt était resté tard à la pension, et il prit la route du retour face au soleil couchant. « C'est une course contre la nuit », pensa-t-il subitement, refusant de se laisser distraire par l'odeur de neuf et de luxe de la Jaguar. D'une certaine façon, plus ou moins confuse, il réfléchissait. Il n'avait rien voulu dire aux filles, mais quelque chose dans le mot d'adieu de Stefan le tracassait. Seulement, il devait d'abord s'assurer que ce n'était pas son orgueil blessé qui parlait.

Pourquoi Stefan n'avait-il *à aucun moment* parlé d'eux ? Des amis d'Elena, ses amis de toujours. Il aurait pu au moins évoquer les filles, quitte à ce que, dans le chagrin du départ, il en oublie Matt.

Quoi d'autre ? Il y avait autre chose, Matt en avait la certitude, mais il n'arrivait pas à mettre le doigt dessus. Tout ce qui lui venait à l'esprit, c'était une image floue et vacillante du lycée, l'an dernier, et de... Mlle Hilden, la prof d'anglais. Bizarre.

Même en rêvassant, Matt faisait attention à sa conduite ; il n'y avait pas vraiment moyen d'éviter la vieille forêt sur la longue route étroite qui menait de la pension à Fell's Church, alors il regardait devant lui.

C'est en sortant d'un virage qu'il vit l'arbre abattu : il freina juste à temps pour stopper la voiture dans un crissement de pneus, presque à angle droit avec la route.

Ensuite, il dut réfléchir.

Première réaction spontanée, appeler Stefan à l'aide : il n'aurait qu'à soulever l'arbre pour le dégager. Mais sa mémoire le rappela vite à l'ordre et balaya cette hypothèse. Alors, appeler les filles ?

Il ne pouvait s'y résoudre. Ce n'était pas qu'une question de fierté masculine : c'était plutôt la réalité tangible de l'arbre. Même en s'y prenant à plusieurs, ils n'arriveraient pas à le bouger. Il était trop gros, trop lourd.

Sans compter qu'il gisait pile en travers de la route, comme s'il voulait séparer la pension du reste de la ville.

Prudemment, Matt baissa la vitre côté conducteur. Il jeta un œil dans les bois pour essayer de voir les racines de l'arbre ou – il fallait bien l'avouer – observer un quelconque mouvement. Il ne vit ni l'un ni l'autre.

Impossible de distinguer les racines ; pourtant cet arbre semblait bien trop sain pour s'être bêtement écroulé. Pas un souffle de vent, pas une goutte de pluie ; pas de foudre, pas de castors. « Et aucun bûcheron à l'horizon », pensa-t-il d'un air sombre.

Bon, au moins le fossé sur sa droite n'avait pas l'air profond, et la cime de l'arbre ne l'atteignait pas tout à fait. Il pourrait peut-être…

Mouvement détecté.

Pas dans la forêt, dans l'arbre en face de lui. Quelque chose agitait les branches du haut, et ce n'était pas le vent.

Il avait beau le voir de ses propres yeux, Matt n'y croyait pas. Premier problème. Ensuite, il y avait le fait qu'il conduisait la voiture d'Elena et non son vieux tacot. Donc, en essayant comme un forcené de refermer la vitre sans quitter des yeux la chose qui se détachait de l'arbre, il fit n'importe quoi. Autre problème.

Dernier et principal problème : la créature était *rapide*. Bien trop rapide.

En un clin d'œil, elle fut sur la vitre.

Il ignorait ce qu'Elena avait montré à Bonnie pendant le pique-nique, mais si ça ce n'était pas un malach, bon sang qu'est-ce que c'était ? Matt connaissait le monde de la forêt depuis qu'il était tout petit et il n'avait jamais vu un insecte pareil.

Car c'était un insecte. Sa peau ressemblait à de l'écorce, mais ce n'était qu'un camouflage. Lorsqu'il se cogna contre la vitre entrouverte, Matt le repoussa des deux mains et sentit sa carapace chitineuse. Aussi grand que son bras, il volait grâce à des tentacules qu'il agitait en rond. Impossible en théorie, et pourtant vrai puisqu'il était là, à moitié coincé à l'intérieur de la voiture.

Il avait plus l'aspect d'une sangsue ou d'un calmar que d'un insecte. Ses longs tentacules reptiliens ressemblaient à des lianes, sauf qu'ils étaient plus épais qu'un doigt et couverts de gros suçoirs – des suçoirs qui renfermaient quelque chose de pointu. Des dents. Une des lianes s'enroula autour de son cou et Matt sentit immédiatement la succion et la douleur.

La liane fit trois ou quatre tours autour de sa gorge à la vitesse de l'éclair. D'une main, Matt tentait de l'empêcher de l'étrangler et, de l'autre, il se débattait contre la créature sans tête – qui montra soudain qu'elle avait une bouche, à défaut d'yeux. Comme tout le reste de son corps, elle était d'une symétrie radiale : une bouche ronde avec des dents plantées en cercle. Mais, tandis que l'insecte tirait sur son bras, Matt constata avec épouvante que le fond de ce cercle renfermait une paire de pinces suffisamment grosses pour lui arracher un doigt.

Pitié... *pas ça*. Il serra le poing, tentant désespérément de frapper les entrailles de la créature.

La poussée d'adrénaline qui fit suite à cette vision d'horreur lui donna la force de tirer sur le tentacule jusqu'à ce que les suçoirs se décollent de sa gorge. Mais son bras était maintenant presque englouti jusqu'au coude. Matt se mit à frapper de toutes ses forces.

Il fallait coûte que coûte qu'il dégage son bras. Il essaya d'obliger l'ignoble gueule ronde à s'ouvrir, mais ne réussit qu'à casser net un gros morceau de cartilage qui atterrit sur ses genoux. Les tentacules continuaient de fouetter l'air, frappant la carrosserie à la recherche d'une ouverture. La créature finirait bien par comprendre qu'il lui suffisait de plier ses espèces de lianes cinglantes pour que son corps puisse se faufiler à l'intérieur du véhicule.

Un truc coupant lui érafla les phalanges. Les pinces ! Son bras était presque entièrement englouti. Matt se démenait comme un beau diable pour trouver une solution : où était son fichu estomac ? Cette bête était *démente* !

Il fallait qu'il dégage son bras et tout de suite, sinon sa main allait y rester, aussi sûr que s'il l'avait plongée dans un broyeur d'ordures et qu'il avait mis l'engin en marche.

Il avait déjà défait sa ceinture de sécurité. Dans un violent effort, il se projeta sur la droite vers le siège passager. Il sentit les dents griffer son bras englouti à mesure qu'il tirait, vit les longs sillons ensanglantés qu'elles laissaient sur sa peau. Mais ça n'avait pas d'importance. Tout ce qui comptait, c'était de sortir son bras de là.

À cet instant, son autre main trouva le bouton qui contrôlait l'ouverture de la fenêtre. Il l'écrasa vers le haut, tirant son poignet et sa main hors de la gueule de l'insecte au moment où la vitre se refermait sur lui.

Matt s'attendait à voir ses os broyés et du sang noir gicler, voire dissoudre le plancher de la nouvelle voiture d'Elena, comme le parasite plein d'acide dans *Alien*.

Mais, au lieu de ça, la bête se volatilisa. Elle devint tout simplement… transparente, puis se mua en d'infimes particules de lumière qui s'évanouirent sous ses yeux.

Il se retrouva seul avec son bras couvert de longues écorchures rouges, des plaies enflées dans le cou et des égratignures sur l'autre main. Mais il ne perdit pas de temps à compter ses blessures. Il devait partir d'ici sur-le-champ ; les branches s'agitaient de nouveau et il n'avait aucune envie d'attendre de voir si c'était à cause du vent.

Une seule solution : le fossé.

Il enclencha la première et démarra plein pot, fonçant vers le fossé et croisant les doigts pour qu'il ne soit pas trop profond.

Le choc fut brutal, au point que ses dents s'entrechoquèrent. Puis il y eut un crissement de feuilles et de branches sous la voiture et, l'espace d'un instant, tout se figea. Mais Matt garda le pied appuyé avec rage sur l'accélérateur et la Jaguar se dégagea en tanguant dans le fossé, le ballottant dans tous les sens. Il réussit à contrôler la trajectoire et rattrapa la route d'un coup de volant, juste à temps pour prendre un virage serré à gauche dans une pente abrupte.

Son cœur battait à tout rompre. Il enchaîna les virages à quasi cent kilomètres-heure en gardant un œil sur la forêt qu'il longeait… jusqu'à ce que soudain, par bonheur, un feu rouge isolé se dresse face à lui comme un phare dans le brouillard.

Le carrefour Mallory. À contrecœur, il s'arrêta encore dans un crissement de pneus qui laissa la moitié de la gomme sur le bitume. Un dernier virage à droite, et il s'éloigna peu à peu de la forêt.

Le détour qu'il avait dû faire était long et, maintenant que le danger était derrière lui, Matt commençait à sentir la douleur dans son bras lacéré. Lorsqu'il arrêta la Jaguar devant chez lui, sa tête tournait depuis déjà un moment. Il se gara sous un lampadaire et laissa la voiture avancer en roue libre dans l'obscurité alentour. Il n'avait aucune envie que quelqu'un le voie dans cet état.

Est-ce qu'il devait appeler tout de suite les filles ? Les prévenir de ne pas sortir ce soir, leur dire que la forêt était dangereuse ? Ça, elles le savaient déjà. Meredith ne laisserait jamais Elena partir seule dans la forêt, pas maintenant qu'elle était humaine. Et Bonnie ferait tout un foin si quelqu'un osait suggérer une sortie en pleine nuit – après tout, ce n'était pas pour rien qu'Elena lui avait montré ces créatures…

Un malach. Un sale mot pour une créature vraiment ignoble.

Ce qu'il fallait maintenant, c'étaient des agents pour dégager l'arbre. Mais pas en pleine nuit. De toute façon, il était peu probable que quelqu'un d'autre emprunte cette route déserte ce soir, et envoyer du monde là-bas… c'était du pain bénit pour les malachs. Il appellerait la police demain à la première heure.

Il était plus tard que ce qu'il avait imaginé, mais il devrait probablement appeler les filles. Si seulement ses idées voulaient bien s'éclaircir. Ses égratignures le démangeaient et le brûlaient. Il avait du mal à réfléchir. Peut-être que s'il prenait juste deux minutes pour souffler...

Il appuya le front contre le volant. Et l'obscurité se referma sur lui.

18.

Matt se réveilla un peu vaseux, la tête toujours posée sur le volant, devant chez lui. Il sortit de la voiture en vacillant, faillit oublier de la verrouiller, s'avança dans le jardin puis tripota maladroitement ses clés pour ouvrir la porte de derrière. La maison était plongée dans le noir ; ses parents dormaient. Il réussit à monter dans sa chambre et s'écroula sur le lit sans même enlever ses chaussures.

Lorsqu'il se réveilla de nouveau, il fut très surpris de découvrir qu'il était neuf heures et que son portable sonnait dans sa poche de jean.

— Meredith ?

— Je croyais que tu devais ramener la voiture à l'aube ?

— Je vais le faire, mais faut juste que je trouve *comment*, ronchonna Matt.

Il avait l'impression que sa tête avait doublé de volume, et son bras encore plus. Malgré tout, il réfléchissait déjà à la façon dont il allait pouvoir ramener la voiture à la pension sans prendre *du tout* la route de la forêt. Finalement, quelques neurones s'allumèrent dans son cerveau et lui donnèrent la solution.

— Matt ? Tu es toujours là ?

— Je sais pas trop. Hier soir... bon sang ! J'ai presque tout oublié de ce qui m'est arrivé cette nuit ! En fait, en rentrant... Attends, je te raconterai quand je serai là. Il faut d'abord que j'appelle la police.

— La *police* ?

— Oui... Écoute, donne-moi une heure et j'arrive, OK ?

Lorsqu'il arriva enfin à la pension, il était plus près de onze heures que de dix. Mais il s'était remis d'aplomb grâce à une douche, laquelle n'avait toutefois pas fait grand-chose pour les élancements qui lui vrillaient le bras. Dès son arrivée, il fut accaparé par l'inquiétude des filles.

— Matt ! Mais qu'est-ce qui t'est arrivé ?

Il leur raconta tout ce dont il se souvenait. Quand Elena, les lèvres figées, défit la bande de gaze qu'il s'était enroulée autour du bras, elles firent toutes la grimace. Les longues éraflures s'étaient sérieusement infectées.

— On dirait que ces malachs sont toxiques.

— Oui, confirma Elena d'un ton brusque. Autant physiquement que mentalement.

— Et tu crois qu'ils peuvent se loger *à l'intérieur* des gens ? demanda Meredith.

Elle essayait de dessiner sur une page de carnet quelque chose qui ressemblait à ce que Matt avait décrit.

— J'en suis sûre.

Très discrètement, Elena et Meredith échangèrent un regard, puis baissèrent les yeux.

— Mais comment on sait si quelqu'un... en a un dans le corps ?

— Bonnie devrait pouvoir le dire – en transe, répondit Elena d'une voix égale. Même moi je pourrais, mais je ne vais pas me servir de la Magie Blanche pour ça. On va descendre voir Mme Flowers.

Elle parlait avec ce ton particulier que Matt avait appris à reconnaître depuis longtemps, et qui signifiait que rien ne la ferait changer d'avis. Elle avait décidé, point à la ligne.

À vrai dire, Matt n'était pas d'humeur à discuter. Il avait horreur de se plaindre ; il avait déjà joué des matchs de foot avec une clavicule cassée, un genou foulé, une cheville tordue, mais là, c'était différent. Son bras semblait près d'exploser.

Mme Flowers était dans la cuisine, mais quatre verres de thé glacé les attendaient sur la table du séjour.

— Je vous rejoins tout de suite, lança-t-elle par la porte entrouverte qui les séparait de la cuisine. Buvez le thé, surtout le jeune blessé. Ça l'aidera à se détendre.

— C'est aux plantes, chuchota Bonnie aux autres, comme si elle révélait un secret de fabrication.

Le thé n'était pas mauvais, même si Matt aurait préféré un Coca. Mais, comme il s'agissait d'un remède et que les filles l'avaient à l'œil, il en avala la moitié avant que la logeuse arrive.

Elle portait son chapeau de jardinage ; tout du moins un chapeau avec des fleurs artificielles dessus qui semblait avoir servi à jardiner. Elle portait aussi un plateau sur lequel étaient disposés un grand nombre d'instruments étincelants, comme si on venait de les faire bouillir.

— Eh oui, ma petite, dit-elle à Bonnie qui s'était placée devant Matt pour le protéger, j'étais infirmière autrefois. À l'époque, on encourageait les femmes à devenir médecins.

Mais j'ai été une sorcière toute ma vie. À la longue, on se sent un peu seule...

— Vous ne seriez pas si seule si vous habitiez plus près de la ville, répliqua Meredith, l'air perplexe.

— Oui, mais dans ce cas, les gens épieraient ma maison, les enfants se lanceraient des défis pour passer en courant devant chez moi, toucher la façade ou jeter des pierres dans mes fenêtres, et les adultes chuchoteraient dans mon dos chaque fois que j'irais faire des courses. Alors, comment ferais-je pour entretenir mon jardin en paix ?

Ils ne l'avaient jamais entendue parler aussi longtemps ! Ils furent tellement surpris qu'il s'écoula un bon moment avant qu'Elena réponde :

— Je ne vois déjà pas comment vous arrivez à jardiner *ici*. Avec tous ces cerfs, ces lapins et les autres animaux qu'on voit dans le coin.

— C'est que le jardin est en grande partie fait *pour eux*, voyez-vous.

Mme Flowers sourit et son visage sembla s'illuminer de l'intérieur.

— Je suis sûre que ça leur plaît. Par contre, ils n'aiment pas les plantes que je fais pousser pour soigner les éraflures, les coupures, les entorses et le reste. Peut-être aussi qu'ils sentent que je suis une sorcière, car ils me laissent toujours un bout de jardin pour moi et parfois quelques pensionnaires.

— Pourquoi vous nous racontez tout ça maintenant ? demanda Elena d'un ton un peu agacé. Plusieurs fois je vous ai cherchés, vous ou Stefan, quand je pensais que... Enfin, peu importe ce que je pensais. Le fait est que je n'étais jamais certaine que vous soyez de notre côté.

— La vérité, c'est que je suis devenue solitaire et peu sociable avec l'âge. Mais aujourd'hui votre fiancé a disparu, n'est-ce pas ? Dommage que je ne me sois pas réveillée un peu plus tôt ce matin. J'aurais peut-être eu l'occasion de lui parler. Il a laissé un an de loyer en liquide sur la table de cuisine. J'ai toujours eu un faible pour ce garçon.

Les lèvres d'Elena tremblaient. Matt tenta de lever son bras blessé.

— Vous pouvez faire quelque chose pour ça ? demanda-t-il.

— Ça par exemple ! Mais quel genre de créature vous a fait ça ? s'exclama Mme Flowers en examinant les écorchures sous les grimaces des trois filles.

— On pense que c'était un malach, expliqua doucement Elena. Vous y connaissez quelque chose ?

— J'ai déjà entendu le mot, oui, mais je ne sais rien de bien précis. Ça remonte à quand ? demanda-t-elle à Matt. On dirait des marques de dents plus que de griffes.

— C'est le cas, confirma le garçon d'un air sombre.

Il lui décrivit du mieux possible la créature qui l'avait attaqué ; c'était surtout pour penser à autre chose, car Mme Flowers venait d'attraper un des instruments luisants sur le plateau et commençait à s'occuper de son bras rouge et enflé.

— Tenez cette serviette en bougeant le moins possible, indiqua-t-elle. Les plaies ont déjà commencé à cicatriser, mais elles ont besoin d'être ouvertes, ponctionnées et désinfectées. Ça va faire mal. Jeunes filles, pourquoi l'une de vous ne lui tiendrait pas la main pour l'aider à garder le bras ferme ?

Elena commença à se lever mais Bonnie la devança, sautant presque par-dessus les jambes de Meredith pour aller prendre la main de Matt dans les siennes.

L'intervention de Mme Flowers ne fut pas une partie de plaisir, mais Matt réussit à supporter la douleur sans broncher et lança même un sourire timide à Bonnie tandis que le sang et le pus sortaient petit à petit de son bras. Il eut mal quand Mme Flowers perça la chair, mais l'évacuation de la pression le soulagea aussitôt et, une fois les plaies drainées, nettoyées et enveloppées dans une compresse froide de plantes, il se sentit merveilleusement mieux. Son bras était prêt à guérir correctement.

Il remercia la vieille dame du mieux qu'il put, et c'est là qu'il remarqua le regard de Bonnie posé sur lui. En particulier sur son cou. Soudain, elle se mit à glousser.

— Quoi ? Qu'est-ce qu'il y a de drôle ?

— L'insecte, répondit-elle. Il t'a fait un suçon. À moins que tu n'aies fait autre chose hier soir, dont tu ne nous as pas parlé.

Matt se sentit rougir et remonta son col plus haut.

— Je vous ai tout dit, c'était le malach. Il avait enroulé son espèce de tentacule à ventouses autour de mon cou. Il essayait de m'étrangler !

— Désolée, s'excusa Bonnie.

Mme Flowers avait même un baume aux plantes pour la marque laissée par le tentacule-ventouse et un pour les écorchures de Matt. Lorsqu'elle les eut appliqués, Matt se sentit si bien qu'il lança cette fois un regard penaud à Bonnie, qui le fixait toujours.

— Je sais que ça ressemble à un suçon, dit-il. Je l'ai vu ce matin dans la glace. Et j'en ai un autre plus bas.

Il passa la main sous son tee-shirt en ronchonnant et étala encore un peu de pommade. Les filles se mirent à rire ; un rire libéré de la tension qu'ils avaient tous éprouvée.

Meredith avait entrepris de monter le petit escalier qui menait à ce que tous considéraient encore comme la chambre de Stefan et, machinalement, Matt la suivit. À mi-parcours, il s'aperçut que Bonnie et Elena étaient restées en retrait, mais Meredith lui fit signe de le rejoindre à l'étage.

— Elles discutent, t'en fais pas, dit-elle de sa voix calme et franche.

— De qui, de moi ? demanda Matt, la gorge serrée. C'est à propos de ce truc qu'Elena a vu dans le corps de Damon, c'est ça ? Le malach invisible. Elles se demandent si maintenant j'en ai un, moi aussi ?

Meredith, qui n'était pas du genre à minimiser les choses, acquiesça d'un hochement de tête. Toutefois, elle posa brièvement la main sur son épaule, en signe de réconfort, tandis qu'ils entraient dans la chambre sombre au haut plafond.

Peu après, Elena et Bonnie les rejoignirent, et Matt comprit tout de suite à leurs têtes que le pire scénario était exclu. En voyant l'expression du garçon, Elena s'approcha aussitôt de lui pour le prendre dans ses bras. Bonnie l'imita, mais plus timidement.

— Tu te sens mieux ? demanda Elena.

Matt hocha la tête.

— Oui.

« Même d'attaque pour une séance de catch contre un crocodile ! » pensa-t-il. Il n'y avait rien de plus agréable que de serrer de douces jeunes filles dans ses bras.

— L'opinion générale est que tu n'as rien dans le corps qui n'y ait pas sa place. Ton aura semble nette et forte maintenant que tu ne souffres plus.

— Merci, mon Dieu, soupira Matt.

À cet instant, son portable se mit à sonner. Il fronça les sourcils, interloqué par le numéro s'affichant à l'écran.

— Matthew Honeycutt ?

— Oui, c'est moi ?

— Un instant, je vous prie.

Une nouvelle voix prit le relais.

— Monsieur Honeycutt ?

— Euh... oui, c'est moi. Mais qui...

— Rich Mossberg à l'appareil, du bureau du shérif de Fell's Church. Vous avez appelé ce matin pour signaler une chute d'arbre à mi-chemin sur la route de la vieille forêt ?

— C'est exact, je...

— Monsieur Honeycutt, on n'aime pas trop ce genre de canular. À vrai dire, on les vit très mal. Ça fait perdre un temps précieux à nos agents, et c'est en outre un délit de faire une fausse déclaration à la police. Si je voulais, monsieur Honeycutt, je pourrais vous inculper et vous faire passer devant le juge. Je ne vois vraiment pas ce qui vous amuse dans cette histoire.

— Ce n'est pas une fausse... ça n'a rien d'amusant ! Écoutez, la nuit dernière...

La voix de Matt s'estompa. Qu'est-ce qu'il allait raconter ? *La nuit dernière, je me suis fait attaquer par un arbre et un insecte maous* ? Une petite voix intérieure ajouta avec ironie que les policiers de Fell's Church paraissaient consacrer pas mal de leur « précieux » temps à traîner près du Dunkin' Donuts du centre-ville, mais ce que Matt entendit ensuite la fit taire.

— Concrètement, monsieur Honeycutt, selon la législation en vigueur dans l'État de Virginie, article 18. 2-461 du Code pénal, une fausse déclaration à la police est un délit punissable de catégorie 1. Ça pourrait vous coûter un an de prison ou une amende de vingt-cinq mille dollars. Ça vous amuse toujours, monsieur Honeycutt ?

— Écoutez, je...

— D'ailleurs : est-ce que vous les avez, ces vingt-cinq mille dollars, monsieur Honeycutt ?

— Non, non, je…

Matt était incapable de trouver quoi dire. *Le malach a emporté l'arbre ou p't'être qu'il est parti tout seul ?* Ridicule.

— Je suis désolé qu'ils n'aient pas trouvé l'arbre, parvint-il à répondre enfin, d'une voix crispée. Peut-être… que quelqu'un s'est débrouillé pour l'enlever.

— C'est ça, peut-être que quelqu'un l'a enlevé, répéta l'homme d'un ton impassible. En fait, peut-être qu'on l'a enlevé de la même façon que tous ces « stop » et ces « cédez le passage » aux carrefours de Fell's Church. Ça vous dit quelque chose, monsieur Honeycutt ?

— Mais non !

Matt sentit le rouge lui monter aux joues d'un coup.

— Jamais je ne m'amuserais à enlever des panneaux de signalisation !

Les filles s'étaient rassemblées autour de lui, comme si le fait de former un groupe pouvait lui être d'une aide quelconque. Bonnie agitait énergiquement les mains et, vu son air indigné, il était clair qu'elle aurait volontiers passé un savon à l'agent.

— En fait, monsieur Honeycutt, reprit le shérif adjoint Mossberg, on a d'abord appelé chez vous, étant donné que c'est le numéro que vous avez fourni dans votre déclaration. Votre mère nous a dit qu'elle ne vous avait pas vu de la soirée, hier.

Matt ignora la petite voix intérieure qui avait envie de répliquer : *et alors, c'est un crime ?*

— C'est parce que j'ai été attaqué par…

— Par un arbre autopropulsé, c'est ça ? En fait, monsieur Honeycutt, on a déjà eu un autre appel concernant votre domicile hier soir. Un membre du programme de surveillance du voisinage a signalé une voiture suspecte, plus ou moins devant chez vous. D'après votre mère, vous avez récemment bousillé votre voiture, c'est bien ça, monsieur Honeycutt ?

Matt voyait très bien où il voulait en venir et il n'aimait pas ça du tout.

— Oui, marmonna-t-il pendant que son cerveau luttait pour trouver une explication plausible. J'ai voulu éviter un renard sur la route et...

— Pourtant, on nous a aussi signalé une Jaguar flambant neuve garée devant chez vous... juste assez loin du lampadaire pour passer inaperçue. Tellement neuve qu'elle n'a même pas de plaque d'immatriculation. Serait-ce en fait *votre* voiture, monsieur Honeycutt ?

— Monsieur Honeycutt, c'est mon père ! explosa Matt avec désespoir. Moi, c'est Matt. Et la Jaguar n'est pas à moi...

— À *qui* est-elle, alors ?

***

Matt regarda Elena. Elle lui faisait signe de temporiser et cherchait manifestement une réponse appropriée. *Elena Gilbert* serait suicidaire. Si quelqu'un savait qu'Elena Gilbert était morte, c'était bien la police. Elena indiqua la chambre du doigt et articula deux mots en silence.

Matt ferma les yeux.

— Stefan Salvatore, répondit-il à l'officier, mais il a offert la voiture... à sa petite amie ?

Il savait que la fin de sa phrase avait l'intonation d'une question, mais il comprenait à peine ce qu'Elena lui soufflait.

Le shérif commençait à être fatigué et exaspéré.

— C'est *à moi* que vous posez la question, Matt ? Donc,

vous conduisiez la voiture toute neuve de la petite amie de votre copain. Bien. Et comment elle s'appelle ?

Pendant un bref instant, les filles n'eurent pas l'air d'accord et Matt resta dans l'incertitude. Ensuite, Bonnie leva les bras d'un air agacé et Meredith s'avança vers lui en se désignant du doigt.

— Meredith Sulez, dit Matt faiblement.

Entendant la pointe d'hésitation dans sa voix, il répéta sa réponse d'une voix rauque mais plus convaincante.

Alors Elena chuchota rapidement quelque chose à l'oreille de Meredith.

— Et où est-ce que la voiture a été achetée ? Monsieur Honeycutt ?

— Euh oui…, bafouilla Matt. Une seconde.

Il mit le téléphone dans la main que Meredith lui tendait.

— Meredith Sulez à l'appareil, dit doucement la jeune fille, d'un ton aussi poli et décontracté qu'un présentateur d'une radio dédiée à la musique classique.

— Vous avez entendu toute la conversation, Miss Sulez ?

— *Mademoiselle* Sulez, s'il vous plaît. En effet, sergent, j'ai entendu.

— Avez-vous bel et bien prêté votre voiture à monsieur Honeycutt ?

— Oui.

— Et où est monsieur… (il y eut un bruit de brassage de papiers) Stefan Salvatore, le propriétaire initial de la voiture ?

« Il ne lui demande pas où la voiture a été achetée, comprit Matt. Il doit déjà le savoir. »

— Mon petit ami n'est pas en ville en ce moment, répondit Meredith avec la même voix sophistiquée et imperturbable.

J'ignore quand il va revenir. Voulez-vous que je lui demande de vous contacter à son retour ?

— Ce serait assez judicieux, acquiesça sèchement Mossberg. De nos jours, rares sont les voitures qui sont payées comptant en liquide, en particulier les Jaguar neuves. Je voudrais aussi le numéro de votre permis de conduire. Et, effectivement, j'aimerais beaucoup parler à monsieur Salvatore à son retour.

— Ça ne saurait tarder, ajouta Meredith, un peu lentement mais suivant les indications d'Elena.

Puis elle récita de mémoire son numéro de permis.

— Merci, dit rapidement l'homme. Ce sera tout pour...

— Je peux juste ajouter quelque chose ? le coupa Meredith. Matt Honeycutt n'enlèverait jamais de la vie des panneaux de signalisation. C'est un conducteur consciencieux, et c'était un des meilleurs élèves de sa classe au lycée. Vous pouvez demander à n'importe quel professeur de Robert E. Lee, et même à la proviseure si elle n'est pas partie en vacances. Tout le monde vous dira la même chose.

Le shérif ne parut pas impressionné.

— Dites-lui de ma part qu'à l'avenir je l'aurai à l'œil. D'ailleurs, ce ne serait pas plus mal qu'il passe au poste dans la journée ou demain, ajouta-t-il avant de raccrocher brusquement.

Matt explosa.

— *Toi*, Meredith ? La petite amie de Stefan ? Et si le concessionnaire auto leur dit que la fille était blonde ? Comment on leur expliquera ?!

— On n'aura pas à le faire, dit simplement Elena, qui était derrière Meredith. Damon s'en chargera. Il suffit qu'on le trouve. Je suis sûre qu'il peut régler le problème Mossberg en manipulant un peu son esprit. Et ne t'en fais pas pour moi, ajouta-t-elle gentiment. Tu me fais les gros yeux, mais je t'assure que tout va bien se passer.

— Tu crois ça ?

— J'en suis certaine.

Elena le prit de nouveau dans ses bras et posa un baiser sur sa joue.

— En attendant, je suis censé passer au bureau du shérif aujourd'hui ou demain.

— Oui, mais pas tout seul ! s'exclama Bonnie, dont les yeux brillaient d'indignation. Si Damon t'accompagne, je peux te dire que Mossberg finira par être ton meilleur ami !

— D'accord, dit Meredith. Alors par quoi on commence ?

— Le problème, dit Elena en tapotant sa lèvre supérieure du bout de l'index, c'est qu'on a trop de problèmes en même temps, et je veux que personne – je dis bien *person*ne – ne sorte seul. Ce qui est clair, c'est que la vieille forêt est pleine de malachs et qu'ils essaient de nous jouer des tours pas très sympas. À commencer par essayer de nous tuer.

Matt savoura l'incroyable soulagement d'être cru sur parole ; l'entretien avec le shérif adjoint l'avait remué plus qu'il ne voulait bien le montrer.

— Dans ce cas, on fait des équipes, proposa Meredith, et on se partage les tâches. Combien de problèmes on a à gérer ?

Elena les énuméra sur ses doigts.

— Déjà, il y a le problème Caroline. Je pense qu'il faut vraiment que quelqu'un essaie de la voir, ou au moins de découvrir si elle a en elle une de ces bestioles. Autre problème : Tami. Sans parler des autres cas possibles. Supposons que Caroline soit… contagieuse. Elle l'a peut-être transmis à quelqu'un d'autre – fille ou garçon.

— OK, acquiesça Meredith. Quoi encore ?

— Il faut que quelqu'un contacte Damon. Qu'on tente de lui

soutirer des infos sur le départ de Stefan, et aussi qu'on essaie de le convaincre de venir avec nous au poste pour influencer Mossberg, suggéra Elena.

— Tu ferais mieux de t'en charger, étant donné qu'il y a de fortes chances pour que Damon ne veuille parler qu'à toi, fit remarquer Meredith. Et Bonnie devrait aller avec toi pour pouvoir continuer à...

— Ah non. Pas de transe aujourd'hui, supplia Bonnie. Je suis désolée, Elena, mais je ne peux pas : il me faut juste un jour de repos. En plus, si Damon est d'accord pour te parler, il te suffit d'aller près de la forêt – sans y entrer – et de l'appeler. Il sait tout ce qui se passe. Il saura que tu es là.

— Dans ce cas, je devrais l'accompagner, raisonna Matt. Vu que, le shérif, c'est mon problème. J'aimerais repasser près de l'endroit où j'ai vu l'arbre...

Les trois filles protestèrent en même temps.

— Ça va ! C'était juste une suggestion, se défendit Matt, ça ne veut pas dire qu'on doit le faire. Au moins, on sait que cet endroit est vraiment dangereux.

— Bon, conclut Elena. Bonnie et Meredith vont voir Caroline, et toi et moi on part à la chasse au Damon, d'accord ? Je préférerais partir à la chasse au Stefan mais, pour l'instant, on n'a pas assez d'éléments.

— OK, mais avant passez peut-être voir Jim Bryce. Matt trouve toujours un prétexte pour faire un tour chez lui, il le connaît bien. Comme ça, vous pourrez voir dans quel état est Tami, suggéra Meredith.

— Bon... je crois qu'on est parés !

Spontanément, ils se mirent tous à rire.

C'était une belle journée, et le soleil brillait.

Sous sa lumière, en dépit de l'appel du shérif Mossberg, ils se sentaient tous forts et à la hauteur.

Aucun d'eux ne se doutait que le pire cauchemar de leur vie les attendait.

***

Bonnie resta en retrait tandis que Meredith frappait à la porte des Forbes.

Après quelques secondes sans réponse, et alors qu'il n'y avait aucun bruit à l'intérieur, Meredith réessaya. Cette fois, Bonnie entendit des chuchotements ainsi qu'un marmonnement de Mme Forbes suivi du rire lointain de Caroline.

Finalement, au moment où Meredith s'apprêtait à sonner – comble de l'incivilité entre voisins à Fell's Church –, la porte s'ouvrit. Bonnie glissa habilement un pied dans l'entrebâillement pour l'empêcher de se refermer.

— Bonjour, madame Forbes. On passait juste…, hésita Meredith. On voulait savoir si Caroline allait mieux ? termina-t-elle d'une voix un peu métallique.

On aurait dit que Mme Forbes avait vu un fantôme et qu'elle avait passé la nuit à essayer de lui échapper.

— Non, elle ne va pas mieux. Elle est… toujours malade.

La voix de la femme était caverneuse et distraite, et ses yeux fixaient le sol par-dessus l'épaule droite de Bonnie. Cette dernière sentit ses poils se dresser sur ses bras et dans sa nuque.

— D'accord, madame Forbes, merci.

Même la voix de Meredith semblait fausse.

Soudain, une autre voix se fit entendre.

— Et vous, vous êtes sûre que ça va ?

Bonnie réalisa que c'était la sienne.

— Caroline… n'est pas très bien. Elle ne voit plus personne, chuchota la femme.

Bonnie eut l'impression qu'un iceberg lui glissait dans le dos. Elle aurait voulu faire demi-tour et partir en courant, loin de cette maison et de son aura maléfique. C'est alors que Mme Forbes s'écroula d'un coup. Meredith eut juste le temps de la rattraper.

— Elle s'est évanouie, dit-elle d'un ton brusque.

Bonnie lui aurait bien répondu *eh ben, allonge-la sur le tapis à l'intérieur et cours* ! Mais elles ne pouvaient décemment pas faire ça.

— Il faut qu'on l'emmène à l'intérieur. Bonnie, tu te sens d'entrer ?

— Non. Mais est-ce que j'ai le choix ?

Mme Forbes avait beau être petite, elle faisait son poids. Bonnie lui prit les pieds et, à contrecœur, emboîta le pas à Meredith.

— On va l'allonger dans son lit.

La voix de Meredith tremblait. La maison avait quelque chose de terriblement perturbant : comme si des ondes de pression pesaient sur elles en permanence.

C'est là que Bonnie l'aperçut. Une vision fugitive en entrant dans le salon. C'était au fond du couloir et ça aurait pu être un jeu d'ombre et de lumière, mais ça avait tout l'air d'un individu. Un individu filant comme un lézard... mais pas au sol. Au plafond.

19.

Matt frappa à la porte de chez les Bryce, Elena à son côté. La jeune fille s'était déguisée en coinçant tous ses cheveux sous une casquette de baseball des Virginia Cavaliers et en enfilant une paire de lunettes de soleil à grosse monture trouvée dans un des tiroirs de Stefan. Elle portait également une immense chemise Pendleton à carreaux marron et bleu marine dont Matt lui avait fait cadeau, et un des jeans de Meredith devenu trop petit pour elle. Parmi tous ceux qui avaient connu l'ancienne Elena Gilbert, personne ne la reconnaîtrait habillée comme ça, elle en était certaine.

La porte s'ouvrit très lentement pour laisser apparaître non pas M. ou Mme Bryce ni Jim, mais Tamra. Elle avait... en fait presque rien sur le dos. Elle portait juste un bikini string, mais qui semblait fait main, comme si elle avait découpé un bas de maillot de bain normal aux ciseaux ; sans compter qu'il commençait à se détacher. En haut, elle s'était accroché deux médailles rondes en carton avec des paillettes collées dessus et quelques fils de guirlande colorée. Sa tête était coiffée d'une couronne en papier qui avait manifestement la même origine que la guirlande. Elle avait tenté de coller aussi des fils sur le bas de bikini. Le résultat ne ressemblait à rien ; c'était comme si une enfant avait voulu fabriquer un costume pour une strip-teaseuse de Las Vegas.

Matt se retourna immédiatement en regardant au loin, mais Tami se jeta sur lui et se plaqua contre son dos.

— Matt-chou ! roucoula-t-elle. Je savais que tu reviendrais ! Mais pourquoi tu as amené cette vieille garce toute moche ? Comment veux-tu qu'on...

À cet instant, Elena s'avança car Matt avait fait volte-face, la main levée. Elle était persuadée qu'il n'avait jamais frappé une femme de sa vie, encore moins une enfant, mais il se montrait par ailleurs extrêmement susceptible à certains sujets. Elle, par exemple.

Elena réussit à s'interposer entre lui et l'adolescente étonnamment robuste, et dissimula un sourire en contemplant le déguisement de Tami : pas plus tard qu'il y a quelques jours, elle-même ne comprenait rien au tabou de la nudité. Maintenant elle avait pigé, mais ça lui semblait loin d'être aussi important qu'autrefois. Les gens naissaient tous avec une peau parfaite sur le dos. À ses yeux, rien ne justifiait vraiment d'en porter une autre, fictive, par-dessus, à moins d'avoir froid ou d'être plus ou moins mal à l'aise sans. Mais, pour la société, être nu était synonyme de provoc. Tami essayait d'être provocante à sa façon, c'est-à-dire comme une enfant.

— Ne me touche pas, espèce de sale garce ! lâcha Tamra avec hargne alors qu'Elena la tenait à l'écart de Matt.

Elle lâcha ensuite une bordée d'injures.

— Tami, où sont tes parents ? Où est ton frère ?

Elena ignora les mots obscènes – ce n'était qu'un bruit de fond – mais s'aperçut que, hormis ses lèvres, Matt était livide.

— Demande tout de suite pardon à Elena ! Excuse-toi de ton langage ! cria-t-il.

— *Elena est un cadavre puant, aux orbites grouillant de vers !* chantonna Tamra avec désinvolture. Mais mon ami dit que c'était une garce de son vivant. Une vulgaire (elle inséra un chapelet d'adjectifs grossiers qui laissèrent Matt sans voix) … *garce.* Et, comme tu sais, il n'y a rien de plus vulgaire que ce qui est gratuit !

— Matt, ne fais pas attention, dit Elena à voix basse avant de répéter sa question : où sont tes parents et Jim ?

Bien qu'ordurière, la réponse leur apprit que M. et Mme Bryce étaient partis quelques jours en vacances et que Jim était avec sa petite amie Isobel. Était-ce vrai ?

— OK, dans ce cas, je vais venir t'aider à enfiler une tenue plus décente, dit Elena. D'abord, je crois qu'il te faut une bonne douche pour te débarrasser de tous ces bidules…

Matt s'éclaircit la voix.

— Elena, je crois qu'on ne devrait pas être là. Ses parents sont partis et…

— Ils ont peur de moi, ricana Tami. Pas *vous* ?

Les deux derniers mots avaient été prononcés d'une voix beaucoup plus grave.

Elena la regarda droit dans les yeux.

— Non, je n'ai pas peur de toi. Je suis juste désolée qu'une petite fille se soit trouvée au mauvais endroit au mauvais moment. Mais je suppose que Matt a raison. On doit partir.

L'attitude de Tami sembla changer.

— Je suis désolée… Je ne m'étais pas rendu compte que

j'avais des invités de cette qualité. Matt, s'il te plaît, ne t'en va pas.

Puis elle chuchota quelque chose à Elena sur un ton confidentiel :

— Il est bien ?

— Quoi ?

D'un signe de tête, Tami indiqua Matt, qui lui tourna immédiatement le dos. Il avait l'air tiraillé entre la fascination et le dégoût face à l'accoutrement ridicule de Tami.

— Lui. Il est bien au lit ?

— Matt, regarde ça, dit Elena en ignorant la question.

Elle lui montra un petit tube de glu.

— Je crois qu'elle s'est collé ces trucs sur la peau. Il faut qu'on appelle un service genre protection de l'enfance, vu que personne ne s'est occupé de l'emmener à l'hôpital. Même si ses parents ne se sont pas aperçus de son comportement, ils n'auraient pas dû la laisser seule.

— J'espère au moins qu'*eux* vont bien. Sa famille, j'entends, dit Matt d'un air sombre en ressortant de la maison.

Tami les suivit jusqu'à la voiture avec une insolente décontraction, racontant à tue-tête des détails choquants sur le « bon temps » qu'ils avaient passé « tous les trois ».

Elena, qui s'était assise côté passager (sans carte d'identité ni permis de conduire, elle savait très bien qu'elle ne devait pas prendre le volant), jeta à un œil gêné à Matt.

— Tu ne crois pas qu'on devrait d'abord la conduire au poste ? C'est terrible pour cette famille !

Matt ne dit rien pendant un long moment. Son menton était figé, sa bouche crispée.

— Quelque part, je me sens responsable. Je savais que quelque chose ne tournait pas rond chez elle... J'aurais dû en parler tout de suite à ses parents.

— J'ai l'impression d'entendre Stefan ! Matt, tu n'es pas responsable de toutes les personnes que tu croises.

Il la remercia du regard, et Elena continua.

— D'ailleurs, je vais confier une autre petite mission à Bonnie et Meredith pour te prouver que tu as tort. Je vais leur demander de surveiller Isobel Saitô, la petite amie de Jim. Peut-être que Tami a eu des contacts avec elle.

— Tu crois qu'elle est... *infectée* aussi ?

— C'est ce que je compte découvrir grâce aux filles.

***

Bonnie se figea sur place, lâchant presque les pieds de Mme Forbes.

— Pas question que j'entre dans cette chambre.

— T'as pas le choix, Bonnie. J'y arriverai pas toute seule, dit Meredith, avant d'ajouter d'un ton cajoleur : si tu entres dans cette pièce avec moi, je te dirai un secret.

Bonnie se mordit la lèvre. Puis elle ferma les yeux et laissa Meredith la guider, pas à pas, dans cette maison des horreurs. Elle savait où se situait la chambre du maître de maison, et pour cause : elle avait joué ici toute son enfance. À gauche, tout au fond du couloir.

Elle fut surprise en sentant Meredith s'arrêter subitement au bout de quelques pas.

— Bonnie !

— Oui, quoi ?

— Je ne veux pas te faire peur, mais...

La phrase eut pour effet immédiat de terrifier Bonnie. Elle rouvrit brusquement les yeux

— Quoi ? *Qu'est-ce qu'il y a ?*

Sans laisser le temps à Meredith de répondre, elle jeta un œil craintif dans son dos et comprit.

Caroline était derrière elle. Mais pas debout. Elle rampait. Non, en fait, elle zigzaguait au ras du sol, comme elle l'avait fait chez Stefan. Comme un lézard. Ses cheveux couleur bronze, mal peignés, pendaient devant ses yeux. Ses coudes et ses genoux dépassaient de son corps selon des angles improbables.

Bonnie voulut pousser un hurlement, mais la pression qui pesait sur la maison l'étouffa au fond de sa gorge. Caroline leva brusquement les yeux vers elle avec un mouvement de tête reptilien.

— Oh, mon Dieu, Caroline... Qu'est-ce qui est arrivé à ton visage ?

Caroline avait un œil au beurre noir. Ou plutôt un œil rouge violacé qui était si enflé que Bonnie savait qu'il virerait forcément au noir à la longue. Et il y avait un autre bleu violet qui enflait sur sa mâchoire.

En guise de réponse, Caroline s'élança vers l'avant en émettant force sifflements.

— Meredith, magne ! Elle est juste derrière moi !

Meredith accéléra, l'air terrorisé – ce qui effraya encore plus Bonnie car son amie ne paniquait pas facilement. Mais, tandis qu'elles continuaient à avancer avec Mme Forbes oscillant entre elles, Caroline passa précipitamment sous sa mère et se faufila dans la chambre de ses parents.

— Meredith, je n'entre pas dans cette...

Mais Bonnie trébuchait déjà dans l'encadrement de la porte. Elle regarda rapidement dans les recoins de la pièce. Caroline était invisible.

— Elle est peut-être dans le placard, dit Meredith. Bon, je

passe la première et je vais lui poser la tête à l'autre bout du lit. On la mettra mieux après.

Elle contourna le lit à reculons, en tirant quasiment Bonnie, et déposa le haut du torse de Mme Forbes de façon que sa tête repose sur les oreillers.

— Maintenant, tire-la et allonge-lui les jambes de l'autre côté.

— J'peux pas, Meredith. *J'peux pas !* Caroline est *sous* le lit.

— C'est impossible. Il y a à peine dix centimètres entre le sol et le sommier, évalua Meredith d'un ton ferme.

— Puisque je te dis qu'elle est là ! Je le sais ! Et puis…

Bonnie prit un ton assez féroce :

— Tu as promis de me dire un secret !

— D'accord.

Meredith lui lança un coup d'œil complice à travers ses cheveux bruns ébouriffés.

— J'ai envoyé un message par télégraphe à Alaric hier. Il est dans un trou tellement paumé que c'est le seul moyen de le joindre, et mon message va peut-être mettre des jours à lui parvenir. J'ai pensé qu'on aurait sûrement besoin de ses conseils. Ça m'ennuie de le déranger en pleines recherches pour son doctorat, mais…

— On s'en fiche de son doctorat ! T'es un génie ! s'écria Bonnie avec gratitude. Tu as bien fait !

— Bon, maintenant approche et fais pivoter les jambes de Mme Forbes en bas du lit. Tu y arriveras mieux en te penchant.

Le lit était grand et large. Mme Forbes était allongée dessus en biais, comme une poupée de chiffon. Bonnie s'arrêta à proximité du pied du lit.

— Caroline va m'attraper…

— Mais non ! Allez, Bonnie, prends-lui les jambes et soulève-les un bon coup...

— Si je m'approche trop près du lit, elle va *m'attraper* !

— Pourquoi elle ferait ça ?

— Parce qu'elle sait comment me faire peur ! Surtout maintenant que je l'ai dit tout haut, elle ne va pas se gêner !

— Si elle s'en prend à toi, je lui mets un grand coup de pied dans la tête.

— T'as pas la jambe assez longue. Tu feras que taper dans le cadre en métal du lit...

— Bon Dieu, Bonnie, arrête ! Aide-moi à la *fiiin* !

Le dernier mot fut un véritable hurlement.

— Meredith... ?

Bonnie hurla à son tour :

— *Qu'est-ce que c'est ?*

— Elle m'attrape !

— C'est impossible : elle est sur *moi* ! Personne n'a les bras aussi longs !

— Ou aussi forts ! Bonnie, je n'arrive pas à m'en débarrasser !

— Moi non plus ! Je...

La suite se noya dans leurs cris.

***

Après avoir laissé Tami au poste de police, Matt et Elena parcoururent en voiture le parc régional de Fell's Church, alias la Vieille Forêt, comme pour une promenade de santé. De temps à autre, ils s'arrêtaient. Elena faisait quelques pas entre les arbres et « appelait » Damon – elle seule savait comment s'y prendre. Puis elle remontait dans la Jaguar, l'air découragé.

— À mon avis, Bonnie aurait plus de succès que nous, dit-elle à Matt. Si seulement on avait le courage de venir en pleine nuit.

Matt frémit malgré lui.

— Deux fois, ça m'a suffi.

— Tu sais que tu ne m'as jamais raconté ce qui s'est passé la première nuit. Du moins pas quand j'avais toute ma tête.

— Eh bien, je me baladais en voiture exactement comme maintenant, sauf que j'étais à l'autre bout de la forêt, dans le coin du chêne fendu par la foudre, tu vois ?

— Très bien.

— Tout à coup, un truc est apparu au beau milieu de la route.

— Un renard ?

— En fait, c'était roux sous la lumière des phares, mais je n'avais jamais vu un renard de ce genre. Et je connais cette route depuis que je suis en âge de conduire.

— Un loup, alors ?

— Comme un loup-garou, tu veux dire ? Non… j'ai déjà vu des loups au clair de lune et ils sont plus gros que ça. C'était pile entre les deux.

— Autrement dit, suggéra Elena en plissant ses yeux lapis-lazuli, une créature faite sur mesure.

— Peut-être. En tout cas, ça n'avait rien à voir avec le malach qui m'a gobé le bras.

Elena hocha la tête. D'après ce qu'elle avait compris, les malachs pouvaient prendre toutes sortes d'apparences. Leur seul trait commun visible était le fait qu'ils avaient recours à des pouvoirs et qu'ils s'en nourrissaient pour vivre. Sans compter qu'ils étaient tous manipulés par un pouvoir supérieur.

Et ils étaient les ennemis jurés de l'homme.

— En fin de compte, notre seule certitude, c'est qu'on ne sait rien.

— Exact. Tiens, c'est là qu'on l'a vu. Il est sorti de nulle part, au milieu de... *hé !*

— À droite ! *Là !*

— C'était *exactement* ça !

La Jaguar freina dans un crissement de pneus et vira à droite, sur un chemin perpendiculaire que personne ne pouvait remarquer à moins de le voir de face.

Lorsque la voiture s'immobilisa, ils fixèrent, haletants, le sentier qui s'étirait devant eux. Ils n'eurent pas besoin de se concerter pour savoir s'ils avaient bien vu un animal roussâtre, plus gros qu'un renard mais plus petit qu'un loup, traverser la route à toute vitesse.

Ils détournèrent les yeux en même temps.

— Et maintenant, la question à mille balles : qu'est-ce qu'on fait ? ironisa Matt.

— Aucun panneau d'accès interdit... et presque aucune maison dans cette partie de la forêt, à part celle des Dunstan de l'autre côté de la route.

— Alors on y va ?

— On y va, mais doucement. Il va bientôt faire nuit.

***

Évidemment, Meredith fut la première à recouvrer son sang-froid.

— OK, Bonnie : arrête, maintenant ! Ça ne sert à rien de hurler !

Arrêter, Bonnie s'en sentait incapable. Mais les yeux noirs de Meredith avaient cet air particulier qui signifiait qu'elle ne plaisantait pas ; le même air que celui qu'elle avait eu avant d'assommer Caroline chez Stefan.

Dans un effort suprême, Bonnie trouva la force de réprimer un autre cri. Elle regarda Meredith en silence, sentant tout son corps trembler.

— C'est bien, Bonnie, dit Meredith d'une voix étranglée. Bon, ça ne sert à rien de tirer non plus, donc je vais essayer de détacher les doigts de Caroline un à un. Si jamais il m'arrive quelque chose, si je me fais entraîner sous le lit par exemple, tu *cours*, compris ? Et si jamais tu ne peux pas courir, tu appelles Elena et Matt jusqu'à ce que tu aies une réponse.

Bonnie réussit, pour ainsi dire, un exploit. Elle refusa d'imaginer la scène : son amie entraînée sous le lit, se débattant avant de disparaître, et sa réaction à elle en se retrouvant seule. Pour pouvoir porter Mme Forbes, elles avaient laissé leur sac à main avec leurs téléphones portables dans l'entrée, donc Meredith ne parlait pas de les « appeler » dans le sens normal du terme.

Puis elle vit Meredith se voûter, une silhouette recroquevillée dans la lumière tamisée et, au même instant, elle sentit la poigne autour de sa propre cheville se resserrer. Bien malgré elle, Bonnie baissa les yeux et aperçut les doigts bronzés de Caroline et ses longs ongles bronze se profiler sur la moquette blanc crème.

La panique la reprit, cette fois de manière irrépressible. Elle laissa échapper un son étranglé et, à sa grande stupeur, entra spontanément en transe pour appeler à l'aide.

Plus que ce brusque changement d'état, ce sont surtout les mots qu'elle prononça qui la surprirent :

Damon ! À l'aide ! On est prises au piège chez Caroline ! Elle est devenue dingue !

Ils jaillirent de sa bouche comme si un puits souterrain subitement percé libérait un geyser.

Damon, elle me tient par la cheville et elle ne veut pas me lâcher ! Si jamais elle entraîne Meredith sous le lit, je ne sais pas ce que je vais faire ! Aide-moi !

Comme elle était dans une transe profonde, elle n'entendit que vaguement Meredith.

— Aaah ! C'est pas ses doigts, c'est une plante rampante ! On dirait les tentacules dont Matt parlait.

Tout à coup, un bruissement se fit entendre sous le lit. Et pas qu'à un seul endroit : une énorme secousse fit rebondir le matelas, avec la pauvre petite Mme Forbes dessus.

Il devait y avoir des dizaines d'insectes, là-dessous.

Damon... c'est ces bestioles ! Il y en a plein ! Oh, je crois que je vais m'évanouir. Et si je m'évanouis et que Caroline m'entraîne sous le lit... Je t'en prie, viens nous aider !

— Merde ! pesta Meredith. Je ne sais même pas comment Matt a réussi à se débarrasser de ce truc !

C'est fini, conclut Bonnie en silence, se sentant elle-même happée au niveau des genoux. *On va mourir.*

— Sans aucun doute : c'est le problème avec les humains ! Mais ton heure n'a pas encore sonné, dit une voix derrière elle.

Un bras fort l'enveloppa, soulevant facilement son poids.

— Caroline, la fête est terminée. Je ne plaisante pas : lâche-la maintenant !

— Damon ? bredouilla Bonnie, le souffle coupé. Damon, tu es venu !

— Tes gémissements me tapaient sur le système. Ne va pas croire que...

Mais Bonnie ne l'écoutait pas ; elle ne pensait même plus. Elle n'était pas tout à fait sortie de sa transe, ni responsable (décision qu'elle prit plus tard) de ses actes. Elle n'était pas *elle-même*. C'est une autre qui s'extasia lorsque la poigne autour de sa cheville se desserra, et une autre encore qui tournoya dans les bras de Damon et se jeta à son cou en l'embrassant sur la bouche.

Ce fut aussi un autre que Damon qui sentit le vampire tressaillir en serrant la jeune fille dans ses bras et qui n'essaya pas de repousser son baiser. Quand enfin elle s'écarta, cette autre remarqua que la peau de Damon, pâle dans la pénombre, semblait avoir rougi.

Meredith se redressa lentement, péniblement, de l'autre côté du lit qui continuait à cahoter. Sans avoir rien vu du baiser, elle regarda Damon, stupéfaite qu'il soit réellement là.

Elle n'était pas en position de force, et Bonnie savait qu'elle en avait conscience.

Meredith prit une grande inspiration.

— Merci, Damon, dit-elle calmement. Est-ce que par hasard… ça t'ennuierait beaucoup de me débarrasser aussi de ce malach ?

Damon était redevenu lui-même. Il lança un sourire éclatant à quelque chose que lui seul voyait.

— Vous autres, là-dessous… au pied ! lâcha-t-il d'un ton brusque.

Le lit cessa instantanément de bouger.

Meredith recula et, l'espace d'un instant, ferma les yeux avec soulagement.

— Merci encore, dit-elle d'un ton sincère. Maintenant, est-ce que tu penses que tu pourrais faire quelque chose pour Caro…

— Pour l'heure, la coupa Damon encore plus sèchement que d'habitude, je dois me dépêcher.

Il jeta un œil à sa Rolex.

— Il est 4 h 44 passées et je suis déjà en retard à un rendez-vous. Viens me relayer pour soutenir ta copine. Elle n'est pas encore prête à tenir debout toute seule.

Meredith s'empressa de prendre sa place.

— Attends, ajouta Bonnie. Elena a besoin de te parler, c'est *très* important…

Mais Damon, qui semblait devenu le roi de l'éclipse, était parti sans même attendre leurs remerciements. Meredith parut ahurie ; elle était persuadée que le fait de prononcer le nom d'Elena le retiendrait. Bonnie, elle, avait tout autre chose en tête.

— Meredith, chuchota-t-elle en effleurant ses lèvres d'un air surpris. Je l'ai embrassé !

— Quoi ? Quand ?

— Avant que tu te redresses. Je peux pas t'expliquer pourquoi… mais je l'ai fait !

Elle s'attendait à une réaction plus ou moins explosive de la part de son amie. Au lieu de cela, Meredith la regarda d'un air songeur.

— Eh bien, ce n'était peut-être pas une mauvaise idée. Par contre, je ne comprends pas comment il est arrivé ici.

— En fait… c'est parce que je l'ai appelé. Ça non plus, je ne peux pas l'expliquer…

— Bon, on en reparlera plus tard. Inutile de rester plus longtemps ici.

Meredith se tourna vers le lit.

— Caroline, tu comptes sortir de là et avoir une conversation normale ou… ?

Un sifflement menaçant et reptilien lui répondit, accompagné de bruits de coups de fouet et d'un autre que Bonnie n'avait jamais entendu mais qui la terrifia d'instinct : on aurait dit le claquement d'une pince géante.

— Cette réponse me suffit, dit Bonnie en attrapant la main de Meredith pour l'entraîner hors de la chambre.

Meredith ne se fit pas prier. Mais, pour la première fois de la journée, elles entendirent la voix sarcastique de Caroline, puérile et haut perchée :

« *Bonnie et Damon, assis dans un arbre,*
En train de S'E-M-B-R-A-S-S-E-R.
C'est d'abord le grand amour, puis arrive le mariage ;
Et voilà un vampire dans un landau. »

Pris de secousses, le lit se souleva violemment. Bonnie tourna les talons et courut à toute vitesse, sachant Meredith juste derrière elle, sans toutefois réussir à distancer la voix railleuse.

— Vous n'êtes pas mes amies ! Vous êtes celles de la garce ! Attendez un peu, vous allez le regretter !

Bonnie et Meredith attrapèrent leurs sacs et quittèrent la maison.

— Quelle heure il est ? demanda Bonnie lorsqu'elles furent en sécurité dans la voiture de Meredith.

— Presque cinq heures. D'ailleurs, j'ai reçu un texto d'Elena.

— Au sujet de Tami ?

— Je vais te le dire, mais d'abord...

Ce fut une des rares fois où Bonnie vit Meredith un peu gênée.

— C'était comment ?

— Comment quoi ?

— D'embrasser Damon, andouille !

20.

— Ah, *ça*...

Bonnie se laissa glisser au fond du siège.

— C'était *bang ! ziiit ! paf !* Comme un feu d'artifice.

— Tu as un petit sourire content.

— Pas du tout, protesta dignement Bonnie. C'est juste un souvenir agréable. En plus...

— En plus, si tu ne l'avais pas appelé, on serait encore coincées dans cette chambre des horreurs. Merci, Bonnie. Tu nous as sauvé la vie.

Brusquement, Meredith avait repris son sérieux.

— Je suppose qu'Elena avait raison quand elle disait qu'il ne détestait pas tous les humains, ajouta lentement Bonnie. Mais, tu sais, je viens de réaliser que je n'ai pas du tout perçu son aura. Il était entouré de noir : un noir dur et lisse, comme une carapace.

— C'est peut-être sa manière de se protéger. Il se forge une carapace pour que personne ne voie qui il est vraiment.

— Peut-être, acquiesça Bonnie avec une pointe d'inquiétude dans la voix. Et ce message d'Elena, au fait ?

— Il dit que Tami Bryce se comporte effectivement de manière étrange et qu'elle et Matt vont faire un tour dans la forêt.

— Ils ont peut-être rendez-vous... avec Damon. À 4 h 44, comme il a dit. Dommage qu'on ne puisse pas les appeler.

— Comme tu dis, soupira Meredith d'un air sombre.

Tout le monde à Fell's Church savait qu'il n'y avait aucun réseau dans la forêt ou aux environs du cimetière.

— Mais vas-y, essaie quand même.

Bonnie s'exécuta et, comme d'habitude, entendit la tonalité « occupé » à l'autre bout du fil. Elle secoua la tête.

— Rien à faire. Ils doivent déjà être dans la forêt.

— Bon, elle voulait qu'on passe voir Isobel Saitô... Tu sais, la copine de Jim Bryce.

Meredith prit un virage.

— D'ailleurs, j'y pense : est-ce que tu as pu voir l'aura de Caroline ? Est-ce que tu penses qu'elle a une de ces bestioles dans le corps ?

— Ça oui ! J'ai regardé son aura et, beurk, je n'ai aucune envie de la revoir ! Avant, elle était couleur vert bronze, mais maintenant c'est un marron terne, avec des éclairs noirs en zigzag. Je ne sais pas si ça prouve qu'elle a une de ces créatures en elle, mais ça n'avait pas l'air de la gêner !

Bonnie frissonna à cette idée.

— OK, dit Meredith d'une voix calme. Je te dirais bien ce que j'en pense mais... si c'est pour que ça te rende malade, je ne préfère pas.

— T'inquiète, ça va, répondit Bonnie avec une boule dans la gorge. Mais on va vraiment passer chez Isobel Saitô ?

— Absolument. D'ailleurs, on est presque arrivées. On va juste se refaire une tête présentable, inspirer un bon coup et en finir. Tu la connais bien, cette fille ?

— Je sais qu'elle est intelligente. On n'avait aucun cours ensemble, mais on sortait toujours du gymnase en même temps : elle avait des palpitations et moi je faisais ces crises d'asthme terribles...

— Elle est comment ? demanda Meredith.

— Plutôt pas mal. Un peu comme toi, en fait, mais version asiatique. Elle est aussi plus petite, de la taille d'Elena, en plus maigre. Plutôt jolie. Un peu timide, du genre réservé, assez difficile à connaître. Et... sympa.

— Timide, réservée, sympa : ça me va.

— À moi aussi, dit Bonnie en serrant ses mains moites entre ses genoux.

Ce qui lui irait encore plus, ce serait qu'Isobel ne soit pas chez elle.

Cependant, plusieurs voitures étaient garées devant la maison des Saitô. Bonnie et Meredith frappèrent à la porte d'entrée avec hésitation, gardant à l'esprit ce qui leur était arrivé la dernière fois qu'elles avaient fait ce geste.

C'est Jim Bryce qui vint leur ouvrir, un garçon grand et maigre, un peu voûté, qui n'avait pas l'air d'avoir fini sa croissance. Bonnie fut surprise par son changement d'expression quand il reconnut Meredith.

En ouvrant la porte, il avait une vilaine tête ; une peau blanche sous son hâle habituel et le corps en quelque sorte fripé. Lorsqu'il vit Meredith, ses joues reprirent un peu de couleur et il donna l'impression de... se défroisser comme un morceau de papier. Il se redressa.

Meredith ne dit pas un mot. Elle avança et le prit dans ses bras. Il se cramponna à elle comme s'il avait peur qu'elle ne se sauve et enfouit son visage dans ses cheveux bruns.

— Meredith !

— Du calme, Jim. Respire.

— Si tu savais ! Mes parents sont partis parce que mon arrière-grand-père est très malade, je crois qu'il va mourir. Et ensuite, Tami...

— Raconte-moi, prends ton temps. Et, surtout, respire.

— Elle balançait des couteaux, Meredith. Des couteaux de boucher ! Elle m'a eu à la jambe, là !

Jim tira doucement sur son jean pour lui montrer la petite fente dans le tissu, en bas de sa cuisse.

— Tu as fait un vaccin contre le tétanos récemment ?

Meredith se montrait on ne peut plus efficace.

— Non, mais l'entaille n'est pas très grosse.

— C'est justement le genre de blessure le plus dangereux. Il faut que tu appelles tout de suite le Dr Alpert.

Le Dr Alpert était une institution à Fell's Church : c'était une vieille femme qui faisait même des visites à domicile, dans un patelin où trimballer une sacoche noire et un stéthoscope était carrément inédit.

— J'peux pas. J'peux pas laisser...

Jim rejeta brusquement la tête en arrière, comme s'il ne trouvait pas la force de prononcer un nom.

Bonnie tira Meredith par la manche.

— Ça craint ! chuchota-t-elle.

Son amie se retourna vers Jim.

— Tu veux parler d'Isobel ? Où sont ses parents ?

— Isa-chan, enfin, Isobel – Isa-chan, c'est le petit nom que je lui donne...

— Pas de problème, le rassura Meredith. Vas-y, continue.

— Eh bien, Isa-chan n'a que sa grand-mère, et grand-mère Saitô ne sort pas très souvent de sa chambre. Je lui ai préparé son repas un jour, et elle croyait que j'étais... le père d'Isobel. Elle est un peu... désorientée.

Meredith jeta un œil à Bonnie.

— Et Isobel ?

Jim ferma les yeux, l'air profondément malheureux.

— Vous voudriez bien entrer pour... lui parler ?

Le mauvais pressentiment de Bonnie se précisa. Elle serait incapable de supporter une frayeur du genre de celle qu'elle avait connue chez Caroline ; et, même si Damon n'avait pas eu ce rendez-vous urgent, elle savait qu'elle n'aurait plus la force de l'appeler à l'aide en cas de besoin.

Meredith savait déjà tout ça, et elle lui portait un regard insistant. Un regard qui promettait aussi qu'elle protégerait Bonnie quoi qu'il arrive.

— Est-ce qu'Isobel est *dangereuse* ? demanda Bonnie tandis qu'ils traversaient la cuisine en direction d'une chambre au bout du couloir.

Elle entendit à peine la réponse que Jim chuchota :

— Oui.

Bonnie étouffa un grognement.

— Pour elle-même, ajouta-t-il aussitôt.

La chambre d'Isobel était exactement celle qu'on attendait d'une fille réservée et studieuse. Du moins, en partie. L'autre partie semblait avoir été dévastée par un raz de marée qui aurait emporté toutes ses affaires avant de les rejeter n'importe comment dans un coin de la pièce. Isobel était assise au milieu de cette pagaille, comme une araignée sur une toile.

Mais ce n'est pas à cause de ça que Bonnie sentit ses tripes se nouer. C'est à cause de ce qu'Isobel était en train de faire. Elle avait étalé près d'elle un attirail qui ressemblait beaucoup à celui qu'utilisait Mme Flowers pour nettoyer des blessures, sauf qu'elle ne soignait rien du tout.

Elle se faisait des piercings.

Sa lèvre, son nez, un de ses sourcils et ses oreilles y étaient déjà passés plusieurs fois, visiblement. Le sang ruisselait de tous ces endroits, dégoulinant sur les draps défaits de son lit. Bonnie fixait la scène d'un air interdit et Isobel leva la tête en fronçant les sourcils.

Des éclats orange bariolés de noir coloraient son aura.

Bonnie sut tout de suite qu'elle allait être malade – au sens propre. Cette certitude la poussa à se ruer sur une corbeille à papiers. À son grand soulagement, Bonnie constata qu'elle était doublée d'un sac plastique blanc, puis elle fut très occupée pendant quelques minutes.

Tandis qu'elle se disait qu'elle avait bien fait de ne pas déjeuner ce midi, elle distingua une voix :

— Bon sang, mais tu es *dingue* ? Isobel, qu'est-ce qui t'a pris ? Tu ne sais pas qu'on peut attraper plein d'infections… toucher des veines, paralyser des nerfs ? Et ça ne devrait pas saigner autant, à moins que tu n'aies touché une veine ou une artère !

La gorge sèche, Bonnie eut un haut-le-cœur et se pencha vers la corbeille.

Au même instant, elle entendit un bruit sourd de chair molestée.

Elle releva la tête, s'attendant plus ou moins à ce qu'elle allait voir. Cela lui fit quand même un choc. Meredith était pliée en deux, comme si elle avait reçu un coup de poing dans le ventre.

En moins de temps qu'il n'en faut pour le dire, Bonnie l'avait rejointe.

— C'est pas vrai ! Elle t'a donné un coup de couteau ?

« Une blessure à l'arme blanche… assez profonde, dans l'abdomen », songea Bonnie, voyant que Meredith n'arrivait pas à reprendre son souffle. Les conseils de sa sœur Mary, l'infirmière, traversèrent par bribes son esprit.

Elle tapa fermement dans le dos de Meredith, qui aspira brusquement une énorme bouffée d'air.

— Merci, dit-elle faiblement.

Bonnie l'arracha aux ricanements d'Isobel.

En atteignant la porte, elle faillit percuter Jim, qui tenait un gant de toilette mouillé dans la main ; Bonnie supposa que c'était pour elle, ou pour Isobel peut-être. Mais la seule chose qui intéressait Bonnie, c'était que Meredith retire son haut pour qu'elle puisse s'assurer qu'elle n'avait aucune entaille.

— Je… je lui ai pris des mains avant qu'elle me frappe, souffla Meredith avec difficulté pendant que Bonnie examinait anxieusement la zone au-dessus de son jean taille basse. Je vais juste avoir un bleu, c'est tout.

— Elle t'a frappée ? demanda Jim d'un air consterné.

« Mon pauvre garçon, pensa Bonnie, satisfaite de constater que Meredith n'avait rien. Entre Caroline, ta sœur et ta petite amie, tu n'as pas la moindre idée de ce qui se passe ! Comment le pourrais-tu ? Et, si on te racontait, tu nous prendrais nous aussi pour des folles. »

— Jimmy, il *faut* que tu appelles le Dr Alpert. Isobel s'est déjà sacrément esquintée, et tous ses piercings risquent de s'infecter. Quand est-ce qu'elle s'est mise à faire ça ?

— Eh bien… elle a commencé à avoir un comportement bizarre après la visite de Caroline.

— Caroline ! s'écria Bonnie avec un frisson. Est-ce qu'elle rampait à quatre pattes ?

Jim la regarda d'un drôle d'air.

— Quoi ?

— Ne fais pas attention, elle plaisante, intervint Meredith. Jimmy, tu n'es pas obligé de nous parler de Caroline si tu n'en as pas envie. On... on sait qu'elle était chez toi.

— Alors tout le monde est au courant ?

— Non. Seulement Matt, et il nous l'a dit uniquement pour que quelqu'un aille s'occuper de ta sœur.

Jim parut à la fois coupable et peiné. Puis il lâcha un flot de paroles, giclant comme les bulles d'une bouteille de champagne dont le bouchon vient de sauter.

— Je comprends rien ! s'écria Jim. Tout ce que je peux vous raconter, c'est ce qui s'est passé. C'était il y a deux jours, un soir très tard. Caroline est venue et... elle ne m'a jamais vraiment attiré, vous savez ! Elle est mignonne, c'est sûr, et mes parents étaient en voyage, mais je n'ai jamais été le genre de mec à...

— Laisse tomber. Parle-nous plutôt de Caroline et d'Isobel.

— Eh bien, Caroline est arrivée dans une tenue... le haut était quasiment transparent. Et puis elle m'a demandé si je voulais danser, on a commencé un slow et elle... elle m'a aguiché. C'est la vérité ! Le lendemain matin, elle est partie pile quand Matt arrivait. C'était avant-hier. Ensuite, je me suis rendu compte que Tami faisait... n'importe quoi. Je ne pouvais rien faire pour l'arrêter. Après j'ai reçu un coup de fil d'Isa-chan et... je ne l'avais jamais entendue aussi hystérique. Caroline a dû aller directement de chez moi à chez elle. Isa-chan disait qu'elle allait se tuer. Alors j'ai débarqué ici en quatrième vitesse. De toute façon, il fallait que je m'éloigne de Tami parce que ma présence là-bas, à la maison, semblait aggraver la situation.

Bonnie regarda Meredith et comprit qu'elles pensaient

toutes les deux la même chose : à un moment, dans tout ça, Caroline et Tami avaient fait des avances à Matt.

— Caroline a dû tout lui raconter, continua Jim d'une voix étranglée. Isa-chan et moi, on n'a jamais... Enfin, on attendait le bon moment, vous comprenez ? Mais Isa-chan n'arrêtait pas de me dire que j'allais le regretter : « Attends voir, tu vas le regretter ! » Comme ça pendant des heures. Et bon sang, qu'est-ce que je regrette !

— Bon, maintenant arrête avec tes regrets et appelle le médecin. Tout de suite, Jimmy.

Meredith lui donna une petite tape dans le dos.

— Ensuite, préviens tes parents. Et ne me fais pas tes yeux de cocker, tu as passé l'âge.

— Mais...

— « Mais » rien du tout ! Je suis très sérieuse, Jimmy.

Puis, exactement comme Bonnie le craignait, elle retourna voir Isobel. L'adolescente gardait la tête baissée et se pinçait le nombril d'une main. De l'autre, elle tenait un long clou brillant.

— Alors, toi aussi tu es dans le coup ! lança-t-elle à Meredith sans lui laisser le temps de parler. Je t'ai entendue l'appeler « Jimmy » : vous essayez toutes de me le prendre ! Vous essayez toutes de me faire du mal, bande de garces ! *Yurusenai ! Zettai yurusenai !*

— Isobel ! Arrête ! Tu ne vois pas que tu te fais du mal ?

— Justement : c'est pour oublier la douleur ! Mais c'est *vous* qui me faites du mal. *Vous* qui me piquez avec vos épingles !

Bonnie sentit son cœur faire un bond, et pas seulement parce qu'Isobel enfonçait le clou dans son nombril d'un geste brutal. Ses joues s'enflammèrent et son cœur, qui battait déjà la chamade, se mit à tambouriner encore plus fort.

Sans quitter Meredith des yeux, elle sortit son portable.

Elle activa la fonction Internet du téléphone et tapa rapidement certains des mots prononcés par Isobel dans un moteur de recherche.

— Tu essaies d'appeler Matt et Elena ? demanda Meredith.

Elle scrutait le portable.

Bonnie secoua la tête et tourna l'écran pour qu'elle puisse lire les mots qu'elle avait cherchés. Meredith releva les yeux vers Bonnie d'un air plus sombre que jamais, un air horrifié.

Sorcières de Salem.

21.

— C'est horrible mais logique, conclut Meredith.

Assises dans le salon chez Isobel, elles attendaient le Dr Alpert. Meredith était installée à un magnifique bureau en bois d'ébène orné de dorures, face à un ordinateur allumé.

— Les filles de Salem accusaient leurs concitoyens, des sorcières évidemment, de leur faire du mal. Elles disaient qu'elles les pinçaient et les « piquaient avec des épingles ».

— Comme ce qu'Isobel nous a reproché, acquiesça Bonnie en hochant la tête.

— Elles avaient des crises et leur corps se convulsait.

— Comme la crise de Caroline dans la chambre de Stefan. Et, question contorsions, elle rampait comme un lézard...

Elle se mit à quatre pattes et essaya de faire dépasser ses coudes et ses genoux comme Caroline l'avait fait. Impossible : elle n'y arrivait pas.

— Tu vois ?

— Qu'est-ce que vous faites ?!

En voyant Bonnie, Jim, qui se trouvait à la porte de la cuisine, faillit lâcher le plateau-repas qu'il tenait dans les mains. Une odeur âcre de soupe miso se distilla dans l'air, et Bonnie se demanda si ça pourrait lui donner envie ou si elle avait été trop malade pour retrouver un jour l'appétit.

— C'est rien, le rassura-t-elle en se relevant. J'essayais juste un truc.

Meredith se leva à son tour.

— C'est pour Isobel ?

— Non, pour sa grand-mère. J'ai tenté de faire manger Isa-chan, mais elle a jeté le plateau contre le mur. Elle dit qu'elle ne peut rien avaler, que quelqu'un l'étouffe.

Meredith lança un regard entendu à Bonnie, puis se retourna vers Jim.

— Je peux le monter pour toi, si tu veux. Tu en as assez vu aujourd'hui. Tu restes avec Bonnie.

— Sûrement pas ! s'empressa de protester Bonnie. Je viens avec toi.

Elle n'allait pas lâcher Meredith d'une semelle.

À l'étage, Meredith alluma prudemment la lumière du couloir avec le coude. Puis elles trouvèrent la chambre de la vieille dame ; elle était semblable à une poupée, allongée au milieu de la pièce, au centre d'un futon. Elle se redressa et sourit en voyant les filles entrer. Le sourire transforma presque le visage ridé en une frimousse d'enfant.

La petite bonne femme termina sa soupe et la fixa intensément.

— Cette maison est possédée. *Kore niwa kitsune ga karande isô da ne*, annonça-t-elle.

— Pardon, madame Saitô ? Qu'avez-vous dit ? demanda Meredith.

— J'ai dit qu'un *kitsune* était impliqué dans tout ça.

— Un kitsou-quoi ?

— Un renard, petite innocente ! s'exclama la vieille dame. Vous ne savez donc pas qu'ils peuvent prendre n'importe quelle apparence ? Même celle d'un humain. Tiens, l'un d'eux pourrait se faire passer pour vous que votre meilleure amie n'y verrait que du feu !

— Alors, ce serait une sorte de renard... maléfique ? s'étonna Meredith.

La grand-mère s'était mise à se balancer d'avant en arrière, les yeux rivés sur le mur derrière Bonnie.

— À l'époque, on avait un jeu qui consistait à faire une ronde, continua-t-elle. On formait un cercle et l'un de nous se mettait au milieu, les yeux bandés. Ensuite, on chantait une chanson, « *Ushiro ni iru no daare ?* », « Qui est là, derrière toi ? ». Je l'ai apprise à mes enfants, mais j'ai inventé une petite variante pour l'accompagner.

Elle se mit à chanter, d'une voix tantôt chevrotante, tantôt enfantine, fixant Bonnie tout du long :

« Renard et tortue
Faisaient la course.

Qui est là, loin derrière toi ?

Celui qui arriverait
En seconde position,

Qui est là, pas loin de toi ?

Ferait le festin
Du vainqueur.

Qui est là, tout près de toi ?

Une délicieuse soupe de tortue
Pour le dîner !

Qui est là, juste derrière toi ? »

Bonnie sentit un souffle chaud sur sa nuque. Haletante, elle fit volte-face... et poussa un hurlement interminable.

Derrière elle, Isobel ruisselait de sang sur les tapis qui recouvraient le sol. Elle avait réussi à échapper à la surveillance de Jim et à se faufiler à l'étage, dans la chambre mal éclairée, sans que personne l'entende. Et maintenant elle se tenait là, telle une déesse dépravée du piercing, une incarnation hideuse du cauchemar de tous les pierceurs. Elle ne portait qu'un bas de bikini très échancré ; autrement elle était nue, mis à part le sang et les divers anneaux, clous et épingles qu'elle s'était insérés dans la peau. Elle avait percé toutes les zones de son corps qui, à la connaissance de Bonnie, *pouvaient* se percer, plus quelques-unes que Bonnie n'aurait même pas imaginées en rêve. Chaque trou était de travers et en sang.

Son souffle, chaud et fétide, exhalait une odeur d'œufs pourris.

Isobel tira sa langue rose. Elle n'était pas percée, mais pire. Isobel l'avait coupée en deux avec un de ses outils, de sorte que le long muscle était fourchu comme la langue d'un serpent.

La fourche rose lécha le front de Bonnie.

Alors, Bonnie s'évanouit.

***

Matt roulait lentement le long du chemin presque invisible. Il remarqua qu'aucun panneau n'indiquait son nom. Ils montèrent une colline et redescendirent dans une petite clairière.

— N'approche pas des cercles magiques, dit doucement Elena. Ni des vieux chênes...

— Mais de quoi tu parles ?

— Arrête la voiture.

Quand le moteur fut coupé, Elena s'avança au centre de la clairière.

— Tu ne trouves pas que cet endroit a quelque chose de magique ?

— J'en sais rien. Où est passé le truc roux ?

— Quelque part par là. En tout cas, je l'ai bien vu.

— Moi aussi ! Et c'était plus gros qu'un renard !

— Oui, mais pas autant qu'un loup.

Matt poussa un soupir de soulagement.

— Bonnie ne voulait pas me croire. Tu as vu toi aussi comme il était rapide... ?

— Trop rapide pour être réel.

— Tu veux dire qu'on a tout inventé ? dit Matt d'un ton presque féroce.

— Non, mais la chose qu'on a vue était *surnaturelle*. Comme les insectes qui t'ont attaqué. Ou les arbres, d'ailleurs. Une créature qui n'obéit pas aux lois de ce monde.

Malgré toutes leurs recherches, ils ne purent retrouver l'animal. Les buissons et les arbustes qui se dressaient entre les arbres formaient un cercle étroit, et il n'y avait pas la moindre trace d'un terrier, d'une cachette ou d'une brèche dans l'épais fourré.

Le soleil glissait vers l'horizon. La clairière était magnifique, mais elle n'avait aucun intérêt pour leur mission.

Matt se retournait pour le dire à Elena quand il la vit se redresser brusquement, paniquée.

— Quoi... ?

Il suivit son regard et se figea.

Une Ferrari jaune barrait le chemin pour remonter jusqu'à la route principale.

Des branches craquèrent derrière Matt, qui fit volte-face.

— Damon !

— Tu t'attendais à qui ?

Les yeux de Damon étaient complètement cachés par l'épaisse monture de ses Ray-Ban.

— On n'attendait personne, figure-toi, rétorqua Matt d'un ton agressif. On vient d'arriver.

La dernière fois qu'il avait vu Damon, quand ce dernier avait été chassé de la chambre de Stefan comme un chien galeux, il avait eu envie de lui mettre son poing dans la figure. Elena le savait, et elle sentit que cette envie ne lui était pas passée.

Mais Damon n'était plus le même que quand il avait quitté cette chambre : Elena voyait la haine monter en lui par vagues.

— Ah, je vois ! C'est ton petit coin *privé*... pour être tranquille avec les filles, interpréta Damon avec un simulacre de complicité dans la voix qui déplut fortement à Elena.

— Pas du tout ! rétorqua Matt.

Elena comprit qu'elle allait devoir le maîtriser et prendre les choses en main. Il était dangereux de contrarier Damon.

— Elena est faite pour Stefan !

— Enfin... on est faits l'un pour l'autre, plutôt, rectifia-t-elle pour gagner du temps.

— Bien entendu, acquiesça Damon. Deux corps, deux cœurs, deux âmes qui ne font qu'un !

L'espace d'un instant, elle eut l'impression de distinguer une lueur meurtrière à travers les Ray-Ban.

Cependant, le ton de Damon changea instantanément.

— Mais alors, qu'est-ce que vous faites ici ?

Suivant du regard les gestes de Matt, sa tête pivota comme celle d'un prédateur traquant sa proie. Son attitude avait quelque chose de plus troublant que d'habitude.

— On a vu un truc roux, expliqua Matt avant qu'Elena n'ait le temps de l'en empêcher. Ça ressemblait à ce que j'ai vu juste avant mon accident.

Elena sentit des picotements lui parcourir les bras. Bizarrement, elle aurait préféré que Matt se taise. Cette clairière sombre et silencieuse, au milieu du bois verdoyant, lui faisait tout d'un coup très peur.

Déployant ses nouveaux sens jusqu'à ce qu'elle les sente se distendre comme un voile de tulle, elle perçut aussi le mal hermétique qui régnait dans cet endroit. Au même instant, elle entendit au loin les oiseaux cesser leurs piaillements.

Elle se tourna instantanément vers Damon, juste au moment où il tournait la tête vers elle. Ses lunettes de soleil empêchaient Elena de lire dans ses pensées, et le reste de son visage était de marbre.

« Stefan », pensa-t-elle avec tendresse.

Comment est-ce qu'il avait pu la laisser seule face à *tout ça* ? Sans la prévenir, sans laisser d'indices sur sa destination, aucun moyen de pouvoir le recontacter un jour... Dans son désir désespéré de ne pas l'entraîner dans une vie qu'il haïssait, il estimait peut-être que c'était plus judicieux. Mais la laisser avec Damon, d'humeur massacrante, alors qu'elle avait perdu tous ses anciens pouvoirs...

« C'est ta faute, se dit-elle, coupant court à son apitoiement. C'est toi qui rabâchais avec la fraternité. Toi qui l'as convaincu que Damon était digne de confiance. Maintenant, débrouille-toi avec les conséquences ! »

— Damon, je te cherchais, dit-elle avec courage. Je voulais te parler... à propos de Stefan. Tu sais sûrement qu'il m'a quittée ?

— Oui, « pour ton bien », comme on dit. Il m'a demandé d'être ton garde du corps.

— Alors tu l'as vu avant-hier soir ?

— Bien sûr.

« Et *bien sûr* tu n'as pas cherché à le retenir. Les choses n'auraient pas pu mieux tourner pour toi, hein ? » songea Elena. Jamais autant que maintenant elle n'avait regretté les facultés qu'elle avait eues en tant qu'esprit ; pas même quand elle avait compris que Stefan était vraiment parti et qu'elle était bien trop humaine pour pouvoir le contacter par la pensée.

— Écoute, que ce soit pour mon bien ou pour n'importe quelle autre raison, je ne vais pas le laisser partir comme ça, répondit-elle, impassible. Je vais le retrouver... Mais, pour ça, il faut que je sache où il est parti.

— C'est une question ?

— Oui, Damon. S'il te plaît, il faut que je le retrouve. J'ai besoin de lui...

Sa gorge commença à se serrer et elle dut se faire violence pour rester calme.

Elle réalisa alors que Matt chuchotait tout bas dans son dos.

— Arrête, Elena. Je crois que ça l'énerve encore plus. Regarde le ciel.

Elena avait la même impression. Les arbres tout autour semblaient se pencher vers eux, plus sombres plus menaçants. Dans le ciel, des nuages gris s'amoncelaient, s'entassaient les uns sur les autres juste au-dessus d'eux, des cirrus écrasés par des cumulus, générant des cumulonimbus…

Au ras du sol, des mini-tornades commencèrent à se former, emportant des brassées d'aiguilles de pin et de feuilles vertes fraîchement écloses sur de jeunes arbres. Elena n'avait jamais rien vu de tel. Une odeur sucrée mais voluptueuse envahit alors la clairière ; un parfum qui sentait à la fois les huiles exotiques et les longues nuits d'hiver.

Tandis que les tourbillons continuaient de s'élever, et l'odeur résineuse et aromatique de l'envelopper au point d'imprégner ses vêtements et sa chair, elle comprit, en regardant Damon, qu'elle s'était surestimée.

Elle ne pouvait pas protéger Matt.

« Dans le mot qu'il a laissé, Stefan me disait de faire confiance à Damon, et il le connaît mieux que moi, songea-t-elle, désespérée. Sauf qu'on connaît tous les deux le but de Damon, au fond. Ce qu'il veut, depuis toujours, c'est moi, mon sang… »

— Damon, commença-t-elle d'une voix douce avant qu'il ne l'interrompe.

Sans même la regarder, il leva la main, paume ouverte, devant elle.

Attends.

— Je dois d'abord faire quelque chose, murmura-t-il.

Avec la grâce d'une panthère, il se baissa pour ramasser une branche cassée qui ressemblait à celle d'un quelconque pin de Virginie. Il l'agita un peu d'un geste interrogateur, la soupesant dans sa main comme pour en évaluer le poids et l'équilibre. Ça ressemblait plus à un éventail qu'à une branche.

Elena avait tourné la tête vers Matt pour essayer de lui dire d'un regard tout ce qu'elle ressentait, à commencer par le fait qu'elle était désolée : désolée de l'avoir entraîné dans tout ça ; désolée de ne jamais s'être occupée de lui ; et désolée qu'il soit resté prisonnier malgré lui d'un groupe d'amis inextricablement liés au surnaturel.

« Être capable de prédire les événements sans avoir le moindre pouvoir pour intercéder... Maintenant, je sais à peu près ce que Bonnie éprouvait l'année dernière », pensa-t-elle.

Redressant brusquement la tête, Matt s'approcha des arbres à pas furtifs.

Non, Matt. *Non !*

Il ne comprit pas. Ni elle, d'ailleurs ; en revanche, elle sentit que, si les arbres gardaient leurs distances, c'était uniquement grâce à la présence de Damon. S'ils venaient à s'aventurer dans la forêt, s'ils quittaient la clairière ou même s'ils restaient trop longtemps ici...

Lisant la peur sur son visage, Matt eut un regard sinistre ; il avait compris. Ils étaient pris au piège.

À moins que...

— Trop tard ! déclara brusquement Damon. Je t'ai déjà dit que j'avais quelque chose à faire.

Apparemment, il avait trouvé le bâton qu'il cherchait. Il le leva, l'agita et abattit son bras d'un geste simple... mais cinglant.

Matt se tordit de douleur.

Il n'aurait jamais imaginé qu'il puisse avoir aussi mal ; cette douleur semblait venir de l'intérieur de lui-même et se propageait dans chaque organe, chaque muscle, chaque nerf et chaque os de son corps, libérant des souffrances différentes. Ses muscles étaient douloureux et raides comme s'ils étaient contractés au maximum mais qu'on les forçait à se contracter encore. Il avait la chair en feu. Des couteaux lui fouaillaient le ventre ; ses os le faisaient souffrir de la même façon que quand il s'était cassé le bras à l'âge de neuf ans, lorsqu'une voiture avait heurté celle de son père. Quant à ses nerfs... s'il existait un disjoncteur à nerfs qui pouvait passer du « plaisir » à la « douleur », le sien avait été mis en position « supplice ». Le contact des vêtements sur sa peau devenait insupportable, et le moindre courant d'air atroce. Il endura tout ça pendant une quinzaine de secondes, puis perdit connaissance.

— Matt !

Elena s'était figée malgré elle, les muscles bloqués, incapable de bouger pendant ce qui lui parut une éternité. Subitement libérée, elle se précipita vers Matt et lança d'un air mauvais :

— *Pourquoi*, Damon ?

Même inconscient, Matt se tordait de douleur. Elle fit un effort surhumain pour ne pas hurler et s'exprima avec force :

— Pourquoi tu fais ça ? Arrête, Damon !

Elle fixa le vampire habillé en noir de la tête aux pieds : jean noir et ceinture noire, bottes noires, blouson en cuir noir, cheveux noirs, et même ces foutues Ray-Ban.

— Je te l'ai dit, répondit Damon avec désinvolture. Il fallait que je le fasse. Je ne peux pas résister au spectacle d'une mort douloureuse.

— Une *mort* !

Elena le dévisagea, incrédule. Puis elle rassembla tant bien que mal tous ses pouvoirs ; c'était encore si simple et si instinctif quelques jours auparavant, quand elle était muette et insensible aux lois de la pesanteur, et c'était si pénible en cet instant.

— Laisse-le tranquille ! dit-elle avec détermination. Sinon je te frapperai avec tout ce que j'ai dans les tripes !

Damon éclata de rire. Elle ne l'avait jamais réellement vu rire, pas comme ça.

— Parce que tu penses que ton pouvoir ridicule peut m'atteindre ?

— Il n'est pas si ridicule, crois-moi.

Elena évalua ses forces. Son pouvoir n'était autre que la force intrinsèque à n'importe quel humain – cette force que les vampires prenaient aux hommes en les vidant de leur sang –, mais avoir été dans la peau d'un esprit lui avait appris à s'en servir. Qui plus est, pour attaquer.

— Tu vas le sentir passer, Damon. Relâche-le, MAINTENANT !

— Pourquoi les gens s'imaginent toujours que, à défaut de pouvoir raisonner quelqu'un, ils auront plus d'influence en haussant le ton ?

Elena se prépara à lui régler son compte.

Du moins mentalement. Elle prit une grande inspiration et se concentra de toutes ses forces en s'imaginant tenir une boule de feu blanc, lorsque...

Matt se releva. On aurait dit qu'il avait été soulevé comme un pantin par une ficelle, et ses yeux pleuraient malgré lui, mais c'était mieux que de le voir se tordre de douleur par terre.

— Maintenant tu as une dette envers moi, dit tranquillement Damon à Elena. Je reviendrai prendre mon dû un autre jour.

Puis, sur un ton presque affectueux et avec un de ces sourires furtifs qu'on n'était jamais vraiment sûr d'avoir vus, il s'adressa à Matt :

— Heureusement que tu es coriace, hein ?

— Damon...

Elena connaissait par cœur ce petit jeu cruel, quand il était d'humeur à s'amuser avec ses victimes, et elle détestait ça.

Mais, aujourd'hui, il manquait quelque chose ; elle ignorait quoi.

— Finissons-en, dit-elle tandis que ses poils se dressaient de nouveau sur ses bras et dans sa nuque. Qu'est-ce que tu veux *vraiment* ?

La réponse ne fut pas celle qu'elle attendait.

— J'ai été officiellement désigné comme ton protecteur. Donc, à titre *officiel*, je veille sur toi. Et puis, j'estime que ma protection et ma compagnie te sont indispensables en l'absence de mon petit frère.

— Je peux me débrouiller seule, répondit Elena avec flegme, en agitant la main pour qu'il en vienne aux faits.

— Tu es une très jolie fille. Des individus dangereux...

Il eut ce fameux sourire.

— ... et peu recommandables pourraient s'en prendre à toi. J'insiste pour être ton garde du corps.

— Damon, pour l'instant, j'ai surtout besoin de me protéger de toi. Tu le sais très bien. Pourquoi tu me racontes tout ça ?

La clairière... palpitait. Comme quelque chose d'organique, de vivant pour ainsi dire. Elena avait la sensation que, sous ses pieds, le sol se mouvait légèrement, comme un immense animal endormi dont les arbres seraient le cœur.

Et puis quoi encore ? La forêt vivante ? Il y avait plus de bois mort que de vie dans cet endroit. Et elle connaissait suffisamment Damon pour parier qu'il n'aimait ni les arbres ni les bois.

C'est dans ce genre de moment qu'Elena regrettait de ne plus avoir ses ailes. Ses ailes et le savoir qui allait avec : les gestes, les mots de Magie Blanche, le feu blanc qui brûlait autrefois en elle et qui lui permettait de connaître la vérité sans même la chercher ou de simplement renvoyer tous ses maux à Stonehenge, symbole des savoirs anciens de l'humanité.

Manifestement, tout ce qui lui restait à présent, c'était la convoitise qu'elle inspirait plus que jamais aux vampires, ainsi que son bon sens.

Le bon sens avait marché jusqu'à présent. Peut-être que, si elle ne laissait pas Damon voir à quel point elle avait peur, elle pourrait obtenir un sursis.

— Damon, je te remercie de t'inquiéter pour moi. Maintenant, ça t'ennuierait de nous laisser seuls un instant pour que je m'assure que Matt respire encore ?

Derrière ses Ray-Ban, elle eut l'impression de voir un petit éclair rouge.

— Je m'attendais à ce que tu dises ça, répliqua Damon. Et, bien entendu, tu as droit au réconfort après avoir été si perfidement abandonnée. Une séance de réanimation en bouche-à-bouche, par exemple ?

Elena préféra rester prudente.

— Damon, si Stefan t'a désigné pour être mon garde du corps, il peut difficilement m'avoir « perfidement abandonnée », non ? C'est l'un ou...

— Accorde-moi juste une chose, d'accord ? la coupa Damon d'une voix qui sous-entendait « attention à ce que tu fais ».

Le silence se fit. Les démons de poussière avaient cessé de tournoyer. L'odeur d'aiguilles de pin et de résine chauffée par le soleil qui embaumait cet endroit lugubre alanguissait Elena et lui donnait le vertige. Le sol était chaud et les aiguilles de pin étaient toutes alignées, comme si l'animal paisiblement endormi avait un tapis d'épines à la place d'une fourrure. Elena vit des grains de poussière s'envoler et scintiller comme des opales sous le soleil doré. Elle savait qu'elle n'était pas au mieux de sa forme, pas aussi vive que d'habitude. Finalement, quand elle fut certaine que sa voix serait ferme, elle répondit :

— Qu'est-ce que tu veux, Damon ?

— Un baiser.

22.

Bonnie était troublée et confuse. Il faisait noir.

— Bon, dit une voix autoritaire et apaisante. Ça fait deux commotions : il faut d'abord une piqûre antitétanique pour ces perforations, et ensuite… j'ai bien peur de devoir donner des sédatifs à votre copine, Jim. Je vais avoir besoin d'aide pour ça, mais je vous interdis de bouger. Restez allongée et gardez les yeux fermés.

Bonnie ouvrit les yeux. Elle avait vaguement le souvenir d'être tombée sur son lit. Pourtant elle n'était pas chez elle ; elle était chez les Saitô, allongée sur le canapé.

Comme toujours en cas de panique, elle chercha Meredith du regard. Son amie revenait de la cuisine avec une poche de glace improvisée qu'elle posa sur le front humide de Bonnie.

— Je me suis évanouie, dit Bonnie en se rappelant subitement ce qui lui était arrivé.

— Je sais que tu t'es évanouie. Tu t'es même fracassé le crâne par terre, répondit Meredith.

Pour une fois, son expression était parfaitement déchiffrable : inquiétude et compassion, mêlées de soulagement. En fait, son amie avait les larmes aux yeux.

— Oh, Bonnie ! Je n'ai pas pu te rattraper à temps ! Et on ne peut pas dire que ces tatamis amortissent vraiment les chocs. Tu as perdu conscience pendant près d'une demi-heure ! Tu m'as fait une de ces *peurs*.

— Je suis désolée.

Bonnie sortit une main de la couverture dans laquelle elle semblait enveloppée et serra celle de Meredith. Un geste qui signifiait : la solidarité des vélociraptors est toujours en action. Et aussi : merci de ton attention.

Jim était affalé dans un autre canapé, une poche de glace plaquée sur l'arrière de sa tête. Il avait le visage d'un blanc verdâtre. Il essaya de se lever, mais le Dr Alpert le repoussa gentiment dans le canapé.

— Les efforts, c'est terminé pour aujourd'hui, dit-elle. Par contre, j'ai oesoin d'un assistant. Meredith, tu veux bien m'aider avec Isobel ? J'ai l'impression qu'elle va me donner du fil à retordre.

— Elle m'a assommé avec une lampe, les avertit Jim. Ne lui tournez jamais le dos !

— On fera attention, le rassura le Dr Alpert.

— Vous deux, restez là, ajouta Meredith d'un ton ferme.

Bonnie fixa Meredith. Elle voulait se lever pour les aider, mais Meredith avait son air déterminé, signe qu'il valait mieux ne pas discuter.

Dès leur départ, Bonnie tenta de se relever. Mais aussitôt elle commença à voir le néant se voiler et palpiter autour d'elle, et elle comprit qu'elle risquait encore de s'évanouir.

Elle se rallongea en pestant.

Pendant un bon moment, des fracas et des cris retentirent dans la chambre d'Isobel. Bonnie entendait la voix du Dr Alpert s'élever, puis celle d'Isobel, et enfin une troisième voix – pas celle de Meredith.

Finalement, ce fut le silence total, et Meredith et le Dr Alpert réapparurent avec le corps inerte d'Isobel dans les bras. Meredith saignait du nez, et les cheveux courts poivre et sel du Dr Alpert étaient dressés sur sa tête. Malgré tout, elles s'étaient débrouillées pour enfiler un tee-shirt sur le corps mutilé d'Isobel et le Dr Alpert avait réussi à garder sa sacoche noire sous le bras.

— Les blessés valides, restez où vous êtes. On va revenir vous donner un coup de main, dit-elle d'un ton décidé.

Elles repartirent chercher la grand-mère d'Isobel.

— Sa tête ne me dit rien qui vaille, commenta la doctoresse en l'auscultant. Ni le tic-tac de son palpitant. Je crois que je vais tous vous emmener vous faire examiner à l'hôpital.

Une minute plus tard, elles revinrent aider Jim et Bonnie pour les accompagner jusqu'au quatre-quatre du Dr Alpert. Le ciel s'était couvert, et le soleil formait une boule rouge sur le fil de l'horizon.

— Tu veux quelque chose contre la douleur ? demanda le Dr Alpert à Bonnie en la voyant fixer la sacoche noire.

Isobel était assise tout au fond du véhicule, où les sièges avaient été repliés.

Meredith et Jim avaient pris place devant elle, avec grand-mère Saitô entre eux, et Bonnie s'était finalement installée devant, avec le docteur, sur l'insistance de Meredith.

— Euh, non merci, ça va.

Perdue dans ses pensées, Bonnie se demandait si l'hôpital

pourrait vraiment guérir Isobel de son infection, mieux que Mme Flowers avec ses compresses de plantes.

En dépit des élancements dans sa tête et de la bosse grosse comme un œuf de pigeon qui commençait à enfler sur son front, elle essayait de se remettre les idées au clair. Quelque chose l'asticotait, une sorte de rêve qu'elle avait fait pendant la demi-heure où, à en croire Meredith, elle était restée inconsciente.

Qu'est-ce que c'était, déjà ?

— Tout le monde a attaché sa ceinture ? Alors, c'est parti.

Le quatre-quatre s'éloigna de la maison des Saitô.

— Jim, comme tu m'as dit qu'Isobel avait une sœur de trois ans qui dormait à l'étage, j'ai demandé à ma petite-fille Jayneela de passer. Comme ça, elle ne restera pas seule.

Bonnie se retourna vers Meredith. Elles réagirent en même temps :

— Surtout pas ! Il ne faut pas qu'elle entre dans la chambre d'Isobel ! Écoutez, bafouilla Bonnie, il faut absolument...

— Je ne suis pas sûre que ce soit une bonne idée, Dr Alpert, ajouta Meredith, avec autant d'insistance mais de façon beaucoup plus cohérente que Bonnie. À moins qu'elle ne reste hors de la chambre et qu'elle ne soit accompagnée d'un homme...

— Un homme ?

Le Dr Alpert parut perplexe, mais la détresse de Bonnie ajoutée à la sincérité de Meredith sembla la convaincre.

— Eh bien, mon petit-fils Tyrone regardait la télé quand je suis partie. Je vais l'appeler.

— Tyrone ? s'étonna Bonnie sans le vouloir. L'attaquant de l'équipe de foot ? J'ai entendu dire qu'on l'appelait Tyrminator.

— Oui, à mon avis, il devrait être en mesure de protéger Jayneela, répondit le Dr Alpert après avoir passé l'appel.

Mais, en attendant, c'est nous qui avons la « surexcitée » dans la voiture. Vu comme elle s'est battue contre les sédatifs, c'est aussi un genre de Terminator.

L'écran du portable de Meredith s'alluma : un numéro enregistré dans son répertoire s'affichait.

« *Appel de* Mme T. Flowers. *Voulez-vous rép...* ? »

Elle décrocha plus vite que son ombre.

— Allô, madame Flowers ?

Le vrombissement du quatre-quatre empêchait Bonnie et les autres d'entendre ce que Mme Flowers disait, alors Bonnie reporta son attention sur deux choses : ce qu'elle savait des « victimes des sorcières de Salem » et la teneur de ce rêve insaisissable qu'elle avait fait quand elle était inconsciente.

Toutes ses pensées s'envolèrent lorsque Meredith raccrocha.

— Alors ? Qu'est-ce qu'elle a dit ? Pourquoi elle appelait ?

Dans la semi-obscurité, Bonnie distinguait mal le visage de Meredith mais il semblait blême ; et, quand son amie répondit, sa voix lui confirma cette impression.

— Mme Flowers était en train de jardiner et, au moment de rentrer dans la maison, elle a remarqué quelque chose dans ses bégonias. D'après elle, on aurait dit que quelqu'un avait essayé de cacher quelque chose entre le buisson et le mur, et un morceau de tissu dépassait.

Bonnie eut l'impression de prendre une bourrasque en plein visage.

— C'était *quoi* ?

— Un sac à dos rempli de chaussures et de vêtements. Des bottes. Des chemises. Des pantalons. Tous à Stefan.

Bonnie poussa un cri qui fit faire une embardée au Dr Alpert. La voiture chassa, mais la conductrice redressa vite le volant.

— Alors, ça veut dire… qu'il n'est pas parti !

— Oh, si, il est bien parti. Mais pas de son plein gré, précisa Meredith d'un ton lugubre.

— *Damon.*

Abasourdie, Bonnie retomba en arrière sur son siège, les yeux humides.

— Depuis le début, je voulais coûte que coûte croire que…

— Toujours aussi mal à la tête ? lui demanda le Dr Alpert, ignorant avec tact la conversation à laquelle on ne la faisait pas participer.

— Non…, enfin si.

— Tenez, ouvrez ma sacoche et montrez-la-moi. J'ai tout un tas d'échantillons… Ah, voilà. Est-ce que quelqu'un derrière aurait une bouteille d'eau à ses pieds ?

Sans énergie, Jim lui en tendit une.

— Merci, dit Bonnie en avalant le petit comprimé avec une grande gorgée.

Il fallait absolument qu'elle ait les idées claires. Si Damon avait kidnappé Stefan, alors elle devrait essayer d'entrer en contact avec lui. Dieu seul savait ce qui allait arriver à leur ami cette fois. Mais pourquoi personne n'avait envisagé cette hypothèse ?

« Eh bien, primo, parce que le nouveau Stefan était censé être fort et, secundo, à cause du mot dans le journal d'Elena. Voilà, pourquoi », se dit-elle.

— J'y suis !

Tout lui revenait d'un coup, tout ce qu'elle et Matt s'étaient confié…

— Meredith ! s'écria-t-elle, ignorant le regard de travers que lui jetait le Dr Alpert. Quand j'étais dans les pommes, j'ai parlé avec Matt. Il était inconscient aussi…

— Il était blessé ?

— Oh oui ! Damon a dû faire quelque chose d'horrible. Mais il m'a dit de ne pas en tenir compte et que, depuis le début, quelque chose le tracassait dans le mot que Stefan avait laissé à Elena. C'était en rapport avec le jour où Stefan a demandé à la prof d'anglais l'orthographe du mot « jugement », l'an dernier. Et Matt n'arrêtait pas de dire : « Regarde dans le fichier de sauvegarde. Cherche... avant que Damon ne l'efface. »

Elle regarda le visage sombre de Meredith, consciente que le Dr Alpert et Jim la dévisageaient tandis que la voiture freinait à un carrefour.

Le tact avait ses limites.

La voix de Meredith brisa le silence :

— Docteur, j'ai un service à vous demander, dit-elle. Si vous prenez à gauche ici, puis encore à gauche dans Laurel Street, et si vous continuez pendant cinq minutes jusqu'à la forêt, ça ne vous fera pas un gros détour. Par contre, ça me permettra de passer à la pension où se trouve l'ordinateur dont Bonnie vient de parler. Prenez-moi pour une folle si vous voulez, mais je dois absolument récupérer cet ordinateur !

— Je sais que vous n'êtes pas folle. Je l'aurais déjà remarqué, sinon.

La femme eut un rire éteint.

— Quant à vous, ma petite Bonnie, on m'a raconté des choses sur vous... Rien de méchant, je vous assure, mais un peu difficile à croire. Cependant, après ce que j'ai vu aujourd'hui, je crois que je vais changer d'avis.

Elle tourna brusquement à gauche en marmonnant :

— Tiens, quelqu'un a aussi enlevé le panneau « stop » de cette route...

Elle continua en s'adressant à Meredith :

— Je vais faire ce que vous me demandez. Je vais vous conduire jusqu'à la pension...

— Non ! Ce serait trop dangereux !

— ... mais je dois d'abord emmener Isobel à l'hôpital. Sans parler de Jim : je crois qu'il a une commotion sévère. Et Bonnie...

— Bonnie va aussi à la pension, la coupa la jeune fille d'un ton catégorique.

— Sûrement pas, Bonnie ! Je vais devoir *courir*, tu comprends ? Il faut que je fasse vite, et je ne peux pas te laisser me ralentir.

— Je ne te ralentirai pas, je te le promets. Pars devant. Je me sens mieux maintenant. Et si je suis à la traîne, ne t'arrête pas. Je te rattraperai.

Meredith s'apprêta à répondre, mais finalement elle ne dit rien. Bonnie songea que quelque chose dans son ton, dans son expression, avait dû la persuader que ce n'était pas la peine de discuter. Et, à vrai dire, c'était le cas.

— Voilà, on y est : croisement de Laurel Street et de la vieille forêt, dit le Dr Alpert quelques minutes plus tard.

Elle sortit une petite lampe de poche de sa sacoche noire et la braqua sur le visage de Bonnie.

— Bon, visiblement, vous n'avez toujours pas de commotion. Mais vous savez, Bonnie, en tant que médecin, je vous déconseille de courir. Je ne peux pas vous forcer à suivre un traitement si vous n'en voulez pas. Par contre, je peux vous donner ça.

Elle lui tendit la petite lampe.

— Bonne chance.

— Merci pour tout, répondit Bonnie en posant brièvement sa main pâle sur les longs doigts bruns de la femme. Et vous, faites attention… aux chutes d'arbres, à Isobel, et si vous voyez un animal roux sur la route.

— Bonnie, j'y vais ! lança Meredith, qui était déjà sortie du quatre-quatre.

— Verrouillez vos portières et ne sortez pas de la voiture avant d'avoir quitté la forêt ! ajouta Bonnie en s'extirpant maladroitement du véhicule.

Puis les deux amies se mirent à courir. Évidemment, quand Bonnie avait parlé de laisser Meredith partir devant et de ne pas l'attendre, c'était absurde, elles le savaient toutes les deux. Meredith attrapa la main de Bonnie dès qu'elle posa le pied sur le bitume, et détala comme un lièvre en l'entraînant avec elle.

Bonnie n'avait pas besoin qu'on lui rappelle à quel point le temps pressait. Elle aurait donné n'importe quoi pour avoir une voiture ; et pour que Mme Flowers habite en centre-ville et pas dans ce coin sauvage et isolé.

Comme l'avait prévu Meredith, Bonnie finit par s'essouffler ; sa main était si moite qu'elle glissait constamment de celle de Meredith. Elle s'arrêta, presque pliée en deux, les mains sur les genoux, pour essayer de reprendre son souffle.

— Bonnie ! Essuie-toi la main ! Faut pas qu'on s'arrête !

— Donne-moi juste une seconde…

— On n'a pas une seconde ! Tu *n'entends* pas ? Dépêche-toi !

— Il faut juste… que je reprenne mon souffle.

— Bonnie, regarde derrière toi. Et surtout, ne crie pas !

Bonnie jeta un œil dans son dos, poussa un hurlement et réalisa que, finalement, elle n'était pas si essoufflée. Elle repartit en courant, saisissant la main de Meredith au passage.

Maintenant, elle *entendait* très bien ; même en dépit de sa respiration sifflante et des pulsations dans ses oreilles. C'était le bruit d'un insecte, pas un bourdonnement, mais un bruit que son cerveau assimila quand même à la catégorie « bestiole ». On aurait dit le *flap-flap-flap* d'un rotor d'hélicoptère mais en beaucoup plus aigu, comme un hélico qui aurait des tentacules à la place des pales. D'un coup d'œil elle avait distingué la masse grise de ces tentacules... à l'extrémité desquels des mâchoires béantes révélaient des dents blanches et pointues.

Elle se démena pour allumer la lampe de poche. La nuit tombait et elle ignorait combien de temps il leur restait avant que la lune se lève. Tout ce qu'elle savait, c'est que les arbres semblaient tout obscurcir et qu' « ils » en avaient après elle.

Les malachs.

Le bruit des tentacules fouettant l'air était de plus en plus puissant, de plus en plus proche, mais Bonnie n'avait aucune envie de se retourner pour voir ce qu'il en était. Ce bruit poussait son corps au-delà des limites raisonnables. Les paroles de Matt tournaient en boucle dans sa tête : « Comme si j'avais plongé la main dans un broyeur d'ordures et que je l'avais mis en marche. Ma main dans un broyeur... »

Le *flap-flap-flap* se faisait de plus en plus aigu.

Bonnie avait l'impression d'avoir des jambes en caoutchouc.

Flap-flap-flap-flap-flaaaa...

L'un d'eux arrivait, plus vite que les autres. Il se rapprochait et soudain il fut devant elles, la gueule ovale et bordée de dents grande ouverte.

Exactement la description de Matt !

Bonnie manquait de souffle pour hurler. Pourtant ce n'est pas l'envie qui lui manquait. Cette monstruosité fonçait droit sur elle. Et son réflexe de défense – la frapper à deux mains – risquait de lui coûter un bras.

— Voilà la pension ! s'écria Meredith en tirant brusquement Bonnie. *Cours !*

Bonnie baissa vivement la tête pour esquiver le malach qui lui barrait la voie, et sentit aussitôt le *flap-flap-flap* des tentacules dans ses boucles. Tirée en arrière, elle trébucha et la main de Meredith fut arrachée à la sienne.

— Meredith, il m'a eue ! Cours ! Ne te laisse pas attraper !

Devant elle, la pension était allumée comme un hôtel. D'habitude, tout était éteint, mis à part la chambre de Stefan peut-être. Mais là, elle brillait comme un bijou... hors de leur portée.

— Bonnie, ferme les yeux !

Meredith ne l'avait pas abandonnée. Elle était toujours là. Bonnie sentait les tentacules effleurer son oreille, goûter délicatement son front en sueur, glisser vers son visage, sa gorge...

Elle sanglota.

Soudain, il y eut un craquement sec, mélangé à un bruit de melon mûr qui éclate, et quelque chose de moite se répandit sur son dos. Elle rouvrit les yeux. Meredith venait de rabattre une grosse branche qu'elle avait armée comme une batte de baseball. Les tentacules faisaient déjà marche arrière dans les cheveux de Bonnie.

Cette dernière n'eut aucune envie de regarder le carnage dans son dos.

— Meredith...

— Dépêche-toi. *Cours !*

Bonnie courut à toutes jambes jusqu'à l'allée de graviers, puis jusqu'au perron de la pension. Sur le seuil, Mme Flowers les attendait avec une vieille lampe à pétrole.

— Vite, entrez !

La vieille dame referma violemment la porte derrière elles. Toutes entendirent le bruit qui suivit. Le même qu'avec la branche : un craquement sec accompagné d'une explosion, comme du pop corn qui éclate.

Bonnie tremblait encore quand elle écarta les mains de ses oreilles et se laissa glisser par terre, sur le tapis de l'entrée.

— Doux Jésus, mais qu'est-ce qui vous est arrivé ? dit Mme Flowers en voyant le front de Bonnie, le nez enflé de Meredith, leur état de sueur et d'épuisement.

— Ce serait trop... trop long à vous expliquer ! dit Meredith en suffoquant. Bonnie, monte !

Sans trop savoir comment, Bonnie réussit à gravir l'escalier jusqu'au premier. Meredith l'imita et se dirigea immédiatement vers l'ordinateur, qu'elle alluma en s'écroulant sur la chaise de bureau qui se trouvait devant. Bonnie utilisa ses dernières forces pour retirer son haut. Un liquide indéfinissable en poissait le dos. Elle le froissa et le balança dans un coin de la pièce.

Puis elle se laissa tomber sur le lit de Stefan.

— Qu'est-ce que t'a dit Matt, exactement ? demanda Meredith, qui commençait à retrouver son souffle.

— De regarder dans le fichier de sauvegarde ou de chercher un fichier de sauvegarde, un truc comme ça. Meredith, ma tête... Ça va pas.

— OK, détends-toi. Tu t'en es bien sortie dehors.

— Uniquement parce que tu m'as sauvée. Merci encore...

— Pas de quoi, n'y pense plus.

Meredith se mit à murmurer toute seule :

— Il y a bien un fichier de sauvegarde du mot dans le répertoire, mais c'est le même. Je ne comprends pas ce que Matt a voulu dire.

— Peut-être qu'il s'est embrouillé, dit Bonnie à contrecœur.

Si ça se trouve, il avait tellement mal qu'il ne savait plus ce qu'il disait.

— Fichier de sauvegarde, fichier de sauvegarde... Attends une minute ! Word fait toujours une sauvegarde automatique quelque part, dans le répertoire administrateur ou ailleurs, non ?

Meredith cliquait à toute vitesse sur les différents répertoires du disque dur.

— Je ne trouve rien, finit-elle par dire d'une voix déçue.

Se calant dans la chaise, elle poussa un profond soupir. Bonnie devinait ses pensées. Leur course désespérée n'avait quand même pas servi à rien !

Puis Meredith émit une hypothèse :

— Ça fait beaucoup de fichiers temporaires pour un petit mot...

— C'est quoi, un fichier temporaire ?

— C'est juste un stockage provisoire de ton fichier pendant que tu travailles dessus. En général, le nom ressemble à du charabia.

Les clics de la souris reprirent.

— Je ferais aussi bien d'être méthodique et...

Elle s'interrompit.

Les clics cessèrent.

Et un silence de mort plomba la pièce.

— Quoi ? Tu as trouvé quelque chose ? s'écria Bonnie avec angoisse.

Pas de réponse.

— Meredith, dis quelque chose ! Tu as trouvé un fichier temporaire ?

Meredith ne dit rien. Elle n'avait même pas l'air de l'entendre. Elle lisait, visiblement avec une fascination horrifiée.

23.

Un frisson glacial, quoique extrêmement délicat, parcourut Elena. Damon n'était pas du genre à demander la permission pour un baiser. Ce n'était pas normal.

— Non, répondit-elle tout doucement.

— Allez, juste un.

— Je ne t'embrasserai pas, Damon.

— Pas moi, *lui*.

Damon désigna ledit « lui » d'un signe de tête : Matt.

— Un baiser entre toi et ton ancien chevalier servant !

— *Quoi ?*

Matt ouvrit brusquement les yeux et explosa avant qu'Elena n'ait le temps de protester.

— Avoue que ça te plairait ?

La voix de Damon débordait de miellerie.

— Ça te plairait de l'embrasser, hein ? Et là, il n'y a personne pour t'en empêcher.

Matt se releva tant bien que mal : il semblait presque remis, mais Elena entendait cogner son cœur. Elle se demanda combien de temps il était resté allongé en feignant d'être inconscient pour reprendre des forces.

— Si je me souviens bien, tu as essayé de me tuer il n'y a pas si longtemps, répliqua-t-il. Du coup, j't'ai pas vraiment à la bonne, tu vois ? Et puis, on n'embrasse pas une fille comme ça, sous prétexte qu'elle est jolie ou que son petit ami a pris des vacances.

— Ah non ?

Étonné, Damon haussa le sourcil.

— Moi, si.

Matt n'insista pas et secoua la tête. Visiblement, il s'efforçait de rester concentré sur un objectif.

— Tu veux bien déplacer ta voiture pour qu'on puisse s'en aller ?

Elena avait l'impression que Matt était à des kilomètres d'elle ; loin, enfermé dans une cage avec un tigre, et inconscient du danger. La clairière était devenue un endroit sauvage et hostile, et Matt ne s'en rendait pas compte. « En plus, pensa-t-elle, inquiète, il ose défier Damon dans son état. Il faut absolument qu'on parte d'ici et *vite*, avant que Damon ne s'en prenne encore à lui. »

Mais quelle était la véritable issue ?

Quelle idée Damon avait-il *vraiment* en tête ?

— Vous pouvez partir, déclara ce dernier. Dès qu'elle t'aura embrassé. Ou que *tu* l'auras embrassée, ajouta-t-il comme s'il leur faisait une fleur.

Lentement, comme prenant conscience de ce que cela signifiait, Matt jeta un œil à Elena puis de nouveau à Damon. Elena essaya de communiquer avec lui en silence, mais Matt n'était pas d'humeur. Il regarda Damon droit dans les yeux.

— N'y compte pas.

Haussant les épaules, comme pour dire « j'ai fait tout ce que j'ai pu », Damon leva le bâton de pin broussailleux...

— Arrête, Damon ! s'écria Elena. C'est bon, je vais le faire.

Le vampire afficha son fameux sourire. Elena détourna les yeux et s'approcha de Matt ; son visage était toujours aussi pâle et aussi froid. Elle posa la joue contre la sienne et lui chuchota à l'oreille :

— Matt, j'ai déjà eu affaire à Damon. On ne le défie pas si facilement. Joue le jeu, juste pour cette fois. Après, on pourra peut-être partir.

Puis elle ajouta un peu plus fort :

— Fais-le pour moi, s'il te plaît.

La vérité, c'est qu'elle en connaissait un rayon sur les garçons têtus. Y compris sur la façon de les manipuler. C'était un trait de caractère qu'elle avait fini par détester chez elle, mais, pour l'heure, elle était trop occupée à essayer de trouver un moyen de sauver la peau de Matt pour débattre du bien-fondé de la pression à laquelle elle le soumettait.

Elle aurait préféré voir Meredith ou Bonnie face à Damon à la place de Matt. Non qu'elle leur souhaitait pareille souffrance, mais Meredith aurait trouvé un plan C ou D alors qu'Elena en serait encore au plan A ou B. Quant à Bonnie, elle serait déjà en train de regarder Damon avec ses grands yeux attendrissants et humides...

Soudain, Elena repensa au petit éclair rouge qu'elle avait capté derrière les Ray-Ban et changea d'avis : elle n'était pas certaine de vouloir voir Bonnie près de Damon à cet instant.

De tous les garçons qu'elle avait connus, Damon était le seul qu'Elena n'arrivait pas à mater.

Oh, bien sûr, Matt aussi était têtu et Stefan pouvait être

impossible parfois. Mais ils possédaient tous les deux un instrument à cordes dites « sensibles » et Elena savait très bien en jouer. Moyennant quelques accords – certes, pas toujours parfaits –, le garçon le plus difficile finissait par lui céder.

Sauf un...

— OK, les mômes, la récré est terminée.

Elena sentit Matt arraché à ses bras et soulevé ; par quoi, elle l'ignorait, mais il se retrouva debout. Quelque chose le maintenait en équilibre, bien droit, et elle savait que ce n'était pas ses muscles.

— Alors, où est-ce qu'on en était ?

Damon faisait les cent pas, tapotant la paume de sa main gauche avec le bâton qu'il tenait dans la droite.

— Ah, oui... c'est vrai ! s'exclama-t-il comme s'il venait de faire une grande découverte. La fille et le chevalier vont s'embrasser !

***

Dans la chambre de Stefan, Bonnie s'impatientait.

— Pour la dernière fois, Meredith : tu as trouvé un fichier de sauvegarde pour le mot de Stefan, oui ou non ?

— Non, répondit Meredith d'une voix grave.

Bonnie allait s'écrouler de nouveau sur le lit quand...

— J'ai trouvé un mot complètement différent. Une lettre, en fait.

— *Différent* ? C'est-à-dire ?

— Tu peux te lever ? Parce que je crois que tu ferais mieux d'y jeter un œil.

Bonnie, qui venait à peine de reprendre son souffle, réussit à s'approcher clopin-clopant de l'ordinateur.

Elle lut le document affiché à l'écran et étouffa un cri.

— Damon s'en est pris à Stefan ! s'écria-t-elle en sentant son cœur s'affoler.

Elena s'était donc trompée. Damon était bel et bien pourri jusqu'à la moelle. À l'heure qu'il était…

— Stefan est peut-être même mort, dit Meredith, qui suivait manifestement le même raisonnement.

Elle releva la tête et croisa le regard de Bonnie : elle avait les larmes aux yeux.

— Ça fait combien de temps que tu as essayé de joindre Matt et Elena ?

— J'en sais rien, gémit Bonnie, je ne sais pas l'heure qu'il est. J'ai essayé deux fois après être partie de chez Caroline et une fois chez Isobel. Depuis, chaque fois que j'essaie, soit je tombe sur un message me disant que leur boîte vocale est pleine, soit la connexion ne passe pas du tout.

— Pareil pour moi. De toute façon, s'ils sont dans la forêt, les téléphones ne captent pas.

— Et maintenant, même s'ils en sortent, on ne peut plus leur laisser de messages parce qu'on a saturé leur boîte…

— Un e-mail ! On n'a qu'à envoyer un bon vieil e-mail à Elena pour la prévenir.

— *Yes !* acquiesça Bonnie en serrant le poing.

Puis elle se reprit.

— En fait, non, chuchota-t-elle après un instant d'hésitation.

Les mots du vrai message de Stefan n'arrêtaient pas de résonner dans son esprit : « *Je fais confiance à Matt et à son besoin inconscient de te protéger, à l'avis de Meredith et à l'intuition de Bonnie. Dis-leur de s'en souvenir.* »

— Tu ne peux pas lui dire ce que Damon a fait, expliqua Bonnie alors même que Meredith commençait à taper activement son e-mail. Elle le sait sans doute déjà et, si ce n'est pas le cas, ça ne fera qu'aggraver la situation. Elle est avec Damon.

— C'est Matt qui te l'a dit ?

— Non. Mais Matt n'avait plus les idées claires tellement il souffrait.

— C'était peut-être à cause... des insectes ?

Meredith jeta un œil à sa cheville et aux zébrures rouges qui se voyaient encore sur sa douce peau olivâtre.

— Possible, mais ce n'était pas ça. D'ailleurs, je n'ai pas senti la présence des arbres. C'était plutôt... une souffrance à l'état pur. Je ne peux pas t'expliquer clairement comment je sais que c'est Damon qui fait ça à Matt, mais je le sais, c'est tout.

Bonnie vit le regard de Meredith devenir vague et comprit qu'elle aussi repensait aux mots de Stefan.

— Bon, je suis d'avis de te faire confiance, approuva-t-elle. Au fait, Stefan écrit parfaitement, ajouta-t-elle. Alors que le texte de Damon était bourré de fautes. C'est sûrement pour ça que Matt a eu la puce à l'oreille.

— Comme s'il était possible que Stefan ait laissé Elena toute seule avec tout ce qui se passe à Fell's Church ! protesta Bonnie d'un ton indigné.

— En attendant, Damon nous a bien eus, et on y a cru.

— Je me demande s'il a volé l'argent ?

— J'en doute, mais on va vérifier. Passe-moi un cintre, dit Meredith en déplaçant le rocking-chair.

Bonnie en attrapa un dans la penderie et, au passage, prit un des hauts d'Elena pour se changer. Il était trop grand, vu que c'était un de ceux que Meredith lui avait donnés, mais au moins il était chaud.

Avec l'extrémité crochue du cintre, Meredith testa toutes les lattes du plancher qui lui semblaient prometteuses. Au moment où elle réussissait à en soulever une en faisant levier, quelqu'un frappa doucement à la porte entrouverte. Bonnie et Meredith sursautèrent.

— Ce n'est que moi.

Elles échangèrent un coup d'œil en reconnaissant la petite voix de Mme Flowers derrière un gros sac à dos et un plateau de pansements, de chocolat fumant, de tasses, de sandwichs et de sachets d'herbes odorantes semblables à celles dont elle s'était servie pour soigner Matt.

— Entrez, dit Meredith.

Bonnie s'empressa de prendre le plateau tandis que Mme Flowers posait le sac par terre. Meredith continua à soulever la latte.

— Vous avez apporté le ravitaillement, constata Bonnie avec gratitude.

— Oui, sandwichs dinde-tomate, répondit la vieille dame. Servez-vous. Désolée d'avoir mis aussi longtemps, mais le cataplasme pour les bosses nécessite un certain temps de préparation. Je me souviens qu'autrefois mon petit frère disait toujours que – bonté divine !

Elle s'arrêta, les yeux rivés sur le plancher à l'endroit où la latte avait cédé. Une cavité assez large était bourrée de liasses de billets de cent dollars.

— Je n'ai jamais vu une somme pareille ! s'exclama Bonnie, le souffle coupé.

— Effectivement.

Mme Flowers se tourna et leur tendit chocolat chaud et sandwichs. Bonnie mordit goulûment dans le pain.

— À mon époque, on cachait juste deux ou trois choses derrière les briques branlantes de la cheminée. Mais, à ce que je vois, le jeune homme avait besoin de plus de place !

— Merci pour le chocolat et les sandwichs, dit Meredith

après avoir englouti plusieurs petits pains tout en s'activant à l'ordinateur. Par contre, si vous voulez soigner nos bleus et le reste, j'ai peur qu'on n'ait pas trop le temps.

— Mais si, voyons.

Mme Flowers attrapa une petite compresse qui, d'après Bonnie, sentait le thé, et la pressa contre le nez de Meredith.

— Ça va le faire désenfler en un rien de temps. Et toi, Bonnie, prends celle que j'ai préparée pour ton front.

Une fois de plus, les regards de Bonnie et de Meredith se croisèrent.

— Bon, si ça ne prend que deux minutes, acquiesça finalement Bonnie. De toute façon, je ne sais pas ce qu'on va faire maintenant.

Elle inspecta les cataplasmes sur le plateau et en choisit un rond, à l'odeur de fleur et de musc, qu'elle se mit sur le front.

— Bien vu, approuva Mme Flowers sans même se retourner. Et, bien entendu, la longue compresse fine est pour la cheville de Meredith.

Meredith termina sa tasse de chocolat et tendit la main pour toucher délicatement une des marques rouges au bas de sa jambe.

— Ce n'est rien…, commença-t-elle à dire.

Mais la maîtresse de maison l'interrompit d'un air sévère.

— Jeune fille, vous allez avoir besoin de toutes vos capacités, y compris de votre cheville, quand on sera parties.

— Parties *où* ?

Meredith la fixa, incrédule.

— Dans la forêt, l'éclaira Mme Flowers. À la recherche de vos amis.

La jeune fille eut un air horrifié.

— Si Elena et Matt sont dans la forêt, alors je suis d'accord : Bonnie et moi devons aller les retrouver. Mais pas vous, madame Flowers ! N'importe comment, on ne sait même pas où ils sont.

Mme Flowers prit une gorgée de chocolat dans la tasse qu'elle tenait à la main tout en regardant pensivement par la fenêtre. Un instant, Meredith crut qu'elle ne l'avait pas entendue ou qu'elle n'avait pas l'intention de répondre.

— J'imagine que vous me prenez tous pour une vieille folle qui n'est jamais là en cas de pépin.

— On n'a jamais dit ça, protesta fermement Bonnie.

Elle réalisait qu'ils en avaient plus appris sur Mme Flowers ces deux derniers jours que pendant les neuf mois où Stefan avait vécu ici. Avant, aussi loin qu'elle s'en souvienne, elle n'avait jamais entendu que des histoires de fantômes ou des rumeurs concernant la vieille dame de la pension.

Mme Flowers sourit.

— Quand on a un pouvoir et que tout le monde vous prend pour une menteuse, ce n'est pas facile tous les jours. En plus, je vis depuis très longtemps... et les gens n'aiment pas ça. Ça les inquiète. Ils se mettent à inventer des histoires de fantômes ou à répandre des bruits.

Bonnie ouvrit des yeux ronds comme des soucoupes. Mme Flowers lui sourit en hochant doucement la tête.

— Ça a été un vrai plaisir d'avoir un garçon si poli à la maison, dit-elle en prenant la longue compresse sur le plateau pour l'enrouler autour de la cheville de Meredith. Bien entendu, il a fallu que je surmonte mes préjugés. Ma chère ma*man* disait toujours que, pour garder cette maison, je devrais prendre des pensionnaires mais ne pas accepter d'étrangers. Sans compter que ce garçon est un vampire...

Bonnie faillit arroser le tapis de chocolat en s'étranglant avec et fut prise d'une quinte de toux. Meredith, elle, s'était armée de son air impassible.

— ... mais, au bout d'un temps, j'ai appris à mieux le connaître et à compatir à ses problèmes, continua la vieille dame sans prêter attention à la toux de Bonnie. Maintenant, la jeune blonde est impliquée aussi, la pauvre petite. J'en parle souvent à ma*man*, ajouta-t-elle, en appuyant sur la seconde syllabe.

— Quel âge a votre mère ? demanda Meredith.

Son ton interrogateur était poli, mais l'œil exercé de Bonnie décela une fascination légèrement morbide sur le visage de son amie.

— Oh ! elle est morte au début du siècle.

Il y eut une pause, puis Meredith reprit :

— Je suis désolée. Elle a dû vivre long...

— Au début du siècle *dernier*, précisa Mme Flowers. En 1901, très exactement.

Cette fois, c'est Meredith qui eut une quinte de toux, mais plus discrète.

Le doux regard de la vieille dame se posa sur les filles.

— J'étais médium, autrefois. Dans les spectacles de variétés de l'époque, vous savez. Quelle plaie d'essayer d'entrer en transe devant une salle comble. Mais oui : je suis bien une sorcière de Magie Blanche. J'ai des pouvoirs. Maintenant, si vous avez terminé votre chocolat, je pense qu'il est temps qu'on parte à la recherche de vos amis dans la forêt. Et, même si on est en été, vous feriez mieux de bien vous couvrir, mes chères petites. Pour moi, c'est fait.

24.

Damon n'allait pas se satisfaire d'une bise sur la joue, pensa Elena. D'un autre côté, Matt allait avoir besoin d'être séduit avant de céder. Heureusement, Elena avait déchiffré le code « Matt Honeycutt » depuis longtemps. Et elle comptait utiliser sans pitié ce qu'elle savait de lui.

Cependant, Matt pouvait se montrer extrêmement têtu. Il laissa Elena poser ses lèvres sur les siennes, et il la laissa le serrer dans ses bras. Mais, quand elle tenta de faire ces gestes qu'il aimait tant – promener ses doigts dans son dos ou effleurer sa bouche du bout de la langue –, il serra les dents. Il ne la toucherait pas.

Elena s'écarta en soupirant. Soudain, elle eut la sensation que quelque chose rampait entre ses omoplates, comme si on l'épiait à son insu mais en cent fois plus fort. Elle jeta un œil derrière elle et vit Damon à quelque distance, son bâton dans la main ; à part ça, rien d'anormal. Elle tourna la tête une seconde fois... et dut se mordre le poing pour ne pas hurler.

Damon était *là*, juste derrière elle ; tellement près qu'on n'aurait pas glissé deux doigts entre eux. Elle ignorait pourquoi elle ne l'avait pas senti arriver, mais elle était coincée entre les corps des deux garçons. Mais comment avait-il fait ? Damon n'avait pas pu se retrouver si près d'elle en deux battements de cils ! Ni approcher en marchant sur le tapis d'aiguilles de pin sans faire le moindre bruit ! Et pourtant... comme le coup de la Ferrari surgie de nulle part : il était là.

Elena ravala le hurlement qui essayait désespérément de sortir de ses poumons et s'efforça de respirer. Son corps était paralysé par la peur. Derrière elle, Matt tremblait. Comme Damon se penchait vers elle, elle sentit à plein nez l'odeur suave de la résine.

« Il y a quelque chose qui ne va pas chez lui. »

— Tu sais quoi ? dit Damon.

Il se pencha encore plus, à tel point qu'elle dut s'appuyer contre Matt et que, même ramassée contre son corps tremblant, elle se retrouva à cinq centimètres des Ray-Ban.

— Tu mérites un D moins pour ce baiser.

Elena se mit à trembler autant que Matt. Pourtant il fallait qu'elle se ressaisisse, qu'elle repousse cette agression de front. Plus ils étaient passifs, plus Damon avait le temps de réfléchir.

Son cerveau commença à carburer à plein régime. « Il ne lit peut-être pas dans nos pensées, songea-t-elle, mais il est tout à fait capable de voir si on ment ou si on dit la vérité. Rien de plus normal pour un vampire qui se nourrit de sang humain. En quoi est-ce qu'on peut s'en servir contre lui ? »

— C'était un baiser de salutation, affirma-t-elle avec

audace. C'est pour identifier les personnes que tu rencontres, de sorte que par la suite tu les reconnais tout le temps. Même... même les hamsters font ça. Maintenant, est-ce qu'on pourrait s'écarter un petit peu, Damon ? S'il te plaît ? Je commence à étouffer.

— Je te laisse encore une chance, répondit le vampire, cette fois sans sourire. Je veux vous voir vous embrasser. Et vous avez intérêt à le faire !

Elena se contorsionna dans l'espace restreint. Son regard chercha celui de Matt. Après tout, ils étaient sortis ensemble un bon moment l'an dernier. À la lueur de ses yeux, elle comprit que Matt avait *envie* de l'embrasser, plus que tout, après toute cette souffrance. Et lui réalisa qu'elle avait dû en passer par toutes ces manœuvres compliquées pour le protéger de Damon.

« Je ne sais pas comment, mais on va s'en tirer, lui fit comprendre Elena. Maintenant, tu veux bien coopérer ? » Certains garçons étaient d'un égoïsme inébranlable. D'autres, comme Matt, avaient deux points sensibles : l'honneur et le sentiment de la culpabilité.

Lorsqu'elle prit son visage et l'inclina vers elle pour l'embrasser en se dressant sur la pointe des pieds, Matt resta immobile. Elena repensa à leur premier vrai baiser, dans sa vieille voiture, au retour d'un bal du lycée. Il avait tremblé comme une feuille, terrifié et les mains moites. Elle s'était montrée détendue, expérimentée, douce.

Comme à cet instant, alors que, du bout de sa langue chaude, elle forçait les lèvres figées à s'entrouvrir. Et, au cas où Damon écouterait aux portes, elle axa toutes ses pensées sur Matt, sur sa beauté lumineuse, la chaleur de son amitié, la galanterie et la politesse dont il avait toujours fait preuve envers elle, même quand elle avait rompu avec lui. Elle n'eut pas conscience du fait que ses bras lui enveloppaient soudain les épaules ni qu'il prenait peu à peu le contrôle du baiser, comme un voyageur assoiffé qui finit par trouver une oasis. Elle le perçut clairement dans son esprit : jamais Matt n'aurait imaginé qu'il embrasserait de nouveau Elena Gilbert de cette façon.

Elena ignorait combien de temps leur baiser avait duré. Finalement, elle écarta les bras et recula.

C'est là qu'elle comprit. Ce n'était pas un hasard si Damon avait eu cet air de metteur en scène. Une mini-caméra à la main, il regardait dans le viseur. Il avait tout filmé !

Et Elena était tout à fait reconnaissable. Elle ne savait absolument pas où étaient passées la casquette de baseball et les lunettes de soleil de camouflage. Ses cheveux étaient en désordre, sa respiration saccadée. Le sang était remonté à la surface de sa peau. Matt paraissait à peu près aussi dérouté qu'elle.

Damon leva les yeux du viseur.

— Pourquoi tu fais ça ?! grogna Matt d'un ton qui ne lui ressemblait pas du tout.

Le baiser l'avait ému aussi ; encore plus qu'elle.

Une fois de plus, Damon ramassa son bâton et l'agita comme un éventail japonais. L'arôme du pin flotta jusqu'à Elena. Il parut réfléchir, comme s'il hésitait à exiger une nouvelle prise, puis il changea d'avis, leur fit un grand sourire et rangea la caméra dans sa poche.

— Je peux vous dire que cette prise était parfaite !

— Dans ce cas, on s'en va, répliqua Matt.

Le baiser semblait lui avoir donné une nouvelle force, même si c'était pour dire ce qu'il ne fallait pas.

— Viens, Elena.

— Je ne crois pas, non. Mais garde cette attitude agressive et dominatrice pour la déshabiller.

— *Quoi ?*

Damon se répéta, sur le ton d'un réalisateur donnant des instructions compliquées à un acteur.

— Déboutonne sa chemise, s'il te plaît, et enlève-la.

— Tu es un grand *malade* !

Matt regarda Elena et se figea en voyant son expression et la larme qui roulait sur sa joue.

Il la tourna vers lui, mais elle se retourna. Rien à faire, elle ne voulait pas le regarder en face. Finalement, elle céda et redressa la tête en séchant ses larmes. Il sentit la chaleur qui embrasait son visage.

— Elena, il faut se battre. Souviens-toi comme tu t'es battue contre la présence maléfique dans la chambre de Stefan.

— Mais là, c'est pire, Matt ! Je n'ai jamais rien ressenti d'aussi néfaste... et puissant. Ça m'oppresse.

— Tu n'as quand même pas l'intention de lui céder ?

Matt semblait sur le point de se sentir mal. Mais, contrairement à ses mots, ses yeux bleus limpides exprimaient quelque chose de beaucoup plus simple : « Résiste, disaient-ils. Même si ça doit me coûter la vie. »

Brusquement, Elena se retourna vers Damon.

— Laisse-le partir, Damon ! C'est entre toi et moi. Réglons ça entre nous !

« Je ferai tout ce que tu veux », pensa-t-elle de toutes ses forces à l'attention de Damon en espérant qu'il capte au moins une partie de ses pensées. Après tout, il l'avait déjà vidée de son sang contre sa volonté, du moins au départ. S'il voulait recommencer, qu'à cela ne tienne : elle encaisserait.

— Oh, que oui : tu feras *tout* ce que je veux ! acquiesça Damon, prouvant qu'il pouvait lire dans ses pensées encore plus nettement qu'elle ne l'avait imaginé. La question, c'est : jusqu'où iras-tu ? Bon, je crois que je viens de te donner un ordre, acheva-t-il en se tournant à moitié vers Matt sans la quitter des yeux.

C'est là, en voyant le regard de Matt, le feu de ses joues, qu'Elena comprit ce qu'il allait faire – et elle essaya immédiatement de dissimuler ses pensées à Damon.

Matt allait se sacrifier.

***

— S'il n'y a pas moyen de vous en dissuader, tant pis, dit Meredith à Mme Flowers. Mais il y a des créatures dehors...

— Oui, ma petite, je sais. Et le soleil est en train de se coucher. Ce n'est pas une heure à traîner dehors. Mais, comme disait toujours ma*man*, deux sorcières valent mieux qu'une !

Elle sourit distraitement à Bonnie.

— Et, comme vous avez très gentiment omis de le souligner, je ne suis plus toute jeune. Tiens, je me souviens même de l'époque où les voitures et les avions n'existaient pas encore ! Mes connaissances peuvent peut-être vous aider à retrouver vos amis... même si, d'un autre côté, vous pouvez sans doute vous passer de moi.

— Sûrement pas, intervint Bonnie avec ferveur.

Elles étaient en train de vider la penderie d'Elena, enfilant des couches de vêtements.

Meredith avait ramassé le sac à dos contenant les affaires de Stefan et les avait répandues sur le lit.

— Bonnie, tu devrais emporter une chemise de Stefan. Vois si tu ressens quelque chose à son contact. Et, euh... vous aussi peut-être, madame Flowers ?

Bonnie comprit son hésitation : c'était une chose de laisser quelqu'un prétendre être une sorcière ; c'en était une autre de la traiter en tant que telle.

L'une des chemises de Stefan constitua donc la dernière couche de l'accoutrement de Bonnie ; quant à Mme Flowers, elle fourra une paire de chaussettes du garçon dans sa poche.

— Par contre, pas question que je sorte par la porte de devant, affirma catégoriquement Bonnie.

Elle osait à peine imaginer le carnage.

— OK, alors on passe par-derrière, dit Meredith en éteignant la chambre de Stefan d'une chiquenaude sur l'interrupteur. Allez, viens !

Elles étaient sur le point de sortir quand la sonnette de l'entrée retentit.

Toutes trois échangèrent un regard, puis Meredith fit brusquement demi-tour.

— C'est peut-être eux !

Elle se dirigea à toute vitesse vers l'entrée plongée dans l'obscurité. Bonnie et Mme Flowers suivirent, plus lentement.

Bonnie ferma les yeux en entendant la porte s'ouvrir. N'entendant aucune exclamation, aucun écho à propos de ce qui était arrivé, elle les rouvrit un tout petit peu.

Rien n'indiquait qu'il s'était produit un phénomène étrange de l'autre côté de la porte. Pas de cadavre d'insecte en bouillie, pas de bestiole morte ou mourante sur le perron.

Des poils se dressèrent sur sa nuque. Non pas qu'elle eût préféré voir les malachs. En revanche, elle voulait savoir ce qu'ils étaient devenus. Machinalement, elle passa une main dans ses cheveux pour sentir si une brindille avait été oubliée.

Rien.

— Je cherche Matthew Honeycutt.

La voix coupa court aux rêveries de Bonnie comme une lame brûlante dans du beurre. Elle ouvrit grand les yeux.

Pas de doute, c'était bien l'écœurant shérif Mossberg, en chair et en os dans ses bottes cirées et son col crêpé. Meredith parla la première.

— Matt n'habite pas ici, dit-elle d'un ton calme.

— En fait, il se trouve que je reviens de chez les Honeycutt, ainsi que de chez les Sulez et les McCullough. Tout le monde m'a suggéré que, si Matt n'était dans aucun de ces endroits, il serait peut-être ici, avec vous.

Bonnie lui aurait volontiers balancé un coup de pied dans le tibia.

— Matt n'a volé aucun panneau ! Il ne ferait jamais, *jamais de la vie*, un truc pareil ! Et si seulement je savais où il était, je vous le dirais, mais je n'en sais rien ! Personne ne le sait !

Elle s'arrêta, pressentant qu'elle en avait peut-être trop dit.

— Et vous êtes ?

Mme Flowers s'interposa.

— Voici Bonnie McCullough et Meredith Sulez. Je suis Mme Flowers, la propriétaire de cette pension, et je crois pouvoir appuyer les remarques de Bonnie concernant les panneaux...

— En fait, ce qui m'amène est plus grave qu'une affaire de panneaux disparus, m'dame. Matthew Honeycutt est considéré comme suspect dans l'agression d'une jeune femme. D'importantes preuves matérielles sont là pour appuyer son témoignage, et la victime affirme qu'ils se connaissent depuis l'enfance, donc il ne peut pas y avoir méprise sur l'identité du garçon.

Tout le monde se tut, abasourdi.

— *Quelle* victime ? s'écria finalement Bonnie.

— La plaignante s'appelle Caroline Forbes. En fait, si

vous croisez par hasard M. Honeycutt, je vous suggère de lui conseiller de se rendre.

Il fit un pas vers elles, comme s'il menaçait de franchir le seuil, mais Mme Flowers lui barra le passage sans un mot.

— *En fait*, l'imita Meredith qui avait retrouvé son sang-froid, vous savez sûrement qu'il vous faut un mandat pour pénétrer ici. Vous en avez un ?

Le shérif Mossberg ne répondit pas. Il pivota à droite avec raideur, descendit l'allée jusqu'à sa voiture et disparut.

25.

Matt se jeta sur Damon à une vitesse témoignant clairement des aptitudes qui lui avaient valu une bourse d'étude de footballeur. Il passa en un clin d'œil de l'immobilité complète au mouvement, tenta de saisir Damon à bras-le-corps et de le faire tomber.

— Cours, Elena !

Sans bouger d'un pouce, Elena essaya de trouver le plan B qui succéderait à ce désastre. Elle avait été contrainte d'assister à l'humiliation de Stefan aux prises avec Damon à la pension, et elle ne voulait pas revivre ça.

Quand elle tourna la tête vers les garçons, Matt se trouvait à une douzaine de mètres de Damon, l'air blême mais vivant. Il s'apprêtait à charger une deuxième fois.

Elena était... incapable de courir. Elle savait pourtant que ce serait la meilleure chose à faire : Damon malmènerait peut-être Matt quelques minutes, mais ensuite il s'emploierait à la pourchasser.

Oui, mais ce n'était pas une certitude. Et elle n'était pas sûre non plus que Matt encaisserait les coups sans trop de dommages ou qu'il serait en état de s'échapper avant que Damon ne la rattrape et n'ait tout le loisir de réfléchir à des représailles.

Ce Damon-*là* était impitoyable.

Il devait pourtant bien y avoir un moyen… Elena avait l'impression d'avoir des toupies dans la tête.

Matt se rua sur Damon, agile, incontrôlable, rapide comme un serpent dardant sa langue, et, cette fois, Damon fit un simple pas de côté au dernier moment, alors que Matt était sur le point de le percuter. Emporté par sa vitesse, Matt continua et Damon pivota simplement sur lui-même pour lui faire de nouveau face. Puis il ramassa son satané bâton. L'extrémité, que Matt avait piétinée, était cassée.

Damon fronça les sourcils en examinant le bout de bois, puis haussa les épaules en le levant…

Mais soudain Matt et lui se figèrent : quelque chose virevolta dans les airs et atterrit entre eux.

Là, s'agitant sous la brise, il y avait une chemise Pendleton marron et bleu marine.

Les deux garçons se tournèrent lentement vers Elena, qui était en caraco blanc à dentelle. Frissonnant un peu, elle enroula ses bras autour de sa poitrine ; il faisait étrangement froid à cette heure de la soirée.

Doucement, Damon abaissa le bâton.

— Sauvé par ton *inamorata* !

— Je sais ce que ça veut dire, mais c'est faux ! Elena est mon amie, pas ma petite amie.

Damon répondit par un vague sourire ; Elena sentait son regard sur ses bras nus.

— Bien... séquence suivante ! reprit-il.

Elena ne fut pas surprise. Abattue oui, mais pas surprise. Et, quand Damon se tourna pour les regarder, elle, puis Matt, et elle encore, elle ne s'étonna pas non plus de revoir ce petit éclair rouge. Il semblait se refléter à l'intérieur de ses lunettes de soleil.

— Maintenant, ordonna Damon à Elena, tu vas aller te mettre sur ce rocher en surplomb, à moitié allongée. Mais d'abord... un autre baiser.

Il jeta un œil à Matt.

— Au travail, Matt. Tu perds du temps ! Commence par embrasser ses cheveux, ensuite Elena renverse la tête en arrière, toi tu l'embrasses dans le cou et elle te prend dans ses bras...

« Matt », se répéta Elena. Damon avait dit *Matt*. C'était sorti de sa bouche si facilement, en toute innocence. Subitement, son cerveau et son corps entier furent submergés par une douche glaciale. Le message en quelque sorte subliminal qu'elle venait de capter n'avait rien de choquant, car au fond elle savait déjà...

« Ce n'est pas Damon. Damon appelle Matt "Blatte". »

Ce n'était pas la personne qu'elle connaissait depuis, quoi... neuf ou dix mois. Seulement ?! Elle l'avait connu en tant qu'humaine, l'avait défié autant que désiré, et il avait semblé l'aimer par-dessus tout quand elle lui tenait tête.

Elle l'avait connu en tant que vampire, avait été attirée par lui de tout son être, et il s'était occupé d'elle comme d'un enfant.

Elle l'avait connu en tant qu'esprit, et elle avait appris beaucoup de la vie après la mort.

C'était un coureur de jupons, parfois sans cœur, traversant la vie de ses victimes comme une chimère, comme un poison, transformant les autres sans jamais changer lui-même. Il s'en jouait, les embrouillait, utilisait les humains, que sa beauté du diable laissait déconcertés.

Mais pas une seule fois elle ne l'avait vu manquer à sa parole. Elle avait le sentiment absolu que ce n'était pas une question de volonté, que ça faisait partie intégrante de Damon, que c'était en lui, si ancré dans son subconscient que même lui ne pourrait rien faire pour changer : plutôt mourir que de ne pas tenir une promesse.

Damon continuait à donner des ordres à Matt :

— ... ensuite, enlève-lui sa...

Alors, qu'avait-il fait de sa promesse d'être son garde du corps, de la tenir à l'abri du danger ?

Il s'adressait maintenant à elle :

— Bon, tu as compris à quel moment tu dois renverser la tête, Elena ? Après...

— *Qui es-tu ?*

— Quoi ?

— Tu as très bien compris. *Qui es-tu ?* Si tu avais réellement vu Stefan partir et que tu lui avais promis de veiller sur moi, rien de tout ça ne serait arrivé. Oh, ça ne t'empêcherait pas d'embêter Matt, bien sûr, mais pas devant moi. Tu n'es pas... Damon n'est pas aussi bête ! Il sait ce que c'est qu'un garde du corps. Il sait que voir Matt souffrir est aussi douloureux pour moi. Tu n'es pas Damon. Alors... QUI ES-TU ?

La force et la rapidité de cobra de Matt n'avaient servi à rien. Une autre approche aurait peut-être plus de succès. En parlant, Elena avait tendu lentement la main vers le visage de Damon. D'un simple geste, elle lui ôta ses lunettes.

Des yeux rouges comme du sang neuf brillèrent devant elle.

— *Qu'est-ce que tu as fait ?* chuchota-t-elle avec effroi. Qu'est-il arrivé à Damon ?

Matt ne pouvait pas l'entendre d'où il était, mais il s'était rapproché peu à peu pour essayer d'attirer l'attention d'Elena. Elle espérait de tout cœur qu'il se sauverait sans réfléchir. Car il n'était qu'un moyen de chantage pour cette créature.

Sans un geste brusque en apparence, le prétendu Damon tendit le bras et lui arracha les lunettes des mains. Ça se passa trop vite pour qu'Elena ait le temps de le contrer.

Puis il lui saisit le poignet d'une main de fer.

— Ce serait beaucoup moins pénible pour vous deux si vous étiez plus coopératifs, lâcha-t-il avec désinvolture. Je crois que vous n'avez pas idée de ce qui pourrait vous arriver si vous me mettez en colère !

De sa poigne, il la forçait à se baisser, à s'agenouiller. Elena décida de ne pas se laisser faire. Malheureusement, son corps n'était pas du même avis ; il envoyait des signaux de détresse à son cerveau, des signaux de douleur intense et fulgurante. Elle se croyait capable de ne pas en tenir compte, de supporter le choc s'il lui cassait le poignet, mais elle avait tort. À un certain stade, une partie de son cerveau se déconnecta complètement et l'instant d'après elle était à genoux, le poignet en feu.

— Ah, la faiblesse des hommes ! s'exclama Damon avec mépris. Vous vous faites avoir à chaque fois. Depuis le temps, tu devrais savoir qu'il vaut mieux m'obéir, Elena.

« Ce n'est pas Damon », se dit-elle avec une violence telle qu'elle fut surprise que l'imposteur ne l'entende pas.

— Bien !

Damon continua sur un ton joyeux :

— Va t'asseoir sur ce rocher, penche-toi en arrière. Et toi, Matt, viens te mettre face à elle.

Son ton était à la fois autoritaire et poli, mais Matt, qui avait fait semblant de ne pas l'entendre, était déjà au côté d'Elena, examinant les traces de doigts sur son poignet d'un air stupéfait.

— Matt debout, Elena assise ! Sinon, ça va chauffer, je vous préviens. Allez, du nerf, les mômes !

Damon avait ressorti sa caméra.

Matt consulta Elena du regard. Elle jeta un œil à l'imposteur.

— Qui que tu sois, va au diable ! lâcha-t-elle en articulant chaque mot.

— Enfer et damnation... J'ai déjà donné, merci ! railla la créature qui n'était pas Damon.

Il adressa à Matt un sourire à la fois lumineux et terrifiant. Puis il agita son bâton.

Matt l'ignora. Il attendit, le visage de marbre, que la douleur se manifeste.

Elena se releva tant bien que mal pour faire face avec lui. Ensemble, ils pouvaient affronter Damon.

Ce dernier sembla devenir fou de rage.

— Vous voulez me faire croire que vous n'avez pas peur de moi ? Pourtant, si vous aviez un minimum de bon sens, vous seriez terrorisés !

D'un air agressif, il fit un pas vers Elena.

— Pourquoi est-ce que tu n'as pas *peur* de moi ?

— Qui que tu sois, tu n'es qu'une grosse brute ! Tu as fait du mal à Matt. Et à moi aussi. Je ne doute pas que tu puisses nous tuer, mais tu ne nous fais pas peur.

— Crois-moi, ça ne va pas durer.

La voix de Damon était maintenant un murmure menaçant :

— *Vous allez voir.*

Alors que les derniers mots de Damon résonnaient encore aux oreilles d'Elena, l'incitant à réfléchir, à établir un rapprochement (à qui ça la faisait penser ?), elle fut terrassée par la douleur.

Les jambes coupées, elle s'effondra. Elle essaya alors de se mettre en boule, de se pelotonner dans sa souffrance. Toute lucidité fut balayée de son esprit. Elle sentit Matt à côté d'elle qui tentait de la tenir, mais elle ne pouvait plus communiquer avec lui, pas plus qu'elle ne pouvait s'envoler. Prise d'une violente secousse, elle s'abattit sur le côté comme si elle avait une attaque. La réalité qu'elle percevait n'était plus que souffrance ; elle n'entendait que des voix semblant venir de loin.

— *Arrête, Damon !*

Matt était dans tous ses états.

— Mais arrête, bon sang ! Tu es devenu fou ? Tu veux *tuer Elena* ?

Cette chose qui n'était pas Damon répliqua doucement :

— Je te conseille de te tenir tranquille.

Pour toute réponse, Matt poussa un cri primal, plein de rage.

***

— Caroline ?! Comment ose-t-elle ?

Folle de rage, Bonnie faisait les cent pas dans la chambre de Stefan pendant que Meredith s'affairait sur l'ordinateur.

— Elle n'ose pas s'en prendre directement à Stefan ou à Elena à cause du serment, expliqua Meredith. Du coup, elle a inventé cette histoire pour nous atteindre.

— Mais Matt…

— Matt n'est qu'un prétexte. Il était chez Jim : le coupable était tout trouvé pour elle. Malheureusement, il y a le problème des preuves physiques.

— Comment ça ? Matt n'a pas…

— Les éraflures, mon enfant, intervint Mme Flowers d'un air triste. Les blessures de votre insecte aux dents pointues. À l'heure actuelle, le cataplasme que j'ai mis sur le bras de votre ami a dû le cicatriser et ça a sûrement l'air de coups d'ongle, maintenant. Quant à la marque dans son cou…

Mme Flowers toussa délicatement.

— Ça ressemble à ce que, de mon temps, on appelait une « morsure d'amour ». Signe d'un rendez-vous galant qui s'est terminé dans la violence, peut-être ? Mais je sais que votre ami ne ferait jamais une chose pareille.

— Souviens-toi de l'état dans lequel était Caroline la dernière fois qu'on l'a vue, Bonnie, ajouta Meredith avec flegme. Je ne parle pas du fait qu'elle était à quatre pattes – je parie qu'elle marche de nouveau normalement. Mais son visage : elle avait un œil au beurre noir et la joue enflée. En termes de calendrier, c'est parfait.

Bonnie avait l'impression d'avoir un wagon de retard sur tout le monde.

— Quoi, quel calendrier ?

— La nuit où l'insecte a attaqué Matt : c'est le lendemain matin que le shérif a appelé pour lui parler. Matt a admis que sa mère ne l'avait pas vu de la soirée, et le voisin a affirmé l'avoir vu arriver devant chez lui en voiture et quasiment s'endormir comme une masse sur place.

— C'était à cause du venin de l'insecte. Il venait juste de se battre contre le malach !

— On le sait, Bonnie. Mais eux diront qu'il venait d'agresser Caroline et, vu l'état dans lequel était Mme Forbes, ce n'est pas elle qui pourra témoigner du contraire. Alors qui peut prouver que Matt n'était pas chez Caroline ? Et que ce n'était pas prémédité ?

— Nous ! On peut se porter garants...

Bonnie s'arrêta soudain en bafouillant.

— Mais non. C'est censé être arrivé une fois qu'il était parti d'ici. Enfin, c'est dingue !

Elle se remit à arpenter la pièce.

— J'ai vu une de ces bestioles en gros plan et ça ressemblait exactement à la description de Matt...

— Et qu'est-ce que ça change ? Rien ! En plus, ils diront que tu inventes n'importe quoi pour l'aider.

Bonnie ne supportait plus de rester les bras croisés. Il fallait qu'elle retrouve Matt, qu'elle le prévienne – si tant est qu'elle puisse le retrouver, lui ou Elena.

— Je croyais qu'il n'y avait pas une minute à perdre et qu'il fallait partir à leur recherche ! lança-t-elle à Meredith d'un ton accusateur.

— Je sais, c'est vrai. Mais il fallait que je vérifie quelque chose, je voulais réessayer de lire cette page qui ne serait lisible que par les vampires. L'histoire de *Shi no Shi*. Mais j'ai modifié l'écran de toutes les façons possibles et imaginables et, quoi qu'il y ait d'écrit, je n'arrive pas à le lire.

— Alors, mieux vaut ne pas perdre davantage de temps avec ça, dit Mme Flowers. Enfilez vos blousons, mes petites. On prend la Calèche Jaune ou pas ?

Un moment, Bonnie eut la vision délirante d'un véhicule tiré par des chevaux, une sorte de carrosse de Cendrillon qui n'aurait pas une forme de citrouille. Puis elle se rappela avoir vu la vieille Ford T de Mme Flowers – peinte en jaune, donc – garée dans ce qui devait être les anciennes écuries de la pension.

— On s'en est mieux sorties à pied qu'en voiture, répondit Meredith en cliquant brutalement une dernière fois sur le bouton de réglage de l'écran. On est plus mobile que... Attendez ! Ça y est !

— Qu'est-ce qui y est ?

— Le site Web. Venez voir ça !

Bonnie et Mme Flowers s'approchèrent de l'ordinateur. L'écran était vert vif et quelque chose était écrit en fines lettres vert foncé, à peine visibles.

— Comment tu as fait ? s'étonna Bonnie tandis que Meredith se penchait pour attraper un bloc-notes et un stylo.

— J'en sais rien. J'ai juste modifié une dernière fois la configuration des couleurs.

Elles fixèrent les mots sur l'écran.

Marre du lapis-lazuli ?
Envie de vacances à Hawaï ?
Las de cette sempiternelle nourriture liquide ?
Faites un tour chez Shi no Shi.

En dessous, une publicité pour la « Mort des Morts », un lieu où les vampires pouvaient guérir de leur malédiction et redevenir humains. Enfin, il y avait une adresse. Juste le chemin d'une ville, sans précision sur la région ni sur la ville d'ailleurs. Mais c'était toujours un indice.

— Stefan n'a pas mentionné de rue dans son mot ?

— Il ne voulait peut-être pas inquiéter Elena, supposa Meredith. À moins qu'il n'y ait pas eu d'adresse quand il a regardé le site.

Bonnie eut un frisson.

— Ce *Shi no Shi* ne me dit rien qui vaille. Et ne te moque pas, Meredith, ajouta-t-elle sur la défensive. N'oublie pas ce qu'a dit Stefan sur le fait de se fier à mon intuition.

— Personne ne se moque, Bonnie. Il faut qu'on retrouve Matt et Elena : ton intuition, elle dit quoi là-dessus ?

— Qu'on va avoir des ennuis, et que Matt et Elena sont déjà en plein dedans.

— C'est drôle, c'est justement ce que la mienne me disait.

— Bon, vous êtes prêtes maintenant ?

Mme Flowers leur tendit des lampes électriques.

En testant la sienne, Meredith vit qu'elle projetait un faisceau uniforme et puissant.

— Allons-y.

Bonnie et Mme Flowers la suivirent en bas, puis dehors, et enfin sur la route qu'elles avaient empruntée peu de temps auparavant.

Le pouls de Bonnie était très rapide, et son ouïe à l'affût du moindre *flap-flap*. Mais, à part les faisceaux de leurs torches, la vieille forêt baignait dans l'obscurité et dans un silence sinistre. Pas même un chant d'oiseau pour troubler cette nuit sans lune.

Elles s'y enfoncèrent et, en quelques minutes, elles furent perdues.

***

Matt se réveilla allongé sur le côté. Pendant un instant, il se demanda où il était. Dehors. Par terre. Pique-nique ? Randonnée ? Sieste ?

Puis, comme il essayait de bouger, une douleur atroce se réveilla comme un volcan en éruption et tout lui revint en mémoire. « Ce salaud qui torturait Elena ! »

Torturer Elena.

Ça ne collait pas, pas avec Damon. Elena lui avait dit quelque chose à la fin qui l'avait mis vraiment en colère. Qu'est-ce que c'était déjà ?

La question le tracassait, mais ce n'était pas la première qui restait sans réponse.

Il se rendit compte qu'il pouvait finalement bouger, mais très lentement. Pivotant la tête avec prudence, centimètre par centimètre, il regarda autour de lui jusqu'à ce qu'il voie Elena, étendue près de lui comme une poupée désarticulée. Il avait mal et terriblement soif ; elle devait ressentir la même chose. La première chose à faire était de l'emmener à l'hôpital ; le type de contractions musculaires provoquées par une telle douleur pouvait lui casser un bras ou même une jambe ; les contractures devaient être suffisamment fortes pour entraîner une entorse ou une luxation. Sans parler de Damon qui lui avait tordu le poignet.

Voilà ce que la voix de la raison et son sens pratique lui soufflaient. Mais la question qui continuait de tourner en boucle dans son esprit le perturbait profondément.

Il s'en est pris à *Elena* ? De la même manière qu'il s'en est pris à moi ? Je ne peux pas le croire ! Je savais qu'il était malsain et tordu, mais je n'ai jamais entendu dire qu'il s'en prenait aux filles. Et jamais il ne ferait de mal à Elena. *Jamais.* Quant à moi… S'il me traite avec autant d'égards que Stefan, il finira par me tuer. Je n'ai pas la résistance d'un vampire.

« Il faut que je tire Elena de là avant qu'il ne me tue. Je ne peux pas la laisser avec lui. »

Instinctivement, il savait que Damon était toujours dans les parages. Ce qui se confirma quand il entendit un petit bruit et quand, après avoir tourné la tête trop vite, il se retrouva nez à nez avec une botte noire qui lui parut floue. Cette vision confuse était la conséquence de son mouvement de tête trop brusque, mais, dès qu'il avait bougé, il avait senti son visage enfoncé dans la terre et les aiguilles de pin.

Enfoncé par la botte. Elle était posée sur sa nuque, écrasant sa joue dans le sol comme pour l'y incruster. Fou de rage, Matt émit un son inarticulé et s'empara à deux mains de la jambe qui le surplombait pour tenter de trouver une prise et se libérer de Damon. Mais, s'il avait réussi à empoigner le cuir lisse, faire bouger cette botte s'avérait impossible. Ce n'était plus un vampire, mais un homme de fer. Matt sentit les tendons de sa gorge saillir, son visage rougir et ses muscles se contracter sous sa chemise alors qu'il faisait un violent effort pour soulever le pied de Damon. Finalement, épuisé, le cœur battant à tout rompre dans la poitrine, il abandonna.

À cet instant, la botte se souleva. Pile au moment où il n'avait plus la force de bouger la tête. Dans un effort ultime, il la redressa de quelques centimètres.

Damon le prit par le menton et le regarda.

— Quel dommage, dit-il avec un mépris exaspérant. Vous, les humains, vous êtes si faibles ! Ce n'est vraiment pas drôle de jouer avec vous.

— Stefan… reviendra, lâcha Matt.

Toujours à plat ventre malgré lui, il regardait Damon depuis le sol.

— Stefan te tuera.

— Tu sais quoi ? répliqua Damon sur le ton de la conversation. Tu as la joue dans un sale état avec toutes ces égratignures. Ça te donne un petit côté Fantôme de l'Opéra !

— Et si ce n'est pas lui, ce sera moi. J'ignore comment, mais je jure que je te tuerai !

— Attention aux promesses que tu fais.

Alors que Matt parvenait à allonger un tant soit peu le bras pour se redresser, Damon l'attrapa violemment par les cheveux et lui releva la tête d'un coup sec.

Il fixa Matt au fond des yeux et le força à en faire autant, malgré ses efforts pour détourner son regard.

— Si Stefan a eu un immense pouvoir pendant quelques jours, dit-il, c'est uniquement parce qu'il buvait le sang d'un esprit très puissant qui ne s'était pas encore adapté à la Terre. Mais regarde-la à présent !

Il lui tira les cheveux plus fort, en lui tordant le cou vers Elena.

— Tu parles d'un esprit puissant ! Étendue dans la poussière. Le pouvoir a maintenant repris la place qu'il mérite. Est-ce que tu comprends, *petit* ?

Matt fixa Elena.

— Comment as-tu pu faire ça ? murmura-t-il.

— Simple démonstration de ce qu'il en coûte de me défier. Tu n'aimerais quand même pas que je sois macho et que je l'épargne, si ?

Il fit claquer sa langue d'un air dépité.

— Eh oui, il faut vivre avec son temps !

Matt ne répondit rien. Il fallait qu'il sorte Elena de là.

— Tu t'inquiètes pour la fille ? Elle fait juste la morte, tu sais ! Dans l'espoir que je ne fasse plus attention à elle et que je m'occupe d'abord de toi.

— Tu mens.

— *Donc*, je vais m'occuper de toi. En parlant de vivre avec son temps, tu sais qu'à part tes éraflures tu es plutôt beau garçon ?

Au début, Matt ne comprit pas. Mais, quand les mots prirent tout leur sens dans son esprit, il sentit son sang se figer.

— En tant que vampire, je peux te donner un avis fondé et honnête. Et, en tant que tel, je commence à avoir vraiment soif ! D'un côté, il y a toi. De l'autre, il y a la fille qui fait encore semblant de dormir : je suis sûr que tu vois où je veux en venir.

« Je crois en toi, Elena, pensa Matt. Il ment et il mentira toujours. »

— Prends mon sang, Damon.

— Tu es sûr ?

Le ton de Damon était maintenant plein de sollicitude.

— Si tu résistes, la douleur sera épouvantable, tu sais ?

— Finissons-en.

— Comme tu voudras.

Damon posa un genou à terre avec aisance, tout en tirant encore sur les cheveux de Matt, qui grimaça de douleur. Son buste se retrouva sur le genou de Damon et sa tête rejetée en arrière, la gorge à nu. En fait, Matt ne s'était jamais senti aussi impuissant et vulnérable de sa vie.

— Tu peux encore changer d'avis, le provoqua Damon.

Matt ferma les yeux, déterminé à ne pas répondre.

Une seconde plus tard, des dents acérées comme des lames de rasoir ouvrirent une veine dans la gorge de Matt et une bouche béante se referma autour de son cou, aspirant goulûment le sang qui en jaillissait.

***

Consciente mais incapable de bouger, d'émettre un son ou de tourner la tête, Elena fut forcée d'écouter la scène depuis l'endroit où elle s'était écroulée, forcée d'entendre les gémissements de Matt, qui résista jusqu'au bout tandis que son sang était aspiré contre son gré.

C'est alors qu'elle pensa à quelque chose ; une pensée terrible qui, ajoutée à ses vertiges et à son angoisse, faillit lui faire perdre connaissance.

26.

Les lignes d'énergie. Stefan en avait parlé et, l'influence du monde des esprits agissant encore sur elle, Elena les avait repérées sans le vouloir. Toujours étendue sur le côté, canalisant dans ses yeux ce qui lui restait de pouvoirs, elle regarda la terre.

Un voile de terreur assombrit ses pensées.

Venues de toutes les directions, des lignes convergeaient dans la clairière. Les plus épaisses répandaient une lumière froide et phosphorescente ; d'autres avaient l'éclat terne des moisissures de cave ; et les plus petites ressemblaient à des fissures parfaitement rectilignes dans la couche superficielle de l'écorce terrestre. C'était comme des veines, des artères et des nerfs cachés sous la peau du prédateur de la clairière.

Pas étonnant que la forêt ait l'air habitée. Elena gisait sur une gigantesque intersection de lignes d'énergie. Si c'était pire au cimetière, elle n'imaginait même pas à quoi cela pouvait ressembler.

Si Damon avait réussi d'une manière ou d'une autre à exploiter ce pouvoir... pas étonnant qu'il ait l'air si différent, arrogant et invincible. Depuis qu'il s'était détourné d'elle pour boire le sang de Matt, Elena n'avait cessé de secouer la tête pour tenter d'oublier cette humiliation. Mais elle essayait maintenant de trouver un moyen d'utiliser cette énergie. Il y en avait forcément un.

Elle voyait toujours aussi trouble, mais prit finalement conscience que ce n'était pas parce qu'elle était faible. C'était parce que la nuit tombait : le crépuscule plongeait la clairière dans l'obscurité complète.

Elle tenta encore de se relever, avec succès cette fois. Presque aussitôt, une main se tendit vers elle. Machinalement, elle la prit et se laissa hisser.

Qui qu'il fût – Damon ou un imposteur utilisant son apparence –, elle se tourna vers lui. Malgré la pénombre, il portait encore ses grosses lunettes de soleil. Elle ne distinguait rien du reste de son visage.

— Maintenant, dit celui qui se cachait derrière les lunettes, tu vas venir avec moi.

Il faisait presque entièrement nuit, et ils se trouvaient dans l'antre d'un prédateur.

Cette clairière était malsaine. Elle résonnait d'une malveillance qu'il était impossible de ne pas entendre.

Il fallait qu'elle continue de réfléchir, qu'elle se concentre.

Elle craignait le pire pour Matt ; que Damon lui ait pris trop de sang ou qu'il ait joué trop violemment avec son jouet – jusqu'à le casser.

Et puis, elle avait peur de ce prétendu Damon. Elle était inquiète de l'influence que cet endroit avait pu avoir sur le vrai Damon. En théorie, la forêt qui les entourait n'avait aucun effet sur les vampires. Damon était-il blessé et sous le joug de cet imposteur ? Et, s'il comprenait quoi que ce soit à la situation, arrivait-il à distinguer cette souffrance de sa peine et de sa colère à l'égard de Stefan ?

Elena l'ignorait. Mais elle n'avait pas oublié ce regard terrible qu'il avait eu quand Stefan lui avait dit de quitter la pension. Et elle savait que la forêt abritait des créatures qui pouvaient influencer l'esprit d'une personne. Elle avait vraiment peur que ce ne soit le cas de Damon en ce moment ; que les malachs n'aient noirci ses plus sombres désirs et ne se servent de lui pour en faire un monstre, ce qu'il n'avait jamais été même dans les pires moments.

Mais comment en être certaine ? Comment Elena pouvait-elle savoir si oui ou non les malachs étaient contrôlés par une *autre* force ? En son for intérieur, elle sentait que Damon était sans doute inconscient de ses actes. Mais c'était peut-être juste l'espoir qui parlait.

Elle ne sentait que des petites créatures maléfiques autour d'elle. Des êtres étranges semblables à des insectes, comme ceux qui avaient attaqué Matt, encerclaient la clairière. Surexcités, ils fouettaient l'air de leurs tentacules en produisant une sorte de bruit d'hélico.

Damon était-il sous leur influence en ce moment ? Certainement – il n'avait jamais fait de mal à ses amis comme il l'avait fait aujourd'hui. Il fallait qu'elle les sorte tous les trois d'ici. Elle ressentit une nouvelle vague de nostalgie en pensant à Stefan, qui aurait peut-être su quoi faire dans cette situation.

Elle se tourna lentement vers Damon.

— Est-ce que je peux appeler quelqu'un pour venir en

aide à Matt ? J'ai peur de le laisser ici. J'ai peur qu'*ils* ne s'en prennent à lui, dit-elle.

Juste histoire de lui faire comprendre qu'elle *savait* que ses complices se cachaient dans les arbustes et les buissons alentour.

Damon hésita. Il sembla réfléchir, puis il secoua la tête.

— Il ne faut pas qu'on leur donne trop d'indices sur l'endroit où tu te trouves ! répondit-il joyeusement. Ce sera une expérience intéressante de voir si – et *comme*nt – les malachs réussiront à l'avoir.

— Pas pour moi.

La voix d'Elena sonnait faux.

— Matt est mon ami.

— Peut-être, mais on va le laisser là pour l'instant. Je n'ai pas confiance en toi, même si c'est juste pour me dicter un message à envoyer à Meredith ou à Bonnie avec mon téléphone.

Elena ne répondit rien. À vrai dire, il avait raison de ne pas se fier à elle car, dès qu'ils avaient su que Damon était à sa recherche, ses amis et elle avaient mis au point un code formé de phrases en apparence anodines. Ça remontait à une éternité – à une autre vie, pour ainsi dire –, mais elle ne l'avait pas oublié.

Sans bruit, elle suivit simplement Damon jusqu'à la Ferrari.

— Tu n'opposes pas trop de résistance, pour une fois. Je me demande ce que tu mijotes.

— Rien, j'aimerais autant qu'on en finisse, si tu voulais bien me dire ce que tu comptes faire, dit-elle avec une bravoure qu'elle était loin de ressentir.

— Eh bien, tout dépend de toi, à présent.

Damon donna un coup de pied dans les côtes de Matt en

passant. Il faisait les cent pas, marchait en cercle autour de la clairière, qui semblait plus petite que jamais. Un cercle dont Elena était exclue. Elle avança... et glissa. Sans comprendre pourquoi. Peut-être que l'animal géant respirait ? Ou bien c'étaient juste les aiguilles de pin sous ses bottes.

Le fait est qu'elle allait vers Matt et que, l'instant d'après, son pied se dérobait et l'envoyait par terre tête la première sans qu'elle puisse se rattraper.

Damon la réceptionna en douceur, sans se presser.

— Merci, dit-elle spontanément.

— Tout le plaisir est pour moi.

« Ça, c'est sûr, pensa-t-elle. C'est *son* plaisir, et c'est tout ce qui compte pour lui. »

C'est là qu'Elena s'aperçut qu'ils se dirigeaient vers sa Jaguar.

— Oh non...

— Oh si ! la coupa Damon. À moins que tu ne veuilles encore voir ton copain souffrir. À un moment, son cœur finira par lâcher, tu sais !

— Damon...

Elle se dégagea.

— Je ne comprends pas. Ça ne te ressemble pas. Prends ce que tu veux et va-t'en !

Il la fixa sans ciller.

— C'est exactement ce que je fais.

— Tu n'es pas obligé...

Malgré tous ses efforts, sa voix tremblait.

— Emmène-moi où ça te chante et prends mon sang. Matt n'en saura rien. Il est inconscient.

Un long silence tomba sur la clairière. Le silence absolu. Les oiseaux de nuit et les grillons cessèrent leur petite musique. Elena eut subitement l'impression de dégringoler d'un grand huit en laissant tous ses organes en haut. Puis Damon révéla enfin le fond de sa pensée :

— C'est *toi* que je veux. Rien d'autre.

Elena rassembla ses forces, essayant de garder la tête claire malgré le brouillard qui semblait l'envahir.

— Tu sais que c'est impossible.

— Je sais que c'était possible pour Stefan. Quand tu étais avec lui, tu ne pensais qu'à lui. Il était le seul que tu voyais, que tu entendais, que tu aimais.

Elena avait la chair de poule des pieds à la tête.

— Damon, tu as fait quelque chose à Stefan ? demanda-t-elle avec calme bien qu'elle ait la gorge serrée.

— Voyons, pourquoi je ferais une chose pareille ?

— On sait tous les deux pourquoi, dit Elena tout bas.

— Tu veux dire…, commença Damon avec désinvolture, mais sa voix se fit plus grave tandis qu'il lui agrippait les épaules : pour que tu ne penses plus qu'à *moi* ?

— Enlève tes lunettes, Damon, répondit Elena toujours calmement, en contrôlant sa peur.

Damon jeta un œil en l'air et autour de lui comme pour s'assurer qu'aucune lueur du coucher de soleil ne pouvait plus filtrer à travers le décor gris-vert qui les entourait. Puis, d'une main, il ôta ses lunettes.

Elena se retrouva face à des yeux si noirs qu'on distinguait à peine la pupille de l'iris. Elle enclencha une zone de son cerveau… et fit en sorte que tous ses sens se concentrent sur le visage de Damon, sur son expression, sur le pouvoir qui circulait en lui.

Ses yeux étaient toujours aussi noirs que les profondeurs d'une caverne inexplorée. Pas d'éclair rouge ; mais bon, cette fois il avait eu le temps de se préparer.

— Je ferai tout ce que tu veux, Damon. Mais il faut que je sache : est-ce que tu as fait quelque chose à Stefan ?

— Stefan était encore ivre de ton sang quand il t'a quittée, lui rappela-t-il sans lui laisser le temps de protester. Mais, pour répondre précisément à ta question, j'ignore où il est. Ça, je t'en donne ma parole. Quoi qu'il en soit, ce que tu pensais tout à l'heure est exact, ajouta-t-il.

Elena essaya en vain de se libérer de sa poigne.

— Je suis le seul, Elena. Le seul que tu n'aies pas conquis. Le seul que tu ne puisses pas manipuler. Fascinant, hein ?

Soudain, en dépit de sa peur, elle se mit en colère.

— Alors pourquoi faire du mal à Matt ?! C'est juste un ami. Qu'est-ce qu'il a à à voir dans tout ça ?

— Juste un ami ?

Damon eut le même rire qu'un peu plus tôt : sinistre.

— En tout cas, lui au moins n'a rien à voir avec le départ de Stefan ! cria encore Elena.

Damon se tourna vers elle, mais la clairière était maintenant si sombre qu'elle était incapable de déchiffrer l'expression de son visage.

— Qui a dit que j'y étais pour quelque chose ? Quoique, maintenant que l'occasion se présente, je devrais peut-être en profiter…

Il releva Matt d'une main et, de l'autre, brandit quelque chose d'argenté.

Les clés d'Elena. Celles qui étaient dans sa poche de jean. Sans doute volées pendant qu'elle était évanouie.

La voix de Damon était aussi impénétrable que son regard. Elle n'y décelait rien, à part un ton amer et brutal – comme d'habitude quand il parlait de Stefan.

— Même si j'avais essayé, avec ton sang qui coulait dans

ses veines je n'aurais pas pu tuer mon frère quand je l'ai vu, ajouta-t-il.

— Tu *as essayé* ?

— À vrai dire, non. Pour ça aussi, tu as ma parole.

— Et tu ne sais pas où il est ?

— Non.

Il souleva Matt.

— Qu'est-ce que tu fabriques ?

— Je l'emmène avec nous ! Je le prends en otage pour que tu restes sage.

— Non ! refusa Elena. C'est entre toi et moi. Tu lui as fait assez de mal comme ça !

Elle cligna des yeux et, une fois de plus, faillit hurler en se retrouvant nez à nez avec Damon, beaucoup trop près et beaucoup trop vite.

— Écoute, je ferai absolument *tout* ce que tu veux ! Mais pas ici, en pleine nature, et pas avec Matt dans les parages.

« Allons, Elena, où est passé ton côté femme fatale ? se disait-elle. C'est le moment de t'en servir. À l'époque, tu savais allumer n'importe quel mec. Ce n'est pas un vampire qui va te résister ! »

— Emmène-moi ailleurs, dit-elle doucement en glissant son bras sous celui de Damon. Mais je ne veux pas prendre ma voiture. Emmène-moi en Ferrari.

Damon recula jusqu'au coffre de la Ferrari, l'ouvrit et jeta un œil à l'intérieur. Puis il regarda Matt. Il était clair que ce grand garçon bien bâti n'allait pas entrer dans le coffre… du moins, pas en un seul morceau.

— N'y pense même pas ! menaça Elena. Enferme-le plutôt dans la Jaguar avec les clés.

Elle pria de toutes ses forces pour qu'il l'écoute.

Damon ne répondit rien dans un premier temps, puis il

leva les yeux avec un sourire si éclatant qu'Elena le vit dans l'obscurité.

— D'accord.

Il reposa Matt par terre.

— Si tu essaies de t'enfuir pendant que je déplace les voitures, ton copain, je l'écrase.

« Damon, Damon : tu ne comprendras donc jamais ? Ce n'est pas le genre des humains de laisser un ami en plan », pensa-t-elle tandis qu'il sortait la Ferrari de la clairière pour y amener la Jaguar et mettre Matt dedans.

— Bon, dit-elle d'une petite voix.

Elle avait peur de regarder Damon en face.

— Maintenant, qu'est-ce que tu veux ?

Damon pencha le buste dans une courbette très élégante en lui indiquant la Ferrari. Elle se demanda ce qui allait se passer une fois qu'elle serait montée. Si Damon était un agresseur lambda – et si elle n'était pas préoccupée par Matt –, si elle n'avait pas encore plus peur de cette forêt que de lui…

Elle hésita avant de monter dans la voiture de Damon.

À l'intérieur, elle sortit son caraco de son jean pour cacher le fait qu'elle ne mettait pas sa ceinture de sécurité. Elle doutait que Damon soit du genre à mettre la sienne ou à verrouiller les portières. Les précautions, ce n'était pas son truc. Et elle priait pour qu'il ait d'autres soucis en tête.

— Sérieusement, Damon, où est-ce qu'on va ? dit-elle en s'installant.

— D'abord, qu'est-ce que tu dirais d'un petit dernier pour la route ? suggéra Damon d'une voix faussement joviale.

Elena s'y attendait. Elle resta assise passivement tandis que Damon lui prenait le menton entre ses doigts un peu tremblants. Elle ferma les yeux en sentant la double morsure de ses canines acérées et ne les rouvrit pas lorsqu'il referma la bouche et se mit à boire à longs traits. La conception de Damon du « dernier pour la route » était exactement ce qu'elle avait craint : un énorme risque. C'est seulement quand elle eut l'impression d'être vraiment à deux doigts de s'évanouir qu'elle repoussa son épaule.

Il continua pendant quelques secondes très douloureuses, juste histoire de lui montrer qui commandait. Puis il la lâcha et se lécha les lèvres, le regard luisant à travers ses Ray-Ban.

— Exquis, dit-il. Incroyable, même.

« C'est ça, dis-moi que je suis aussi bonne qu'un scotch pur malt, fulmina-t-elle en silence. C'est typiquement le genre de mots qui me font fondre. »

— On peut y aller, maintenant ? demanda-t-elle d'un ton plein de sous-entendus.

C'est là qu'elle repensa aux habitudes de conduite de Damon.

— Fais attention, cette route est pleine de virages.

La réaction de Damon fut celle qu'elle avait espérée. Il appuya sur l'accélérateur et ils sortirent comme une flèche de la clairière. Puis ils enchaînèrent les virages serrés de la vieille forêt à une vitesse à laquelle Elena n'était jamais montée ; une vitesse à laquelle personne n'avait jamais osé conduire quand elle était passagère.

Il n'empêche que, cette route, elle la connaissait. Elle avait joué ici toute petite. Une seule famille habitait à la lisière de la forêt, et l'allée qui menait à la maison était du côté droit de la chaussée – *son* côté. Elle était prête. Il allait prendre un virage brusque à gauche et, juste avant la fin de la courbe, il y avait l'allée des Dunstan : c'est là qu'elle sauterait.

Aucun trottoir ne bordait la route de la vieille forêt, bien sûr, mais à cet endroit il y avait un gros massif de rhodo-dendrons et des buissons. Il ne lui restait plus qu'à prier. Prier pour ne pas se rompre le cou au moment de l'impact. Pour ne pas se casser un bras ou une jambe avant d'avoir réussi à parcourir les quelques mètres qui la séparaient de l'allée. Pour que les Dunstan soient chez eux quand elle tambourinerait à la porte et qu'ils l'écoutent quand elle leur dirait de ne pas laisser entrer le vampire qui la poursuivait.

Elle aperçut le virage. Elle ne savait pas pourquoi le prétendu Damon ne lisait pas dans ses pensées mais, apparemment, il n'y arrivait pas. Il ne disait rien, et la seule précaution qu'il semblait prendre pour l'empêcher de s'enfuir, c'était de rouler vite.

Elle allait se faire mal, elle le savait. Mais le pire, dans la douleur, c'est la peur. Et elle n'avait pas peur.

Lorsque Damon prit le virage, elle tira sur la poignée et poussa de toutes ses forces des deux mains en donnant des coups de pied. La portière s'ouvrit et la force centrifuge happa les jambes d'Elena puis Elena tout entière.

Damon essaya de la rattraper d'un geste vif, mais il ne saisit qu'une mèche de cheveux. Un instant, Elena pensa qu'il allait l'empêcher de sauter ! Elle fit un vol plané sur plusieurs mètres, à soixante centimètres du sol, en tendant les bras pour tenter de s'emparer de quelque chose qui pourrait la freiner. Finalement, dans ce lieu où magie et physique se confrontaient, elle tomba dans un rebond... beaucoup plus loin que prévu de la maison des Dunstan.

Elle fit de son mieux pour essayer d'amortir le choc en présentant les fesses, mais c'est son talon gauche qui toucha la terre ferme en premier. Son genou s'écrasa sur le bitume et elle tomba si lourdement sur le bras droit qu'elle eut l'impression qu'il allait s'enfoncer dans son épaule.

Le premier impact lui coupa le souffle, et ce n'est qu'au troisième qu'elle le retrouva.

L'univers avait beau valdinguer autour d'elle, il y avait un signe qu'elle ne pouvait pas rater : un curieux épicéa qu'elle avait remarqué trois cents mètres plus haut, avant de sauter de la voiture. Elle pleura sans pouvoir s'arrêter en écartant les broussailles dans lesquelles ses chevilles s'étaient emmêlées. « Tant mieux », pensa-t-elle. Si elle n'avait versé que trois larmes, sa vue se serait sans doute brouillée. Mais, les yeux lavés de larmes, elle voyait l'épicéa et le coucher de soleil droit devant elle. Si elle partait dans cette direction et tournait à angle droit sur sa droite, elle ne pourrait pas manquer les Dunstan ; après une trentaine de mètres dans la forêt, elle verrait un champ de maïs, une grange puis la maison.

Elle jeta un œil dans son dos et vit le sillon creusé par son passage dans la végétation et le sang sur la route. Au début, elle regarda ses mains éraflées avec ahurissement : elles ne pouvaient avoir laissé une trace aussi sanglante. Puis elle comprit. Un de ses genoux avait été sérieusement écorché malgré le jean et l'autre jambe était dans un sale état, ce que lui confirmaient des décharges de douleur. Et elle avait les deux bras lacérés.

Pas le temps de s'inquiéter davantage de son état. *Crissement de freins au loin.* « Il fait demi-tour ! Accélère, Elena ! Sers-toi de ta douleur et de ta peur. »

Elle ordonna à ses jambes de foncer vers la forêt. La droite obéit, mais, quand elle fit pivoter la gauche, un feu d'artifice éclata en elle et la jeta à terre. Malgré la souffrance, elle réussit à s'emparer d'un bâton dans sa chute. Émoussé à une extrémité et pointu à l'autre, lui arrivant à la hauteur de l'aisselle, il semblait avoir été conçu pour servir de béquille. Elle le cala sous son bras gauche et se força à se relever dans la boue : elle lança la jambe droite et s'aida du bâton pour poser doucement le pied gauche à terre.

Un peu désorientée, Elena se retourna plusieurs fois pour retrouver son chemin, et finit par apercevoir les dernières lueurs du crépuscule et la route dans son dos. « À droite, toute, en partant de ce rayon de soleil », se dit-elle. Dieu merci, son bras gauche n'était pas trop amoché ; comme ça, elle pouvait s'appuyer sur sa béquille improvisée et épargner sa jambe en feu. Sans hésiter un seul instant, Elena s'enfonça dans la direction qu'elle avait choisie.

Dans la pénombre des bois.

27.

Quand Damon s'éveilla, il était aux prises avec le volant de la Ferrari sur une route étroite, fonçant droit vers un splendide coucher de soleil... Et la portière côté passager battait au vent.

Comme toujours, l'alliance de réflexes quasi instantanés et d'une auto parfaitement conçue lui permit d'éviter les larges fossés qui bordaient la route. Braquant à fond, il exécuta un brusque demi-tour et se retrouva dos au crépuscule, se demandant ce qui avait bien pu lui arriver.

Il ne se serait quand même pas endormi au volant ? Et pourquoi la portière était-elle ouverte ?

Puis quelque chose se produisit : un fil de soie soulevé par le vent s'illumina sous la lueur rougeâtre du soleil. Il pendillait en haut de la portière ouverte, coincé entre la fenêtre fermée et le toit de la voiture.

Sans se donner la peine de se garer sur le bas-côté, Damon

s'arrêta et, au beau milieu de la route, fit le tour de la voiture pour examiner ce qui était un cheveu.

Dans ses doigts, face à la lumière, il était blanc. Mais, tourné vers la pénombre de la forêt, il révéla sa vraie couleur : or.

Un long cheveu doré, ondulant au vent.

Elena.

Dès qu'il l'eut identifié, il remonta dans la Ferrari et démarra en marche arrière. Quelque chose avait éjecté Elena de sa voiture sans même avoir laissé une éraflure sur la carrosserie. Qu'est-ce qui pouvait avoir provoqué ça ?

Et comment avait-il réussi à convaincre Elena d'aller faire un tour en voiture ? Pourquoi ne se souvenait-il de rien ? Est-ce qu'ils s'étaient fait agresser… ?

Les traces sur la route du côté passager lui révélèrent la sinistre histoire. Pour une raison ou une autre, Elena avait eu peur au point de sauter de la voiture en marche – à moins qu'une force occulte ne l'y ait poussée. Damon, dont les sens étaient maintenant en ébullition, savait que dans toute la forêt seules deux créatures pouvaient en être responsables.

Il émit une sonde de reconnaissance, un simple signal radar supposé être indétectable… et faillit encore perdre le contrôle du véhicule.

Merda ! Cette salve avait jailli de lui comme un tir de mitraillette meurtrier, zébrant le ciel d'une pluie d'oiseaux morts. La salve d'énergie traversa la vieille forêt, puis Fell's Church et les alentours avant de se perdre au loin, à des centaines de kilomètres.

Un nouveau pouvoir ? À ce stade, Damon n'était plus un vampire mais la Mort Incarnée. Il eut vaguement l'idée de se garer sur le côté et d'attendre que son agitation se dissipe. D'où provenait une telle force ?

Stefan se serait arrêté, il se serait posé un tas de questions. Damon se contenta de sourire d'un air féroce en faisant ronfler le moteur, et lança une nouvelle giboulée de sondes, toutes destinées à attraper une créature en forme de renard détalant ou se cachant dans la forêt.

Il eut une touche en un dixième de seconde.

Là. Sous un buisson d'actées à grappes noires, s'il ne se trompait pas – enfin, un buisson, quoi.

Shinichi savait que Damon arrivait.

Parfait ! Le vampire lança une décharge de pouvoir sur l'animal et le captura dans un *kekkai*, une sorte de collet invisible qu'il resserra lentement autour du renard. Shinichi se défendait avec une force incroyable. À l'aide du *kekkai*, Damon le souleva puis le plaqua au sol, répétant le geste plusieurs fois. Au bout du compte, Shinichi renonça et préféra faire le mort. Pas de problème pour Damon : il trouvait Shinichi beaucoup plus à son avantage comme ça ; mais *vraiment* mort, ce serait encore mieux.

Pour finir, il alla planquer la Ferrari entre deux arbres et revint en courant près du buisson où Shinichi luttait pour reprendre forme humaine dans le collet qui l'emprisonnait.

En retrait, les yeux plissés et les bras croisés, Damon le regarda se débattre un moment. Puis il relâcha suffisamment le *kekkai* pour permettre la transformation.

À peine avait-elle eu lieu que Damon prenait Shinichi à la gorge.

— Où est Elena, *bakayarô* ?

On en apprenait, des jurons, dans une vie de vampire. Damon préférait employer ceux de la langue maternelle de ses victimes. Il traita Shinichi de tous les noms, car le démon résistait et appelait sa sœur à la rescousse par télépathie. Damon connaissait un tas de mots choisis en italien pour qualifier ce genre de lâcheté : le fait de se cacher derrière sa sœur jumelle était de nature à lui inspirer un tas de gros mots très créatifs.

Il sentit une autre silhouette de renard foncer sur lui – et comprit que Misao avait l'intention de le tuer. Elle avait sa forme originelle de *kitsune* : comme le petit animal brun-roux qu'il avait essayé d'écraser quand il était en voiture avec Damaris. Un renard, oui, mais avec une, deux, trois… six queues en tout. D'ordinaire, une seule était visible à l'œil nu, se souvint Damon en la capturant habilement dans un autre *kekkai*. Mais Misao était prête à montrer de quel bois elle se chauffait, à utiliser tous ses pouvoirs pour délivrer son frère.

Damon se contenta de tenir son piège tandis qu'elle se débattait en vain à l'intérieur.

— Ta petite sœur se défend mieux que toi, *bakayarô* ! dit-il pendant ce temps à Shinichi. Maintenant, rends-moi Elena.

Shinichi rechangea brusquement d'apparence et sauta à la gorge de Damon, ses dents blanches et pointues tendues vers le vampire. Ils étaient tous les deux trop déchaînés, débordants de testostérone – et Damon d'un pouvoir flambant neuf – pour lâcher prise.

Ce dernier sentit les dents lui frôler la gorge avant de réussir à reprendre le renard par le cou. Mais, cette fois, Shinichi déploya ses queues, un éventail que Damon ne se fatigua pas à détailler.

Il se chargea plutôt d'écraser ledit éventail avec une de ses jolies bottes, tout en tirant Shinichi par la tête de toutes ses forces. Furieuse et angoissée, Misao poussa un cri perçant. Son frère fulmina et s'arqua, braquant ses yeux dorés sur Damon. Une minute de plus et son épine dorsale se casserait.

— Je sens que le spectacle va me plaire, lança Damon

d'une voix mielleuse. Je parie que Misao sait tout ce que tu me caches. Dommage, tu ne seras pas là pour la voir mourir !

Shinichi, dans une rage folle, semblait prêt à mourir, condamnant sa sœur à subir les foudres de Damon, juste pour ne pas perdre le combat. Soudain, ses yeux s'assombrirent, son corps devint mou et des mots apparurent vaguement dans l'esprit de Damon.

... trop mal... impossible... réfléchir...

Damon l'observa d'un œil grave.

À sa place, Stefan aurait sans doute relâché une bonne partie de la pression pesant sur le *kitsune* pour que le pauvre petit renard retrouve ses esprits, mais Damon, lui, l'augmenta.

— C'est mieux comme ça ? demanda-t-il avec sollicitude. Il peut réfléchir, maintenant, le petit fennec ?

Espèce de... salaud...

Dans sa colère, Damon se rappela subitement le but de tout ça.

— Où est passée Elena ? Ses traces remontent jusqu'à un arbre. Il ne te reste plus que quelques secondes à vivre, alors parle !

— Parle, acquiesça une autre voix.

Damon jeta à peine un œil à Misao. Il l'avait plus ou moins laissée sans surveillance et elle avait trouvé la force et la place de prendre son apparence humaine. Il apprécia la situation en un clin d'œil, sans émotion.

Elle était chétive et menue, semblable à une écolière japonaise, sauf que ses cheveux étaient comme ceux de son frère. La frange qui lui tombait devant les yeux rougeoyait aux pointes, tout comme la chevelure noire et soyeuse qui enveloppait ses épaules. La seule différence était que le rouge de ses cheveux était plus clair et plus vif, une nuance écarlate vraiment lumineuse. Bizarrement, Damon pensa tout de suite à la braise d'un feu, au danger... et à la trahison.

Elle est peut-être tombée dans un piège, réussit à dire Shinichi par télépathie.

Un piège ? tiqua Damon. *Quel genre de piège ?*

Je te montrerai où on en trouve, répondit évasivement le démon.

— Tiens ! Le renard a retrouvé ses esprits. Mais tu sais quoi, Shinichi ? Pour un renard, tu n'es pas très rusé, chuchota Damon en posant le *kitsune* par terre.

Comme un diable sortant de sa boîte, la créature mi-renard mi-homme se redressa brusquement. Damon relâcha encore un peu de pression pour la laisser tenter de lui décocher un coup de poing, puis l'esquiva sans problème et riposta par un coup d'une violence telle que Shinichi fut projeté contre un arbre. Alors que le *kitsune* était encore hébété et le regard vide, il le ramassa, le balança sur son épaule et retourna à la voiture.

Et moi ?

Misao essayait de contenir sa rage et d'avoir l'air désespérée, mais elle n'était pas très convaincante.

— Toi, tu n'es pas très maligne non plus, se moqua Damon avec insouciance.

Ce superpouvoir commençait à lui plaire !

— Mais si ta question est de savoir quand tu pourras partir, la réponse est : quand j'aurais retrouvé Elena ! Saine et sauve, et en un seul morceau.

Il la laissa fulminer. Il fallait qu'il emmène Shinichi pendant qu'il était encore dans les vapes.

***

Elena comptait. Un pas en avant, deux pas en avant – béquille coincée dans une plante rampante – trois, quatre, cinq pas en avant – il faisait vraiment de plus en plus noir – six – truc coincé dans les cheveux, *chtac* – sept, huit, toujours tout droit – *merde !* Un arbre abattu. Trop haut pour passer par-dessus. Elle allait devoir faire le tour. OK, à droite, un, deux, trois – il était grand cet arbre – sept pas. Maintenant, sept dans l'autre sens – *là,* à droite toute et droit devant. Où j'en étais ? Ah oui, neuf. Redresse-toi, l'arbre était perpendiculaire – bon Dieu, il fait nuit noire maintenant. Disons onze et...

... Elena fit un vol plané. Pourquoi sa béquille avait glissé, mystère. Il faisait trop noir pour s'écarter de l'axe fixé et risquer de se retrouver dans un massif d'orties. Ce qu'il fallait, c'était qu'elle pense à autre chose, n'importe quoi pouvant calmer cette douleur omniprésente dans sa jambe gauche. La chute n'avait pas réussi à son bras droit non plus ; instinctivement, il avait mouliné pour essayer de se rattraper à quelque chose, mais en vain. Une chute sacrément rude. Elle avait mal partout...

Mais il fallait qu'Elena retrouve la civilisation car, pour elle, seule la civilisation pouvait venir en aide à Matt.

Il faut te relever, Elena.

Mais c'est ce que je *fais* !

On n'y voyait plus rien, mais elle avait une petite idée de la direction qu'elle allait prendre avant de tomber. Si elle se trompait, elle pourrait toujours revenir sur ses pas.

Douze, treize – elle continua de compter, de parler toute seule. Au bout de vingt pas, elle ressentit un soulagement et une pointe de joie. Elle allait tomber sur l'allée des Duncan d'un instant à l'autre.

D'un instant à l'autre.

Il faisait noir comme dans un four, mais elle prit soin d'avancer en traînant les pieds, comme ça elle saurait quand elle serait dans l'allée.

D'un instant... à l'autre.

Au bout de quarante pas, Elena comprit qu'il y avait un problème.

Elle n'avait pas pu s'éloigner à ce point. Chaque fois qu'un petit obstacle l'avait obligée à tourner à droite, elle avait veillé à reprendre à gauche au pas suivant. Et puis, il y avait ces repères en chemin, le champ de maïs, la grange. Comment avait-elle pu se perdre ? Comment, bon Dieu ? Ça faisait à peine cinq minutes qu'elle marchait dans les bois... juste quelques pas dans la vieille forêt.

Même les arbres étaient différents. Là d'où elle était partie, près de la route, il y avait surtout des noyers ou des tulipiers. À présent, elle se trouvait dans un fourré de chênes blancs, de chênes rouges... et de conifères.

Des vieux chênes et, à leurs pieds, des aiguilles et des feuilles mortes qui étouffaient le bruissement de ses pas.

Étouffer... Sûrement pas ! Elle avait besoin d'aide !

— Madame Dunstan ! Monsieur Dunstan ! Kristin ! Jake !

Elle lâcha les noms dans cette étendue déserte qui assourdissait sa voix. Dans l'obscurité, elle distingua une masse grise, légère et diffuse, qui ressemblait... à du brouillard, c'était bien ça.

— Monsieur Dunstaaan ! Kristiiin ! Jaaake !

Il lui fallait un refuge ; et de l'aide, aussi. Elle avait mal partout, surtout dans la jambe gauche et l'épaule droite. Elle imaginait d'ici la tête qu'elle devait avoir : couverte de boue et de feuilles à force d'être tombée tous les deux pas, une tignasse de sorcière à force de s'être accrochée dans des branches, du sang partout...

Seul point positif : elle ne ressemblait sûrement pas à Elena Gilbert. Elena Gilbert avait de longs cheveux soyeux, toujours parfaitement coiffés ou joliment « négligés ». Elena Gilbert lançait les modes à Fell's Church, jamais on ne la verrait sortir en caraco déchiré et en jean boueux. Ils se poseraient sûrement un tas de questions en voyant cette misérable inconnue, mais ils ne penseraient pas une minute à Elena Gilbert.

Sauf que la misérable inconnue eut soudain un doute. Elle s'était promenée dans cette forêt toute sa vie et pas une fois elle ne s'était pris les cheveux dans une branche. Bon, d'accord, ces fois-là il ne faisait pas nuit noire, mais elle ne se souvenait pas d'avoir dû pencher la tête pour en esquiver.

À présent, c'était comme si les arbres s'inclinaient exprès pour lui barrer la route. Il fallait qu'elle s'immobilise et qu'elle écarte la tête pour se défaire des branches.

Cependant, si se faire tirer les cheveux n'était pas une partie de plaisir, ce qui la terrifiait le plus se produisait au niveau de ses jambes.

Elena avait passé son enfance à jouer dans cette forêt, et il y avait toujours eu largement la place de se balader sans se faire mal. Mais là... des choses sortaient de terre, des tiges fibreuses agrippaient ses chevilles à l'endroit le plus sensible. La douleur était atroce quand elle essayait d'arracher à mains nues ces grosses racines piquantes et pleines de sève.

« J'ai peur », se dit-elle, verbalisant enfin tout ce qu'elle ressentait depuis qu'elle avait pénétré l'obscurité de la forêt. Elle était moite de rosée et de sueur, ses cheveux étaient aussi mouillés que si elle avait marché sous la pluie. Et il faisait si noir ! Son imagination commençait à la travailler et, contrairement à la plupart des gens, elle avait de *solides* raisons de gamberger. Il lui sembla qu'une main de vampire s'entortillait dans ses cheveux. Après avoir souffert le martyre pendant une éternité à cause de sa cheville et de son épaule, elle dégagea la « main » de ses cheveux... où s'était emmêlée une énième tige.

OK. Elle allait ignorer la douleur et se repérer à partir d'ici, face à l'arbre immense qui se trouvait devant elle : un imposant pin blanc avec un énorme trou à l'intérieur du tronc, assez gros pour que Bonnie puisse s'y glisser. Elle partirait carrément en sens inverse, et ensuite elle irait droit vers l'ouest (elle ne voyait pas les étoiles à cause de la couche de nuages, mais elle *sentait* que l'ouest était à sa gauche). Sauf erreur, ça la ramènerait à la route. Si elle se trompait et si c'était le nord, ça la conduirait chez les Dunstan. Si c'était le sud, elle finirait par tomber sur une autre portion de la route. Et si c'était l'est... eh bien, le trajet serait long mais elle finirait par arriver au ruisseau.

Avant, elle allait rassembler toutes ses forces, tout ce pouvoir dont elle s'était inconsciemment servie pour atténuer la douleur et se donner du courage ; grâce à lui, elle allait éclairer les lieux pour voir si, d'où elle était, on apercevait la route ou, mieux, une maison. Ce pouvoir était juste celui d'un humain, mais, une fois encore, à ses yeux, le fait de savoir comment l'utiliser faisait toute la différence. Elle concentra son énergie dans une solide boule blanche et la lâcha, en regardant aussitôt autour d'elle avant que la lueur se dissipe.

Des arbres. Des arbres partout.

Des chênes et des noyers, des pins blancs et des hêtres. Aucun point surélevé sur lequel monter. Des arbres à perte de vue, comme si elle était perdue dans une forêt enchantée dont elle ne pourrait jamais sortir.

Jamais ? Pas question. N'importe quelle direction finirait

par la conduire à quelqu'un. Même en allant vers l'est, elle n'aurait qu'à suivre le ruisseau jusqu'à arriver quelque part.

Si seulement elle avait une boussole.

Si au moins elle voyait les étoiles.

Elle tremblait de tout son être, et ce n'était pas à cause du froid. Elle était blessée, terrifiée. Mais il fallait qu'elle pense à autre chose. Meredith ne pleurerait pas, elle. Meredith n'aurait pas peur. Meredith trouverait un moyen sensé de sortir d'ici.

Il fallait qu'elle trouve de l'aide pour Matt.

Serrant les dents pour faire taire la douleur, Elena se mit en route. Si chacune de ses blessures était survenue isolément, elle en aurait fait tout un plat, aurait sangloté et se serait tordue de douleur. Mais elle avait mal à tellement d'endroits que son corps tout entier était au supplice.

Sois prudente, maintenant. Fais bien attention à aller tout droit, sans dévier. Fixe une cible dans ta ligne de mire.

Le problème, c'est qu'il faisait à présent trop noir pour fixer quoi que ce soit. Elle distingua seulement une écorce aux rainures profondes. Sans doute un chêne rouge. OK, vas-y. Hop – *ce que j'ai mal !* – hop – *pleure, mais ne t'arrête pas* – hop – *encore un peu* – hop – *tu peux y arriver* – hop. Elle posa les mains contre l'écorce broussailleuse. Très bien. Maintenant, regarde droit devant toi. Ah, là. Une masse grise et rugueuse – un chêne blanc, peut-être. Hop, on y va – *torture* – hop – *à l'aide* – hop – *combien de temps cette torture va-t-elle durer ?* – hop – *on y est presque* – hop. *Voilà.* Elle posa la main sur l'écorce.

Ensuite, elle recommença.

Encore une fois.

Et puis une autre. Et encore une autre, sans jamais s'arrêter.

***

— Qu'est-ce que c'est ? demanda Damon.

Une fois sorti de la voiture, il avait été contraint de laisser Shinichi passer devant, mais il tenait toujours le *kekkai*, sans serrer, et surveillait tous les faits et gestes du démon. Il ne lui faisait pas confiance parce que – bref, il ne lui faisait pas confiance, point.

— Qu'est-ce qu'il y a derrière cette barrière ? répéta Damon plus brutalement en resserrant le collet autour du cou du *kitsune*.

— Notre petite cabane. Celle où on vit avec Misao.

— Et ce ne serait pas un piège, par hasard ?

— Si c'est ce que tu crois, tant pis ! J'irai seul…

Shinichi avait finalement gardé une apparence mi-renard mi-homme : des cheveux noirs jusqu'à la taille avec des flammes couleur rubis léchant les pointes, une queue soyeuse de la même couleur s'agitant dans son dos et deux fines oreilles aux extrémités cramoisies remuant au sommet de sa tête.

Esthétiquement parlant, Damon approuvait, mais le plus important c'est qu'il avait maintenant une prise toute faite : il attrapa Shinichi par la queue et la tordit violemment.

— Arrête !

— J'arrêterai quand j'aurai Elena, sauf si tu t'en es pris à elle ! Si jamais elle est blessée, je trouverai le coupable et je le découperai en morceaux. Il le paiera de sa vie !

— Quel que soit le coupable ?

— Oui.

Shinichi tremblait un peu.

— Tu as froid ? s'étonna Damon.

— Non… j'admire ta détermination.

Un frisson l'agita encore, secouant presque tout son corps.

Un rire nerveux ?

— Si Elena le décide, je laisserai son agresseur en vie. Mais à l'agonie.

Damon tordit la queue plus fort.

— Allez, maintenant, avance !

Shinichi fit un pas. Au bout d'une allée de graviers, une charmante maisonnette apparut, au milieu d'une vigne vierge sauvage qui recouvrait le porche et pendait comme des girandoles.

C'était ravissant.

***

Alors même que la douleur augmentait, Elena reprit peu à peu espoir. Peu importe à quel point elle était désorientée, elle allait *forcément* finir par sortir de cette forêt. Il le fallait. Le sol était ferme, aucun signe de boue ou de pente sous ses pieds. Elle ne se dirigeait donc pas vers le ruisseau. Elle allait vers la route. C'était sûr.

Elle fixa un arbre à l'écorce lisse, au loin, et le rejoignit à cloche-pied, oubliant presque la douleur dans ce nouvel élan de certitude.

Adossée contre l'imposant chêne gris cendré dont l'écorce s'écaillait, elle se reposait quelques secondes quand elle s'écarta subitement de l'arbre.

L'arbre à l'énorme trou, celui depuis lequel elle était partie, se trouvait face à elle.

Elena resta figée, gaspillant ses pouvoirs pour maintenir la lueur qu'elle avait dispersée. Ce n'était peut-être pas le même…

Non, elle était de l'autre côté de l'arbre, mais c'était le même. Cette mèche coincée dans l'écorce cendrée, c'était la sienne !

Ce sang séché, l'empreinte de sa main ! Et la trace fraîche au pied du tronc, celle que sa jambe en sang avait laissée.

Elle était partie de cet arbre et elle était revenue sur ses pas...

— *NOOON !*

C'était le premier cri qu'elle poussait depuis qu'elle avait sauté de la Ferrari. Elle avait enduré toutes les douleurs en silence, le souffle court et haletant, certes, mais sans jamais jurer ou hurler. Maintenant elle en avait vraiment envie.

Ce n'était peut-être pas le même arbre...

Non, non et non !

Peut-être que son pouvoir allait revenir, et elle verrait alors que ce n'était qu'une hallucination...

C'est pas vrai !

C'était impossible...

Non !

Sa béquille se déroba sous son bras. Elle s'enfonça si brusquement dans son aisselle que la douleur égala les autres en intensité. Elena avait mal partout mais, le pire, c'était sa tête. Elle visualisait mentalement une sphère semblable à ces boules à neige qu'on achète à Noël et qu'on retourne pour agiter les paillettes à l'intérieur. Sauf que cette sphère était remplie d'arbres : de haut en bas, d'une paroi à l'autre, des arbres qui penchaient tous vers le centre. Et elle se voyait errant dans cette jungle solitaire, quelle que soit la direction qu'elle prenait. Elle ne croisait que des arbres, car c'était tout ce qu'il y avait dans ce monde où elle avait échoué.

C'était un cauchemar, mais qui avait quelque chose de réel.

« Les arbres sont vivants », réalisa-t-elle. Les petites plantes rampantes écartèrent brusquement sa béquille. Cette dernière bougeait comme si de minuscules créatures se la passaient de main en main. Elle tendit le bras pour essayer d'en attraper l'extrémité...

Elle ne se souvint pas de la chute, mais elle se retrouva par terre. Il y avait une odeur, un parfum de terre sucré et résineux, et cette vigne vierge qui la testait, moralement et physiquement, par petites touches délicates, s'enroulant dans ses cheveux pour l'empêcher de relever la tête. Elle sentait les plantes goûter sa peau, ses épaules, son genou en sang.

Elena les ignora.

Elle ferma les yeux très fort, le corps secoué de sanglots. Les lianes tiraient à présent sur sa jambe blessée et, instinctivement, elle s'écarta d'une secousse. Sursautant de douleur, elle eut une pensée pour Matt. « Il faut que je le retrouve. » Mais, l'instant suivant, cette pensée s'estompa comme le reste. L'odeur de résine persistait. La vigne vierge avança à tâtons sur sa poitrine. Elle encercla son ventre.

Puis elle commença lentement à se resserrer autour d'elle.

Quand Elena prit conscience du danger, elle avait déjà du mal à respirer. Elle ne pouvait plus bouger la poitrine. Dès qu'elle expirait, les lianes resserraient leur prise : une multitude qui travaillait à l'unisson comme un gigantesque anaconda.

Elle ne pouvait pas les arracher. Elles étaient à la fois robustes et élastiques, et Elena n'arrivait pas à planter ses ongles dedans. Glissant ses doigts sous une poignée de lianes, elle tira de toutes ses forces. Une tige finit par lâcher en fouettant furieusement l'air dans un bruit de corde de harpe qui casse.

Le reste des lianes continua de serrer.

Elena luttait pour respirer, pour ne pas contracter sa poitrine. Les tiges effleuraient ses lèvres, s'agitant sous son nez comme plusieurs petits cobras qui frappaient d'un coup et lui ficelaient la tête.

Je vais mourir.

Elle éprouva un profond remords. On lui avait donné la possibilité de revivre – pour la troisième fois, si on comptait son existence de vampire – et elle l'avait gâchée. Elle n'avait rien fait à part n'en faire qu'à sa tête. Maintenant, Fell's Church courait un grand péril, Matt était en danger, et non seulement elle n'allait rien pouvoir faire mais elle allait jeter l'éponge et mourir ici même.

Quelle était la meilleure chose à faire ? Contacter les esprits ? Coopérer avec les forces du mal et espérer avoir une chance de les anéantir plus tard ? Peut-être. Peut-être qu'il suffisait qu'elle demande de l'aide.

Le manque d'oxygène lui donnait des vertiges. Elle n'aurait jamais cru ça de Damon, qu'il lui ferait subir tout ça, qu'il la laisserait se faire tuer. Quelques heures plus tôt, elle avait pris sa défense face à Stefan.

Damon et les malachs. Peut-être qu'il la sacrifiait pour eux ; ils étaient sûrement très exigeants.

À moins qu'il ne veuille simplement qu'elle l'appelle à l'aide. Il attendait peut-être tout près, dans l'obscurité, l'esprit concentré sur le sien, guettant un chuchotement, une supplication de sa part.

Elle tenta de provoquer une étincelle avec ce qui lui restait de forces. Son pouvoir était très réduit, mais comme avec une allumette, à force de frottements, elle réussit à générer une minuscule flamme blanche.

Elle vit cette lueur pénétrer son front, se répandre dans son esprit.

Malgré le terrible supplice de l'asphyxie, elle s'efforça mentalement d'appeler à l'aide.

Bonnie, tu m'entends ?

Pas de réponse.

Mais elle n'en aurait pas, elle le savait.

Bonnie, Matt est dans une clairière au fond d'un sentier à l'écart de la vieille forêt. Il a besoin d'aide. Va le chercher. Dans ma voiture. Ne t'occupe pas de moi, il est trop tard. Retrouve Matt.

Elle avait la vague et triste intuition que Bonnie ne l'avait pas entendue. Ses poumons étaient sur le point d'exploser. C'était une façon atroce de mourir. Elle allait pouvoir expirer une dernière fois, et ensuite elle n'aurait plus un souffle d'air...

« Va au diable, Damon. » Elle tourna alors toutes ses pensées vers Stefan, fouillant sa mémoire en quête de souvenirs. Les bras de Stefan, ses sourires, ses caresses.

Ses yeux verts, lumineux comme des feuilles de printemps gorgées de soleil...

Cette pudeur, intacte, qu'il avait réussi à garder...

Je t'aime, Stefan...

Depuis toujours...

Et pour l'...

28.

Matt n'avait aucune idée de l'heure, mais il faisait nuit noire sous les arbres. Il était étendu sur le côté dans la voiture d'Elena, comme si on l'avait balancé sur la banquette et oublié là. Il avait mal partout.

Elena. Ce fut sa première pensée quand il se réveilla ; mais il eut beau chercher, le caraco blanc restait introuvable et, quand il appela, d'abord doucement puis en criant, il n'eut aucune réponse.

Alors, à quatre pattes, il se mit à avancer à tâtons dans la clairière. Damon semblait parti ; une lueur d'espoir et de courage s'alluma comme un phare dans son esprit. Il tomba sur la chemise Pendleton – complètement piétinée. Mais, au bout du compte, comme il ne trouvait aucun autre corps chaud dans la clairière, son cœur se brisa.

Puis il se rappela la Jaguar. D'un geste frénétique, il fouilla ses poches à la recherche de ses clés – rien – et s'aperçut finalement, sans pouvoir l'expliquer, qu'elles étaient sur le contact.

Il vécut l'expérience atroce de la voiture qui refuse de démarrer ; puis, d'un coup, les phares s'allumèrent, projetant une vive lumière. Perplexe, il se demanda un instant comment il allait déplacer la voiture en étant certain de ne pas rouler sur un bras ou une jambe d'Elena, puis il se mit à fouiller dans la boîte à gants. D'un geste brusque, il en sortit divers manuels et une paire de lunettes de soleil, ainsi qu'une bague de lapis-lazuli ; quelqu'un avait dû la mettre là pour en avoir une de rechange, au cas où. Il la passa à son doigt : elle était presque à sa taille.

Ses doigts finirent par trouver une lampe électrique au fond de la boîte à gants, et il eut alors toute liberté pour inspecter la clairière de fond en comble.

Pas d'Elena.

Ni de Ferrari.

Damon l'avait emmenée.

Très bien, dans ce cas, il allait suivre leur trace. Pour ça, il devait abandonner la Jaguar ici, mais sans regret : il avait déjà vu ce que ces monstres étaient capables de faire à une voiture, donc ça ne l'aurait pas beaucoup avancé.

Il devrait aussi économiser sa lampe. Qui sait si les piles n'allaient pas lâcher d'un instant à l'autre ?

Parce qu'il fallait essayer, mais sans trop y croire, il appela Bonnie sur son portable, puis chez elle et enfin à la pension. Pas de tonalité ; pourtant, d'après ce qu'indiquait son téléphone, il avait à nouveau du réseau. Inutile de chercher une explication : la vieille forêt faisait des siennes, comme d'habitude. Il ne chercha pas non plus à comprendre pourquoi c'était le numéro de Bonnie qu'il avait composé en premier, alors que Meredith aurait sans doute eu une réaction plus sensée.

Il trouva facilement les traces de la Ferrari. Le bolide de Damon avait dû démarrer en trombe... comme s'il cherchait à fuir.

L'hypothèse était simple : soit Damon avait roulé trop vite pour tenir sa trajectoire, soit Elena s'était débattue, parce qu'à plusieurs endroits, en particulier dans les virages, des traces de pneus ressortaient nettement sur la terre meuble qui longeait la route.

Matt regardait où il mettait les pieds pour ne pas marcher sur un éventuel indice ; il devrait peut-être faire demi-tour à un moment donné. Il s'efforçait aussi d'ignorer le silence qui l'enveloppait. Il savait que les malachs n'étaient pas loin, mais il refusait d'y penser une seule seconde.

Il n'hésita pas un instant, ne se demanda pas pourquoi il allait se jeter dans la gueule du loup au lieu de battre en retraite, d'essayer de faire démarrer la Jaguar pour quitter cette forêt. Après tout, ce n'était pas *lui* que Stefan avait désigné comme « garde du corps ».

« Mais bon, il ne faut jamais se fier à ce que dit Damon », pensa-t-il.

De toute façon, il avait toujours gardé un œil sur Elena, même avant leur premier rendez-vous. Il était peut-être maladroit, lent et faible maintenant, comparé à leurs ennemis, mais il ne renoncerait pas.

Il faisait vraiment noir. Les dernières lueurs du crépuscule avaient déserté le ciel et, si Matt levait les yeux, il apercevait des nuages et des étoiles – ainsi qu'une multitude d'arbres penchés devant, de façon sinistre.

Il arrivait à la fin de la route. La maison des Dunstan ne

devrait pas tarder à apparaître sur sa droite. Il leur demanderait s'ils avaient vu...

Du sang.

Au début, son cerveau élabora des explications complètement absurdes, comme « c'est de la peinture rouge ». Mais sa lampe électrique avait surpris des taches brun rougeâtre sur le bas-côté, à l'endroit où la route dessinait une courbe serrée. C'était bien du sang. Et il n'y en avait pas qu'un peu.

Faisant bien attention à contourner les traces, Matt examina plusieurs fois la chaussée avec sa lampe et commença à reconstituer ce qui avait dû se produire.

Elena avait sauté.

Soit elle avait fait ça, soit Damon l'avait poussée de la voiture lancée à toute allure ; mais, après tout le mal qu'il s'était donné pour la retrouver, ça n'avait pas de sens. Bien sûr, il ne fallait pas exclure la possibilité qu'il l'ait saignée jusqu'à plus soif – Matt passa instinctivement la main dans son cou engourdi – mais, dans ce cas, pourquoi l'avoir fait monter en voiture ?

Pour la tuer en la poussant dehors ?

Drôle de méthode, mais Damon comptait peut-être sur ses petites marionnettes pour se charger du cadavre.

Possible, mais peu probable.

Mais alors, qu'est-ce qui était *probable* ?

La maison des Dunstan se trouvait de ce côté de la route, mais on ne la voyait pas d'ici. Ce serait bien le style d'Elena de sauter d'une voiture en marche dans un virage serré. Ça demandait de la jugeote, du cran et une foi incroyable en sa bonne étoile.

Lentement, Matt longea un long taillis de rhododendrons ravagé, à l'écart de la route.

C'est pas vrai ! *Elle l'a fait.* Elle a sauté et essayé de rouler.

Bon Dieu, elle a eu de la chance de ne pas se briser le cou ! Elle a roulé sur plusieurs mètres en attrapant des racines et des plantes rampantes pour tenter de s'arrêter. Voilà pourquoi tout était arraché.

Un bulle d'allégresse s'éleva en lui. Il avait tout bon : il était en train de suivre la piste d'Elena ! Il visualisait la scène comme s'il y avait assisté.

« Ensuite, elle a percuté cette grosse racine », déduisit-il en continuant de braquer sa lampe sur les traces. Ça avait dû faire mal ; et elle avait atterri brutalement sur le bitume en dérapant un moment – ça, ça avait dû être encore pire. Elle avait perdu beaucoup de sang à cet endroit et dans les taillis.

Et ensuite ? Les rhododendrons ne montraient plus la moindre trace de sa chute. Qu'est-ce qui s'était passé à partir de là ? Est-ce que Damon avait fait demi-tour à toute vitesse avec la Ferrari et l'avait récupérée ?

« Non », décréta Matt en examinant minutieusement le sol. Il n'y avait qu'une seule empreinte de pas à cet endroit, et c'était celle d'Elena. Elle s'était relevée ici – pour retomber aussitôt, sans doute à cause d'une blessure. Et puis elle avait réussi à se relever pour de bon, mais les marques étaient bizarres, une trace de pas normale d'un côté et une empreinte profonde mais petite de l'autre.

Une *béquille*. Elle s'était trouvé une béquille. Oui, et cette traînée était la marque de son pied estropié. Elle a marché jusqu'à cet arbre, ensuite elle l'a contourné – à cloche-pied, ça en avait tout l'air – et puis elle a pris la direction de chez les Dunstan.

Bien joué, Elena. Elle était probablement méconnaissable à l'heure qu'il était et, de toute façon, qu'est-ce que ça changerait si quelqu'un lui trouvait une ressemblance avec la merveilleuse et regrettée Elena Gilbert ? Elle pouvait très bien être sa cousine de Philadelphie.

Donc elle avait fait un, deux, trois... huit pas, et voilà : la maison des Dunstan était là. Matt percevait ses lumières. Il sentait l'odeur des chevaux. Tout excité, il parcourut les derniers mètres en courant – non sans quelques chutes dont n'avait pas besoin son corps endolori, mais sans jamais perdre de vue la lanterne du porche, à l'arrière de la maison.

En arrivant devant la porte, il tambourina comme un fou. Il l'avait retrouvée ! Il avait retrouvé Elena !

Une éternité parut s'écouler avant que la porte s'entrouvre. Machinalement, Matt cala le pied dans l'entrebâillement tout en se disant « c'est bien, vous êtes prudents ». Les Dunstan n'étaient pas du genre à laisser un vampire entrer après avoir vu une fille couverte de sang.

— Oui ? C'est pour quoi ?

— C'est moi, Matt Honeycutt, dit-il à l'œil qu'il apercevait dans la fente de l'entrebâillement. Je viens pour El... la fille !

— Quelle fille ? De quoi vous parlez ? répondit la voix d'un ton bourru.

— Écoutez, n'ayez pas peur. C'est moi, Matt : Jackson me connaît du lycée. Et Kristin aussi. Je suis venu vous aider.

Quelque chose dans la sincérité de sa voix sembla toucher la personne derrière la porte. Cette dernière s'ouvrit, laissant apparaître un gros monsieur brun en maillot de corps et mal rasé. Derrière lui, dans le salon, se tenait une grande femme mince, presque squelettique. Elle avait l'air d'avoir pleuré. Derrière eux il y avait Jake, qui était une classe au-dessus de Matt à Robert E. Lee.

— Jake ?

Lui jetant un regard morne et angoissé, le garçon ne répondit pas.

— Qu'est-ce qui se passe ? demanda Matt, soudain terrifié. Une fille est passée chez vous il y a peu de temps, elle était blessée... mais vous l'avez laissée entrer, *n'est-ce pas* ?

— Aucune fille n'est venue ici, répondit M. Dunstan d'un ton impassible.

— Si, forcément ! J'ai suivi sa trace – elle a laissé une trace de sang derrière elle, vous comprenez ?! La trace menait presque jusqu'à votre porte !

Matt ne laissait aucune place à la réflexion. Pour une raison ou pour une autre, il se disait que, s'il continuait d'exposer les faits haut et fort, Elena finirait par apparaître.

— Un problème de plus, commenta Jake d'une voix abattue qui reflétait son expression.

Mme Dunstan semblait plus compatissante.

— On a entendu une voix dehors, mais, quand on a regardé par la fenêtre, il n'y avait personne. Et puis... nous aussi on a des ennuis.

C'est juste à cet instant que Kristin fit irruption dans la pièce. En la regardant, Matt eut une impression de déjà-vu. Elle était un peu habillée comme Tami Bryce. Elle avait découpé le bas de son short en jean jusqu'à ce qu'il ne reste plus qu'un bout du tissu. En haut, elle portait un soutien-gorge de maillot de bain mais – Matt détourna rapidement les yeux – avec deux gros trous ronds découpés là où Tami s'était collé des morceaux de carton. Et elle s'était mis de la pâte à paillettes partout.

Mon Dieu ! Elle avait quoi ? À peine douze ans ! Treize peut-être ?

L'instant d'après, Matt vibra de tout son corps. Kristin s'était collée à son dos en roucoulant.

— Matt-chou ! Tu es venu !

Il respira profondément pour surmonter le choc. *Matt-*

chou. Elle ne pouvait pas savoir ça. Elle n'allait même pas au collège avec Tami ! Pourquoi est-ce que Tami l'aurait appelée pour lui raconter un truc *pareil* ?

Il secoua la tête, comme pour s'éclaircir les idées. Puis il regarda Mme Dunstan, qui avait semblé plus réceptive.

— Je peux utiliser votre téléphone ? demanda-t-il poliment. Il faut… Je dois absolument passer un coup de fil.

— La ligne est coupée depuis hier, répondit durement son mari.

L'homme n'essaya pas d'écarter sa fille de Matt ; étrange, car il était visiblement en colère.

— Sans doute un arbre qui est tombé. Et vous savez que les portables ne passent par ici.

Matt sentit sa tête tourner à toute vitesse.

— Vous voulez vraiment dire qu'*aucune* fille n'est venue ici pour vous demander de l'aide ? Une blonde aux yeux bleus ? Je vous jure que ce n'est pas moi qui l'ai blessée. Je veux juste l'aider.

— Matt-chou ? Regarde, je me suis fait un tatouage rien que pour toi !

Toujours collée à lui, Kristin tendit son bras gauche. Matt le fixa avec horreur. Manifestement, elle avait utilisé une épingle ou des aiguilles pour se percer des petits trous dans l'avant-bras, puis une cartouche d'encre de stylo plume pour obtenir la couleur bleu foncé. Ça ressemblait au tatouage de base du détenu, mais fait par un enfant. Les lettres tortueuses **MAT** apparaissaient déjà, ainsi qu'une traînée d'encre qui allait sans doute former un autre **T**.

« Pas étonnant qu'ils ne m'aient pas accueilli à bras ouverts », comprit Matt, médusé. Kristin le serrait maintenant par la taille, l'empêchant de respirer correctement. Hissée sur la pointe des pieds, elle lui débitait dans l'oreille les obscénités que Tami avait dites.

Matt fixa sa mère.

— Je vous promets, je n'ai pas vu Kristin depuis... ça fait presque un an ! On a participé à un carnaval de fin d'année et Kristin a donné un coup de main pour les tours en poney mais...

Mme Dunstan hochait la tête, lentement.

— Vous n'y êtes pour rien. Elle a eu le même comportement avec Jake. Son propre frère. Et avec... son père aussi. Mais je vous dis la vérité : aucune fille n'est venue ici. À part vous, personne n'est passé aujourd'hui.

— Je vous crois.

Matt avait les yeux humides. D'abord à l'écoute de sa propre survie, son instinct lui disait d'économiser ses forces et de ne pas discuter. Il lui disait aussi de s'écarter de Kristin.

— Kristin, j'ai vraiment du mal à respirer...

— Mais je t'aime, Matt-chou ! Je ne veux pas que tu partes – *jamais* ! Surtout si c'est pour aller retrouver cette vieille garce. Cette garce avec ses vers plein les orbites...

Une nouvelle fois, Matt éprouva un choc immense. Mais il n'eut pas le souffle coupé, et pour cause : il n'en avait plus, de souffle ! Les yeux écarquillés, il se tourna en désespoir de cause vers M. Dunstan, qui était le plus près.

Comment une gamine de treize ans pouvait-elle avoir autant de force ? Il fallut qu'ils s'y mettent à deux, M. Dunstan et Jake, pour écarter Kristin. Matt commençait à voir trouble.

Un craquement sec retentit, suivi d'un bruit sourd. Et d'un autre. Il put soudain respirer.

— Jacob, non ! Arrête ! s'écria Mme Dunstan. Elle l'a lâché, ne la frappe plus !

Quand Matt recouvra ses esprits, M. Dunstan était en train d'enlever sa ceinture. Kristin gémissait d'un air rageur.

— Attends un peu, tu vas voir ! Tu vas le *regretter* !

Puis elle partit en courant.

— Je ne sais pas si ça peut vous rassurer, dit Matt quand il eut repris son souffle, mais Kristin n'est pas la seule fille à avoir ce comportement. Il y en a au moins une autre à Fell's Church…

— Tout ce qui m'importe, c'est Kristin, le coupa Mme Dunstan. Et *ça*, ce n'est pas ma fille.

Matt acquiesça d'un signe de tête. Il ne lui restait plus qu'une chose à faire : retrouver Elena.

— Si une fille blonde vient frapper à votre porte, vous voudrez bien l'aider ? demanda-t-il à Mme Dunstan. S'il vous plaît ? Par contre, ne laissez aucun garçon entrer.

Leurs regards se croisèrent brièvement, et Matt sentit qu'ils se comprenaient. Elle hocha la tête et s'empressa de le faire sortir.

« Bon, se dit Matt. Elena allait bien dans cette direction, mais elle n'est jamais arrivée jusqu'ici. Alors regarde les indices. »

Il les regarda. Et, ce que les indices montraient, c'était qu'à quelques mètres de l'enceinte du jardin, bizarrement, elle avait brusquement tourné à droite vers le cœur de la forêt.

Mais *pourquoi* ? Quelque chose l'aurait effrayée ? Ou bien (Matt sentit son estomac se nouer) est-ce qu'on l'aurait insidieusement poussée à continuer de claudiquer jusqu'à ce qu'elle soit finalement coupée de tout secours ?

Il n'avait plus qu'une solution : la suivre dans la forêt.

29.

« Elena ! »

Une voix la harcelait.

« Elena ! »

Je vous en prie, plus de torture.

Elle ne sentait plus rien, mais elle se souvenait...

Je ne veux plus me battre...

« Elena ! »

Laissez-moi tranquille...

Mentalement, Elena repoussait ce cri qui résonnait avec force dans sa tête.

« Elena, je t'en prie... »

Tout ce qu'elle voulait, c'était s'endormir. Pour toujours.

***

« Saleté de *démon* ! »

Damon avait ramassé la boule à neige renfermant la forêt miniature et Shinichi vit la lueur trouble représentant Elena qui en émanait. À l'intérieur de la boule poussaient des épicéas, des noyers blancs, des pins et tout un tas d'arbres reliés à une membrane intérieure transparente. À supposer qu'on puisse la miniaturiser et l'introduire dans un globe de ce genre, une personne ne verrait que des arbres partout autour d'elle et, quelle que soit la direction qu'elle prendrait, elle reviendrait à son point de départ.

— C'est une petite distraction, expliqua Shinichi en fixant Damon derrière ses longs cils. Un jouet en principe réservé aux enfants. Une sorte de labyrinthe.

— Et tu trouves ça amusant ?

Damon avait fracassé la boule contre le bois flotté de la table basse dans la ravissante cabane qui servait de cachette à Shinichi. C'est là qu'il avait compris pourquoi il parlait de jouet pour enfants : la boule à neige était incassable.

Le vampire avait ensuite pris un moment – très bref – pour se ressaisir. Il ne restait peut-être plus que quelques secondes à vivre à Elena. Il fallait qu'il se fasse bien comprendre.

Il libéra le démon. Finalement, Shinichi avait réalisé qu'il ne plaisantait pas et Damon s'était retrouvé à l'intérieur du globe, face à une Elena trempée jusqu'aux os. Gisant à ses pieds, elle était dans un état encore plus effroyable que ce qu'il avait redouté. Son bras droit était déboîté, son corps mutilé par de multiples fractures et son tibia gauche méchamment abîmé.

Il l'avait imaginée avec horreur trébucher à travers la forêt imaginaire, le bras droit en sang, traînant sa jambe comme un animal blessé, mais la réalité était bien pire. Ses cheveux trempés de sueur et de boue retombaient en désordre sur son visage et elle délirait : littéralement hallucinée, elle parlait à des gens qui n'existaient pas.

Et elle commençait à devenir bleue.

Elle avait trouvé la force de casser net une dernière plante grimpante. Damon en agrippa plusieurs, les arrachant violemment de terre quand elles tentaient de résister ou de s'enrouler autour de ses poignets. Au bord de l'asphyxie, Elena suffoqua dans un dernier souffle, sans reprendre connaissance.

Ce n'était plus celle que Damon avait connue. Quand il l'avait prise dans ses bras, il n'avait ressenti ni résistance ni soumission, rien. Elle ne le reconnaissait pas. Fiévreuse, épuisée et souffrant le martyre, elle avait tout de même, dans un moment de semi-lucidité, embrassé sa main en chuchotant : « Matt... Retrouve-le ! » Elle ignorait à qui elle parlait (c'est à peine si elle savait qui elle était), mais elle s'inquiétait pour son ami. Le baiser avait pénétré la main puis le bras de Damon comme un fer et, depuis, il contrôlait son esprit pour tenter de détourner la souffrance qu'elle endurait et l'enfouir n'importe où – au cœur des ténèbres ou *en lui*.

Il se tourna vers Shinichi pour lui dire d'un air glacial :

— J'espère pour toi que tu connais un moyen de soigner ses blessures.

La charmante maisonnette était entourée des mêmes arbres, noyers et pins qui poussaient à l'intérieur de la boule à neige. Des flammes violines et vertes crépitèrent dans le feu lorsque Shinichi le tisonna.

— L'eau va bientôt bouillir. Fais-lui boire cette préparation.

Il tendit à Damon un calice noirci par le feu, ciselé d'argent et sans doute magnifique jadis, mais dont il ne restait qu'un vestige cabossé, et une théière au fond de laquelle stagnaient des morceaux de feuille ainsi que des choses à première vue peu ragoûtantes.

— Assure-toi qu'elle en avale au moins les trois quarts

d'une tasse. Elle s'endormira et se réveillera presque comme neuve.

Il donna un coup de coude dans les côtes de Damon.

— Sinon, tu peux juste lui faire boire quelques gorgées, la guérir à moitié et lui faire savoir que toi seul as le pouvoir de lui en donner plus... ou pas. Selon la façon dont elle coopère, par exemple...

Sans répondre, Damon détourna les yeux. « Si je le regarde en face, je sens que je vais le tuer, pensa-t-il. Mais il peut encore m'être utile. »

— Par contre, si tu veux vraiment accélérer sa guérison, ajoute quelques gouttes de ton sang. Cette technique a pas mal de succès.

La voix de Shinichi, de nouveau saccadée, vibrait d'excitation :

— Certains aiment bien évaluer les souffrances qu'un humain peut endurer jusqu'à son agonie, et lui donner ensuite un peu de thé et de sang... avant de recommencer à zéro ! En général, la victime souffre encore plus en essayant de se débattre !

Damon réalisa à quel point ce démon était pervers.

Mais, en se tournant vers lui, il se contint.

Un halo rougeoyant nimbait sa silhouette, projetant des langues lumineuses de tous côtés, un peu comme des taches solaires en gros plan. Damon était presque aveuglé ; et il savait que c'était le but. Il agrippa le calice en argent comme s'il se cramponnait à sa propre lucidité.

C'était peut-être le cas, d'ailleurs. Il eut soudain un blanc, puis le souvenir d'avoir cherché Elena – ou bien était-ce Shinichi ? – lui revint en mémoire ; les deux sans doute, parce qu'on l'avait privé d'Elena et que ça ne pouvait être qu'à cause du *kitsune*.

— Vous avez une salle de bains, ici ?

— Il y a tout ce que tu veux. Il suffit que tu le décides avant d'ouvrir la porte avec cette clé. À présent…

Shinichi s'étira, fermant à moitié ses yeux dorés. Il passa une main alanguie dans ses cheveux noirs aux pointes flamboyantes.

— Je pense que je vais aller faire un petit somme sous un buisson.

— C'est tout ce que tu fais de tes journées ?

Damon n'essaya même pas de dissimuler le sarcasme de sa voix.

— Non, je m'amuse aussi avec Misao. Je me bagarre, je vais aux tournois. Il faudra que tu viennes voir ça un jour !

— Ça *ne* m'intéresse *pas*.

Damon n'avait aucune envie de savoir à quels jeux ce satané renard et sa sœur s'adonnaient.

Shinichi tendit le bras pour retirer du feu le mini-chaudron rempli d'eau bouillante. Il versa son contenu sur l'assortiment d'écorces, de feuilles et de détritus que contenait la vieille théière.

— Et si tu allais rejoindre ton buisson, maintenant ? suggéra Damon.

Ce n'était pas une suggestion. Il avait assez vu Shinichi pour aujourd'hui ; de toute façon, il ne lui servait plus à rien maintenant, et il se fichait pas mal de savoir quel mauvais tour il préparait à ses prochaines victimes. Tout ce qu'il voulait, c'était être seul avec Elena.

— N'oublie pas : fais-lui tout boire si tu veux la maintenir un minimum en vie. Sans quoi, tu ne pourras pour ainsi dire plus la sauver.

Le démon filtra l'infusion vert sombre dans une passoire à mailles fines.

— Mieux vaut le faire avant qu'elle ne se réveille...

— Bon, tu vas partir, *à la fin* ?

***

Quand Shinichi traversa la faille dimensionnelle en faisant bien attention de tourner tout de suite à droite pour regagner le monde réel et non un autre globe, il fulminait de rage. Il avait envie de faire demi-tour et de mettre une bonne raclée à Damon ; envie d'activer le malach qu'il avait dans le corps et de le pousser à... non, bien sûr, pas à tuer la douce Elena, *pas tout à fait*. Shinichi n'avait pas encore goûté au nectar de cette jolie fleur, et il n'était pas pressé de la voir six pieds sous terre.

Mais, pour ce qui était du reste, il n'allait pas se gêner. Le plan était tout trouvé. Ce serait un vrai régal de regarder Damon et Elena se rabibocher, puis de faire revenir le monstre dans la soirée pendant le Festival du Solstice. Il laisserait Damon continuer de croire à leur « alliance » et, au beau milieu de leur petite fête, *bing*, il relâcherait le Damon possédé, histoire de montrer que c'était *lui*, Shinichi, qui tirait les ficelles depuis le début.

Il ferait subir à Elena des tourments inimaginables, et elle mourrait dans de délicieuses souffrances... aux mains de Damon ! Les queues de Shinichi frissonnèrent d'extase à cette idée. Mais, pour l'heure, qu'ils se retrouvent et s'amusent un peu tous les deux ! Seul le temps lui permettrait de mûrir sa revanche et, de toute façon, Damon était difficile à manipuler quand il était en colère.

Au Solstice, cependant, Damon serait calme, serein. Il serait content de lui et du complot minable qu'il aurait sûrement élaboré avec Elena pour essayer d'évincer Shinichi.

C'est *là* que ça deviendrait amusant.

Elena ferait une superbe esclave. Tant qu'elle serait en vie.

***

Une fois le *kitsune* parti, Damon estima qu'il pouvait adopter une attitude plus naturelle. Tout en gardant sous contrôle l'esprit d'Elena, il prit la tasse et avala une gorgée de la mixture avant de la lui faire boire. Le goût était presque aussi écœurant que l'odeur. Toutefois, Elena n'eut pas vraiment le choix vu qu'elle ne pouvait rien faire de son propre gré : peu à peu, la tasse se vida.

Puis il lui administra quelques gouttes de son sang. Là encore, toujours inconsciente, Elena n'eut pas son mot à dire.

Damon tournait comme un lion en cage. Un souvenir qui ressemblait plus à un rêve hantait vaguement son esprit. C'était à propos d'Elena, qui essayait de se jeter de la Ferrari lancée à presque cent kilomètres-heure... Mais pour fuir quoi ou qui ? C'était toute la question.

Lui ?

Pour quelle raison ?

En tout cas, ça se présentait mal.

Bon sang ! Il ne se souvenait de rien ! Quoi qu'il ait pu se passer, c'était le flou total. Est-ce qu'il s'en était pris à Stefan ? Non, Stefan était parti. Par contre, l'autre garçon qui était avec elle... Blatte, peut-être ?

Maudit soit l'enfer ! Il fallait coûte que coûte qu'il découvre ce qui s'était passé pour pouvoir tout expliquer à Elena à son réveil. Il voulait qu'elle le croie, qu'elle lui fasse confiance. Il ne voulait pas d'elle seulement pour une nuit. Il voulait qu'elle le *choisisse* ; qu'elle voie à quel point elle était plus faite pour lui que pour son imbécile de frère.

Être sa princesse des ténèbres : voilà ce pour quoi elle était faite ! Lui serait son roi, son prince, tout ce qu'elle souhaiterait. Elle finirait par comprendre que rien n'avait d'importance. Rien ne comptait, excepté le fait qu'ils soient ensemble.

Il examina son corps dissimulé sous un drap avec détachement... non, en réalité, avec une culpabilité bien réelle. *Dio mio.* Et s'il ne l'avait pas retrouvée ? Il n'arrêtait pas de repenser à son état, à la façon dont elle avançait, chancelante, au moment où elle s'était écroulée, à bout de forces, et à celui où elle avait embrassé sa main...

Damon s'assit et se pinça l'arête du nez d'un air songeur. Qu'est-ce qu'elle faisait dans la Ferrari avec lui ? Elle était en colère ? Non, pas en colère : furieuse serait plus juste. Et, en même temps, elle avait très peur... de lui, apparemment. Il revoyait clairement la scène à présent : Elena se jetant de la voiture en pleine course. Sinon, pas le moindre souvenir.

Est-ce qu'il l'aurait brutalisée ?

Qu'est-ce qu'on lui avait fait ? Qu'est-ce qu'*il* lui avait fait ? Même sans télépathie, il lisait facilement dans les yeux d'Elena, dans ce regard bleu tacheté d'or. Qu'est-ce qu'il lui avait fait pour qu'elle saute d'une voiture en pleine course ?

Il avait menacé le blondinet. Blatte... Truc... peu importe. Tous les trois étaient ensemble, et Elena et son copain... mais merde, à la fin ! De là jusqu'à son réveil au volant de la Ferrari, rien à faire : c'était le flou absolu. Il se rappelait avoir sauvé Bonnie chez Caroline, avoir été en retard pour son rendez-vous de 4 h 44 avec Stefan, mais après ses souvenirs se fragmentaient. *Shinichi, maledicalo !* Le sale renard ! Il en savait plus que ce qu'il voulait bien dire.

« Bon... j'ai toujours été plus fort que mes ennemis, se rassura Damon. Toujours maître de moi. »

En entendant un léger bruit, il accourut auprès d'Elena. Ses paupières étaient fermées, mais elle battait très légèrement des cils. Est-ce qu'elle se réveillait ?

Il remonta le drap sur ses épaules. Shinichi n'avait pas menti : elle avait perdu beaucoup de sang, mais Damon sentait que sa circulation était plus ou moins redevenue normale. Toutefois, il restait quelque chose qui n'allait pas du tout...

C'est pas vrai ! Ce foutu renard l'avait laissée avec une épaule luxée !

Décidément, ce n'était pas son jour.

Alors qu'est-ce qu'il faisait maintenant ? Il appelait Shinichi ?

Surtout pas. S'il revoyait cette sale bête ce soir, il allait avoir des envies de meurtre.

Il allait devoir remettre l'épaule d'Elena en place tout seul. Il aurait fallu deux personnes pour procéder, mais il n'avait pas d'autre solution !

Tout en continuant de garder l'esprit d'Elena sous son emprise (s'assurant, pour le coup, qu'elle *ne* puisse *pas* se réveiller), il lui empoigna le bras et se mit péniblement à déboîter encore plus l'humérus, jusqu'à ce que la pression se libère et qu'il entende un *clac* mélodieux, signe que l'épaule avait retrouvé sa position d'origine. Comme Elena agitait fiévreusement la tête, les lèvres desséchées, il reversa une petite quantité du thé aux vertus curatives dans la coupe et, en douceur, lui tourna la tête vers la gauche pour la faire boire. Parallèlement, il relâchait un peu la pression sur son esprit ; elle commença à lever la main droite... et la laissa retomber.

Dans un soupir, il inclina le calice pour que le thé coule dans sa gorge. Elle avala docilement. Tout ça lui rappelait Bonnie... sauf que son oisillon n'était pas aussi mal en point. Damon savait qu'il ne pouvait pas rendre Elena à ses amis dans cet état ; pas avec son caraco et son jean en lambeaux, pas avec du sang séché partout.

Il pouvait peut-être arranger ça. Il alla vers la seconde porte en partant de la chambre, pensa très fort « salle de bains – et moderne, hein ! » et l'ouvrit. C'était exactement ce qu'il avait imaginé : une pièce immaculée, blanche et saine, avec un tas de serviettes empilées à l'attention des invités sur le rebord de la baignoire.

Il humidifia un gant de toilette à l'eau chaude ; il n'allait sûrement pas déshabiller Elena et la plonger dans un bain : ça va, il avait compris la leçon. Ça lui aurait sûrement fait du bien mais, si jamais ses amis l'apprenaient, ils lui couperaient la tête pour la brandir au bout d'une pique.

De retour auprès d'elle, il se mit à essuyer doucement le sang séché sur son épaule. Elle marmonna en secouant la tête, mais il continua jusqu'à ce que sa peau ait au moins l'air propre, même si elle était lacérée.

Ensuite, avec un autre gant, il s'occupa de sa cheville ; Elena ne s'enfuirait pas de sitôt, car son pied était encore bien enflé. Son tibia, en revanche, s'était remis. Un preuve de plus que ce n'était pas l'argent qui intéressait Shinichi et ses copains du *Shi no Shi :* il leur suffirait de mettre ce thé en vente pour faire fortune.

— On ne voit pas les choses sous le même angle, avait expliqué Shinichi à ce sujet. L'argent ne signifie pas grand-chose pour nous. Au fond, ce qui compte, ce sont les souffrances d'un voyou sur son lit de mort qui a peur d'aller en Enfer. Le chagrin d'un bébé qui comprend pour la première fois qu'il est seul. Les larmes d'une femme infidèle que son mari surprend avec son amant. Une vierge, son premier baiser et sa défloraison. Un frère prêt à mourir pour son frère. Ce genre de choses…

« Et d'autres encore, qu'on ne peut pas évoquer en public », avait supposé Damon.

Il ne s'agissait que de douleur, de détresse. En fait, Shinichi et ses semblables étaient des sangsues qui se nourrissaient des tourments humains pour combler le vide de leurs âmes.

Damon eut mal pour Elena en imaginant ce qu'elle avait dû ressentir après avoir sauté de la voiture. Elle devait s'attendre à une mort atroce, mais apparemment c'était toujours mieux que d'être à sa merci.

Cette fois, avant de passer la porte qui avait débouché sur la salle de bains carrelée de blanc, il pensa « cuisine tout équipée, avec plein de sachets de glaçons au congélateur ».

Là encore, il ne fut pas déçu. Il se retrouva dans une cuisine aux touches fortement masculines, avec des appareils chromés et un carrelage noir et blanc. Dans le congélateur : six poches de glace. Il en rapporta trois à Elena, en posa une sur son épaule, une sur son coude et une sur sa cheville. Puis il retourna dans la cuisine de rêve pour prendre un verre d'eau.

***

Fatiguée. Elle était tellement fatiguée...

Elena avait l'impression que son corps était lesté de plomb.

Chaque membre... chaque pensée... en était enveloppé.

Par exemple, en temps normal, elle aurait déjà réagi. Mais elle n'arrivait pas à joindre le geste à la pensée. C'était trop dur, trop lourd. Tout pesait des tonnes. Elle ne pouvait même pas ouvrir les yeux.

Il y eut d'abord un bruit de raclement : quelqu'un avait pris une chaise pour s'asseoir à côté d'elle. Puis une fraîcheur liquide sur ses lèvres ; quelques gouttes qui l'incitèrent à essayer de tenir le verre elle-même et à boire. De l'eau. Quel délice ! Elle n'avait jamais rien bu d'aussi bon. Son épaule lui faisait affreusement mal dans cette position, mais ça valait le coup. Il lui en fallait encore, et encore, et... non ! On lui enlevait le verre ! Elle tenta faiblement de s'y agripper, mais on le lui retira des mains.

Elle voulut ensuite toucher son épaule, mais de douces mains invisibles l'en empêchèrent. Elles s'occupèrent plutôt de laver les siennes à l'eau chaude, puis de tasser des poches de glace autour d'elle et de l'envelopper comme une momie dans un drap. Le froid engourdit en surface ses douleurs, sans pour autant apaiser celles qu'elle ressentait intérieurement...

Y penser était encore plus difficile que le reste. Lorsque les poches de glace furent enlevées (elle tremblait de froid à présent), elle replongea dans un profond sommeil.

***

Damon soigna Elena, fit un petit somme, la soigna encore, et ainsi de suite pendant un bon moment. Dans la salle de bains parfaitement aménagée, il trouva une brosse et un peigne en écaille qui semblaient utilisables. S'il y avait une chose dont Damon était sûr à propos d'Elena, c'est qu'elle n'avait jamais eu les cheveux dans cet état de toute sa vie – et même « après ». Il essaya de passer doucement la brosse dans ses boucles et s'aperçut que les nœuds étaient bien plus difficiles à enlever qu'il ne l'avait imaginé. Lorsqu'il tira plus fort, Elena remua et marmonna dans son sommeil.

Elle ouvrit soudain les paupières en clignant des yeux.

— Qu'est-ce que... ?

Damon s'était crispé, prêt à la plonger mentalement dans le noir si nécessaire.

— Qu'est-ce... qui s'est passé ?

Ce qu'elle éprouvait était évident. Elle était consternée de se réveiller une fois de plus en n'ayant qu'une vague idée de ce qui s'était passé durant son sommeil.

Prêt à prendre les armes ou la fuite, Damon l'observa en silence tandis qu'elle tentait de reconstituer les faits.

— Damon ?

Elle eut ce regard insinuant que tous les coups étaient permis.

Un regard qui signifiait : « Tu es en train de me torturer ou de me soigner ? Ou bien tu es juste un spectateur curieux qui se délecte de la souffrance d'une personne en sirotant un verre de cognac ? »

— On *cuisine* au cognac, ma princesse. Mais on boit de l'*armagnac*. Et je n'en bois pas non plus, répondit Damon en devinant ses pensées. Je ne suis pas une menace, Elena. Je te jure que Stefan m'a demandé d'être ton garde du corps, ajouta-t-il à la hâte.

Techniquement, c'était vrai. Stefan avait dit (enfin, hurlé, plutôt) : « *Tu as intérêt à ce qu'il n'arrive rien à Elena, espèce de sale hypocrite, sinon je trouverai un moyen de revenir et de t'arracher...* » Le reste avait été étouffé dans la bagarre, mais Damon avait compris l'essentiel. Maintenant, il prenait sa mission très au sérieux.

— Plus personne ne te fera de mal si tu m'autorises à veiller sur toi.

Là, il s'avançait un peu, étant donné que celui qui l'avait effrayée et l'avait poussée à sauter de la voiture se trouvait manifestement sur les lieux en même temps que lui et qu'il n'avait rien pu faire. « Mais, à l'avenir, plus personne ne s'en prendra à elle », se jura-t-il. Quelle que soit l'erreur qu'il avait commise, à partir de maintenant Elena Gilbert ne se ferait plus agresser... ou quelqu'un le paierait de sa vie.

Tandis qu'elle le fixait, il essaya d'épier ses pensées ; elles se révélèrent en quelques mots à la fois complètement clairs et énigmatiques : « Je savais que j'avais raison. Depuis le début, ce n'était pas Damon. » Et ce dernier sentit que, malgré la douleur, Elena éprouvait un profond sentiment de satisfaction.

— Je me suis blessée à l'épaule.

Elle leva la main droite pour la toucher, mais Damon la retint.

— Elle était démise, confirma-t-il. Ça risque de faire mal un moment.

— Et ma cheville... quelqu'un a... Je me souviens que j'étais dans la forêt et, quand j'ai levé les yeux, je t'ai vu. Je ne pouvais pas respirer, mais tu as arraché les plantes qui m'étouffaient et tu m'as prise dans tes bras...

Elle regarda Damon, complètement perplexe.

— C'est toi qui m'as sauvée ?

L'affirmation avait tout l'air d'une question, mais ce n'en était vraiment pas une. C'était plutôt de la stupeur face à une hypothèse visiblement inconcevable.

Elena se mit à pleurer.

Le chagrin du bébé qui comprend pour la première fois qu'il est seul. Les larmes d'une femme infidèle que son mari surprend avec son amant...

... Et les sanglots d'une fille qui ne comprend pas pourquoi son bourreau l'a sauvée d'une mort certaine.

Damon serra les dents. L'idée que Shinichi puisse être en train de regarder la scène, de ressentir la peine d'Elena, de la savourer... était insoutenable. Shinichi finirait par rafraîchir la mémoire à Elena, Damon en était certain, mais, vicieux comme il était, il choisirait sûrement un moment et un endroit plus amusants à son goût.

— Je n'ai fait que tenir ma promesse, dit-il à Elena d'une voix tendue.

— Merci, répondit Elena entre deux hoquets. Non, s'il te plaît, ne te détourne pas. Je suis sincère.

Son corps fut secoué de nouveaux sanglots.

Elena était brisée par la douleur, haletant comme une biche blessée et pleurant comme une enfant.

Stefan aurait sûrement trouvé les mots pour la réconforter. Damon, lui, ne savait pas du tout quoi faire, excepté la venger. Shinichi allait apprendre ce qu'il en coûtait de se frotter à lui quand Elena était impliquée.

— Comment tu te sens ?

Personne ne pourrait l'accuser d'avoir profité de la situation ou de l'avoir torturée pour se servir d'elle.

— Tu m'as donné ton sang, dit Elena avec étonnement.

Il jeta un œil à sa manche retroussée.

— Quand je suis revenue de l'Au-delà, Stefan m'a nourrie avec son sang et, à la fin, j'avais toujours cette sensation de chaleur. Et une petite gêne.

Damon se retourna, surpris.

— Une gêne ?

— Oui, une sorte de trop-plein… là.

Elle posa le doigt sur sa gorge.

— On pense que c'est un phénomène symbiotique… pour les vampires et les humains qui vivent ensemble.

— Pour un vampire transformant un humain en vampire, tu veux dire, dit-il sèchement.

— Sauf que je ne me suis pas transformée quand j'étais un esprit. Je suis redevenue humaine.

Elle eut un hoquet, puis un sourire penaud, et prit la brosse.

Damon s'assit et s'imagina ce que cela aurait pu être de s'occuper d'Elena quand elle était encore mi-esprit, mi-enfant. L'idée était terriblement excitante.

— Quand tu parlais d'une gêne, tu insinuais que je devrais te prendre un peu de sang ? demanda-t-il de but en blanc.

Elle détourna un peu les yeux, puis le regarda de nouveau.

— Je t'ai dit que je t'étais reconnaissante et que je me sentais... « trop pleine ». Je ne sais pas comment te remercier *autrement.*

Heureusement, Damon avait des siècles de discipline derrière lui ; sans quoi il aurait attrapé la première chose qui lui tombait sous la main et l'aurait balancée à travers la pièce. La situation était risible... à en pleurer. Elena s'offrait à lui pour le remercier de l'avoir délivrée de souffrances dont il aurait *dû* la protéger !

Mais Damon n'était pas un héros. Il n'était pas saint Stefan et ne pouvait refuser cette récompense suprême ; quel que soit l'état dans lequel elle se trouvait.

Il la voulait.

30.

Matt avait renoncé aux indices. Pour ce qu'il en savait, quelque chose avait poussé Elena à contourner la maison et l'écurie des Dunstan, en clopinant sans s'arrêter jusqu'à ce qu'elle atteigne un massif clairsemé de plantes rampantes écrasées et arrachées. Elles pendaient mollement dans les doigts de Matt, mais elles lui rappelaient de façon troublante la sensation des tentacules d'insectes autour de son cou.

Dès lors, il n'y eut plus aucune trace de mouvement humain. On aurait dit qu'Elena s'était fait enlever par des extraterrestres.

À force de faire des incursions de tous les côtés, il s'était perdu au cœur de la forêt. Il ne lui était pas difficile d'imaginer à quoi correspondaient les bruits qu'il entendait autour de lui, et il avait l'impression que le faisceau de sa lampe faiblissait…

Durant tout le temps de ses recherches, il était resté aussi calme que possible, conscient qu'il pouvait à tout moment mettre les pieds là où il ne fallait pas. Mais un cri commençait à monter du fond de sa gorge, et sa capacité à le contenir diminuait à chaque seconde.

« *ELENAAAA !* »

Quand il était petit, on lui avait appris à réciter ses prières avant de dormir. Il ne savait pas grand-chose de l'Église, mais il était sincèrement persuadé que quelqu'un ou quelque chose là-haut veillait sur les gens ; et, pour une raison ou une autre, tout se tenait, tout s'expliquait.

Cette conviction avait été rudement éprouvée au cours de l'année précédente.

Mais le retour d'Elena d'entre les morts avait balayé tous ses doutes.

« Vous ne nous l'auriez pas rendue pour nous la reprendre au bout de deux jours ? demanda-t-il avec un étonnement qui avait tout d'une prière. Vous ne feriez quand même pas ça ? »

L'idée d'un monde sans Elena, sans son éclat, sa volonté de fer, sa façon de se fourrer dans des aventures insensées – et de s'en sortir de manière encore plus démente... Il y avait vraiment trop à perdre. Sans elle, le monde se voilerait à nouveau de gris. Finis le rouge passion, le vert perroquet, le bleu ciel, le jaune jonquille, le mercure argenté... Terminés les éclats d'or dans ses yeux bleus immenses.

« Elena, bon Dieu, réponds-moi ! Elena, c'est Matt ! »

Brusquement, il s'arrêta et tendit l'oreille. Son cœur fit un bond et son corps tressaillit, mais il réussit à distinguer des voix.

— *Elenaaa ? Maaatt ?* Où êtes-vous ?!

— *Bonnie ?* Bonnie, je suis là !

Il braqua sa lampe en l'air en dessinant lentement des cercles.

— Vous me voyez ?

— Et toi, tu nous vois ?

Matt pivota... et aperçut non pas un ni deux, mais trois faisceaux de torche !

Pourquoi trois ?

Son cœur fit encore un bond.

— J'arrive ! cria-t-il en s'élançant.

Il se mit à courir comme un dératé, arrachant les tiges qui essayaient de s'enrouler autour de ses chevilles en continuant à crier :

— Restez où vous êtes ! J'arrive !

Les faisceaux apparurent finalement devant lui en l'aveuglant, et Bonnie se jeta dans ses bras, pleurant à chaudes larmes (ce qui avait au moins le mérite de donner une touche de vraisemblance à la situation). Tandis que son amie sanglotait contre son torse, il regarda Meredith qui souriait anxieusement à... Mme Flowers ?! C'était forcément elle, pour porter un chapeau de jardinage avec des fleurs en plastique et une dizaine de tricots.

— Madame Flowers ? bafouilla-t-il. Où... où est Elena ?

Les trois femmes s'affaissèrent brusquement, comme des badauds à l'affût d'un scoop qui, déçus, baisseraient finalement les bras.

— On ne l'a pas vue, répondit calmement Meredith. C'est toi qui étais avec elle.

— Exact. Sauf que Damon s'est pointé, expliqua Matt, sur la défensive. Il s'en est pris à *elle*, Meredith !

Il sentit Bonnie s'agripper à lui.

— Il lui a fait avoir une attaque et... je pense qu'il va la tuer. Il ne m'a pas épargné non plus. J'ai dû perdre connaissance et, quand je me suis réveillé, elle n'était plus là.

— Tu veux dire qu'il l'a emmenée ? demanda Bonnie d'un ton féroce.

— Je suppose... Mais je ne comprends pas ce qui s'est passé après.

Péniblement, il leur parla de sa théorie selon laquelle Elena avait sauté de la voiture ainsi que des traces qui ne menaient nulle part.

Bonnie frissonna.

— Et il s'est passé autre chose de bizarre, ajouta-t-il.

Avec quelques hésitations, il s'efforça de leur raconter le comportement de Kristin et les similarités avec celui de Tami.

— C'est carrément flippant, commenta Bonnie. Je croyais avoir trouvé une explication, mais si Kristin n'a eu aucun contact avec les autres filles...

— Vous pensiez probablement aux sorcières de Salem, ma chérie, devina Mme Flowers.

Matt ne s'habituait toujours pas à voir la vieille dame leur *parler*.

— On ne sait pas vraiment avec qui Kristin a été en contact ces derniers jours. Ni Jim, en l'occurrence, continua-t-elle. Les enfants ont pas mal de liberté de nos jours, et ce garçon est peut-être, comment dit-on, déjà ? Ah oui, le porteur du virus.

— S'il s'agit vraiment de possession, il se peut que ça n'ait rien à voir avec ce qu'on imagine, ajouta Meredith. Kristin vit près d'une forêt qui est apparemment envahie de malachs. Qui sait si elle n'a pas été contaminée rien qu'en mettant le nez dehors ?

Ils avaient éteint toutes les lampes électriques sauf une pour économiser les piles, et les alentours restaient sinistres.

— Et la télépathie ? lança Matt à Mme Flowers. Je ne crois pas une seconde à l'histoire des sorcières de Salem. Je pense que c'étaient juste des femmes frustrées qui faisaient de l'hystérie collective quand elles se réunissaient et que finalement, ça a dérapé. Comment Kristin pouvait-elle connaître le surnom que Tamra m'a donné ?

— Si ça se trouve, on fait complètement fausse route, intervint Bonnie, le visage toujours enfoui dans les bras de Matt. Ça n'a peut-être rien à voir avec Salem – à l'époque, l'hystérie s'est propagée sur un plan horizontal, si vous voyez ce que je veux dire. Peut-être qu'aujourd'hui quelqu'un là-haut s'amuse à répandre cette épidémie de façon arbitraire, à la tête du client.

Il y eut un bref silence avant que Mme Flowers ne murmure quelques mots.

— *« De la bouche des enfants et de ceux qui sont à la mamelle... »*

— ... sort la vérité, c'est ça ? devina Meredith en reconnaissant l'adage tiré de la Bible. Mais alors, qui est là-haut ? Qui fait tout ça ? Ça ne peut pas être Damon, puisqu'il a sauvé deux fois la vie de Bonnie et une fois la mienne, aussi.

Quelle vérité ?

La question était sur toutes les lèvres, mais Meredith poursuivit.

— Elena était quasi certaine que Damon était possédé. Donc il y a forcément quelqu'un qui le manipule, mais qui ?

— Quelque chose me dit qu'on ne va pas tarder à le savoir, dit Bonnie d'un ton sépulcral.

Avec un timing parfait, le craquement d'une branche se fit entendre derrière eux. Comme un seul homme, un seul corps, ils se retournèrent.

***

— Ce que je veux, dit Damon à Elena, c'est que tu te réchauffes. Je peux te préparer quelque chose de chaud à manger, et te faire couler un bain. Mais, étant donné ce qui s'est passé la dernière fois que j'ai fait prendre un bain à une fille...

— Je n'ai pas trop envie de manger...

— Allez, un petit effort : je te fais un petit plat bien de chez nous ! Qu'est-ce qui te ferait plaisir ? Bouillon aux pommes ? Tarte de poule maison ?

Elle gloussa malgré elle en grimaçant.

— On dit une tarte aux pommes et un bouillon de poule, Damon. Mais, pour une première, tu ne t'en tires pas trop mal !

— OK, je te promets de ne pas mélanger les pommes et la poule.

— Je veux bien tenter le bouillon, accepta finalement Elena. Et j'ai tellement soif, un grand verre d'eau fraîche, Damon, s'il te plaît !

— D'accord, mais pas trop, sinon ça va réveiller tes douleurs. Je vais préparer la soupe.

— Tu verras, c'est des petites boîtes de conserve avec une étiquette rouge. Il suffit de tirer la languette pour...

Elena s'arrêta en le voyant se retourner sur le pas de la porte.

Damon savait qu'elle avait de gros doutes sur ses intentions. Mais il savait aussi que, du moment qu'il rapportait quelque chose de potentiellement buvable, elle boirait : conséquence inévitable de la soif. Il savait de quoi il parlait.

À peine avait-il passé la porte qu'un bruit épouvantable

retentit, comme deux gros hachoirs qu'on affûte. Pris de court, le vampire faillit se retrouver... les quatre fers en l'air.

— Damon ! Est-ce que ça va ? Damon, réponds-moi !

Damon se rattrapa de justesse. Il pensa « chambre d'Elena », tourna la clé et ouvrit la porte.

Puis il se précipita vers le lit.

Elena était étalée par terre dans un enchevêtrement de draps et de couvertures. Elle tentait de se relever, mais son visage était rendu livide par la douleur.

— Qui t'a fait tomber du lit ?!

Shinichi allait agoniser d'une mort lente, *très lente*.

— Personne ! J'ai entendu un bruit horrible quand la porte s'est refermée. J'ai voulu venir t'aider et...

Damon la fixa, incrédule.

Cette petite chose épuisée, blessée et meurtrie avait essayé de l'aider ?

— Désolée, dit Elena, les larmes aux yeux. Je ne m'habitue toujours pas à la gravité. Tu es blessé ?

— Pas autant que toi, répondit Damon sur un ton volontairement rude, sans la regarder. J'ai fait un truc stupide en quittant la pièce... et la maison m'a rappelé à l'ordre.

— De quoi tu parles ?

— De cette clé.

Damon brandit l'objet doré pour le lui montrer. La clé avait la forme d'un anneau, mais deux ailes se déployaient de chaque côté pour former un superbe rossignol.

— Elle ne marche pas ?

— Si, mais je m'en suis mal servi. Cette clé contient le pouvoir du *kitsune* : elle ouvre toutes les portes et peut t'emmener où tu veux. Pour ça, il faut l'enfoncer dans la serrure, dire où tu veux aller et la tourner : ce que j'ai oublié de faire en sortant de ta chambre.

Elena semblait perplexe.

— Mais, si la porte n'a pas de serrure ? La plupart des portes n'en ont pas.

— Cette clé ouvre n'importe quelle porte ; disons qu'elle crée sa propre serrure. C'est un trésor que j'ai trouvé sur Shinichi en lui secouant les puces quand j'étais en colère qu'il s'en soit pris à toi. Il va bientôt vouloir la récupérer.

Plissant les yeux, Damon esquissa un vague sourire.

— Je me demande lequel de nous la gardera, pour finir. J'ai remarqué qu'il y en avait une autre dans la cuisine ; un double, sans doute.

— Damon, c'est très intéressant toutes ces histoires de clés magiques, mais si tu pouvais m'aider à me relever...

Il eut aussitôt un air piteux.

— Je vais prendre un bain, finalement.

Elena commença à déboutonner son jean.

— Non, c'est pas prudent : tu pourrais t'évanouir et te noyer. Allonge-toi plutôt. Je te promets que tu pourras te laver quand tu auras mangé quelque chose.

Damon commençait à avoir de sérieux doutes sur les bienfaits de cette maison.

— Déshabille-toi et mets-toi sous le drap, ajouta-t-il en se retournant. Tu vas voir, je suis un pro des massages !

— Attends, tu n'es pas obligé de te retourner, dit Elena. La nudité est un problème que j'ai du mal à comprendre depuis que je suis revenue. Je ne vois pas pourquoi on devrait avoir honte de son corps. Si on considère que c'est Dieu qui nous a créés, tu ne crois pas qu'Il nous aurait mis des vêtements si la nudité était si taboue ?

— Si. En fait, ça me rappelle ce que j'ai dit un jour à une reine douairière de France, acquiesça Damon. Je lui ai expliqué que, si Dieu était à la fois omnipotent et omniscient, Il connaissait nos destins à l'avance ; dans ce cas, pourquoi les Justes étaient-ils condamnés autant que les Damnés à naître dans le péché de la nudité ?

— Qu'est-ce qu'elle a répondu ?

— Rien. Elle a gloussé en tapotant trois fois le dos de ma main avec son éventail. J'ai appris plus tard que c'était une invitation à un rendez-vous galant. Malheureusement, j'avais d'autres engagements. Bon, ça y est, tu es au lit ?

— Oui. Mais j'imagine que tu devais être content qu'elle soit douairière ? dit Elena, un peu déroutée. Ce ne sont pas des veuves vieilles et riches, en général ?

— Si, mais là c'était Anne d'Autriche, qui a conservé son incroyable beauté jusqu'à sa mort. C'était la seule rousse…

Damon s'interrompit et bafouilla en se tournant face au lit. Elena s'était sagement mise au lit, comme il le lui avait demandé. Seulement, il ne s'attendait pas à ce qu'elle ressemble à Aphrodite surgissant des flots. Le drap blanc froissé remontait jusqu'à sa peau laiteuse ; bien sûr, elle avait besoin de se débarbouiller, mais le simple fait de savoir que, sous le tissu fin, elle était divinement nue suffisait à lui couper le souffle.

Sans réfléchir, il lui tendit ce qu'il avait dans les mains.

— Bouillon de poulet au thym dans son bol Mikasa et fiole d'huile de prune chaude, pour vous servir.

Lorsque la soupe fut dûment consommée et qu'Elena se rallongea, il se mit à la masser doucement avec l'huile. La prune, c'était idéal pour commencer. Ça détendait la peau et les sens en endormant la douleur, et fournissait une base pour les huiles plus exotiques dont il comptait se servir après.

D'une certaine façon, ça valait tous les spas. Damon savait où elle avait mal : il pouvait chauffer les huiles à la température adéquate sur chacune de ses blessures et éviter toutes les zones sensibles (au sens douloureux du terme) ; c'était beaucoup plus efficace que des jets d'eau sur ses bleus.

Il commença par ses cheveux, en ajoutant une goutte d'huile pour faciliter le démêlage. À la fin du soin, la chevelure d'Elena brillait comme de l'or sur sa peau, comme du miel sur de la crème. Puis il massa les muscles de son visage : d'abord le front, qu'il frotta doucement, avec les pouces, pour lisser ses traits, obligeant Elena à se détendre au rythme de ses gestes ; puis ses tempes, où il décrivit de petits cercles en appuyant à peine (de fines veines bleues apparaissaient à cet endroit, et il savait que s'il appuyait plus elle s'endormirait).

Ensuite, il passa aux bras et aux mains, en lui faisant faire des mouvements naturels, non sans s'aider d'essences appropriées, jusqu'à ce qu'Elena ne soit plus qu'une silhouette toute molle sous le drap : lisse, souple, élastique. Il eut un sourire incandescent alors qu'il étirait un de ses orteils et, lorsque les os craquèrent, le sourire devint ironique. Il pouvait obtenir d'elle tout ce qu'il voulait à présent. Elle n'était pas en état de refuser quoi que ce soit. Mais c'était compter sans ce fichu drap. Tout le monde sait que, contrairement à la nudité absolue, un bout de tissu, si simple soit-il, attire toujours le regard sur la partie taboue. Or la façon qu'il avait de masser minutieusement Elena le faisait justement focaliser sur ce qui se cachait sous la toile blanche comme neige.

— Tu ne veux pas me raconter la fin de ton histoire ? dit Elena d'une voix endormie. Anne d'Autriche était la seule rousse qui...

— ... ah, euh, la seule qui... soit restée une vraie rousse jusqu'à la fin de sa vie, murmura Damon. On dit que le cardinal de Richelieu était son amant.

— Ce ne serait pas le méchant des *Trois Mousquetaires* ?

— Si, mais peut-être pas aussi méchant qu'on le décrivait à l'époque. C'était surtout un homme politique très compétent. En fait, le vrai père de Louis... Tourne-toi maintenant.

— Drôle de nom pour un roi.

— Hein ?

— Louis Tourne Toi Maintenant ?

Elena se mit sur le ventre, laissant furtivement apparaître une cuisse laiteuse tandis que Damon essayait de regarder ailleurs.

— Tout dépend du type de baptême pratiqué dans le pays d'origine, répondit-il au hasard.

Il avait beau regarder n'importe où, la vision fugitive de cette cuisse repassait en boucle dans son esprit.

— Tu es réchauffée, maintenant ? Alors on a fini !

Sur ce, Damon tapota impudemment la courbe la plus élevée du relief sous le drap.

Elena se redressa d'un coup.

Face à sa silhouette rose pâle et or lisse et parfumée, à ses muscles souples sous sa peau soyeuse, Damon choisit la fuite.

Il laissa s'écouler quelques minutes et revint en lui proposant gentiment de lui verser un autre bol de bouillon. Pleine de dignité sous le drap dont elle s'était fait une toge, Elena accepta.

— On est chez qui ici, au fait ? demanda-t-elle. On ne peut pas être chez les Dunstan : c'est une vieille famille, avec une vieille maison. Ils étaient fermiers, avant.

— Oh... appelons ça mon petit pied-à-terre dans la forêt.

— Ah. Je me doutais que tu ne dormais pas vraiment dans les arbres.

Damon se surprit à réprimer un sourire. Il ne s'était

jamais retrouvé avec Elena autrement que dans un contexte conflictuel. Maintenant qu'il l'avait massée nue sous un drap, s'il avouait à quiconque qu'il avait adoré discuter avec elle... personne ne le croirait !

— Tu te sens mieux ?

— Aussi réchauffée qu'un bouillon de poule aux pommes !

— J'ai pas fini de l'entendre, celle-là, hein ?

Il demanda à Elena de ne pas bouger pendant qu'il pensait chemises de nuit, peignoirs, et chaussons aussi, en se dirigeant vers ce qui était encore une salle de bains quelques minutes plus tôt. À sa grande satisfaction, il découvrit que la pièce s'était transformée en dressing et contenait tout ce qu'on pouvait désirer en matière de tenues de nuit. De la nuisette en soie au bon vieux pyjama en coton en passant par le bonnet de nuit, il y avait tout dans cette penderie. Damon en ressortit les bras chargés et laissa le choix à Elena.

Elle opta pour une chemise de nuit à col haut dans un tissu ordinaire. Machinalement, Damon caressa une nuisette bleu roi brodée d'authentique dentelle de Valenciennes.

— Pas mon style, dit Elena en la fourrant rapidement sous le reste du tas.

« Pas ton style avec moi ! pensa Damon, amusé. Sage petite, tu ne veux pas me tenter et faire des choses que tu regretterais demain. »

— Bon, maintenant, il te faut une bonne nuit de sommeil...

Damon s'interrompit en voyant son air subitement stupéfait et bouleversé.

— *Matt* ! C'est lui qu'on cherchait, Damon ! Ça vient de me revenir ! Le reste... je ne sais plus. Je me souviens juste être tombée et m'être retrouvée ici.

« Parce que je t'y ai amenée, termina Damon en silence. Parce que cette maison n'existe que dans les pensées de Shinichi. Les seules choses réelles à l'intérieur, c'est nous. »

31.

« Accorde-nous au moins la grâce de sortir d'ici par nos propres moyens ou, devrais-je dire, avec ta propre clé... » pensa Damon à l'attention de Shinichi.

Il se tourna vers Elena.

— Effectivement, on cherchait Machin Truc. Mais tu as fait une mauvaise chute. Je voudrais, enfin j'aimerais que tu restes ici et que tu récupères pendant que je vais le chercher.

— Tu crois savoir où est Matt ?

Cette seule phrase résumait toutes les pensées d'Elena ; et seule la réponse comptait.

— Oui.

— Alors on part tout de suite.

— Tu ne veux pas me laisser y aller seul ?

— Non. Il faut que je le retrouve. De toute façon, je n'arriverai pas à dormir si tu y vas seul. S'il te plaît, on peut y aller ?

Damon soupira.

— D'accord. Il y a des vêtements à ta taille dans la penderie, des jeans et autres. Je vais te les chercher. Je suppose qu'il est inutile que j'essaie de te dissuader ?

— Ne t'en fais pas pour moi, ça va aller, Damon. Mais je te préviens, si tu pars sans moi, je saute par la fenêtre pour te suivre.

Il sortit et revint comme promis avec le tas de vêtements, puis se retourna pendant qu'Elena enfilait un modèle identique au jean et à la chemise Pendleton qu'elle avait portés, mais propres et nets.

En s'éloignant de la maison, Elena s'arrêta plusieurs fois et jeta un œil derrière elle.

— Qu'est-ce que tu fais ? s'étonna Damon.

— J'attends que la maison disparaisse.

Il la regarda en faisant mine d'être surpris, d'un air de dire « mais de quoi tu parles ? ».

— Un jean Armani et un caraco La Perla comme par hasard à ma taille ? Et une chemise Pendleton deux fois trop grande identique à celle que je portais ? Soit cet endroit est un entrepôt, soit il est magique. Je mise sur la seconde hypothèse.

Comme pour la faire taire, Damon la prit dans ses bras et marcha jusqu'à la portière côté passager de la Ferrari, en se demandant s'ils avaient rejoint le monde réel ou s'ils étaient dans un énième globe de Shinichi.

— La maison a disparu ?

— Affirmatif.

Dommage, Damon aurait bien aimé y installer ses quartiers.

Il pouvait toujours essayer de renégocier le marché passé

avec Shinichi, mais il avait des soucis plus importants en tête.

Il serra doucement Elena ; *elle* était bien plus importante.

Une fois à bord, il s'assura de trois petits détails. Un : que le clic automatiquement enregistré par son cerveau comme le signal d'une ceinture de sécurité bouclée signifiait *réellement* qu'Elena s'était attachée. Deux : que les portières étaient verrouillées par *sa* volonté. Et trois : qu'il ne roulait pas trop vite. Dans son état, Elena n'aurait certainement pas envie de se jeter d'une voiture, mais il ne voulait prendre aucun risque.

Il ignorait combien de temps ce sortilège allait durer. Elena finirait forcément par sortir de son amnésie : c'était logique, puisque lui en était sorti, enfin plus ou moins. Sans compter qu'il était réveillé depuis plus longtemps qu'elle. Bientôt, elle se souviendrait... mais de quoi, au juste ? Qu'il l'avait fait monter de force dans la Ferrari ? (Pas bien, mais pardonnable : il ne pouvait pas prédire qu'elle sauterait.) Qu'il avait maltraité Mike, Mitch, Truc, ou celui qui était avec elle dans la clairière ? Il en avait un vague souvenir... à moins que ce ne soit encore un rêve.

Si seulement il savait démêler le vrai du faux ! Et lui, quand est-ce que ses souvenirs allaient vraiment revenir ? Il serait en meilleure position pour négocier avec Shinichi quand il le faudrait.

Même s'il était encore dans cette satanée clairière, il était peu probable que Mac soit en hypothermie sous une tempête de neige en plein été. La nuit était fraîche mais, au pire, le gamin écoperait d'un bon rhume.

L'essentiel, c'était de *ne pas* le retrouver. Il pourrait avoir des vérités désagréables à révéler, que Damon n'avait pas du tout envie d'entendre.

En attendant, si jamais ils découvraient en arrivant à la clairière qu'il était réellement arrivé quelque chose à Blatte,

Truc, enfin le blondinet, Damon le regretterait pour les vingt secondes qui lui restaient à vivre. Elena appellerait des bataillons d'esprits célestes sur sa tête. Même si personne d'autre ne croyait en ses pouvoirs, Damon, lui, y croyait.

D'une voix douce, que jamais Page, Damaris et les autres n'avaient entendue, il se surprit à lui poser une question :

— Tu me fais confiance ?

— Quoi ?

— Est-ce que tu veux bien me faire confiance pendant encore quinze ou vingt minutes pour me suivre quelque part où je crois pouvoir trouver Bidule ?

S'il est là, je parie que tout va te revenir et que tu ne voudras plus jamais me revoir. S'il n'y est pas et la voiture non plus, c'est mon jour de chance, Truc a la vie sauve et nous on continue nos recherches.

Elena le regarda avec intensité.

— Damon : est-ce que, oui ou non, tu sais où est Matt ?

— Non.

C'était plus ou moins vrai. Mais Elena était un petit bijou aux couleurs vives, une jolie rose à peine éclose, et surtout elle était intelligente. Damon interrompit brusquement sa méditation sur l'intelligence d'Elena. Il devenait fou ou quoi ?

Merda.

— D'accord. Je te fais confiance.

Damon lâcha un soupir et mit le cap sur la clairière.

C'était un des paris les plus excitants de son existence ! D'un côté de la balance, il misait sa vie : Elena se débrouillerait pour trouver un moyen de le tuer s'il avait tué Mark, il en était certain. Et de l'autre un goût de paradis, avec une Elena volontaire, empressée et ouverte... Damon déglutit nerveusement. Il se surprit à faire un semblant de prière (on fait ce qu'on peut quand on n'a pas prié depuis cinq cents ans).

En s'engageant sur le sentier de la clairière, Damon, en état de vigilance maximale, réduisit le régime du moteur : l'atmosphère nocturne apportait toutes sortes d'informations aux vampires, et il était bien conscient qu'on lui avait peut-être tendu un piège. Mais le sentier était désert et, lorsqu'il appuya sur l'accélérateur pour entrer dans la clairière, il la trouva heureusement déserte ! Pas de voiture ni de garçon dont le nom commence par M.

Damon se détendit contre le dossier.

Depuis le début, Elena ne l'avait pas quitté des yeux.

— Tu pensais le trouver ici ?

— Oui.

L'heure était venue de poser la vraie question. Sans quoi, tout ceci ne serait que comédie.

— Est-ce que tu te souviens de cet endroit, Elena ?

Elle jeta un œil autour d'elle.

— Non, pourquoi ? Je devrais ?

Damon sourit.

Prudent, il continua de rouler sur environ trois cents mètres jusqu'à une autre clairière, au cas où elle aurait subitement un regain de mémoire.

— Il y avait des malachs dans l'autre clairière, dit-il pour se justifier. Celle-ci est « garantie sans monstres ».

« Mais quel menteur je fais ! Alors, Shinichi ? C'est qui le plus fort ? »

Cependant, depuis qu'Elena était revenue de l'Autre Côté, Damon se sentait... troublé. Au fond, il n'avait toujours pas de mots pour décrire ce qu'il avait ressenti quand elle s'était relevée devant lui, fraîchement revenue d'entre les morts, la peau rayonnant dans l'obscurité de la forêt, nue sans aucune honte (consciemment ou non). Elle était lumineuse et les veines de son cou traçaient des lignes de feu bleu nuit.

Damon éprouvait quelque chose qu'il n'avait pas ressenti depuis cinq cents ans.

Du désir.

Le désir humain. Les vampires ne ressentaient pas ce genre de choses. Tout était sublimé par l'appel du sang, encore et toujours plus…

Pourtant, c'était bien ça.

Et il savait pourquoi : l'aura d'Elena. Son sang. En revenant, elle avait rapporté dans ses bagages un atout plus conséquent que des ailes. Et, contrairement à ces dernières qui avaient disparu, ce nouveau don qu'elle possédait semblait acquis.

Damon n'avait pas ressenti ça depuis vraiment longtemps. Par conséquent, son émotion lui jouait des tours et il délirait peut-être complètement. Mais il en doutait. L'aura d'Elena réveillerait le plus fossilisé des vampires et pour lui donner une seconde jeunesse.

Adossé contre l'intérieur de la portière, il s'écarta d'elle autant que possible dans l'espace restreint de la Ferrari.

— Il faut que je te dise quelque chose, Elena.

— À propos de Matt ?

Elle lui lança un regard franc et pénétrant.

— Nat ? Mais non. C'est à propos de toi. Je sais que tu as été surprise que Stefan te laisse sous la protection d'une personne comme moi.

Malheureusement, les Ferrari accordaient trop de place à l'intimité : il sentit tout de suite la température du corps d'Elena augmenter.

— C'est vrai, répondit-elle sans détour.

— Eh bien, c'est peut-être lié au fait que…

— … que devant mon aura même des vampires croulants prendraient leur pied, c'est ça ? Stefan a dit que, désormais, j'allais devoir me protéger sérieusement à cause de ça.

— Je crois, dit prudemment Damon, que Stefan veut surtout que tu te protèges contre les créatures maléfiques qui sont attirées ici.

— Dire que, à cause de son idéalisme stupide et égoïste, il m'a abandonnée au milieu de ces dégénérés !

— Je sais, acquiesça Damon, confirmant habilement son mensonge quant au départ volontaire de son frère. Mais j'ai promis de t'offrir ma protection. Je ferai vraiment tout ce que je peux pour veiller sur toi, Elena.

— Oui. Mais ça…

Elle fit un petit geste, sans doute pour désigner Shinichi et tous les problèmes engendrés par son arrivée.

— Personne ne sait comment s'en débarrasser.

— C'est vrai, concéda encore Damon.

Il devait absolument garder la tête froide pour ne pas perdre de vue son véritable objectif. Il était ici pour… pour quoi, déjà ? Bon, d'un côté, il n'était pas dans le camp de saint Stefan. De l'autre, cette jolie demoiselle assise à ses côtés avait de quoi faire pâlir le soleil avec ses boucles dorées…

Damon secoua brusquement la tête. Depuis quand est-ce qu'il parlait comme un poète ? Mais qu'est-ce qui lui prenait ?

— Comment tu te sens ? demanda-t-il à Elena, histoire de penser à autre chose.

Comme un fait exprès, elle se passait délicatement la main dans le cou.

— Pas trop mal, répondit-elle avec une moue.

Ils se regardèrent ; Elena sourit, et il fut bien obligé de sourire à son tour, les dents un peu serrées au début et beaucoup plus franchement après.

Bon sang, cette fille avait *tout* ! L'humour, le charme, le courage, l'intelligence et… la beauté. Damon eut conscience du fait que son regard trahissait ses pensées, mais Elena ne détourna pas les yeux.

— Ça te dit de marcher un peu ? proposa-t-il.

La réponse d'Elena lui fit l'effet d'un concert de carillons ! D'une fanfare de trompettes ! D'une pluie de confettis, d'un lâcher de colombes et...

Bref, elle accepta.

Ils empruntèrent un chemin qui partait de la clairière et que Damon n'eut aucun mal à repérer avec ses yeux de vampire.

Il n'avait pas tellement envie de la laisser marcher, car il savait qu'elle avait encore mal mais qu'elle ne voulait ni le montrer ni se faire dorloter. « Dans ce cas, patiente jusqu'à ce qu'elle dise qu'elle est fatiguée, se dit-il. Après, tu l'aideras. »

Mais, au premier vacillement d'Elena, il bondit pour la rattraper. S'excusant dans une dizaine de langues de ses gestes maladroits, il la fit asseoir confortablement sur un banc sculpté dans le bois et rehaussé d'un dossier, et posa une couverture de voyage sur ses genoux.

— Surtout, dis-moi si tu as besoin de quoi que ce soit d'autre, répétait-il sans cesse.

Accidentellement, il lui transmit un fragment des pensées et suggestions qu'il avait en tête.

C'est alors qu'il perçut vaguement une des pensées d'Elena. C'était quelque chose comme : « Contrairement aux apparences, Damon n'est pas si différent de Stefan. »

Aucun autre nom sur terre n'aurait pu le pousser à avoir le geste qui suivit. Aucun mot, aucune notion, n'avait autant d'impact sur lui. En un éclair, la couverture vola, le tabouret disparut et il bascula Elena en arrière en exposant son cou.

La différence entre moi et mon frère, lui transmit-il par la pensée, *c'est que lui espère toujours se faufiler au Paradis en passant par la petite porte. Contrairement à lui, je ne passe pas mon temps à geindre comme une fillette sur mon sort. Je sais que je finirai en Enfer...* (il sourit, les canines allongées au maximum) *et ça m'est complètement égal !*

Elena avait les yeux écarquillés. Ses pensées intimes furent faciles à lire.

Je suis comme toi, je sais ce que je veux. Je ne suis pas aussi gentille que Stefan, mais j'ignore si...

Damon l'écoutait, captivé.

Qu'est-ce que tu ignores, mon ange ?

Elle secoua la tête, les yeux fermés.

Soucieux de ne pas en rester là, il chuchota à son oreille :

Disons que je suis effronté,
Que je suis mauvais,
Que ce ne sont que vanités – car je suis *vaniteux.*
Mais toi, mon Érinye,
Sache que j'ai embrassé Elena.

Elena rouvrit les yeux d'un coup.

— Non, Damon ! s'écria-t-elle. S'il te plaît, attends.

Elle le regarda d'un air malheureux, la gorge nouée.

— Tu m'as demandé si j'avais besoin de quelque chose, et tout à coup plus rien ! Écoute, je veux bien te servir de repas si c'est ce que tu veux, mais avant j'ai soif...

Elle refit le petit geste sous son menton. *Tap, tap, tap.*

Damon fondit.

Il tendit la main et la referma autour du pied d'un verre en cristal qui était apparu comme par magie. D'un geste expert, il fit tournoyer le liquide qu'il contenait, le huma pour se faire une idée du bouquet – *hum, exquis* – puis en fit doucement rouler une gorgée sur sa langue. Il n'y avait que ça de vrai. Du vin de Magie Noire, issu des terres limoneuses de la région désertique de Clarion. C'était le seul vin que les vampires pouvaient boire et, d'après des témoignages controversés, cet élixir leur permettait de garder des forces quand leur autre soif ne pouvait être étanchée.

Elena en prit une gorgée, ouvrant grand ses yeux bleus au-dessus du vin aubergine, tandis que Damon lui en expliquait l'origine. Il adorait la voir comme ça, tous les sens en éveil. Il ferma les yeux pour se remémorer quelques morceaux choisis du passé. En les rouvrant, il vit Elena vider son verre d'un trait, comme un enfant assoiffé...

— C'est... ton deuxième ?

Un autre verre était à ses pieds.

— Elena, où est-ce que tu as eu ce verre ?

— J'ai fait comme toi : j'ai tendu la main. Mais ce n'est pas comme si c'était de l'alcool, si ? On dirait du jus de raisin.

Elle n'était quand même pas aussi naïve ? C'est vrai que le vin démoniaque n'avait ni l'odeur ni le goût âpre de la plupart des spiritueux. Damon savait que les vignes dont il provenait poussaient sur un sol riche en lœss, alimenté par les sédiments d'un glacier. Bien entendu, il fallait être un vampire de longue date pour pouvoir y goûter, car le processus néces-sitait plusieurs siècles de fermentation. Quand le sol était prêt, les vignes étaient cultivées et traitées du pied à la pulpe dans des cuves en bois massif, sans jamais voir la lumière du jour. C'était ce qui lui donnait ce mystérieux goût de velours.

Damon aurait bien essuyé d'un baiser la moustache qu'Elena s'était faite avec son « jus de raisin », mais il s'abstint. Pour le moment.

— Un jour tu pourras épater la galerie en racontant que tu as bu deux verres de vin de Magie Noire cul sec !

Sans relever, Elena continua de tapoter sa gorge, juste en dessous de son menton.

— Mais qu'est-ce que tu veux, à la fin ? Une prise de sang, c'est ça ?

— Oui !

Vu l'enthousiasme d'Elena, il venait enfin de poser la bonne question.

Complètement ivre, elle rejeta les bras derrière le dossier du banc, laissant son corps libre de tous mouvements. Le banc en bois s'était subitement transformé en un divan de daim noir avec un haut dossier ; sur son arête reposait le cou gracieux d'Elena, la gorge exposée au ciel. Damon se retourna en étouffant un cri. Il voulait ramener Elena à la civilisation. Il était inquiet pour sa santé et, bon, légèrement préoccupé par celle de Truc. Mais là... il ne pouvait plus faire ce qu'il voulait : difficile de boire son sang alors qu'elle était ivre. Ce serait profiter.

Dans son dos, Elena émit un son un peu bizarre qui ressemblait à son nom :

— D'm'n ?

Ses yeux s'étaient remplis de larmes.

Comme une infirmière avec un patient, Damon aurait tout tenté pour la soulager, mais, manifestement, elle ne voulait pas régurgiter ses deux verres de vin devant lui.

— M'sens pas bien, réussit-elle à articuler en terminant par un violent hoquet.

Elle agrippa le poignet de Damon.

— Évidemment ! Ce n'est pas le genre de vin qu'on siffle comme ça. Attends, redresse-toi, je vais essayer de...

À ces mots, peut-être parce qu'il avait parlé sans arrière-pensées, sans chercher à être brutal ou à la manipuler, tout rentra dans l'ordre. Elena se laissa faire quand il posa deux doigts sur ses tempes en appuyant doucement. Ils avaient frôlé le désastre, mais Elena se remit à respirer calmement. Si le vin lui faisait encore de l'effet, elle n'était plus ivre.

Le moment était venu. Il devait lui dire la vérité, une bonne fois pour toutes.

Mais, avant, il fallait qu'il se rafraîchisse les idées.

— Un triple expresso, dit-il en tendant la main.

Le café apparut instantanément, aussi capiteux et noir que son âme.

— Shinichi estime que l'expresso est le seul intérêt de la race humaine.

— Je ne sais pas qui est Shinichi, mais je suis d'accord ! Un deuxième triple expresso, s'il vous plaît, demanda Elena à la magie qui encerclait ce monde parallèle.

Il ne se passa rien.

— Peut-être que la forêt s'est habituée à ma voix, supposa Damon en lui souriant d'un air rassurant.

D'un geste prompt, il lui tendit un expresso.

Elena fronça les sourcils.

— C'est qui ce Shinichi dont tu parles ?

Damon ne voulait rien moins que lui révéler l'existence du *kitsune*, mais tout lui avouer revenait à le condamner.

— C'est un *kitsune*, un esprit malin qui a l'apparence d'un renard. C'est lui qui m'a donné l'adresse Internet qui a poussé Stefan à partir si précipitamment.

Le visage d'Elena se figea.

— En fait, ajouta Damon, je ferais mieux de te ramener chez toi avant d'en dire plus.

Levant les yeux au ciel d'un air exaspéré, Elena le laissa toutefois la prendre dans ses bras et la ramener à la voiture.

Damon venait de penser à l'endroit idéal pour tout lui raconter.

Heureusement qu'ils n'avaient pas rendez-vous et qu'ils ne

devaient pas quitter d'urgence la forêt. Tous les chemins qu'ils empruntèrent se terminaient en impasse, dans des clairières ou contre des arbres. Elena parut si peu surprise de retrouver la cabane tout confort que Damon ne dit rien lorsqu'ils pénétrèrent à l'intérieur.

Ils firent un nouvel état des lieux.

Il y avait une chambre avec un lit somptueux, ainsi qu'une cuisine et un salon. Mais toutes ces pièces étaient interchangeables, bien sûr ; il suffisait d'en visualiser une avant d'ouvrir la porte. En outre, il y avait un trousseau de clés qui permettaient manifestement d'accomplir d'autres prodiges (Damon réalisa que Shinichi devait être sérieusement secoué pour leur avoir laissé des clés aussi précieuses) : il suffisait, là encore, d'annoncer la couleur et d'actionner une des clés dans une porte pour se retrouver à l'endroit souhaité, même si, selon toute vraisemblance, ce lieu était extérieur au territoire de Shinichi dans l'espace-temps. Autrement dit, ils étaient reliés au monde réel, mais Damon n'en était pas totalement convaincu. Est-ce que ce ne serait pas un énième piège ?

En continuant leur visite, ils tombèrent sur un grand escalier en colimaçon qui s'ouvrait sur un observatoire à ciel ouvert entouré d'un belvédère, exactement comme le toit de la pension. En portant Elena dans l'escalier, Damon remarqua qu'il y avait même une chambre identique à celle de Stefan.

— On monte ?

Elena semblait perplexe.

— Oui, tout en haut.

— Mais qu'est-ce qu'on vient faire ici ? demanda-t-elle quand il l'eut installée sur une chaise.

Assis dans un rocking-chair, Damon se balançait doucement, les bras autour d'un genou et la tête tournée vers le ciel nuageux.

Il oscilla encore un peu, puis s'arrêta net en la regardant.

— Je crois qu'on est arrivés, dit-il d'un ton léger empreint d'autodérision, signe qu'il était très sérieux. Alors je vais te dire la vérité, toute la vérité, rien que la vérité. Je le jure.

32.

— Qui est là ?! criait une voix dans l'obscurité de la forêt.

Bonnie avait rarement été aussi heureuse que quelqu'un se cramponne à elle comme Matt à cet instant. Elle avait besoin de chaleur humaine ; si elle réussissait à s'enfouir suffisamment dans ses bras, elle serait en sécurité. Quand le maigre faisceau de sa lampe s'arrêta en oscillant, c'est à peine si elle parvint à ne pas crier face au spectacle qui s'offrait à elle.

— *Isobel !*

Effectivement, c'était bien Isobel qui se trouvait non pas à l'hôpital Ridgemont mais ici, dans la vieille forêt. Presque nue, à l'exception du sang et de la boue qui la recouvraient, elle était aux abois. Dans ce décor, elle ressemblait à la fois à une proie et à une déesse de la Forêt ; une déesse de la Vengeance et des êtres traqués : elle s'opposerait à quiconque se mettrait en travers de son chemin. Hors d'haleine, elle respirait bruyamment, sa bouche dégoulinait de bave, mais elle n'était pas abattue le moins du monde. Il suffisait de voir son regard de braise pour le comprendre.

Derrière elle, écrasant des branches en lâchant à l'occasion un juron, deux autres silhouettes apparurent, une grande et maigre avec une protubérance au sommet, et une autre plus petite et plus corpulente. On aurait dit des lutins à la poursuite d'une dryade.

— Dr Alpert !

En la reconnaissant, Meredith eut toutes les peines du monde à conserver son légendaire sang-froid.

De son côté, Bonnie remarqua que les piercings d'Isobel s'étaient sérieusement infectés. Elle avait perdu la plupart de ses clous, de ses anneaux et de ses épingles, mais ils saignaient encore, et du pus commençait à suinter.

— Ne l'effrayez pas, chuchota la voix de Jim dans l'ombre. On suit sa trace depuis qu'on s'est arrêtés sur la route.

Bonnie comprit alors pourquoi sa silhouette semblait si déséquilibrée : il portait Obaasan à la japonaise, c'est-à-dire sur le dos, les bras de la vieille femme autour de son cou.

— Qu'est-ce qui vous est arrivé ? dit Meredith. On vous croyait partis pour l'hôpital ?

— Bizarrement, un arbre s'est abattu sur la route alors qu'on venait de vous laisser, et impossible de le contourner, expliqua le Dr Alpert. Sans compter que l'arbre abritait une espèce de nid de frelons. Isobel s'est aussitôt réveillée… et, quand elle a entendu les frelons, elle est sortie de la voiture et s'est enfuie en courant. Alors on l'a suivie.

— Est-ce que vous avez vu ces frelons ? demanda Matt.

— Non, la nuit était tombée, répondit Jim. Mais on les a clairement entendus ! Le bruit le plus étrange que j'aie jamais entendu. On aurait dit une bestiole d'un mètre !

Meredith serra discrètement l'autre bras de Bonnie. Devaient-elles se taire ou tout raconter ? Bonnie n'en avait pas la moindre idée. Et, de toute façon, qu'est-ce qu'elles leur diraient ?

« *D'ailleurs, en parlant d'insecte, il se trouve qu'Isobel en a peut-être un dans le corps.* »

Non, Jim flipperait complètement.

— Si je connaissais le chemin pour retourner à la pension, je les emmènerais là-bas, dit Mme Flowers aux filles. Ils n'ont rien à faire ici.

Bizarrement, le Dr Alpert ne se vexa pas ; et elle ne demanda pas non plus à Mme Flowers ce qu'elle faisait avec deux adolescentes dans les bois à cette heure tardive.

Sa réponse sidéra d'autant plus Bonnie.

— On a aperçu les lumières de la pension. Elle est juste derrière.

Bonnie sentit Matt se raidir à son côté.

— Merci mon Dieu, soupira-t-il, avant de se rétracter. Mais... attendez, c'est impossible. J'ai quitté les Dunstan environ dix minutes avant de tomber sur vous, et leur maison se trouve à l'opposé de la pension, de l'autre côté de la forêt. Il faudrait au moins quarante-cinq minutes à pied pour y arriver !

— Eh bien, impossible ou pas, on a vu votre pension, Théophilia. Tout était allumé, de la cave au grenier. Impossible de confondre. Vous êtes sûr de ne pas sous-estimer votre temps de parcours ? ajouta-t-elle à l'attention de Matt.

« Mme Flowers s'appelle Théophilia », nota Bonnie en réprimant une forte envie de glousser. La nervosité commençait à la gagner.

Au même moment, Meredith lui donna un petit coup de coude.

Bonnie avait parfois l'impression de communiquer par transmission de pensée avec Meredith et Elena. Ce n'était peut-être pas de la vraie télépathie, mais, dans ce cas, un simple regard, un coup d'œil complice, en disait plus que des heures de discussion. Il arrivait même – pas toujours – que Matt ou Stefan paraisse au courant. Leurs voix n'étaient pas aussi distinctes dans leurs têtes que s'ils parlaient, mais ils avaient l'air d'être sur la même longueur d'onde qu'elles.

Bonnie savait exactement ce que le coup de coude de Meredith signifiait : elle avait éteint la lumière dans la chambre de Stefan, et Mme Flowers avait éteint celles du rez-de-chaussée en partant. Donc...

Quelqu'un essaie de nous embrouiller : voilà ce que le coup de coude signifiait. Et Matt pensait précisément la même chose, même si c'était pour une autre raison. Il pencha discrètement la tête derrière Bonnie, pour jeter un œil à Meredith.

— Peut-être qu'on devrait retourner chez les Dunstan ? suggéra Bonnie d'une petite voix. Au moins, ils sont normaux. Ils pourront nous protéger, non ?

— La pension est de l'autre côté de cette colline, insista le Dr Alpert. Et j'apprécierais vos conseils pour combattre les infections d'Isobel, dit-elle à Mme Flowers.

La vieille logeuse minauda littéralement.

— Doux Jésus, vous me flattez ! Bien, la première chose à faire serait de nettoyer tout de suite les plaies.

C'était d'une évidence ! Et cette réponse ressemblait si peu à Mme Flowers que Matt serra le bras de Bonnie et que Meredith se serra contre elle d'un air entendu.

« *Yesss !* pensa Bonnie. On est bien sur la même longueur d'onde ! Si je comprends bien, il faut se méfier du Dr Alpert. Elle ment. »

— Bon, c'est décidé : on retourne à la pension, dit calmement Meredith à ses deux amis. Ne t'inquiète pas, Bonnie, on te protégera.

— Compte sur nous, acquiesça Matt.

Il lui serra une dernière fois le bras. *J'ai compris. Je sais qui n'est pas dans notre camp.*

— De toute façon, ajouta-t-il à voix haute d'un ton faussement résolu, ça ne sert à rien de retourner chez les Dunstan. Comme je l'ai déjà dit à Mme Flowers et aux filles, Kristin est dans le même état qu'Isobel.

— Elle se mutile ? s'étonna le Dr Alpert, sur un ton à la fois surpris et horrifié.

— Non, mais elle a un comportement très bizarre. Mieux vaut ne pas aller là-bas.

— Passez devant, je vous en prie, murmura Mme Flowers en minaudant plus que jamais. En route pour la pension !

Ils laissèrent le docteur et Jim ouvrir la marche. Bonnie, Matt et Meredith suivaient en les gardant à l'œil.

***

— OK, dit Elena. J'ai l'air d'une momie, je suis tendue comme une corde de guitare et fatiguée de tous ces mystères. *Alors ?* J'écoute : c'est quoi cette vérité ?

Elle secoua la tête, troublée par l'étrange impression que le temps s'était écoulé à la fois très vite et très lentement.

— D'abord, sache qu'on est dans une antichambre de mon cru : en clair, on ne peut ni nous voir ni nous entendre. Maintenant, passons aux choses sérieuses.

— On ferait mieux de se dépêcher, si je comprends bien.

Elena sourit d'un air encourageant.

Elle essayait de l'aider ; elle savait qu'il en avait besoin. Damon voulait dire la vérité, mais c'était tellement contraire à sa nature que c'était comme demander à un cheval sauvage de se laisser dompter.

— Le problème n'est pas là, dit-il d'une voix rauque, et elle comprit qu'il avait lu dans ses pensées. Ils... ils ont essayé de m'empêcher de t'en parler. Et, pour ça, ils ont sorti le grand jeu, comme dans les vieux contes de fées : ils ont inventé des tas de contraintes. Je ne pouvais t'en parler ni à l'intérieur ni à l'extérieur de la maison. Bon, un belvédère, c'est un peu à mi-chemin entre le dedans et le dehors. Je ne pouvais pas non plus t'en parler à la lumière du jour ou au clair de lune ; là, le soleil s'est couché et il reste environ trente minutes avant que la lune se lève, donc j'estime que cette contrainte est respectée. Et, pour finir, je ne pouvais pas t'en parler quand tu étais habillée ou nue.

Paniquée, Elena jeta immédiatement un coup d'œil à sa tenue, mais *a priori* rien n'avait bougé.

— J'estime que cette contrainte est respectée aussi puisque, malgré sa promesse, il ne m'a pas laissé ressortir de sa petite boule à neige. On est dans une maison qui n'en est pas une : c'est juste quelqu'un qui l'imagine. Et tes vêtements ne sont pas réels, non plus.

Elena voulut répondre, mais il posa deux doigts sur ses lèvres.

— Attends. Laisse-moi continuer sur ma lancée. J'ai vraiment cru qu'il ne s'arrêterait jamais avec ses contraintes. Il les a piochées au hasard dans des livres pour enfants. C'est sa grande passion, avec la poésie en vieil anglais. J'ignore pourquoi, étant donné qu'il vient de l'autre bout de la planète – du Japon, plus précisément. Voilà qui est Shinichi. Et il a une sœur jumelle : Misao.

Essoufflé, Damon s'arrêta. Elena comprit qu'il y avait sans doute des contraintes plus « secrètes » dont il ne parlerait pas.

— Ce qui lui plaît, c'est qu'on traduise son nom par la *mort en tête* ou le *champion de la mort*. On dirait deux ados, avec leurs codes et leurs jeux, et pourtant ils vivent depuis des centaines d'années.

— Des centaines ? s'étonna Elena pour l'inciter à poursuivre.

Damon fit une petite pause, l'air épuisé mais déterminé.

— Ça me rend malade d'imaginer ce qu'ils font aux quatre coins de la planète depuis tout ce temps. C'est Misao qui a déclenché tous les problèmes avec les filles de Fell's Church. Elle les envoûte avec ses malachs, et ensuite elle fait faire ce qu'elle veut à ses petits soldats. Tu te souviens de tes cours d'histoire ? Les sorcières de Salem ? C'était Misao, ou du moins une ancêtre. Et c'est arrivé des centaines de fois avant. Quand tout ça sera fini, tu chercheras des infos sur les possédées de Loudun. C'était un couvent d'Ursulines tout ce qu'il y a de plus tranquille, dans le centre de la France, et du jour au lendemain les sœurs ont commencé à avoir des comportements obscènes et même pires ; certaines ont été prises de démence, et celles qui ont essayé de les aider ont été possédées.

— Obscènes ? Comme Tamra ? Mais ce n'est qu'une gamine…

— Misao aussi, malgré son âge.

— Et quel est le rôle de Caroline dans tout ça ?

— Dans une situation comme celle-ci, il faut un instigateur, quelqu'un qui soit prêt à pactiser avec le diable ou bien un vrai démon, afin qu'ils atteignent leurs objectifs respectifs. C'est là que Caroline entre en scène. Mais, pour s'emparer de toute une ville, j'imagine qu'ils lui ont promis quelque chose de colossal en échange.

— Toute une ville ? Ils veulent… Fell's Church ?

Damon détourna les yeux. La vérité, c'est qu'ils comptent surtout *détruire* Fell's Church ; mais c'était inutile de le préciser.

— Avant de pouvoir aider qui que ce soit, il faut qu'on sorte d'ici, du monde de Shinichi. C'est capital. Je peux l'empêcher de nous épier durant des laps de temps très brefs, mais ça m'épuise et après j'ai besoin de sang. Plus que tu ne peux en générer, Elena.

Il releva les yeux vers elle.

— Ce démon a enfermé la Belle avec la Bête et il nous laisse décider lequel des deux triomphera.

— Si ça sous-entend lequel tuera l'autre le premier, il va attendre longtemps en ce qui me concerne.

— C'est ce que tu penses maintenant. Mais ce piège est très particulier. Il n'y a rien ici, à part la forêt. Le seul abri, c'est cette maison, et les seuls êtres vivants, c'est nous. Tôt ou tard, tu voudras ma mort.

— Damon, je ne comprends pas. Qu'est-ce qu'ils veulent ? Même sachant ce que Stefan m'a dit pour le flux de magie qui converge sous Fell's Church, qui agit comme une balise pour…

— C'est *ta* balise qui les a attirés ici, Elena. Ils sont curieux, comme tous les gosses ! Et j'ai dans l'idée que ce ne sont pas les premiers problèmes qu'ils nous créent. Si ça se trouve, ils étaient déjà là depuis longtemps et ils ont attendu de te voir renaître.

— Donc ils veulent… nous détruire ? Prendre le contrôle de la ville et faire de nous leurs pantins ?

— Tout à la fois. Jouer avec nous, pour commencer. Et,

pour eux, jeu est synonyme de destruction – même si je pense que Shinichi a l'intention de renégocier notre marché, car il y a quelque chose qu'il désire encore plus que la ville.

— Comment ça, *votre* marché ? Qu'est-ce qu'il veut négocier, Damon ?

— Toi. Stefan t'avait, je te voulais, et maintenant Shinichi te veut.

Elena sentit l'angoisse lui tordre le ventre.

— Et c'était quoi, le marché, à l'origine ?

Damon détourna encore les yeux.

— C'est là que ça craint.

— *Damon, qu'est-ce que tu as fait ?* C'était *quoi*, le marché ?

Elle tremblait des pieds à la tête.

— Écoute, j'ai passé un pacte avec un démon – *oui*, en pleine connaissance de cause. C'était la nuit après l'attaque de tes amis par les arbres. Stefan m'avait chassé de sa chambre. Et, bon... j'étais en colère, c'est vrai, mais Shinichi a décuplé ma haine. Il m'a utilisé, manipulé ; je m'en rends compte maintenant. C'est là qu'il a commencé avec ses conditions.

— Damon...

Elena voulut l'interrompre, mais il continua en parlant à toute vitesse comme s'il devait coûte que coûte en finir, aller jusqu'au bout avant de se dégonfler.

— Le marché était qu'il m'aiderait à me débarrasser de Stefan pour que tu puisses être à moi, et lui aurait Caroline et partagerait le reste de la ville avec sa sœur. Par conséquent, quoi que Misao ait promis à Caroline, elle double tout le monde.

Elena le gifla subitement. Emmitouflée comme elle était, elle se demandait comment elle avait réussi à sortir une main et à prendre assez d'élan, mais elle l'avait fait. En voyant une goutte de sang perler sur la lèvre de Damon, elle attendit les représailles… ou que le ciel lui vienne en aide pour avoir la force de le tuer.

33.

Damon ne réagit pas ; il se lécha les lèvres sans un mot, sans un geste.

— Espèce de monstre !

— Je sais.

— Stefan ne m'a donc pas laissée tomber ?

— Non.

— Dans ce cas, qui a écrit le mot dans mon journal ?

Damon ne dit rien, mais détourna les yeux.

— Damon, mais ce n'est pas vrai ! Tu sais ce que j'endure depuis qu'il a disparu ? Ce que ça fait de se demander sans arrêt pourquoi, un matin, il a décidé de partir comme ça ?

— Je...

— Ne me dis pas que tu es désolé ! N'essaie pas de me faire croire que tu sais ce qu'on éprouve dans ces cas-là, parce que c'est faux !

— En fait, si, je crois que j'ai vécu une expérience similaire. Je ne me cherche pas d'excuses, je veux juste te prévenir qu'il ne nous reste plus beaucoup de temps avant que Shinichi ne nous voie.

Le cœur d'Elena était en miettes. Plus rien n'avait d'importance, même Shinichi.

— Tu as menti, tu as rompu ta promesse de ne jamais nous faire du tort...

— Je sais... mais le contraire aurait été impossible. Ça a commencé le soir où les arbres s'en sont pris à Bonnie, Meredith et... Mark...

— *Matt !*

— Cette nuit-là, quand Stefan m'a tapé dessus et m'a montré la force de son pouvoir, c'était à cause de toi. Il l'a fait pour que je ne m'approche pas de toi. Jusque-là, il espérait pouvoir te cacher. Ce soir-là, je me suis senti... trahi en quelque sorte.

Dévastée, Elena essayait de comprendre.

Laisse-toi guider. Trouve la réponse au fond de toi. Tu connais Damon. Tu sais de quoi il est fait. Depuis combien de temps a-t-il ça en lui ?

— Damon ! s'écria-t-elle subitement. Je sais pourquoi tu as fait ça : tu es encore plus possédé que toutes ces filles.

— Je... j'aurais un de ces trucs dans le corps ?

Elena hocha la tête, les yeux fermés. Des larmes coulaient sur ses joues ; elle s'était forcée à se concentrer malgré la nausée que cet effort lui inspirait : rassembler assez d'énergie pour se laisser guider et voir *au fond* des autres, comme elle l'avait inconsciemment appris depuis son retour.

Le malach qu'elle avait vu à l'intérieur de Damon quelques jours plus tôt et celui que Matt avait décrit étaient énormes pour des insectes, presque aussi longs que le bras. Mais, à présent, elle percevait en lui quelque chose d'encore plus monstrueux. Une créature qui l'habitait complètement, avec une tête translucide sous ses traits magnifiques, une carapace aussi large que son torse et des jambes tordues vers l'arrière à l'intérieur de ses propres jambes. Un instant, Elena pensa être à deux doigts de s'évanouir, mais elle se maîtrisa. Elle fixa la vision fantomatique en se posant une simple question : que ferait Meredith à sa place ?

Meredith resterait calme. Elle ne mentirait pas, et elle trouverait un moyen d'aider Damon.

— Damon, c'est grave. Mais il y a forcément un moyen de t'en débarrasser et je vais vite le trouver. Car, tant que c'est en toi, Shinichi peut te faire faire tout ce qu'il veut.

— Tu veux savoir pourquoi il a pu prendre possession de moi ? Cette nuit-là, quand Stefan m'a chassé de sa chambre, tout le monde est rentré sagement chez soi, mais Stefan et toi, vous êtes partis faire un petit tour. Une petite virée dans le ciel.

Elena resta un moment sans comprendre, alors que c'était son dernier souvenir avec Stefan. En fait, c'était la seule signification que cette soirée avait pour elle : c'était la dernière fois qu'elle et Stefan avaient...

Elle sentit son corps se figer jusqu'aux os.

— Vous êtes partis dans la forêt. Tu étais encore un esprit, celui d'une enfant qui ne sait pas trop distinguer le bien du mal. Mais Stefan est adulte, et il n'aurait pas dû faire ça... sur mon territoire. Qui plus est sur mon lieu de repos, juste sous mon nez.

— Oh non, Damon !

— Oh si ! Vous étiez là, à partager vos sangs, trop absorbés pour remarquer ma présence même si j'avais bondi pour vous séparer. Tu ressemblais à un ange dans ta chemise de nuit blanche montante. J'ai eu envie de tuer Stefan sur-le-champ.

— Damon...

— Et c'est pile à cet instant que Shinichi est apparu. Il n'avait pas besoin qu'on lui dise ce que je ressentais. Il avait un plan, et il m'a fait une proposition.

Elena ferma une nouvelle fois les yeux et secoua la tête.

— Il t'avait préparé à l'avance. Tu étais déjà rongé par la colère.

— Je ne sais pas pourquoi, continua Damon comme s'il n'avait pas entendu, mais sur le coup je n'ai pas vraiment mesuré les conséquences pour Bonnie, Meredith et le reste de la ville. Je ne pensais qu'à toi. Je ne voulais que toi, et me venger de Stefan.

— Damon, tu veux bien m'écouter ? Ce soir-là, tu étais déjà aveuglé par la haine. Ne dis pas le contraire : j'ai vu le malach en toi, ajouta-t-elle, sentant qu'il mourait d'envie de l'interrompre. Tu as admis toi-même que quelque chose t'avait influencé, t'avait poussé à regarder Bonnie et les autres mourir à tes pieds. Damon, je pense que ces créatures sont plus coriaces qu'on ne l'imagine. D'abord parce qu'en temps normal tu n'aurais pas épié des gens en train de... faire des choses privées, si ? Tu ne trouves pas que ça prouve déjà que quelque chose n'allait pas ?

— Hm, ce n'est pas faux, acquiesça Damon à contrecœur.

— Mais évidemment ! C'est aussi ce qui t'a poussé à dire à Stefan que tu avais sauvé Bonnie sur un coup de tête, pour ne pas admettre devant tout le monde que c'était ce malach qui te manipulait. Tout ça à cause de ton stupide orgueil !

— Doucement avec les compliments...

— Ne t'en fais pas, répondit sèchement Elena, quoi qu'il arrive, j'ai le sentiment que ton ego s'en remettra. Qu'est-ce qui s'est passé ensuite ?

— J'ai conclu le marché avec Shinichi. Il attirerait Stefan

dans un endroit où je le verrais en privé, puis il le ferait partir discrètement quelque part où il ne pourrait pas te retrouver...

Une émotion soudaine et très différente monta dans la poitrine d'Elena. Une sorte de bulle de joie compacte, prête à éclater.

— Il ne l'a pas tué ?

— Quoi ?

— Stefan est en vie ?

— Du calme, rétorqua froidement Damon. Ce n'est pas le moment de t'évanouir.

Il la maintint par les épaules.

— Tu croyais que je voulais le tuer ?

Elena tremblait presque trop pour pouvoir répondre.

— Pourquoi tu ne l'as pas dit plus tôt ?

— Navré de cette omission.

— Il est en vie, tu es en sûr, Damon ? Vraiment sûr ?

— Certain.

Sans égard pour son propre intérêt, Elena fit ce qu'elle savait faire de mieux : céder à l'impulsion. Elle se jeta au cou de Damon et l'embrassa.

Sous le choc, Damon resta tétanisé.

— Tout le marché avec Shinichi repose sur le fait de le maintenir en vie. En vie mais loin de toi. Je ne pouvais pas prendre le risque que tu te suicides et que tu me haïsses à vie.

Il reprit son ton froid et distant.

— Si Stefan était mort, quelle emprise aurais-je sur toi, ma princesse ?

Elena ne fit pas attention.

— S'il est en vie, je peux le retrouver.

— S'il se souvient de toi. Qu'est-ce que tu feras si on lui a pris tous ses souvenirs de toi ?

— Quoi ?!

Elena eut envie d'exploser.

— Si on me prenait tous mes souvenirs de Stefan, répliqua-t-elle, glaciale, je tomberais quand même amoureuse de lui au premier regard. Et, si c'était l'inverse, Stefan ferait le tour du monde pour me retrouver sans savoir ce qu'il cherche !

— Très poétique.

— Oh, Damon ! Merci de ne pas avoir laissé Shinichi le tuer !

Il la regarda en secouant la tête.

— Je ne pouvais vraisemblablement pas... faire ça. Question de promesse. J'ai supposé que s'il était libre, heureux et amnésique, je ne dérogerais pas trop...

— À la promesse que tu m'as faite ? Mauvaise supposition. Mais peu importe.

— Tu as souffert à cause de moi.

— Damon, tout ce qui compte, c'est qu'il ne soit pas mort... et qu'il ne m'ait pas quittée. Il y a encore de l'espoir.

— Mais, Elena...

La voix de Damon s'anima, excitée et inflexible à la fois.

— Tu ne comprends pas ? Tu ne vois pas qu'on est faits l'un pour l'autre. On va mieux ensemble par nature. Au fond, tu le sais, parce qu'on se comprend. On est sur la même longueur...

— Mais avec Stefan aussi !

— Dans ce cas, il le cache vraiment bien. Tu ne comprends pas...

Ses mains posées sur les épaules d'Elena commençaient à la mettre mal à l'aise.

— ... que tu pourrais être ma princesse des ténèbres ? Que quelque chose au fond de toi aspire à l'être ? Moi, je le vois.

— Je ne serai *jamais* rien pour toi, Damon. Excepté une honnête belle-sœur.

Il eut un rire amer.

— Non, tu n'es pas faite pour les seconds rôles. Tout ce que je peux dire, c'est que si on survit au combat contre les jumeaux, tu verras des choses au fond de toi que tu n'as jamais vues avant. Et alors tu comprendras qu'on est *faits* pour être ensemble.

— Et tout ce que je peux te dire, *moi*, c'est que si on survit à ces Hansel et Gretel de l'Enfer, on aura besoin de toutes les forces spirituelles qu'on trouvera pour ramener Stefan.

— On n'y arrivera peut-être pas. Réfléchis : la probabilité qu'on réussisse à s'en débarrasser pour de bon est de l'ordre de zéro. Tu ne fais pas le poids. C'est à peine si on pourra les égratigner. Et même moi, je ne sais pas où est Stefan.

— Alors les jumeaux sont les seuls à pouvoir nous aider.

— Si c'est encore possible. D'accord, j'admets que le coup du *Shi no Shi* est sans doute une grosse arnaque. Il font croire à des crétins de vampires qu'ils peuvent devenir mortels en échange de souvenirs et ils les congédient alors que le tiroir-caisse n'est pas encore refermé. Ce sont des escrocs. Cet endroit n'est qu'une foire aux monstres, une sorte de Las Vegas démoniaque.

— Mais ils n'ont pas peur que les vampires qu'ils arnaquent cherchent à se venger ?

Cette fois, Damon eut un rire chantant.

— Un vampire qui ne veut pas être un vampire est pour ainsi dire l'emblème le plus vil de leur communauté. Oh, sans oublier les humains. Ainsi que les amants qui font vœu de se suicider par amour, les gosses qui sautent du toit en pensant que leur cape de Superman va les faire voler...

Elena essayait de s'écarter, mais il était étonnamment fort.

— Ça n'a pas l'air très sympa comme endroit.

— En effet.

— Et c'est là que se trouve Stefan ?

— Avec un peu de chance.

— Donc, en résumé, dit-elle en évaluant la situation (comme à son habitude, avec un plan A, un B, un C et un D), d'abord il faut qu'on découvre où est Stefan par le biais des jumeaux. Ensuite, il faut qu'on les convainque de guérir les filles qu'ils ont ensorcelées. Et enfin il faut qu'on les chasse de Fell's Church pour de bon. Il faut absolument qu'on contacte Stefan. Il pourra nous aider, je le sais. Après, on n'a plus qu'à espérer avoir la force d'affronter le reste.

— C'est vrai que l'aide de Stefan ne serait pas de trop. Mais tu oublies l'essentiel : dans l'immédiat, on doit empêcher les jumeaux de nous tuer.

— Ils croient toujours que tu es de leur côté, c'est ça ?

Elena passa toutes les options en revue.

— Fais en sorte qu'ils n'en doutent pas une seconde. Attends le moment stratégique, et saute sur l'occasion. Qu'est-ce qu'on a comme armes contre eux ?

— Le fer. Ils gèrent très mal le fer : normal, ce sont des démons. Et ce cher Shinichi est obsédé par toi, même si je ne suis pas certain que sa sœur approuve quand elle l'apprendra.

— Obsédé ?

— Oui. Par toi et par les chants traditionnels, tu te rappelles ? Ça me dépasse complètement d'ailleurs. Pour les chants, j'entends.

— Je ne vois pas à quoi ça peut nous servir.

— Et moi je te parie que son obsession pour toi va rendre Misao folle de rage. Ce n'est qu'une intuition, mais ça fait des siècles qu'elle a son frère pour elle toute seule.

— Alors on les monte l'un contre l'autre en lui faisant croire qu'il va m'avoir. Et tu… qu'est-ce que tu as ? ajouta Elena.

Damon avait brusquement serré son épaule, comme s'il était inquiet.

— Il ne t'aura pas.

— Je sais bien.

— Je n'aime pas trop l'idée que quelqu'un d'autre puisse t'avoir. Tu es faite pour moi.

— Damon, ne recommence pas avec ça. On en a déjà parlé. S'il te plaît…

— Tu veux dire « s'il te plaît, ne m'oblige pas à te faire du mal » ? En vérité, tu ne peux rien me faire à moins que j'y consente. Il n'y a qu'à toi que tu peux faire du mal.

Elena réussit à se détacher un peu.

— Damon, on vient de se mettre d'accord, d'établir un plan. Alors quoi, on annule tout ?

— Non, mais je viens de penser à un autre moyen de te faire devenir une super-héroïne en un clin d'œil. Tu n'as pas arrêté de me répéter que tu voulais une petite prise de sang.

— Ah… ça.

C'était vrai, mais c'était avant qu'il lui ait avoué les choses terribles qu'il avait commises.

— Damon, qu'est-ce qui s'est passé avec Matt dans la clairière ? Tu avais l'air content qu'on ne l'ait pas retrouvé.

Il ne se donna pas la peine de nier.

— Dans le monde réel, j'étais en colère contre lui, Elena. Pour moi, il était un rival de plus.

— Réponds, Damon : tu lui as fait du mal ?

— Oui.

Tout à coup, sans raison apparente, Damon prit un ton léger et indifférent, comme si ça l'amusait.

— Je crois bien que oui. J'ai utilisé la souffrance psychique

sur lui, et j'ai vu bien des cœurs qui lâchaient à cause de ça !
Mais ton Blatte est coriace. Ça me plaît, les types comme lui.
J'ai continué à le faire souffrir, de plus en plus fort, mais il a
tenu bon parce qu'il avait peur de te laisser seule.

— Damon !

Elena voulut se dégager... mais son geste fut inutile. Il était
bien plus fort qu'elle.

— Pourquoi tu t'en es pris à lui ?

— Je te l'ai dit : c'était un rival.

Il éclata brusquement de rire.

— Tu ne te souviens donc vraiment de rien ? Je l'ai forcé
à s'humilier devant toi. Je lui ai littéralement fait mordre la
poussière.

— Damon, mais... tu es dingue ?

— Non. Je viens juste de retrouver mes esprits. Je n'ai pas
besoin de te convaincre que tu m'appartiens. Je peux t'avoir
quand je veux !

— *Non*, Damon. Princesse des ténèbres ou pas, je ne serai
jamais à toi. Au mieux, tu n'auras qu'un cadavre pour t'amuser.

— Qui sait, ça me plairait peut-être ? Et n'oublie pas que
tes amis t'attendent toujours chez eux – enfin, tu l'espères. Pas
vrai ? Des amis en un seul morceau... qui n'ont jamais connu
la vraie souffrance...

Elena mit un bon moment avant de réagir.

— Je retire toutes les choses sympa que j'ai pu dire sur toi.
Tu es un monstre, tu m'entends ? Un ignoble...

Lentement, elle baissa le ton.

— C'est eux qui te poussent à être comme ça, n'est-ce pas ?
Shinichi et Misao sont en train d'assister à un joli petit spectacle. Exactement comme quand ils t'ont poussé à nous faire
du mal avec Matt.

— Non, je fais uniquement ce que je veux.

Ce ne serait pas un éclair rouge qu'elle venait de voir dans ses yeux ? Une petite flamme momentanée...

— Tu sais que tu es très jolie quand tu pleures, Elena ? On dirait que l'or de tes yeux remonte à la surface des pupilles et se répand en larmes de diamant. J'adorerais qu'un sculpteur me fasse un buste de toi en pleurs !

— Je sais que ce n'est pas vraiment toi qui parles, Damon. C'est cette créature qu'ils ont mise dans ton corps.

— Elena, je t'assure que c'est bien moi ! Ça m'a assez plu de forcer l'autre à s'en prendre à toi. J'ai bien aimé la façon dont tu as crié quand je lui ai demandé d'arracher tes vêtements – mais il a fallu que je le fasse beaucoup souffrir pour qu'il obéisse. Comment ça ? Tu n'avais pas remarqué que ton caraco était tout déchiré ? Eh oui ! Matt en est l'auteur !

Elena s'efforça de se remémorer le moment où elle avait réussi à sauter de la Ferrari. Elle s'était retrouvée presque nue sur le bitume. À cet instant, elle était si reconnaissante... à celui qui, en réalité, l'avait mise dans cet état.

Damon avait dû trouver ça bien ironique. « Non, ce n'est pas Damon, mais Shinichi. Ce sont deux personnes différentes, se rappela-t-elle. Il ne faut pas que je l'oublie. »

— Oui, je l'avoue, ça m'a plu de le pousser à te faire du mal. On s'est bien amusés tous les trois à t'entendre pleurer. Toi... moi... et Blatte, bien sûr. En fait, je crois que c'est lui qui s'est le plus amusé.

— Boucle-la, Damon ! Arrête de parler de Matt comme ça !

Damon lâcha un rire monstrueux, puis son poing sortit comme une flèche pour s'encastrer dans la paroi du belvédère.

— Damon... je t'en prie, sanglota Elena.

Sans crier gare, Damon lui renversa la tête en arrière d'une main. L'autre s'enchevêtra dans ses cheveux pour incliner son cou exactement dans la position qu'il souhaitait. Elena sentit alors la morsure, vive comme celle d'un cobra, puis les deux entailles béantes dans sa gorge et le sang qui en jaillissait.

***

Une éternité plus tard, Elena se réveilla mollement. Damon s'amusait toujours de la situation, visiblement absorbé par l'expérience d'avoir Elena Gilbert. Elle n'avait pas le temps de réfléchir à un autre plan.

Son corps prit les commandes tout seul, la surprenant presque autant que Damon. Alors même qu'il tournait la tête, elle lui arracha la clé magique des mains. Puis elle se releva dans une contorsion, leva le genou aussi haut qu'elle put et balança un coup de pied qui envoya Damon se fracasser contre le bois pourri de la balustrade entourant le belvédère.

34.

Elena était tombée du toit un jour et Stefan avait bondi pour la rattraper avant qu'elle ne heurte le sol. Après une chute de cette hauteur, l'impact serait fatal à un humain. Un vampire en pleine possession de ses réflexes se retournerait simplement sur lui-même comme un chat et retomberait en douceur sur ses pieds. Mais un vampire dans l'état de Damon ce soir...

Il avait essayé de se retourner, mais avait finalement atterri dans une mauvaise posture – c'est ce qu'Elena déduisit de ses jurons. Elle n'attendit pas d'en savoir davantage. Elle fila comme une flèche pour retourner dans la chambre de Stefan, puis elle dévala les escaliers jusqu'au rez-de-chaussée. La cabane était devenue une reproduction parfaite de la pension. Sans plus réfléchir, elle courut instinctivement vers l'aile de la maison que Damon connaissait le moins : les quartiers de l'ancienne domestique. En chemin, elle se mit à chuchoter aux murs de la maison, demandant plutôt qu'exigeant, priant pour que ses vœux soient exaucés de la même façon qu'avec Damon.

« Chez tante Judith », dit-elle à voix basse en enfonçant la clé dans une porte. La clé tourna d'elle-même dans la serrure et, tout à coup, Elena se retrouva dans la maison où elle avait vécu pendant seize ans, jusqu'à sa première mort.

Elle était dans le couloir de l'entrée, face à la porte entrouverte de sa petite sœur Margaret, qui était allongée par terre au milieu de sa chambre, plongée dans un cahier de coloriage.

— On joue à chat, mon ange !

Elena avait annoncé ça comme si les fantômes apparaissaient tous les jours chez les Gilbert et que Margaret était censée réagir instantanément.

— Cours vite chez ta copine Barbara, et ne t'arrête pas avant d'être arrivée ! Une fois là-bas, reste avec elle et sa maman. Mais avant, fais-moi trois bisous.

Elle souleva Margaret en la serrant fort dans ses bras, puis la poussa presque dehors.

— Mais Elena… ? Tu es revenue… ?

— Oui, ma chérie, et je te promets que je repasserai te voir un autre jour. Maintenant, file, mon ange !

— Je leur avais dit que tu reviendrais. C'est déjà arrivé, avant.

— Margaret : *cours !*

La gorge nouée mais comprenant peut-être la gravité de la situation avec son instinct d'enfant, Margaret fila. Elena l'imita en fonçant en zigzag vers un autre escalier.

C'est là qu'elle se retrouva face au sourire narquois de Damon.

— Tu perds trop de temps à discuter !

Elena évalua à toute vitesse les options qui lui restaient.

Passer par le balcon pour regagner l'entrée ? Non. Si

Damon avait peut-être encore quelques courbatures, elle, elle se romprait sûrement le cou en sautant ne serait-ce que du premier. Quoi d'autre ? Réfléchis !

Alors elle enfonça la clé dans la porte du vaisselier en criant sans certitude que la magie opère encore :

— Chez tante Tilda !

La porte se referma en claquant au nez de Damon.

Elena se retrouva chez sa grand-tante, mais dans son ancienne maison.

« Pas étonnant qu'on ait accusé cette pauvre Tilda d'avoir des hallucinations », pensa-t-elle. La vieille dame poussa un cri en la voyant et lâcha la grosse cocotte en verre empestant le champignon qu'elle tenait dans les mains.

— Elena ! Mais... ça ne peut pas être toi ? Tu as tellement grandi !

— Qu'est-ce qui se passe ici ? intervint tante Maggie en arrivant de la pièce voisine.

Elle était plus grande et plus forte que tante Tilda.

— Je suis poursuivie ! s'écria Elena. Il me faut une porte et, si vous voyez un garçon à mes trousses...

Au même instant, Damon sortit du placard de l'entrée.

— La porte de la salle de bains, derrière toi ! cria tante Maggie en faisant un habile croche-pied au vampire.

Elle attrapa un vase et l'écrasa à toute volée sur la tête de Damon, qui allait se relever.

— Lycée Robert E. Lee, à la dernière rentrée – quand la sonnerie des cours a retenti ! cria Elena en se ruant sur la porte de salle de bains.

Elle se mit alors à avancer à contre-courant dans un flot d'élèves qui essayaient d'arriver à l'heure en classe. Soudain, l'un d'eux la reconnut, puis un autre ; apparemment, elle avait remonté le temps avec succès jusqu'à une époque où elle n'était pas encore morte, puisque personne ne hurla en la montrant du doigt. En même temps, personne à Robert E. Lee n'avait jamais vu Elena Gilbert en caraco et chemise de garçon, les cheveux tombant en désordre sur les épaules.

— C'est un costume pour une pièce ! se justifia Elena.

Puis, elle s'éclipsa dans un local d'entretien en pensant : « Chez Caroline ! »

Une seconde plus tard, un bel inconnu en blouson de cuir noir apparut derrière elle et franchit la même porte comme une flèche. Lorsque la porte du local se rouvrit, Elena Gilbert et le garçon s'étaient volatilisés.

Elena remonta un couloir au pas de course et faillit percuter M. Forbes, qui avait l'air assez patraque. Visiblement, il buvait un grand verre de jus de tomate aux effluves d'alcool.

— On sait pas ce qui lui prend, d'accord !? affirma-t-il sans laisser le temps à Elena de l'ouvrir. Elle a perdu la boule, c'est tout ce que je vois ! Elle a parlé de la cérémonie du belvédère... elle était habillée, fallait voir ! Les parents ont perdu tout contrôle sur les gosses, de nos jours.

Sur ce il s'écroula, adossé au mur.

— Je suis vraiment désolée, murmura Elena.

Une *cérémonie*, donc. Bien, en principe, les cérémonies de Magie Noire se tenaient au lever de la lune ou à minuit. Il ne restait que quelques minutes avant les douze coups ; Elena en profita pour trouver son plan B.

— Je vous l'emprunte une seconde, dit-elle à M. Forbes en lui prenant le verre des mains.

Elle le jeta brusquement à la figure de Damon qui venait de surgir d'une penderie.

— Un endroit que leur espèce ne peut pas voir ! cria-t-elle aussitôt.

Et alors elle se retrouva...

Dans les nimbes ?
Au paradis ?

***

Un endroit que leur espèce ne peut pas voir ? Elena se demanda pourquoi elle avait dit ça, car elle-même ne voyait pas grand-chose pour l'instant.

Soudain, elle comprit où elle était : six pieds sous terre, sous la tombe vide d'Honoria Fell. Un jour, elle s'était battue ici pour protéger Stefan et Damon.

Elle aurait dû être seule face au noir, aux rats et aux moisissures, et pourtant une toute petite lumière brillait devant elle. Comme une fée Clochette lilliputienne pas plus grosse qu'un grain de poussière, la lueur voltigeait autour d'elle, sans chercher à la guider ou à communiquer avec elle... « Mais pour me protéger », comprit Elena. Elle était vive et froide au toucher lorsqu'elle la prit entre ses doigts. Elena traça un cercle de protection autour d'elle, suffisamment grand pour s'y allonger.

Lorsqu'elle se retourna, Damon était assis au centre.

Il semblait étrangement pâle pour quelqu'un qui venait de se nourrir. Il ne dit pas un mot, mais la fixa avec intensité. Elena s'approcha lentement pour palper son pouls...

Et Damon lui sauta dessus, se délectant encore à grands traits de ce sang extraordinaire.

En temps normal, il serait déjà en train d'en faire l'analyse : un goût de baie, fruité, onctueux, fumé, boisé, rond, avec un arrière-goût soyeux... Mais pas maintenant. Pas avec ce sang qui dépassait de loin toutes les descriptions possibles. Ce sang qui lui donnait une force incomparable...

Damon...

Pourquoi est-ce qu'il n'écoutait pas ? Comment s'était-il retrouvé à boire ce merveilleux sang qui avait un goût d'Au-delà ? Et pourquoi est-ce qu'il n'écoutait pas son donneur ?

Je t'en prie, Damon… Bats-toi…

Il devrait pourtant reconnaître cette voix, il l'avait suffisamment entendue.

Je sais que tu es sous leur emprise. Mais ils ne peuvent pas manipuler tout ton esprit. Tu es plus fort qu'eux. Tu es le plus fort…

Ça, c'était *fort* probable.

Toutefois, il était de plus en plus confus. Le donneur semblait mécontent, or il avait toujours eu l'art de rendre ses donneurs heureux.

Damon, c'est moi : Elena. Tu me fais mal.

Elena n'avait pas cherché à résister à la morsure ; la douleur aurait été atroce, et ça n'aurait eu pour effet que de l'empêcher de réfléchir correctement.

Elle tenta plutôt de l'inciter à combattre l'ignoble créature qui l'habitait. Sauf que ça devait venir de lui ; si elle le forçait, Shinichi s'en apercevrait et reprendrait le contrôle. Et, manifestement, le coup du « *Damon, tu es le plus fort* » n'avait servi à rien.

Alors il ne lui restait plus qu'à mourir ? Elle pourrait au moins essayer de se battre, même si elle savait que ce serait une perte de temps face à la force de Damon. À chaque nouvelle gorgée qu'il prenait, sa force décuplait ; le sang neuf d'Elena le transformait peu à peu…

En quoi ? C'était *son* sang. Peut-être que, grâce à lui, Damon réagirait ? Et s'il pouvait vaincre le monstre sans que Shinichi s'en aperçoive ?

Pour ça, Elena avait besoin d'une nouvelle ressource, d'un autre moyen d'action…

Alors même que l'idée germait dans son esprit, elle sentit une nouvelle énergie l'animer, une force qui avait toujours été là, enfouie en elle ; elle l'avait toujours su, mais elle avait attendu le bon moment pour s'en servir. C'était un pouvoir très particulier, qu'elle ne devait pas utiliser pour se battre ni même pour sauver sa peau. Néanmoins, c'était à elle de l'exploiter. Les vampires qui se nourrissaient d'elle n'en tiraient que quelques gorgées, alors qu'elle avait toute une réserve de sang dans le corps, remplie de cette prodigieuse énergie ! L'invoquer fut aussi simple que d'appuyer sur un interrupteur.

Comme par magie, elle trouva de nouveaux mots et, plus surprenant encore, de nouvelles ailes lui poussèrent dans le dos, même si Damon la cambrait de force. Ces ailes sublimes avaient une autre fonction que celle de la faire voler, et, lorsqu'elles se furent entièrement déployées, elles formèrent une gigantesque voûte aux couleurs de l'arc-en-ciel dont les extrémités se touchaient, enveloppant Damon et Elena.

— *Ailes de la Rédemption*, souffla-t-elle par télépathie.

Intérieurement, sans un bruit, Damon hurla.

Alors les ailes s'entrouvrirent. Seule une personne qui en savait long sur la magie aurait pu comprendre ce qui se passait en eux. L'angoisse de Damon devenait celle d'Elena à mesure qu'elle absorbait chaque incident douloureux, chaque drame, chaque cruauté qui avait contribué à assembler les couches d'indifférence et de méchanceté, dures comme de la pierre, qui enrobaient son cœur.

Sombres comme le cœur d'une naine noire, ces couches se morcelaient et s'envolaient littéralement. Aucun retour en arrière n'était possible. De gros morceaux de roche craquelaient, des fragments volaient en éclats, d'autres se décomposaient simplement dans un nuage de fumée âcre.

Cependant, au centre, quelque chose apparut : un noyau plus noir que l'enfer et plus dur que des cornes de diable. Elena ne vit pas distinctement ce qu'il devint ; mais elle espéra que pour finir lui aussi imploserait.

Maintenant, elle pouvait enfin invoquer la prochaine paire d'ailes. Elle n'avait pas cru réchapper de cette première attaque ; elle ne pensait certainement pas survivre à la suivante. Mais il fallait que Damon comprenne.

Un genou à terre, il se cramponnait à ses bras. Ça allait bien se passer. Damon était toujours Damon, et il serait beaucoup plus heureux sans le poids de toute cette haine, de ces préjugés et de cette cruauté. Il oublierait enfin sa jeunesse et les fines lames qui s'étaient moquées de son père en le traitant de vieux fou à cause de ses investissements désastreux et de ses maîtresses plus jeunes que ses propres fils. Il arrêterait aussi de ressasser son enfance et l'époque où ce même père, complètement ivre, le battait avec rage quand il négligeait ses devoirs ou fréquentait des personnes qui ne lui plaisaient pas. Enfin, il cesserait d'admirer et de savourer les nombreuses souffrances qu'il avait lui-même imposées.

En son nom et à son heure, le paradis l'avait racheté par le biais des mots qu'Elena avait prononcés.

À présent… si elle ne se trompait pas, il y avait un souvenir qu'il ne devait pas oublier.

Pourvu qu'elle ait raison.

— Où est-ce qu'on est ? Tu es blessée, petite ?

Dans sa confusion, Damon n'arrivait pas à la reconnaître. Elle s'agenouilla près de lui.

Il lui lança un regard perçant.

— On est en prière ou on était en train de faire l'amour ?

— Damon, c'est moi : Elena, dit-elle. On est au XXIe siècle et tu es un vampire.

Elle le prit dans ses bras avec douceur et posa la joue contre la sienne.

— *Ailes du Souvenir.*

Alors, semblables à celles des papillons, des ailes translucides, violettes et bleutées, lui poussèrent dans le dos, juste au-dessus des hanches. Elles étaient ornées d'un motif complexe de petits saphirs et d'améthystes cristallines. Utilisant des muscles dont elle n'avait jamais soupçonné l'existence, Elena les étira vers l'avant jusqu'à ce qu'elles se replient sur Damon et le protègent. C'était comme d'être enfermé dans une grotte parsemée de pierres précieuses.

Elena voyait dans les traits nobles de Damon qu'il résistait. Mais de nouveaux souvenirs, des souvenirs liés à elle, montaient déjà en lui. Lorsqu'il regarda sa bague de lapis-lazuli, ses yeux s'emplirent de larmes. Lentement, son regard se leva vers elle.

— Elena ?

— Oui ?

— Quelqu'un m'a ensorcelé et m'a fait tout oublier, chuchota-t-il.

— Oui... je crois.

— Et quelqu'un t'a fait du mal.

— Oui.

— Je jure de le tuer ou d'en faire ton esclave en lui rendant ses souffrances au centuple. Il t'a frappée. Il a pris ton sang de force. Il a inventé des histoires ridicules comme quoi il t'aurait humiliée...

— Oui, c'est vrai, Damon. Mais s'il te plaît...

— J'étais sur sa piste. Si je l'avais trouvé, je l'aurais transpercé d'un coup d'épée et je lui aurais arraché le cœur. Ou alors je lui aurais enseigné les pires leçons de l'existence et à la fin, la bouche en sang, il t'aurait baisé les pieds, aurait juré d'être ton esclave jusqu'à sa mort.

Cette délivrance ne lui réussissait pas. Ses yeux devenaient blancs autour de l'iris, comme ceux d'un poulain terrifié.

— Damon, je t'en supplie…

— Et l'auteur de toutes tes souffrances… c'était moi.

— Pas directement. Tu l'as dit toi-même : tu étais ensorcelé.

— Tu avais tellement peur de moi que tu t'es déshabillée sous ma menace.

Elena se rappela soudain ce qu'était devenue sa première chemise Pendleton.

— Je ne voulais pas que tu te battes avec Matt.

— J'ai bu ton sang contre ton gré.

— Oui, dit-elle à défaut de trouver une autre réponse.

— J'ai… j'ai utilisé mes pouvoirs pour t'infliger des peines terribles.

— Si tu parles d'une sorte de crise d'épilepsie qui provoque des douleurs épouvantables, alors oui. Mais tu as fait pire à Matt.

Matt n'était pas dans le champ de vision de Damon.

— Ensuite je t'ai enlevée !

— Tu as *essayé*.

— Et tu as préféré sauter d'une voiture plutôt que de rester avec moi.

— Tu étais violent, Damon. Ils t'ont poussé à des jeux cruels, au risque de casser tes jouets.

— Je… je n'arrivais pas à me souvenir de ce qui s'était passé avant que tu sautes de la voiture : je n'ai pas arrêté de chercher celui que tu voulais fuir. Maintenant, il va le payer ; je vais lui arracher les yeux et la langue, et le laisser agoniser. Je me souviens aussi que tu avais du mal à marcher, il te fallait une béquille pour avancer dans la forêt, et, juste quand tu aurais pu trouver de l'aide, Shinichi t'a attirée dans un piège. Oh, oui, je me souviens de lui. Tu as erré dans cette boule à neige... et tu y serais encore si je n'y étais pas entré de force.

— Non, le reprit doucement Elena, je serais morte depuis longtemps. Tu m'as trouvée au bord de l'asphyxie, tu te rappelles ?

— Oui.

Une joie intense se lut sur le visage de Damon ; puis il eut de nouveau son regard traqué et horrifié.

— C'était moi ton bourreau, celui dont tu avais si peur. Je t'ai fait faire des choses avec...

— Matt.

— Mon Dieu, murmura-t-il.

Il leva les yeux vers le ciel.

— Je croyais me comporter en héros alors qu'en fait je *suis* une abomination vivante. Je devrais déjà être mort à tes pieds.

Les yeux écarquillés, il fixa Elena. Il n'y avait ni colère, ni sarcasme, ni retenue dans son regard. Il paraissait jeune, fougueux et désespéré. Si Damon avait été un animal, ce serait une panthère noire qui arpenterait en ce moment même sa cage en mordant furieusement les barreaux.

Il inclina la tête pour embrasser ses pieds nus.

Elena eut un choc.

— Demande-moi tout ce que tu veux. Tu peux me demander de mourir sur-le-champ. Je suis un monstre.

Il se mit alors à pleurer. Aucune autre circonstance n'aurait sans doute pu faire monter les larmes aux yeux de Damon Salvatore. Mais il était résolu : il tenait toujours parole et il avait promis à Elena de vaincre le monstre qui lui avait infligé tout ça. Le fait qu'il ait été manipulé n'excusait pas ses crimes.

— Tu sais que je… je suis maudit, dit-il comme si ça pouvait être un premier pas vers une forme de réparation.

— Non, je n'y crois pas, répondit Elena. Pense à toutes ces fois où tu t'es battu contre eux, Damon. Je suis sûr qu'il voulait que tu tues Caroline le premier soir, quand tu as dit avoir senti une présence dans le miroir. Tu as dit que tu étais à deux doigts de la tuer. Je suis sûr qu'il veut que tu me tues. Tu vas me tuer, Damon ?

Il se pencha encore sur son pied, mais elle s'empressa de le relever en l'agrippant par les épaules. Elle ne supportait pas de le voir souffrir autant.

Damon regarda dans le vide, l'air préoccupé, en faisant tourner sa bague de lapis-lazuli autour de son doigt.

— Damon… qu'est-ce que tu as en tête ? Dis-moi à quoi tu penses.

— Que ce démon va peut-être reprendre son jouet d'un instant à l'autre… Shinichi est encore plus monstrueux que ce que ton innocence te laisse croire. Il peut me reprendre sous son emprise à tout moment. On l'a déjà vu faire.

— Pas si tu me laisses t'embrasser.

— Quoi ?

Il la regarda comme si elle n'avait rien suivi de la discussion.

— Laisse-moi t'embrasser… et faire sortir le malach mourant qui est en toi.

— Mourant ?

— Il meurt un peu plus chaque fois que tu trouves la force de lui résister.

— Il est… gros ?

— Pas plus que toi, maintenant.

— Bien, murmura-t-il. Si seulement je pouvais me battre seul contre lui...

— Juste pour le sport ?

— Non, parce que je hais ce salaud qui n'a rien dans le ventre. J'encaisserais volontiers les coups si j'étais sûr que les miens le détruisent à petit feu.

Elena décida qu'il n'y avait plus de temps à perdre : il était prêt.

— Tu veux bien me laisser faire ?

— Comme je te l'ai dit : le monstre qui s'en est pris à toi est désormais ton esclave.

Très bien. Ils discuteraient de ce point plus tard. Elena se pencha vers lui en inclinant la tête, les lèvres légèrement pincées.

Le Don Juan des ténèbres mit quelques secondes à comprendre.

Il l'embrassa avec une extrême douceur, comme s'il craignait un contact trop rapproché.

— *Ailes de la Purification*, chuchota Elena contre ses lèvres.

Aussi blanches que de la neige fraîche, vierge de toute trace, et aussi fines que de la dentelle, des ailes formèrent une voûte au-dessus d'Elena. Leurs reflets irisés miroitaient comme un clair de lune sur des toiles d'araignée couvertes de givre. Elles l'enfermèrent avec le vampire dans une voile de diamant et de nacre.

— Ça va faire un peu mal, prévint Elena, sans savoir comment elle le savait.

Les informations semblaient venir au fur et à mesure, quand elle en avait besoin. C'était un peu comme d'être dans un rêve où on comprend et on accepte de grandes vérités de la vie sans effroi, et sans avoir besoin de se les faire expliquer.

De cette façon, elle savait que les *Ailes de la Purification* allaient chercher et détruire tout corps étranger à l'intérieur de Damon et que la sensation pourrait être très désagréable pour lui. Mais, au bout d'un moment, elle comprit que le malach n'était pas décidé à sortir de lui-même.

— Enlève ta chemise, dit-elle, aiguillée par sa petite voix intérieure. Le malach est attaché à ta colonne vertébrale et il est près de ta nuque, c'est par là qu'il est entré. Je vais devoir le faire sortir à mains nues.

— Attaché à ma colonne ?

— Oui, tu ne l'as jamais senti ? Je pense que ça a dû te faire comme une piqûre d'abeille au début, quand il est entré en toi : une petite perforation et une grosse goutte gélatineuse qui s'est greffée sur ta colonne.

— Je me souviens : la piqûre de moustique. Oui, je l'ai sentie. Ces derniers jours, j'ai commencé à avoir mal dans la nuque et après ça m'a pris dans tout le corps. Alors c'était ce monstre qui... grossissait en moi ?

— Oui, en s'emparant de plus en plus de ton système nerveux. Shinichi te manipulait comme une marionnette.

— Mon Dieu, je regrette tellement, Elena.

— On va faire en sorte de le *lui* faire regretter. Tu veux bien retirer ta chemise ?

Silencieusement, comme un enfant confiant, Damon ôta son blouson et sa chemise noirs. Puis, sur les ordres d'Elena, il s'allongea à plat ventre, le dos ferme et pâle comparé à la pénombre qui les entourait.

— Je suis désolée, je n'ai pas le choix, dit Elena. Le faire sortir de cette façon, en l'extirpant par là où il est entré... Ça va *vraiment* faire mal.

— Soit, grommela Damon avant d'enfouir son visage dans ses bras athlétiques.

De la pulpe de ses doigts, Elena tâtonna au sommet de sa colonne pour trouver ce qu'elle cherchait. Un point spongieux, une cloque. Quand elle le trouva, elle le pinça entre ses ongles jusqu'à ce que du sang gicle.

Elle faillit le perdre comme il essayait de s'aplatir, mais elle le poursuivit du bout de ses ongles pointus. Finalement, elle l'attrapa en le tenant fermement entre son pouce et deux doigts.

Le malach était encore en vie et suffisamment conscient pour lui résister un peu. Mais c'était comme une méduse – elles se disloquent si on tire dessus ; cette créature visqueuse à l'apparence humaine conserva sa forme quand Elena la fit lentement passer à travers le trou dans la nuque de Damon.

Damon avait mal, ça se voyait. Elena voulut absorber un peu de sa souffrance, mais il la retint avec une telle véhémence qu'elle abandonna.

Le malach était beaucoup plus gros et plus résistant qu'elle ne l'avait cru. La masse gélatineuse avait dû se développer un bon moment ; elle avait enflé au point de contrôler Damon jusqu'à la moelle. Elena tira d'un coup sec et le malach s'étala sur le sol, comme la caricature blanche, filandreuse et écœurante d'un cadavre humain.

— C'est fini ?

Damon était essoufflé ; il avait vraiment dû en baver.

— Oui, c'est bon.

En se relevant, il baissa les yeux vers la forme flasque qui l'avait incité à persécuter la personne qu'il aimait le plus au monde et la piétina, l'écrasant sous les talons de ses bottes. Elena devina qu'il n'osait pas la pulvériser avec ses pouvoirs de peur d'éveiller l'attention de Shinichi.

Finalement, il ne resta plus qu'une tache et une odeur.

Elena avait la tête qui tournait. Elle tendit le bras vers Damon, qui imita son geste, et ils tombèrent tous les deux à genoux, cramponnés l'un à l'autre.

— Je te libère de toutes les promesses que tu as faites… quand tu étais sous l'emprise du malach, dit Elena en fin stratège.

Elle ne voulait pas qu'il renonce à la promesse de veiller sur son frère.

— Merci, murmura Damon, la tête posée sur son épaule.

— Et maintenant, on va réfléchir à un plan, dit-elle sur un ton de maîtresse d'école. Mais, pour élaborer un plan dans le plus grand secret…

— On doit partager nos sangs. Mais quelle quantité est-ce que tu as donnée, aujourd'hui ? Tu es toute pâle, Elena.

— Toi qui te disais mon esclave, maintenant tu ne veux plus me prendre quelques gouttes de sang ?

— Tu as dit que tu me libérais… mais en fait tu vas reporter indéfiniment, pas vrai ? Écoute, il y a une solution plus simple. C'est *toi* qui vas prendre mon sang.

Finalement, ils optèrent pour cette solution, bien qu'Elena se sente un peu coupable, comme si elle trahissait Stefan. Damon se fit une entaille, et l'effet ne tarda pas. Ils entrèrent en communion, leurs esprits fondant l'un dans l'autre en douceur. En moins de temps qu'il n'en faut pour le dire, c'était fait : Elena avait parlé à Damon de ce que ses amis avaient découvert sur l'épidémie parmi les filles de Fell's Church, et Damon avait dit à Elena tout ce qu'il savait sur Shinichi et Misao. Elle concocta un plan pour faire une peur bleue à toutes les possédées de la ville, et il lui promit d'extorquer des informations aux jumeaux pour découvrir où se trouvait Stefan.

Une fois le plan établi, et quand Elena eut repris quelques

couleurs grâce au sang de Damon, ils décidèrent de la façon dont ils allaient se retrouver.

Ce serait à la cérémonie.

Puis Elena resta seule, tandis qu'un énorme corbeau s'éloignait dans le ciel en direction de la forêt.

***

Assise par terre, Elena prit le temps de faire la synthèse de tout ce qu'elle savait.

« Pas étonnant que Damon ait eu l'air d'un schizophrène et que sa mémoire lui ait joué autant de tours », pensa-t-elle.

Finalement, le vampire s'était souvenu des moments où Shinichi ne le manipulait pas, du moins quand il lui avait lâché un peu la bride. Mais sa mémoire était irrégulière, comme si son propre cerveau avait rejeté certains souvenirs trop atroces ; seul le faux Damon s'en rappelait, car ces souvenirs étaient liés aux moments où Shinichi contrôlait tous ses faits et gestes. Et, dans l'intervalle, le démon conseillait au *vrai* Damon de retrouver le persécuteur d'Elena et de le tuer.

Ce monstre avait dû bien s'amuser. Mais Damon et Elena, eux, avaient vécu un enfer.

Elena se refusait à admettre que cet enfer avait été ponctué de quelques moments divins. Elle était à Stefan, et à lui seul. Ça ne changerait jamais.

***

Elena avait besoin d'une dernière porte magique, mais elle ne savait pas où la trouver. Soudain, la petite lumière scintillante réapparut ; elle supposa que c'était ce qui restait de la magie laissée par Honoria Fell pour protéger la ville qu'elle avait bâtie. Elle s'en voulait à l'idée de s'en servir, mais, si elle ne lui était pas destinée, pourquoi est-ce qu'elle était là ?

Pour lui permettre d'atteindre la destination qu'elle avait en tête.

Tendant une main vers la petite tache lumineuse et serrant la clé dans l'autre, elle chuchota avec toute l'énergie qui lui restait :

— Un endroit où je pourrai voir, entendre et toucher Stefan.

35.

Une cellule tapissée de paille crasseuse, et des barreaux entre elle et Stefan qui dormait.

Des barreaux entre elle et... *Stefan* !

C'était bien Stefan. Il avait maigri et ses pommettes ressortaient davantage, mais il était toujours aussi beau. Et intérieurement son âme était intacte, un équilibre parfait entre honneur et amour, ombre et lumière, espoir et scepticisme à l'égard du monde dans lequel il vivait.

— Stefan ! Prends-moi dans tes bras !

Il se réveilla et se redressa un peu.

— Laisse-moi au moins dormir, sorcière ! répondit-il sèchement. Et trouve-toi un autre déguisement !

— Stefan, surveille ton langage !

Elle vit les muscles de son épaule se figer.

— Répète un peu... ?

— Stefan… c'est moi. Je comprends ta colère et je maudis les deux monstres qui t'ont mis ici…

— Les trois, rectifia-t-il d'un ton las. Tu le saurais si tu étais vraiment celle que tu prétends. Va donc demander à mon traître de frère et à ses amis comment ils capturent les gens par surprise avec leur *kekkai*…

Elena mourait d'envie de lui expliquer pour Damon.

— Tu ne veux pas… au moins me regarder ?

Stefan se retourna en relevant lentement la tête, et bondit de sa paillasse décatie en la fixant comme si elle était un ange tombé du ciel.

Puis il lui tourna le dos en se plaquant les mains sur les oreilles.

— Je refuse de négocier ! dit-il impassible. Ne me parle même pas d'eux. Va-t'en ! Tu sembles réelle, mais tu n'es qu'un rêve.

— Stefan !

— Va-t'en, je t'ai dit !

Ils perdaient du temps. Après tout ce qu'elle avait traversé dans l'espoir de le revoir, tout ça était trop cruel.

— La première fois que tu m'as vue, j'étais devant le bureau du principal le jour où tu apportais ton dossier à la secrétaire pour t'inscrire – secrétaire que tu as manipulée mentalement. Tu n'as pas eu besoin de me regarder pour savoir à quoi je ressemblais. Un jour, je t'ai confié que j'avais l'impression d'être une meurtrière parce que j'ai dit « papa, regarde ! » en montrant quelque chose du doigt par la fenêtre juste avant l'accident de voiture qui a coûté la vie à mes parents. Je n'ai jamais réussi à me souvenir de ce que je voulais lui montrer. Le premier mot que j'ai appris quand je suis revenue de l'Au-delà, c'est « Stefan ». Et, un jour, tu me regardais dans le rétroviseur de la voiture et tu m'as dit que j'étais ton âme…

— Tu ne peux donc t'empêcher de me torturer *au moins une heure* ? Elena – la vraie Elena – serait trop maligne pour risquer sa vie en venant ici.

— C'est où « ici » ? répondit-elle brusquement avec effroi. Il faut que je sache si je suis censée te ramener.

Lentement, Stefan écarta ses mains de ses oreilles ; encore plus lentement, il se retourna.

— Elena ? s'étonna-t-il.

On aurait dit un homme à l'agonie venant de voir un fantôme.

— Tu n'es pas réelle. Tu ne peux pas être ici.

— Je ne le suis pas vraiment. Shinichi a créé une maison magique qui peut t'emmener n'importe où si tu désignes ta destination et ouvres une porte avec cette clé. J'ai dit « un endroit où je pourrai voir, entendre et toucher Stefan ». Mais...

Elle baissa les yeux.

— ... si tu penses que je *ne* peux *pas* être ici... au fond, c'est peut-être juste une illusion.

— Chut.

Stefan serrait à présent les barreaux de son côté de la cellule.

— Alors c'est pour ça que tu es venu ici ? dit-elle. C'est le *Shi no Shi* ?

Il eut un petit rire triste.

— Plutôt décevant comme endroit, pas vrai ? Mais... ? Elena, c'est bien toi !

À ces mots, Elena s'approcha des barreaux qui la séparaient de Stefan en chassant des créatures rampantes qui détalèrent dans l'obscurité.

Puis elle leva la tête vers lui, agrippant un barreau dans chaque main, et ferma les yeux.

Stefan se pencha (pour lui faire plaisir, pensa-t-elle au début) et elle sentit la pression de ses lèvres chaudes.

Elle passa les bras à travers les barreaux pour se cramponner alors qu'ils étaient tous les deux tombés à genoux : Stefan, stupéfait qu'elle puisse le toucher ; elle, soulagée et sanglotant de joie.

Mais... il n'y avait pas de temps à perdre.

— Stefan, prends mon sang *tout de suite*. Fais-le !

Elena chercha désespérément quelque chose pour s'ouvrir les veines. Stefan avait besoin de sa force et, quelle que soit la quantité que Damon lui avait prise, elle en aurait toujours assez pour lui. Même si ça la tuait, il y en aurait assez.

— Du calme, mon tendre amour. Si tu y tiens vraiment, je peux mordre ton poignet...

— Alors fais-le !

Elena Gilbert, la princesse de Fell's Church, ne plaisantait pas : c'était un ordre. Elle avait même trouvé la force de se relever. Stefan lui lança un regard un peu coupable.

— Dépêche-toi ! insista-t-elle.

Stefan mordit son poignet.

La sensation fut étrange. Elle eut un peu plus mal que lorsqu'il transperçait son cou comme à son habitude. Mais les veines étaient abondantes à cet endroit, elle le savait ; et elle faisait confiance à Stefan pour trouver la plus grosse afin que cela prenne le moins de temps possible. L'empressement d'Elena était maintenant le sien.

Quand il voulut s'arrêter, elle l'en empêcha en attrapant une poignée de ses cheveux bruns ondulés.

— Encore, Stefan. Tu en as besoin, je le vois bien... et on n'a pas le temps de débattre.

Le commandant avait parlé ; Meredith avait dit un jour à Elena qu'elle avait tout ce qu'il fallait pour diriger une armée.

Et Dieu sait si elle allait avoir besoin de soldats pour revenir ici et ramener Stefan sain et sauf.

« Je me débrouillerai pour lever une armée », pensa-t-elle de manière confuse.

Éprouvé par la faim et fiévreux – manifestement il n'avait rien mangé depuis la dernière fois qu'elle l'avait vu, Stefan reprit des forces en lui prenant davantage de sang. Son esprit entra en communion avec celui d'Elena.

Je te crois quand tu dis que tu lèveras une armée. Mais c'est impossible. Personne n'est jamais revenu d'ici.

Sauf toi. Je te ramènerai.

Elena, non...

Bois, dit-elle. *Bois jusqu'à l'écœurement.*

Mais comment tu as fait pour... Non, tu m'as déjà dit comment tu étais arrivée ici. C'est vrai ?

Depuis le début. Je ne t'ai jamais menti. Stefan, dis-moi comment je peux te faire sortir ?

Shinichi et Misao : tu les connais ?

Suffisamment.

Ils possèdent chacun un anneau. Ensemble, les deux forment une clé. Chaque anneau a la forme d'un renard lancé au galop. Mais qui sait où ils ont pu les cacher ? Et, ne serait-ce que pour pénétrer cette forteresse, il faut une armée...

Je vais retrouver ces anneaux. Et ensuite je lèverai une armée. Je vais te sortir d'ici, Stefan.

Elena, je ne peux plus m'arrêter. Tu vas avoir un malaise.

Ne t'inquiète pas pour moi, je sais tenir le coup quand il le faut. Continue à boire.

J'ai du mal à croire que ce soit vraiment toi...

Non ! Pas de baiser ! Prends mon sang !

Mais Elena ! Sincèrement, je me sens mieux. Je suis même... trop plein.

Et demain ?

Ça ira encore.

Stefan s'écarta, le pouce appuyé sur l'endroit où il avait incisé la veine.

— Je t'assure, mon amour, je me sens mieux maintenant.

— Et après-demain ?

— Je me débrouillerai.

— Ça, j'y compte bien, parce que je t'ai apporté ce qu'il faut, dit-elle en baissant la voix. Prends-moi dans tes bras, Stefan.

Perplexe, il s'exécuta.

— Fais comme si tu m'aimais, lui souffla-t-elle à l'oreille. Caresse mes cheveux, dis-moi des choses gentilles.

— Elena, mon amour...

Leurs esprits étaient encore suffisamment liés pour qu'il lui transmette ses pensées.

Pourquoi « comme si » je t'aimais ?

Pendant que ses mains caressaient, serraient et emmêlaient ses boucles, les propres mains d'Elena s'affairaient à lui mettre dans la poche une flasque remplie de vin de Magie Noire.

— Où as-tu eu ça ? chuchota Stefan, abasourdi.

— On trouve de tout dans la maison magique. J'attendais le bon moment pour te le donner. Tu pourrais en avoir besoin.

— Mais Elena...

— Quoi ?

Stefan semblait tiraillé.

— Ça ne sert à rien. Je ne peux pas prendre le risque que tu te fasses tuer alors que c'est perdu d'avance. Oublie-moi, murmura-t-il, les yeux baissés.

— Tu devrais avoir honte de dire ça ! s'écria-t-elle avec rage.

Mais elle se figea brusquement.

— Tu entends… ?!

Au loin, les aboiements des cerbères résonnèrent ; ils se rapprochaient dangereusement.

— Ils viennent pour toi, Elena ! dit Stefan, dans tous ses états. Tu dois partir !

Alors elle le regarda droit dans les yeux.

— Je t'aime, Stefan.

— Je t'aime aussi, Elena. Pour l'éternité.

Mais Elena ne pouvait se résoudre à partir.

— Elena : il *faut* que tu partes ! Tu ne sais pas ce dont ils sont capables…

— Je les tuerai !

— Tu n'es pas une tueuse, Elena. Tu ne fais pas le poids face à eux. Tu te souviens du jour où tu m'as demandé si je voulais voir à quel point tu pourrais m'obliger à te supplier ? Eh bien, imagine que je te supplie à l'infini, là. Pour moi, s'il te plaît, tu veux bien partir ?

— Un dernier baiser…

Le cœur d'Elena battait à tout rompre.

Aveuglée par les larmes, elle s'éloigna et agrippa la porte de la cellule.

— Un endroit à proximité de la cérémonie où personne ne pourra me voir ! suffoqua-t-elle en ouvrant brusquement la porte vers l'extérieur.

Au moins, elle avait vu un peu Stefan ; mais est-ce que ça lui suffirait pour tenir le coup ?

Ignorant vers où et pourquoi, elle dégringola dans le vide.

***

Dans sa chute vertigineuse, Elena prit conscience du fait qu'elle était quelque part à l'extérieur de la pension... à au moins trente mètres du sol. Complètement paniquée, elle se dit qu'elle allait mourir, mais son instinct la poussa à battre des bras et des jambes, si bien qu'elle réussit à se raccrocher à la branche d'un arbre six mètres plus bas.

« Ainsi, c'est fini : j'ai perdu mes ailes à jamais ? » pensa-t-elle en concentrant ses pensées sur un point précis, entre ses omoplates. Elle savait exactement où elles auraient dû être... mais aucune aile.

La branche était un peu trop haute à son goût.

Cependant, elle s'aperçut d'une part qu'elle voyait assez nettement le belvédère et de l'autre que, plus elle se concentrait, plus sa vision s'ajustait. « L'aspect positif du sang de vampire », en conclut-elle ; la preuve qu'elle était en train de se *transformer*. À moins que...

Elena distingua alors une pension déserte et plongée dans le noir. C'était troublant étant donné ce qu'avait dit le père de Caroline à propos de la « cérémonie » et ce qu'elle avait appris de Damon concernant les projets de Shinichi pour la nuit du Solstice. Et si cette pension n'était pas réelle, si c'était un autre piège ?

***

— On a réussi ! s'écria Bonnie alors qu'ils approchaient de la maison.

Elle avait conscience de parler beaucoup trop fort, mais la vue de la pension éclairée comme un sapin de Noël la réconforta, même si elle savait pertinemment qu'elle était fausse. Elle en aurait pleuré de soulagement.

— Oui, on a réussi, acquiesça la voix grave du Dr Alpert. Isobel a besoin de soins, et vite. Théophilia, prépare tes remèdes pendant que quelqu'un emmène Isobel et lui fait couler un bain.

— Je... je m'en occupe, proposa Bonnie après une courte hésitation. Les tranquillisants vont continuer à faire de l'effet, hein ? C'est sûr ?

— Je me charge d'Isobel, la rassura Matt. Va plutôt aider Mme Flowers. Mais, avant qu'on entre, que ce soit bien clair pour tout le monde : personne ne s'éloigne *seul*. On se déplace par groupe de deux ou trois.

Sa voix était d'une autorité indiscutable.

— Ça paraît raisonnable, approuva Meredith. Sois prudent, Matt : Isobel est dangereuse.

C'est à cet instant que des voix fluettes et aiguës retentirent devant la pension. On aurait dit un chœur de petites filles.

« Isa-chan, Isa-chan,
Isa-chan a bu son thé
Et sa mamie ensuite mangée. »

***

— Tami ? Tamra, c'est toi ? demanda Meredith en ouvrant la porte d'entrée alors que le petit refrain reprenait.

Elle s'élança en attrapant la main du Dr Alpert pour l'entraîner avec elle.

Bonnie distingua trois petites silhouettes, une en pyjama et deux en chemises de nuit : Tami Bryce, Kristin Dunstant, et Ava Zarinski. Cette dernière n'avait que onze ans et habitait à plusieurs kilomètres de chez Tami et Kristin. Elles éclatèrent d'un rire strident, puis se remirent à chanter. Matt s'élança pour attraper Kristin.

— À l'aide !

Bonnie s'était subitement retrouvée à tenir un cheval enragé qui se cabrait et ruait dans tous les sens. Isobel semblait prise de démence et, chaque fois que la chanson reprenait, son délire empirait.

— Je la tiens, dit Matt, qui était revenu sur ses pas.

Il arriva par-derrière et serra Isobel de toutes ses forces dans ses bras.

Mais, même à deux, ils n'arrivaient pas à l'immobiliser.

— Je vais lui donner un autre sédatif, décida le Dr Alpert.

Bonnie surprit un coup d'œil entre Matt et Meredith. Ils se méfiaient.

— Non... laissez. Mme Flowers va s'occuper d'elle, dit Bonnie.

Mais l'aiguille hypodermique était déjà plantée dans le bras d'Isobel.

— Vous n'allez rien lui donner du tout ! intervint Meredith.

D'un coup de pied digne d'un karatéka, elle envoya valser la seringue.

— Meredith ! Mais qu'est-ce qui vous prend ? s'écria le docteur en se frottant le poignet.

— C'est plutôt à *vous* de me répondre. Qui êtes-vous ? Où est-ce qu'on est ? Cette pension ne peut pas être réelle.

— Obaasan ! Madame Flowers ! Vous pouvez nous aider ? cria Bonnie en essayant toujours de tenir Isobel.

— Je vais essayer, répondit la vieille femme en se dirigeant vers elle.

— Vous ne connaîtriez pas une sorte de formule magique pour calmer les gens ?

— Ah ! s'exclama Obaasan. Pour ça, je peux vous aider. Fais-moi descendre, Jim. Je vais calmer tout le monde en un rien de temps.

***

Jayneela était une étudiante aux grands yeux noirs et rêveurs souvent plongés dans les livres. Mais, alors que minuit approchait et que Granma n'avait toujours pas appelé, elle referma son livre et regarda Tyrone. Sur le terrain de baseball, il semblait puissant et féroce, mais autrement c'était le frère le plus gentil et attentionné qu'une fille puisse rêver.

— Tu n'es pas inquiet pour Granma ?

— Hmm ?

Tyrone avait lui aussi le nez dans un bouquin, mais du genre guide pratique : *Toutes les astuces pour intégrer la fac de ses rêves.* Élève de terminale, il allait bientôt devoir prendre d'importantes décisions.

— Non, je suis sûr que tout va bien. Ne t'en fais pas pour elle.

— Bon, je vais au moins jeter un œil à la petite.

— Tu sais quoi, Jay ?

Il lui donna un petit coup avec l'orteil pour la taquiner.

— Tu t'inquiètes trop.

En quelques secondes, il replongea dans sa lecture du chapitre six : « Comment tirer le meilleur parti de vos missions de bénévolat. »

Jusqu'à ce que des cris à l'étage le fassent sursauter.

Des hurlements ininterrompus et stridents – la voix de sa sœur.

Il lâcha son livre et monta les escaliers quatre à quatre.

***

— Obaasan ?

— Une minute, mon enfant, répondit grand-mère Saitô à Bonnie.

Jim l'avait reposée à terre et elle s'était campée devant lui d'un air résolu : elle, le menton levé ; lui, les yeux baissés. La scène était vraiment bizarre...

Bonnie sentit l'angoisse monter. Est-ce que Jim aurait pu faire quelque chose de néfaste à Obaasan pendant qu'il la portait ? Bien sûr, qu'il aurait pu. Pourquoi elle n'y avait pas pensé ? Et cette toubib avec sa seringue qui se tenait prête à piquer quiconque s'agitait un peu trop ! Bonnie regarda Meredith, mais son amie essayait de gérer deux petites filles qui se tortillaient comme des asticots et elle lui lança simplement un coup d'œil impuissant.

« Très bien, se dit Bonnie. Je n'ai plus qu'à lui mettre un coup de pied là où je pense et à emmener la vieille dame loin de lui. »

Elle se tourna vers Obaasan...

... et sentit son sang se glacer.

L'un penché, l'autre sur la pointe des pieds, Jim et Obaasan étaient enlacés dans un baiser.

Non mais quel cauchemar !

Quand ils étaient tombés sur eux dans la forêt, ils avaient présumé qu'au moins deux d'entre eux avaient toute leur tête. À présent, rien n'était moins sûr. Qui était fou, qui ne l'était pas ?

— Meredith ! Va-t'en ! hurla Bonnie.

Perdant complètement son sang-froid, elle s'enfuit en courant vers la forêt.

Mais quelque chose l'arracha du sol, comme une chouette attrapant un mulot entre ses serres.

— Je te dépose quelque part ? demanda la voix de Damon au-dessus d'elle.

Tenant Bonnie dans son bras d'acier, il plana encore quelques mètres avant de se poser.

— Damon ?!

Il plissa les yeux d'un air amusé.

— Eh oui ! Le méchant Damon en personne ! Dis-moi une chose, ma petite rouquine adorée…

Bonnie tenta de se dégager, sans succès ; c'est à peine si elle réussit à le griffer.

— Quoi ? rétorqua-t-elle sèchement.

— Pourquoi les filles aiment tant convertir les mauvais garçons ? Dès qu'elles sentent qu'elles ont un peu d'influence, on peut leur faire avaler n'importe quoi !

Sans vraiment comprendre, Bonnie devina de quoi il parlait.

— Qu'est-ce que tu as fait à Elena ?

— Je lui ai donné ce qu'elle voulait, c'est tout ! C'est vraiment si terrible que ça ?

Effrayée par son regard brillant, Bonnie n'essayait plus de s'enfuir. Ça ne servirait à rien, elle le savait. Il était plus fort et plus rapide, et surtout il pouvait voler. De toute façon, elle l'avait vu à sa tête : ce soir, Damon serait sans pitié. Il ne s'agissait plus simplement de Damon et de Bonnie, mais d'un prédateur et de sa proie.

Il la ramena face à Jim et à Obaasan – non, en fait, face à un garçon et à une fille qu'elle n'avait jamais vus. Elle était arrivée juste à temps pour les voir se transformer. Le corps de Jim avait rapetissé et ses cheveux étaient devenus noirs ; mais ce n'était pas le plus frappant. Ce qui était vraiment étrange, c'étaient toutes ces pointes non pas noires mais rouge foncé, presque... cramoisies ; comme si des flammes à l'envers léchaient ses cheveux dans l'obscurité. Ses yeux dorés souriaient étrangement.

Le vieux corps dégingandé d'Obaasan avait rajeuni et s'était allongé. Cette fille était une vraie beauté, Bonnie devait bien l'admettre. Elle avait des yeux de biche noirs et des cheveux soyeux qui lui tombaient presque jusqu'à la taille ; ils ressemblaient exactement à ceux de son frère, sauf que la couleur des pointes était plus vive, plus écarlate. Elle portait un haut noir noué devant et très échancré, qui montrait à quel point la nature l'avait gâtée ; bien entendu, son pantalon en cuir taille basse ne manquait pas non plus de révéler ses formes. Elle portait des sandales à talons qui semblaient hors de prix, et du vernis à ongles d'un rouge aussi brillant que la pointe de ses cheveux. Enroulé à sa ceinture, un fouet serpentait au bout d'un manche élimé.

— Et... mes petits-enfants ? bafouilla le Dr Alpert, l'air paniqué.

— Ils n'ont rien à voir dans tout ça, répondit le garçon aux étranges cheveux. Tant qu'ils se mêlent de leurs affaires, vous n'avez aucun souci à vous faire.

***

— C'est pour un suicide. Ou une tentative de suicide, j'sais pas ! bafouilla Tyrone d'une voix étranglée au policier à l'autre bout du fil. Je crois qu'il s'appelle Jim, il était dans mon lycée l'an dernier... Non, c'est pas une histoire de drogue ! Je suis venu tenir compagnie à ma petite sœur Jayneela qui faisait du baby-sitting... Écoutez, venez, vous comprendrez ! Il s'est mutilé tous les doigts et, quand je suis entré dans la pièce, il disait « *je t'aimerai toujours, Elena* ». Et puis il a pris un crayon et – non, je ne sais pas s'il est encore vivant ! Par contre, il y a une vieille femme à l'étage et elle, elle est morte, c'est sûr. Elle ne respire plus.

***

— Mais *qui* es-tu ? lâcha Matt d'un ton agressif.

— Je suis le...

— ... et qu'est-ce que tu fiches ici ?

— Je suis le démon Shinichi ! répliqua le garçon en haussant le ton, comme s'il était vexé d'avoir été coupé.

Voyant que Matt ne bronchait pas, il reprit d'un ton agacé :

— Je suis le *kitsune* qui a mis la pagaille à Fell's Church, imbécile ! Un *kitsune*, c'est un peu comme un loup-garou, mais en renard, tu situes ? J'ai parcouru la moitié du globe dans ce but. Je pensais que, depuis le temps, tu aurais entendu parler de moi. Et voici ma charmante sœur, Misao. Ma jumelle.

— Vous pourriez être des triplés, je m'en fous. Elena a dit que quelqu'un d'autre que Damon était derrière tout ça, et Stefan avait la même intuition... D'ailleurs, qu'est-ce que vous avez fait à Stefan ? Et Elena, où est-elle ?

Hérissés l'un par l'autre (presque au sens propre dans le cas de Shinichi, dont les cheveux étaient dressés sur la tête), les deux garçons se jaugèrent en silence un moment. Meredith en profita pour attirer l'attention de Bonnie, du Dr Alpert et de Mme Flowers. D'un coup d'œil, elle leur indiqua Matt et posa discrètement la main sur sa poitrine. Elle était la seule à avoir suffisamment de poigne pour pouvoir se charger de lui, mais le Dr Alpert indiqua qu'elle serait là en renfort d'un signe de tête.

Pendant que le ton montait entre les garçons, que Misao ricanait dans son coin et que Damon, les yeux fermés, était appuyé contre une porte, elles passèrent à l'action. Sans aucun signe de ralliement, elles se mirent à courir instinctivement en même temps. Meredith et le docteur embarquèrent Matt en l'attrapant chacune par un bras, juste au moment où Isobel se jetait sur Shinichi avec un cri guttural. Ils ne lui avaient rien demandé, mais ça tombait à pic, songea Bonnie en enjambant les obstacles à toute vitesse sans même les voir. Frustré, Matt se débattait en criant, mais en vain : il ne réussit pas à se libérer.

Bonnie eut du mal à le croire lorsqu'ils se retrouvèrent à la lisière de la forêt ; Mme Flowers avait suivi, et presque tous avaient encore leur lampe électrique.

C'était un miracle. Ils avaient même échappé à Damon. L'objectif était maintenant de faire le moins de bruit possible et de traverser les bois incognito. Ils retrouveraient peut-être le chemin de la vraie pension. Là, ils décideraient d'un plan pour sauver Elena des griffes de Damon et de ses deux complices. Même Matt fut forcé d'admettre qu'ils avaient peu de chances de vaincre les trois créatures surnaturelles à la seule force des poings.

Bonnie regrettait juste qu'ils n'aient pas pu emmener Isobel avec eux.

***

— Bon, de toute façon, on doit aller à la vraie pension, dit Damon. Caroline sera là-bas.

Misao venait enfin de maîtriser Isobel, qui avait plus ou moins perdu connaissance. Elle détourna son regard de la fille et se tourna vers eux.

— Caroline ? Pourquoi est-ce qu'on aurait besoin d'elle ?

— Pour s'amuser ! répondit Damon d'une voix de charmeur.

Shinichi sourit.

— C'est bien cette fille que tu as utilisée pour la contagion, non ?

Il regarda sa sœur avec malice ; elle paraissait un peu crispée.

— Oui, mais...

— Plus on est de fous, plus on rit ! ajouta Damon de plus en plus enthousiaste.

Il ne semblait pas avoir remarqué le petit sourire en coin que Shinichi adressait à Misao dans son dos.

— Fais pas la tête, ma puce, dit ce dernier à sa sœur en la chatouillant sous le menton.

Ses yeux dorés luisaient intensément.

— Cette fille ne m'intéresse pas. Par contre, je suis d'accord avec Damon : ça peut être très amusant !

— Ils n'ont vraiment aucune chance de s'échapper, n'est-ce pas ? s'inquiéta Damon, le regard tourné vers la forêt.

— Tu vas me faire confiance, à la fin ? rétorqua sèchement le démon. Tu n'es qu'un vampire. Tu ne connais rien à la forêt.

— Au contraire : c'est mon territoire, tout comme le cimetière.

Damon avait répondu calmement, mais Shinichi était bien décidé à s'imposer.

— Et moi je *vis* ici. Les buissons, les arbres, je contrôle tout... et j'ai apporté quelques modèles de mes dernières créatures. Tu pourras bientôt les voir à l'œuvre. Donc, pour répondre à ta question : non, *personne* ne pourra s'échapper.

— C'est tout ce que je voulais savoir.

Sans perdre son calme, Damon fixa Shinichi pendant un bon moment. Puis il haussa les épaules et se retourna pour observer la lune qui se profilait derrière un tourbillon de nuages.

— Il nous reste plusieurs heures avant le début de la cérémonie, dit Shinichi dans son dos. On ne risque pas d'être en retard.

— Il vaudrait mieux pas, murmura Damon. Caroline peut être extrêmement convaincante dans son rôle d'hystérique quand les gens sont en retard.

***

La lune sillonnait la voûte céleste depuis un moment quand Caroline gara la voiture de sa mère devant la pension. Elle portait une robe de soirée qui semblait avoir été peinte sur son corps dans ses couleurs préférées, le bronze et le vert. Shinichi regarda Misao, qui étouffa un gloussement en plaquant une main sur sa bouche, les yeux baissés.

Damon accompagna la jeune fille en haut du perron.

— Suis-moi, les premières loges sont par ici.

Avant d'entrer, il se tourna vers Kristin, Tami et Ava.

— Pour vous, j'ai bien peur que ce ne soit le poulailler, leur annonça-t-il gaiement. Donc vous restez par terre dans le jardin. Mais, si vous êtes bien sages, la prochaine fois je vous laisserai venir en haut avec nous.

Caroline semblait contrariée.

— Pourquoi on va à l'intérieur ? Je croyais qu'ils seraient *dehors* ?

— On aura une meilleure vue là-haut, c'est la loge royale, expliqua rapidement Damon. Allez, viens.

Les jumeaux suivirent, allumant les lumières à mesure

qu'ils s'enfonçaient dans la maison, jusqu'en haut, sur le belvédère du toit.

— Alors, où est-ce qu'ils sont ? s'impatienta Caroline en jetant un œil en bas.

— Ils vont arriver d'une minute à l'autre.

Shinichi la regarda du coin de l'œil d'un air sidéré. Mais pour qui elle se prenait, celle-là ? Il n'avait plus du tout envie de déclamer des poèmes.

— Et Elena aussi sera là ?

Shinichi ne se fatigua pas à répondre et Misao se contenta de glousser.

Mais Damon s'approcha d'elle pour lui murmurer quelque chose à l'oreille.

Alors les yeux verts de félin de Caroline se mirent à briller ; le sourire qui se dessina sur ses lèvres était celui du chat qui vient d'asséner le coup de patte fatal au canari.

36.

Elena attendait dans son arbre.

À vrai dire, ça ne la changeait pas vraiment de ses six mois dans le monde des esprits, pendant lesquels elle avait passé la majeure partie du temps à observer les autres et à attendre. Cette période lui avait appris la patience et la vigilance, ce qui en aurait surpris plus d'un parmi ceux qui connaissaient la fougue de l'ancienne Elena.

Bien entendu, cette Elena-là sommeillait toujours en elle et, de temps à autre, elle se rebellait. Il n'y avait pas âme qui vive aux alentours de la pension toujours plongée dans l'obscurité. Seule la lune semblait bouger, se faufilant toujours plus haut dans le ciel.

« Damon a dit que Shinichi avait un faible pour le créneau de 4 h 44 », se souvint-elle. Cette Magie Noire était peut-être basée sur un horaire différent ?

Quoi qu'il en soit, elle était là pour Stefan. S'il le fallait, elle attendrait ici pendant des jours. Mais pour commencer elle allait attendre jusqu'à l'aurore, heure à laquelle jamais aucun artisan du Mal qui se respecte n'envisagerait d'entamer une cérémonie.

Finalement, ceux qu'elle attendait arrivèrent juste sous ses pieds.

Ce furent d'abord des silhouettes, sortant sans se presser de la forêt et remontant l'allée de graviers de la pension. Même à distance, elles n'étaient pas difficiles à reconnaître. L'une d'elles était Damon, qui dégageait un je-ne-sais-quoi qu'Elena repérerait à des kilomètres – sans parler de son aura qui était une copie conforme de l'ancienne : un halo noir et dur comme de la pierre, indéchiffrable et en théorie inviolable. C'en était même troublant pour une imitation.

Pour l'heure, elle était tellement prise par la scène qu'elle chassa cette impression de ses pensées. Elle supposa que l'aura gris foncé aux éclats cramoisis appartenait à Shinichi ; et la silhouette qui dégageait la même aura que les filles ensorcelées devait être celle de sa sœur Misao : une couleur terne, zébrée d'orange.

Shinichi et Misao se tenaient par la main, se blottissant l'un contre l'autre. Elena n'avait franchement jamais vu un frère et une sœur se comporter de cette façon.

En outre, Damon portait une fille à moitié nue sur les épaules, mais elle était incapable de voir de qui il s'agissait.

« Patience, se dit-elle, *patience*. Les principaux protagonistes sont enfin là, comme l'avait promis Damon. Quant aux figurants… »

Derrière Damon et son escouade, trois filles apparurent. Elena reconnut instantanément Tami Bryce à son aura, mais les autres lui étaient inconnues. Elles sortirent de la forêt en sautillant et en gambadant jusqu'à la pension, où Damon leur dit quelque chose avant qu'elles aillent s'asseoir dans le potager de Mme Flowers, presque au pied de son arbre. Il lui suffit d'un coup d'œil à leurs auras pour comprendre qu'elles n'étaient que d'autres pantins de Misao.

Puis une voiture qu'elle connaissait bien remonta l'allée : celle de la mère de Caroline. La jeune fille en sortit et fut escortée à l'intérieur de la pension par Damon, qui s'était débarrassé de son fardeau sans qu'Elena ait le temps de voir comment.

Cette dernière se réjouit en voyant la lumière s'allumer à mesure que Damon et ses trois invités montaient les étages. Ils arrivèrent sur le toit et s'alignèrent le long de la rambarde du belvédère, puis regardèrent en bas.

Damon claqua des doigts, et les lumières du jardin s'allumèrent comme si c'était le signal du début du spectacle.

Jusque-là, Elena n'avait pas bien vu les acteurs, autrement dit les victimes de la cérémonie qui était sur le point de commencer ; on les avait regroupés dans un autre recoin de la pension. Mais, à présent, elle les voyait tous : Matt, Meredith, Bonnie, Mme Flowers et, bizarrement, le Dr Alpert. Elle ne comprenait pas pourquoi ils ne se défendaient pas plus que ça, même si Bonnie donnait de la voix pour tout le monde.

Elle distingua alors derrière eux une obscurité menaçante, d'énormes ombres impossibles à identifier.

À cet instant, en dépit des hurlements de Bonnie, Elena s'aperçut que, si elle restait calme et concentrée, elle entendait ce que disait chacune des personnes postées sur le belvédère. La voix perçante de Misao s'éleva par-dessus les autres :

— Quelle chance ! On les a tous récupérés ! s'écria-t-elle en embrassant son frère sur la joue malgré son air agacé.

— Qu'est-ce que tu croyais ? répondit Shinichi. Je vous l'avais dit.

— Alors, par qui on commence ?

Misao embrassa une nouvelle fois son frère, qui se laissa attendrir et lui caressa les cheveux.

— À toi de choisir.

— Non, à toi, mon chéri, minauda-t-elle sans pudeur.

« De vrais charmeurs, ceux-là, pensa Elena. Tu m'étonnes qu'ils soient jumeaux. »

— La petite agitée, décida fermement Shinichi en pointant Bonnie du doigt. *Urusai*, sale gosse ! Ferme-la !

Bonnie criait, poussée par de mystérieuses ombres.

Elena la voyait nettement maintenant. Elle l'entendait aussi supplier Damon d'une voix déchirante ; elle lui demandait d'épargner *les autres*.

— Je t'en prie ! Je ne te le demande pas pour moi, s'écriait-elle tandis qu'on l'entraînait vers la lumière. Mais le Dr Alpert est une femme bien ; elle n'a rien à voir avec tout ça. Mme Flowers non plus, et Meredith et Matt en ont assez bavé.

Un tumulte se fit entendre alors que les autres tentaient manifestement de se débattre.

— Salvatore, si tu touches à un cheveu de Bonnie, fais bien attention à me tuer aussi si tu ne veux pas que je t'étripe ! hurla Matt.

Le cœur d'Elena fit un bond en entendant sa voix ferme et son ton assuré. Elle avait enfin retrouvé Matt, mais elle ne voyait pas du tout comment elle allait le sortir de là.

— Maintenant, il faut qu'on décide par quoi on commence, dit Misao en frappant dans ses mains comme une gamine en train de fêter son anniversaire.

— C'est toi qui décides.

Caressant les cheveux de sa sœur, Shinichi lui chuchota

quelque chose à l'oreille. Elle se tourna pour l'embrasser sur la bouche, et prit tout son temps.

— Mais… qu'est-ce que vous fabriquez ? râla Caroline, en agrippant la main libre de Shinichi.

Un instant, Elena crut que Shinichi allait la balancer par-dessus la rambarde et la regarder dégringoler dans le vide. Il échangea juste un regard avec Misao et se mit à rire.

— Désolé, c'est difficile quand on est l'animateur de la soirée ! se vanta-t-il. Alors, Caroline, qu'est-ce que tu penses du spectacle ?

La jeune fille le fixait.

— Pourquoi elle te tient la main comme ça ?

— Au *Shi no Shi*, une sœur est très précieuse, expliqua le *kitsune*. Et… je ne l'ai pas vue depuis longtemps. Disons qu'on refait connaissance.

Mais le baiser qu'il planta dans la paume de Misao n'avait rien de fraternel.

— À toi maintenant, dit-il à Caroline. Tu choisis le premier acte du Festival du Solstice ! Qu'est-ce qu'on fait de la fille ?

Caroline se mit à imiter Misao, embrassant Shinichi sur la joue et derrière l'oreille.

— Je suis nouvelle ici, répondit-elle d'un ton provocant. Je ne sais pas trop ce que vous attendez de moi.

— La petite idiote. Évidemment ! Comment Caroline pourrait…

Shinichi fut brusquement enseveli sous une avalanche de baisers par sa sœur.

Caroline s'interposa, bien décidée à être la reine de la soirée même si elle ne comprenait rien au thème.

— Si tu ne me dis rien, je ne peux pas t'aider. Et où est Elena ? Je ne la vois nulle part !

Damon se glissa jusqu'à elle et lui parla dans l'oreille. À

nouveau, elle eut ce sourire diabolique, et tous deux levèrent la tête vers les pins qui entouraient la pension.

C'est là qu'Elena eut un autre mauvais pressentiment.

Mais Misao avait repris la parole et Elena devait être attentive.

— Bon, dans ce cas, c'est moi qui décide !

Ouvrant grand ses yeux noirs, Misao se pencha par-dessus la rambarde pour observer les humains à terre, appréciant d'un coup d'œil les options qu'offrait un jardin à première vue sans intérêt. L'air songeur, elle se mit à faire les cent pas avec grâce et délicatesse ; sa peau était si claire, ses cheveux de jais si brillants que même Elena ne pouvait s'empêcher de la regarder.

Soudain, son visage s'illumina.

— On va l'étendre sur l'autel ! Shinichi, tu as apporté tes hybrides ?

C'était moins une question qu'une exclamation enthousiaste.

— Mes créatures ? Bien sûr, ma puce.

Il tourna le regard vers la forêt.

— Vous *autres*, ramenez-vous ! ajouta-t-il en claquant des doigts.

Pendant quelques minutes confuses, ceux qui entouraient Bonnie furent martelés de coups de poing et de coups de pied, jetés à terre et piétinés, tandis qu'ils se débattaient contre les ombres. Puis deux créatures sortirent de la forêt en traînant les pieds, emportant Bonnie qui pendouillait mollement entre elles.

Ces hybrides ressemblaient à des créatures mi-hommes, mi-arbres – dont on aurait arraché toutes les feuilles. Si tant est qu'elles avaient été *créées*, elles semblaient avoir été conçues pour être grotesques et difformes. L'une avait un bras crochu et noueux qui lui tombait presque jusqu'à la cheville, l'autre un bras bouffi et plein de bourrelets qui lui arrivait à la taille.

Elles étaient hideuses. Leur peau, qui évoquait une carapace d'insecte, était beaucoup plus bosselée, et leurs branches couvertes de toutes sortes de protubérances. Par endroits, elles semblaient incomplètes.

Terrifiantes, elles avançaient courbées, en tordant leurs membres comme de grands singes. Leur corps était surmonté d'une caricature dérisoire de visage humain, hérissée d'un enchevêtrement grossier de petites branches. À croire qu'elles sortaient tout droit d'un cauchemar.

Pour finir, elles étaient nues. Rien ne dissimulait les répugnantes difformités de leur corps.

À cet instant, le mot épouvante prit tout son sens aux yeux d'Elena. Les deux colosses emmenèrent Bonnie vers une sorte de souche d'arbre grossièrement taillée en forme d'autel, puis l'allongèrent dessus et se mirent à arracher brutalement ses vêtements. Ils tiraient dessus à l'aide des bâtons qui leur servaient de doigts et qui se cassaient dans d'horribles craquements quand le tissu se déchirait.

Ensuite, d'un geste encore plus gauche, ils utilisèrent des lambeaux de vêtements pour ligoter Bonnie, à quatre poteaux arrachés à leur propre corps et enfoncés dans le sol autour de la souche moyennant quatre violents coups de poing de la créature au bras bouffi.

Pendant ce temps, au cœur de la forêt, une troisième créature mi-homme mi-arbre avança dans l'ombre. Elena remarqua que celle-ci était incontestablement un mâle.

Elena eut quelques secondes d'inquiétude. Elle pensa que Damon allait dérailler, devenir fou et se jeter sur les deux *kitsune*, révélant sa véritable allégeance. Mais ses sentiments à l'égard de Bonnie avaient visiblement changé depuis le jour où il lui était venu en aide chez Caroline. Le sourire aux lèvres, il paraissait parfaitement détendu aux côtés de Shinichi et de Misao, auxquels il dit même quelque chose qui les fit beaucoup rire.

Elena sentit toutes ces certitudes s'écrouler. Ce n'était plus le doute qui l'assaillait, mais une terreur sans nom. Jamais Damon n'avait paru aussi naturel, aussi à l'aise et content qu'en compagnie de Shinichi et de Misao. « C'est impossible : ils ne peuvent plus le manipuler ! » essaya-t-elle de se convaincre. Ils ne pouvaient quand même pas l'avoir repris sous leur emprise aussi vite, sans qu'Elena s'en aperçoive...

Oui, mais quand tu l'as confronté à la réalité, Damon était malheureux, lui chuchota son cœur. *Il a peut-être tout fait pour être à nouveau possédé, comme un alcoolique rebelle fait tout pour trouver une bouteille, aspirant juste à l'oubli.* Connaissant Damon, il avait replongé dans les ténèbres de son plein gré.

« Il ne supporte pas de regarder la vérité en face, pensa Elena. Voilà pourquoi il arrive même à se moquer des souffrances de Bonnie. »

Qu'est-ce qu'elle allait faire maintenant que Damon était passé dans l'autre camp, qu'il était non plus un allié mais un ennemi ? Évaluant la situation, Elena commença à trembler de colère et de haine... et de peur aussi.

***

Seule pour affronter trois ennemis redoutables et leur armée de tueurs sans âme. Sans oublier Caroline, la grande prêtresse de la Rancune.

Comme pour confirmer ses craintes et lui montrer à quel

point ses chances étaient minces, l'arbre auquel elle se cramponnait sembla subitement la lâcher ; Elena se voyait déjà tomber en vrille dans le vide. Les prises dans lesquelles elle avait calé ses mains et ses pieds disparurent tout à coup, et elle ne dut son salut qu'à une escalade frénétique et douloureuse à travers les aiguilles de pin le long du tronc noir.

Tu n'es plus qu'une humaine aujourd'hui, semblait lui dire la forte odeur de résine. *Tu es faite comme un rat, encerclée par le pouvoir des morts-vivants et de la sorcellerie. Alors pourquoi lutter ? Le combat est perdu d'avance. Capitule et tes souffrances seront abrégées.*

Si quelqu'un lui avait *réellement* dit ça, si on avait essayé de le lui enfoncer dans le crâne, l'esprit rebelle d'Elena se serait peut-être révolté. Au lieu de quoi, elle succomba à la fatalité ; comme une chape de plomb, la certitude que sa cause était perdue et ses armes insuffisantes s'abattit sur elle.

Une douleur lancinante dans la tête, elle appuya son front contre le tronc. Elle ne s'était jamais sentie aussi faible, aussi impuissante et aussi seule ; pas depuis qu'elle avait ressuscité dans la peau d'un vampire. Elle avait besoin de Stefan. Mais même lui n'avait rien pu faire contre eux, et elle ne le reverrait peut-être plus jamais.

Il lui sembla alors qu'il se passait quelque chose sur le toit. D'un air irrité, Damon regardait Bonnie étendue sur l'autel. Le visage blême de l'adolescente fixait le ciel nocturne avec détermination, comme si elle se refusait à pleurer ou à supplier une seconde de plus.

— Tout ça est d'un prévisible, maugréa Damon. Tous vos hors-d'œuvre sont comme ça ?

« Espèce de fumier, enragea Elena, tu t'en es pris à ta seule amie juste pour le plaisir. Attends un peu, tu vas voir. » Mais au fond elle savait que, sans lui, elle ne pouvait même pas mettre en œuvre le plan A et encore moins se battre contre ces renards démoniaques.

— Vous m'aviez dit que le spectacle serait original, continua Damon. De jeunes vierges sous hypnose prêtes à se tailler les veines...

Elena n'écouta pas. Elle concentra toute son énergie sur la douleur qui grondait sourdement en son sein. Elle avait l'impression que, depuis le moindre recoin de son corps, tout son sang convergeait en ce point précis.

« L'esprit humain n'a pas de limites, se dit-elle en essayant de se concentrer. Il est aussi étrange et infini que l'Univers. Et l'âme humaine... »

Les trois jeunes possédées se mirent à danser autour du lit de souffrance de Bonnie en chantant d'une fausse voix enfantine :

« Tu vas mourir ici,
Et quand on meurt ici,
Là-bas on te crache au visage ! »

« Charmant », pensa Elena en reportant son attention sur la scène qui se déroulait sur le toit. Elle sursauta : Meredith était là, sur le belvédère, agitant lentement les bras comme si elle était sous l'eau ou... en extase. Comment est-ce qu'elle était arrivée là ? Sûrement un énième tour de magie...

Face à elle, Misao ricanait.

Damon riait aussi, mais d'un air incrédule et narquois.

— Tu veux me faire croire que, si je lui donne des ciseaux, elle va vraiment se taillader...

— Essaie, tu verras bien, le coupa Shinichi avec un geste alangui.

Adossé contre la coupole au centre du belvédère, il répondait à l'insolence de Damon :

— Tu as pourtant vu notre lauréate Isobel ? C'est toi qui l'as portée jusqu'ici... Je parie qu'elle n'a même pas essayé de se défendre ?

Damon tendit la main.

— Ciseaux.

Aussitôt, une délicate paire de ciseaux à ongles apparut dans sa paume. Visiblement, tant que Damon serait en possession de la clé magique de Shinichi, la force occulte qui les entourait continuerait à lui obéir, même dans le monde réel.

— Pas ça, voyons ! s'exclama Damon en riant. Je veux des grands ciseaux de jardinage. Les muscles de la langue sont puissants !

Une énorme cisaille, qui ressemblait à tout sauf à un jouet, remplaça les ciseaux à ongles. Il la soupesa, puis Elena constata avec horreur qu'il levait les yeux dans sa direction, vers la cime de l'arbre où elle s'était réfugiée, apparemment sans douter une seconde de l'endroit où elle se trouvait.

Il lui fit un clin d'œil.

Elena resta figée d'épouvante.

« Il savait, comprit-elle. Depuis le début, il savait où j'étais ! »

Voilà ce qu'il chuchotait à Caroline depuis tout à l'heure.

Ça n'avait donc pas marché. Les *Ailes de la Rédemption* avaient échoué. Elena eut l'impression de tomber dans un puits sans fond. « J'aurais dû me douter que ça ne servirait à rien. On peut lui faire tout ce qu'on veut, Damon ne changera jamais. Et maintenant il me laisse le choix : voir mes deux meilleures amies se faire torturer à mort ou manifester ma présence et mettre fin à ce carnage en acceptant ses exigences. »

Qu'est-ce qu'elle pouvait faire ?

Il avait disposé les pièces de l'échiquier de main de maître ; les pions à deux niveaux différents, de sorte que même si Elena réussissait à descendre pour aller sauver Bonnie, Meredith serait sacrifiée. Bonnie était attachée à quatre poteaux près desquels des hommes-arbres montaient la garde. Meredith était plus près, sur le toit, mais pour la sortir de là Elena devrait affronter Misao, Shinichi, Caroline et Damon en personne.

Il fallait qu'elle se décide : soit elle se montrait d'elle-même maintenant, soit le supplice infligé à ses amies – qui faisaient pour ainsi dire partie d'elle-même – la pousserait de toute façon à sortir de sa cachette.

Elena eut la vague impression de capter une transmission de pensée alors que Damon continuait de la fixer d'un air radieux : *c'est la meilleure soirée de ma vie.*

Tu peux toujours te jeter de l'arbre, lui chuchota alors l'envoûtante voix de la fatalité, *et sortir de l'impasse dans laquelle tu te trouves. Tu mettrais fin à ton dilemme et à tes souffrances... d'un simple saut.*

— À mon tour ! intervint Caroline en passant devant les jumeaux pour faire face à Meredith. C'est moi qui étais censée choisir à l'origine. Alors maintenant, c'est mon tour.

Meredith, toujours en transe, s'avança vers la cisaille.

— Tu as toujours eu une langue de vipère, lui dit Caroline. Ça te dirait de la faire fourcher pour nous... ? Ensuite, tu te la couperas en petits morceaux.

Meredith tendit le bras en silence, comme un robot.

Sans quitter Damon des yeux, Elena respira lentement. Sa poitrine se serrait convulsivement, comme quand les tentacules s'étaient enroulés autour d'elle et avaient essayé de l'étouffer. Mais ce n'était qu'une sensation, et ce n'était pas ça qui allait l'arrêter.

« Comment est-ce que je pourrais choisir entre Bonnie et Meredith ? Je les aime toutes les deux ! C'est sans issue, comprit-elle, abasourdie, les mains et la gorge nouées par cette terrible évidence. Et je ne suis pas certaine que Damon puisse les sauver, même si je me rends. Les autres veulent voir le sang couler. Shinichi contrôle non seulement les arbres, mais aussi presque toute la forêt, y compris ces monstrueuses créatures. Pour une fois, Damon a peut-être visé trop haut, surestimé ses capacités. C'est moi qu'il voulait… mais il est allé trop loin pour m'avoir. Je ne vois aucune solution. »

C'est là qu'elle comprit. Subitement, tout devint évident, clair comme de l'eau de roche.

Elena jeta un œil à Bonnie, qui était en état de choc. Son petit visage triangulaire était tourné vers elle et la regardait aussi, mais visiblement sans le moindre espoir d'être secourue. Elle avait accepté son sort : le supplice et la mort.

« Non ! » s'écria intérieurement Elena, sans savoir si son amie pouvait l'entendre.

Aie confiance, Bonnie.

Pas une confiance aveugle, jamais, mais crois en ce que ton âme et ton cœur te dictent : eux seuls détiennent la vérité. Je ne t'abandonnerai pas, ni toi ni Meredith.

« Moi, j'ai confiance », se dit Elena, ébranlée par la force de sa conviction.

Sous l'impulsion qui l'envahit, elle comprit qu'il était temps d'y aller. Un mot résonnait dans son esprit alors qu'elle se levait en lâchant le tronc auquel elle était cramponnée. Ce mot faisait encore écho en elle quand elle plongea de son perchoir à vingt mètres de haut, la tête la première, dans le vide :

La *foi.*

37.

Dans sa chute, tous ses souvenirs se bousculèrent.

La première fois qu'elle avait vu Stefan… elle était si différente à l'époque. Froide comme la glace en apparence, et déchaînée intérieurement – à moins que ce ne fût l'inverse ? Encore assommée par la mort de ses parents qui remontait pourtant à plusieurs années. Blasée par la vie et les garçons qui l'entouraient. Une princesse dans une tour d'ivoire, avec pour seuls désirs les conquêtes et le pouvoir… jusqu'à ce qu'*il* entre dans sa vie.

Puis le monde des vampires… Damon… et toute cette fureur néfaste, cette passion, qu'elle s'était découverte. Stefan était son pilier, et Damon le souffle explosif dissimulé sous ses ailes. Elle avait beau tout faire pour s'éloigner de lui, Damon semblait toujours l'entraîner un peu plus loin. Et elle savait qu'un jour… ils atteindraient le point de non-retour.

Mais, pour l'heure, il lui suffisait de faire quelque chose de très simple.

Avoir confiance.

Et Meredith... Bonnie... Matt... leurs relations avaient tellement changé ! Au début, ne sachant pas ce qu'elle avait fait pour mériter de tels amis, elle ne s'était pas donné la peine de les traiter comme il se devait. Malgré tout, ils lui étaient restés fidèles. Aujourd'hui, elle savait comment rendre justice à leur amitié ; elle était prête à mourir pour eux.

Bonnie avait suivi sa chute du regard ; les spectateurs du belvédère la regardaient aussi, mais Elena n'avait d'yeux que pour son amie sur l'autel. Bonnie était stupéfaite, terrifiée et en même temps consciente que ses cris ne sauveraient pas Elena de ce plongeon mortel.

Fais-moi confiance, Bonnie. Je vais te sauver.

Je me souviens comment voler.

38.

Bonnie savait qu'elle allait mourir.

Elle avait eu une prémonition juste avant que les arbres, qui se déplaçaient comme des humains, avec leur tête hideuse et leurs gros bras noueux, encerclent le petit groupe dans la forêt. En entendant le hurlement du légendaire chien noir, elle avait fait volte-face et l'avait entraperçu alors qu'il se volatilisait sous le faisceau aveuglant de sa lampe électrique. Dans la famille de Bonnie, lorsqu'un chien hurlait, on savait que la mort allait frapper.

Elle en avait déduit que ce serait la sienne.

Mais elle n'avait rien dit, même quand le Dr Alpert s'était exclamée : « Dieu du ciel ! Qu'est-ce que c'était que ce hurlement ? » Bonnie s'entraînait déjà à se montrer courageuse. Meredith et Matt l'étaient, eux. Ils continuaient d'avancer dans des situations où n'importe quelle personne saine d'esprit partirait en courant. Le bien du groupe passait avant le leur. Et bien entendu le Dr Alpert était solide ; quant à Mme Flowers, elle semblait s'être fait un devoir de protéger à tout prix les adolescents.

Bonnie avait voulu leur prouver qu'elle aussi pouvait être courageuse. Elle s'entraînait à garder la tête haute et à guetter les bruits dans les buissons tout en écoutant son intuition, à la recherche de la moindre trace d'Elena. C'était difficile de jongler entre ces deux niveaux d'écoute. Beaucoup de bruits extérieurs lui parvenaient aux oreilles ; toutes sortes de petits rires et de chuchotements provenant des buissons. En revanche, pas le moindre écho d'Elena, pas même quand Bonnie avait crié son nom à maintes reprises dans la forêt.

C'est là que le premier hybride avait surgi devant le petit groupe. Comme s'il sortait d'un cauchemar aux airs de comptine, l'arbre s'était subitement transformé en créature abjecte, une espèce de géant qui s'était jeté sur eux en agglutinant ses branches hautes comme de longs bras, et tout le monde s'était mis à hurler en essayant de lui échapper.

Bonnie n'oublierait jamais la façon dont Matt et Meredith l'avaient alors aidée à fuir.

La créature n'était pas rapide. Mais, en faisant demi-tour, ils s'étaient aperçus qu'un de ses semblables se trouvait dans leur dos, ainsi que d'autres, de toute part. Ils étaient encerclés.

Comme du bétail, comme des esclaves, on les avait ensuite menés tel un troupeau. Si l'un d'eux essayait de résister, il se faisait flageller par de grosses branches recouvertes d'épines, avant qu'une tige plus souple s'enroule autour de son cou et le traîne de force.

Ils avaient été capturés – mais pas tués. On les emmenait quelque part, et ce n'était pas compliqué de deviner dans quel but ; en fait, Bonnie avait tout un tas de suppositions en tête :

il ne restait plus qu'à déterminer laquelle était la plus angoissante.

Finalement, après des heures de marche forcée qui lui avaient paru une éternité, elle avait peu à peu reconnu le chemin. Ils retournaient à la pension ; ou plutôt ils allaient à la *vraie* pension. La voiture de Caroline était garée devant. La bâtisse était encore allumée de la cave au grenier, à l'exception de quelques fenêtres sombres ici et là.

Leurs ravisseurs les attendaient.

À présent, après avoir pleuré et imploré, elle essayait d'être courageuse.

Lorsque le garçon aux étranges cheveux l'avait désignée en premier, elle avait parfaitement compris qu'elle allait mourir ; intérieurement, son courage l'avait lâchée, mais elle s'était juré de ne plus crier.

D'où elle était, elle distinguait à peine le belvédère et les silhouettes sinistres qui s'y trouvaient, mais elle avait reconnu le rire de Damon quand la créature s'était mise à arracher ses vêtements. Et maintenant, il riait encore en voyant Meredith avec la cisaille. Elle ne le supplierait pas, puisque de toute façon ça ne changerait rien.

Étendue sur le dos, les bras et les jambes ligotés, elle était impuissante. Elle voulait mourir la première pour ne pas avoir à regarder Meredith se couper la langue.

Au moment où elle sentait un dernier cri de rage monter en elle, elle aperçut Elena tout en haut d'un pin blanc.

***

— *Ailes du Vent* ! chuchota Elena alors que le sol se rapprochait à toute vitesse.

Les ailes se déployèrent instantanément en elle. Bien sûr,

elles n'étaient pas réelles, mais elles mesuraient une douzaine de mètres d'envergure et étaient faites d'un dégradé de filaments dorés allant de l'ambre de la Baltique sur le dos au jaune citrine sur les extrémités. C'est à peine si elles s'agitaient, mais elles stabilisaient Elena alors que le vent s'engouffrait sous elles et l'emmenèrent exactement où elle voulait.

Pas vers Bonnie ; ce serait trop prévisible pour ses ennemis. Même si, grâce à son élan, elle arrivait à l'arracher à l'autel, elle ne savait pas si elle pourrait redécoller.

Au lieu de ça, à la dernière minute, Elena dévia en direction du belvédère, arracha la cisaille des mains de Meredith, puis attrapa une longue poignée de cheveux noir écarlate. Misao poussa un hurlement.

C'était le moment ou jamais pour Elena d'avoir la foi. Jusqu'à présent, elle n'avait fait que dériver sans vraiment voler. Maintenant, il fallait qu'elle s'envole pour de bon ; ses ailes ne devaient pas *la laisser tomber.*

Ce n'était vraiment pas le moment, mais elle repensa soudain à Stefan...

... à la première fois où elle l'avait embrassé. D'autres filles auraient sans doute attendu que ce soit l'inverse, laissant le garçon prendre les devants, pas Elena.

Il fallait coûte que coûte qu'elle s'envole.

Mais Misao était trop lourde et la mémoire d'Elena faiblissait. Les grandes ailes dorées s'immobilisèrent en tremblant. Shinichi essayait d'escalader une plante pour l'atteindre et Damon empêchait Meredith de bouger.

Elena comprit trop tard qu'elle n'y arriverait pas.

Seule contre tous, elle n'avait pas assez d'armes.

Seule et meurtrie par une douleur atroce qui lui transperçait le dos : Misao faisait tout pour s'alourdir et les ailes vacillantes n'allaient plus tenir le coup très longtemps.

Seule et condamnée à mourir, comme les autres...

Tout à coup, malgré la souffrance qui faisait ruisseler son corps de sueur, elle reconnut la voix de Stefan :

— Elena ! Laisse-toi tomber, je vais te rattraper !

« Que c'est étrange », songea Elena comme dans un rêve. La panique avait un peu déformé sa voix et on aurait presque dit quelqu'un d'autre. Cette voix ressemblait étrangement à celle de...

— Je suis avec toi, Elena !

... *Damon.*

***

Brusquement tirée de son rêve, Elena regarda au-dessous d'elle. Damon était là, campé devant Meredith pour la protéger, la tête levée vers elle et les bras tendus.

Il était de son côté.

— Ma petite Meredith, c'est pas le moment de jouer la somnambule ! Réveille-toi ! Ton amie a besoin de toi ! *Elena* a besoin de ton aide !

Meredith leva la tête sans conviction. Mais, quand elle posa les yeux sur les grandes ailes dorées, la vie jaillit de nouveau dans son regard.

— Elena ! Je suis avec toi ! cria-t-elle.

Pourquoi est-ce qu'elle avait dit *ça*, précisément ? Parce que Meredith était revenue à elle, et que Meredith avait toujours les mots justes.

Un autre éclat de voix suivit : celle de Matt.

— Je suis avec toi, Elena ! cria-t-il comme s'il l'acclamait.

Puis la voix grave du Dr Alpert :

— Je suis avec toi, Elena !

Et pareil pour celle de Mme Flowers, qui retentit particulièrement fort :

— Je suis avec toi, Elena !

Même la pauvre Bonnie réussit à se faire entendre :

— *On est avec toi, Elena !*

« Je suis avec toi, mon ange », chuchota alors réellement Stefan au fond de son cœur.

— On est tous avec toi !

Elena ne lâcha pas Misao. Comme si les grandes ailes dorées avaient profité d'un courant d'air ascendant, elles l'emportèrent quasiment à la verticale de façon incontrôlée, mais Elena réussit plus ou moins à s'équilibrer. En regardant en bas, elle sentit des larmes couler de ses yeux et tomber vers les bras tendus de Damon. Elle ne savait pas pourquoi elle pleurait, c'était sans doute en partie le chagrin d'avoir douté de lui.

Shinichi, qui avait repris son apparence de renard, bondit en direction d'Elena, les lèvres retroussées, avec la ferme intention de la prendre à la gorge. Shinichi était presque aussi grand qu'un loup et aussi féroce qu'un tigre.

Le belvédère s'était recouvert d'un labyrinthe de plantes, de lianes et de toutes sortes de tiges qui *portaient* Shinichi. Elena ne savait pas par où s'échapper. Il fallait qu'elle gagne du temps.

Lorsque Caroline se mit à hurler, Elena en profita pour se jeter dans une brèche entre les ronces. En jetant un œil dans son dos, elle eut juste le temps de voir Damon qui se déplaçait plus vite que jamais. Il tenait Meredith dans ses bras et lui fit franchir la porte du belvédère. Elle s'y était à peine engouffrée qu'elle réapparut tout en bas, courant vers l'autel sur lequel Bonnie était étendue. Mais elle se heurta aussitôt à un des hybrides.

Lorsque Damon tourna la tête et croisa le regard d'Elena, quelque chose d'électrique passa entre eux ; Elena en ressentit des picotements de la tête aux pieds.

Mais elle fut vite rappelée à l'ordre par le fardeau qu'elle portait : Misao se servait de son fouet pour lui lacérer la jambe tout en appelant les hybrides à la rescousse. Elena devait absolument aller plus haut. Elle n'avait pas la moindre idée de la façon dont elle contrôlait ses ailes, mais rien ne semblait les entraver ; elles obéissaient maintenant à Elena, comme si elles faisaient partie d'elle depuis toujours. Toute l'astuce consistait à ne pas réfléchir et à simplement s'imaginer à destination.

Pendant ce temps, les hybrides grandissaient à vue d'œil. On se serait cru dans un cauchemar d'enfant peuplé de géants. Au début, Elena eut l'impression que c'était elle qui rapetissait. Mais les ignobles créatures dépassaient à présent le toit de la pension, et leurs branches supérieures lui balafraient les jambes pendant que Misao se débattait. Son jean était en lambeaux.

Elle ravala un cri de douleur et repartit comme une flèche vers le ciel, sans lâcher Misao. Finalement, comme prévu, ou plutôt comme Damon et Elena l'avaient *espéré*, Misao reprit sa véritable forme. Elena se retrouva à tenir par la peau du cou un gros renard qui se contorsionnait en tous sens.

Déséquilibrée par cette transformation, elle eut du mal à se stabiliser : et pour cause, les six queues du démon pesaient plus lourd à l'arrière.

Elena redescendit en piqué et se cala sur son perchoir dans l'arbre, où elle put tranquillement observer la scène en contrebas après avoir semé les hybrides. Leur plan avait marché comme sur des roulettes, si ce n'est que Damon s'était un peu éloigné de son rôle. Loin de céder à l'emprise des deux démons, il les avait tous dupés à la perfection, y compris

Elena. Maintenant, d'après ce qui était prévu, il était censé veiller sur les spectateurs innocents et laisser Elena se charger d'appâter Shinichi.

Malheureusement, Damon avait craqué. Il était en train de cogner méthodiquement la tête de Shinichi contre le mur de la maison en hurlant de rage :

— Saloperie de renard ! Dis-moi où est mon frère !

— Je pourrais te tuer sur-le-champ, répliqua le démon, le souffle court.

Il n'avait pourtant pas l'air de considérer Damon comme un adversaire facile.

— Vas-y, te gêne pas !

Le vampire pointa son doigt en direction d'Elena.

— Tue-moi et elle tranchera immédiatement la gorge de ta sœur !

Le mépris de Shinichi fut cinglant.

— Tu veux me faire croire qu'une fille avec une telle aura serait capable de tuer !?

Vient un moment dans la vie où il faut prendre position. Pour Elena, ce moment était venu. Elle prit une profonde inspiration, implora le ciel de la pardonner et ouvrit la cisaille. Puis elle la referma de toutes ses forces.

Une queue de renard noire à pointe rouge tourbillonna tandis que Misao hurlait de douleur et de rage. La queue atterrit au milieu du jardin en se tortillant comme un serpent, avant de devenir transparente et de se recroqueviller.

— Tu n'as pas idée de ce que tu viens de faire, stupide garce ! vociféra Shinichi. Tu vas mourir sous les décombres de cette ville et je découperai ton cadavre en morceaux !

— C'est ça, on y croit ! le nargua Damon. Commence déjà par te battre contre moi.

Elena les écouta à peine. Ça n'avait pas été simple pour

elle de refermer la cisaille sur la queue de Misao. Elle avait dû repenser à Meredith en transe, à Bonnie ligotée sur l'autel et à Matt qui se tordait de douleur dans la clairière quelques heures plus tôt. Elle avait aussi pensé à Mme Flowers, aux trois filles possédées, à Isobel... et en grande partie à Stefan.

Pour la première fois de sa vie, elle avait fait couler le sang de quelqu'un d'autre que lui, et elle éprouva subitement un étrange sentiment de responsabilité ; comme si elle recevait en plein visage une bourrasque glaciale qui la mettait en garde sur la nature de son acte : *jamais sans raison. Uniquement en cas de force majeure et s'il n'y a pas d'autre solution.*

Elena éprouvait tout à coup une nouvelle force. La force d'une guerrière.

— Vous pensiez tous que je ne savais pas me battre, lança-t-elle, mais vous aviez tort ! Vous pensiez que je n'avais aucun pouvoir, mais là encore vous vous trompiez. J'utiliserai jusqu'à mes dernières forces pour me battre contre vous ! Et, si je meurs, je reposerai près d'Honoria Fell et je protégerai Fell's Church quoi qu'il arrive !

Fell's Church pourrira avec les asticots, dit une voix près de son oreille.

C'était une voix grave, qui ne ressemblait en rien aux cris perçants de Misao. Alors même qu'elle faisait volte-face, Elena sut que c'était l'arbre. Une grosse branche écaillée, couverte d'épines et de résine gluante, se rabattit violemment sur son ventre et lui fit perdre l'équilibre, la forçant malgré elle à ouvrir les mains. Misao en profita pour s'enfuir et se réfugier dans la broussaille de l'arbre.

— Satanés arbres... allez *au diaaable* ! cria Elena en se jetant sur la cisaille.

Elle la planta à la base de la branche qui avait voulu la broyer. Celle-ci essaya de se dégager, mais Elena vissa l'outil dans l'écorce noire et fut soulagée de voir un gros morceau se détacher, laissant un long filet de résine derrière lui.

Elle chercha Misao du regard. Manifestement, la renarde avait du mal à manœuvrer l'arbre maléfique mais, dans son dos, le bouquet de queues était intact : pas de moignon ni de sang ; rien n'indiquait qu'elle avait été blessée.

Est-ce que c'était pour cette raison qu'elle ne reprenait pas forme humaine ? Parce qu'elle avait perdu une queue ? Qu'est-ce qu'elle attendait ?

Misao se mit à descendre lentement mais sûrement, en se balançant d'une branche à l'autre. Elle n'était que trois mètres plus bas. Il suffisait à Elena de se laisser glisser sur les aiguilles de pin jusqu'à elle – si toutefois l'arbre ne l'éjectait pas avant.

— Tu es trop lente ! la menaça Elena en s'élançant à sa poursuite.

Mais, au même moment, elle aperçut Bonnie.

Son amie était toujours étendue sur l'autel, pâle et visiblement glacée jusqu'aux os. Les quatre hybrides la tiraient par les mains et les pieds avec une force telle que son corps se soulevait.

Bonnie était consciente, mais elle ne criait pas. Elle ne faisait pas le moindre bruit pour attirer l'attention. À la fois émue et horrifiée, Elena comprit pourquoi elle ne s'était pas débattue jusqu'à présent : elle voulait que le combat entre les principaux intéressés ait lieu sans qu'on se préoccupe de la délivrer.

Elena devait rattraper Misao pour récupérer son anneau et reconstituer la clé qui libérerait Stefan. Elle jeta un œil sous elle : Misao gagnait du terrain. Si Elena la laissait s'enfuir…

Elle aimait Stefan de tout son cœur, mais Bonnie était son amie depuis l'enfance.

Le plan B lui apparut spontanément.

***

Damon se battait contre Shinichi – du moins il essayait. Shinichi avait toujours facilement un centimètre d'écart avec le poing de Damon. Par contre, les coups du démon atteignaient systématiquement leur cible et le visage du vampire était en sang.

D'une main, Shinichi arracha un support de pilier du belvédère, révélant sa véritable force.

— Damon, en bas ! lui cria Elena au même moment.

Jusqu'à présent, rien n'avait semblé pouvoir troubler Damon, apparemment déterminé à découvrir où Stefan était retenu prisonnier même s'il devait tuer Shinichi pour parvenir à ses fins.

Mais, contre toute attente, il tourna immédiatement la tête et regarda en bas.

— Faites-moi une cage ! hurla Shinichi à ses soldats.

Des branches d'arbres s'abattirent de toutes parts, encerclant les deux adversaires, qui se retrouvèrent coupés du reste du monde dans cette prison de treillis.

Les hybrides continuaient de reculer en écartelant Bonnie, qui malgré elle se mit à hurler.

— Tu vois ? ricana Shinichi. Tes amis vont mourir dans d'atroces souffrances. On vous aura tous, un par un !

Pour le coup, Damon perdit la tête. La main armée d'une épée (très certainement apparue par la grâce de la clé magique) qu'il manipulait avec une force prodigieuse, il se fraya un chemin à travers les branches puis se jeta par-dessus la rambarde pour la seconde fois de la soirée.

Cette fois, il atterrit avec la souplesse d'un chat à côté de Bonnie. La lame de son épée décrivit un arc étincelant au-dessus de la jeune fille et trancha net les extrémités des branches qui la retenaient prisonnière.

Emportée dans les bras de Damon, Bonnie disparut dans la pénombre du jardin.

Soulagée et reconnaissante, Elena reprit sa course-poursuite avec Misao. Son cœur battait à tout rompre lorsqu'elle plongea brusquement le long du tronc épineux. Elle passa devant Misao, qui tenta de s'écarter au dernier moment, mais Elena réussit à l'attraper par la peau du cou. Misao marmonna et planta violemment ses crocs dans la main d'Elena.

Cette dernière se mordit la lèvre jusqu'au sang pour se retenir de hurler.

Tu vas mourir broyée par ma force et te transformer en terreau, chuchota l'arbre à son oreille. *Pour une fois, c'est ton espèce qui nourrira les miens.* La voix était archaïque, le ton malveillant, et le tout terrifiant.

Les jambes d'Elena réagirent sans lui laisser le temps de réfléchir. Elle poussa de toutes ses forces, et les ailes dorées se déployèrent de nouveau pour la maintenir en équilibre.

D'un geste vif, elle approcha la gueule féroce du renard de son visage.

— Où est ton anneau ? exigea-t-elle. Parle ou je te coupe une autre queue ! Ne te fais pas d'illusions, je te jure que je n'hésiterai pas. Je sais très bien que ce n'est pas seulement ta fierté qui en prend un coup et que tes queues renferment ton pouvoir ! De quoi tu aurais l'air s'il ne t'en restait plus une seule ?

— D'une pauvre humaine, *idiote* ! répliqua méchamment Misao.

Elle recommença à ricaner, les oreilles plaquées sur le sommet de son crâne.

— Réponds !

— Comme si tu pouvais comprendre la réponse ! grogna Misao, haletante. Si je te dis qu'un des anneaux se trouve dans l'instrument du rossignol d'argent, ça t'évoque quelque chose ?

— Ça pourrait, si tu étais plus claire !

— Et si je te dis que l'autre est enfoui sous la salle de bal de Blodwedd, tu saurais le retrouver ?

Les indices qu'elle lui donnait ne menaient nulle part.

— C'est tout ce que tu as à dire ?

— Sûrement *pas* ! s'écria Misao en plantant ses griffes dans le ventre d'Elena, qui eut l'impression qu'on lui ouvrait les entrailles.

— Je t'ai dit que je ne plaisantais pas !

Malgré l'épuisement et la douleur, elle souleva Misao à bout de bras et arma la cisaille de l'autre.

— Pour la dernière fois : où est le premier anneau ?

— T'as qu'à chercher ! Il te faut juste fouiller la planète !

Misao se jeta encore sur elle, et cette fois ses crocs acérés se plantèrent dans la gorge d'Elena.

— Je t'aurais prévenue !

Elena referma brusquement la cisaille.

Misao poussa un cri perçant qui se perdit dans le vacarme général.

— Arrête ton char, Misao ! Je ne t'ai pas touchée ! Tu as crié parce que tu as entendu le bruit de la cisaille.

Une griffe de Misao manqua de très peu son œil.

Très bien : fini les cas de conscience et les questions d'éthique ! À défaut de faire souffrir Misao, elle attisait sa rage. La cisaille se referma d'un coup sec à plusieurs reprises, et Misao hurla pour de bon.

— Où est le premier anneau de la clé ?

— Lâche-moi et je te le dirai.

— Parole d'honneur ? …

— Parole de *kitsune*. Je t'en supplie ! Laisse-moi ma vraie queue ! Si je n'ai rien senti quand tu as coupé les autres, c'est parce que ce sont des symboles d'honneur. Ma véritable queue se trouve au centre, elle est blanche à la pointe et, si tu la coupes, tu verras le sang jaillir.

Misao, effrayée, semblait tout à fait prête à coopérer.

Instinctivement, Elena savait cerner les gens, et à cet instant sa raison comme son cœur lui disaient de ne pas se fier à elle. Pourtant, elle voulait y croire…

Tout à coup, d'autres hybrides se jetèrent sur elle avec leurs branches crochues.

Mais Elena ne fut pas totalement prise au dépourvu. Elle avait desserré un peu sa poigne sans lâcher Misao. Alors elle la serra plus fort que jamais.

Un regain d'énergie la propulsa vers le belvédère où Shinichi hurlait de rage et où Caroline sanglotait. Elle croisa le regard de Damon, dont les yeux brillèrent de fierté en la voyant.

— Au cas où vous ne l'auriez pas encore compris, je ne suis ni un ange ni un esprit ! lança-t-elle à tous ses ennemis. Elena Gilbert revient de l'Autre Monde et aujourd'hui elle est prête à tout ! C'est CLAIR ?

Une clameur retentit en contrebas. C'étaient les autres : Mme Flowers, le Dr Alpert, Matt et même Isobel qui délirait encore. Elena les vit distinctement car une lumière aveuglante envahit le jardin.

« C'est moi qui fais ça ? » s'étonna Elena. Son aura éclairait la clairière où se trouvait la pension alors que les bois alentour étaient toujours plongés dans l'obscurité.

« Qui sait si je ne peux pas faire mieux ? se dit-elle. Rajeunir la vieille forêt et la rendre moins maléfique ? »

Si elle avait eu plus d'expérience, Elena ne s'y serait jamais risquée. Mais elle se sentait invincible, rien ne pouvait la faire reculer. Elle jeta un œil aux quatre points cardinaux qui entouraient la forêt.

— *Ailes de la Purification !*

De gigantesques ailes iridescentes se déployèrent, l'entraînant de plus en plus haut.

Elle était si absorbée par ce qu'elle faisait et par le silence enveloppant la pension que même le déchaînement de Misao n'avait plus d'importance. Ce silence lui faisait penser aux plus belles notes de musique réunies en un seul et même accord.

Une salve de pouvoir jaillit d'elle. Non pas un pouvoir destructeur comme celui que Damon avait trop souvent dégainé, mais le pouvoir du renouveau, de l'amour et de la purification. La lumière se propagea et, petit à petit, les arbres retrouvèrent une taille normale tandis que des trouées se dessinaient entre les fourrés. Les lianes hérissées d'épines s'évanouirent littéralement dans la nature. À terre, un tapis de fleurs multicolores s'étira comme un arc-en-ciel, donnant naissance à des bouquets de violettes, des talus de fleurs des champs et des roses sauvages. Le spectacle était si beau qu'Elena sentit son cœur se serrer.

Misao émit un sifflement qui la tira brusquement de sa transe. En tournant la tête, Elena s'aperçut que les hybrides s'étaient volatilisés ; à leur place était apparu un large massif d'oseille, parsemé d'arbres fossilisés dans d'étranges postures. Certains semblaient presque humains.

— Je n'aurais jamais dû t'emmener à Fell's Church ! cria

Misao à son frère. Tu as tout gâché à cause de cette fille !
Shinichi no baka !

— Idiote toi-même ! répliqua le démon. Ta réaction est exactement celle qu'ils attendent ! Je t'ai entendu donner les indices à la fille, tu ferais n'importe quoi pour préserver ta beauté, sale petite égoïste !

— Tu peux parler ! Tu n'as pas perdu une seule queue !

— Ça, c'est parce que tu es trop faible pour te battre ! Tu aurais dû fuir depuis longtemps. Maintenant, ne viens pas pleurer dans mes jupes.

— Tu mens ! le coupa Misao. Retire ça tout de suite !

Se libérant d'Elena, Misao se jeta violemment sur son frère. Shinichi avait tort, elle se battait très bien. En une seconde, le jardin se transforma en un véritable champ de bataille tandis qu'ils se roulaient dans tous les sens en changeant à plusieurs reprises d'apparence. Des touffes de poils noirs et rouges et des bribes de dialogue volèrent dans la bagarre.

— ... trouveront jamais les anneaux...

— ... quand bien même ils y arriveraient...

— ... devraient encore trouver le garçon...

— ... mais ils peuvent tenter le coup...

L'horrible voix stridente de Misao retentit dans un gloussement.

— ... verra bien ce qu'ils trouvent au *Shi no Shi* !

La bagarre cessa brusquement et les jumeaux reprirent forme humaine. Ils étaient dans un sale état. Shinichi s'approcha de Damon et lui ferma les yeux.

— Voilà où se trouve ton frère. Je mets un globe contenant sa cellule dans ton esprit, à toi de déchiffrer le chemin. Une fois là-bas, je te préviens, tu mourras.

Puis il fit une petite révérence à Elena.

— Tu mourras aussi, malheureusement. Mais j'ai écrit une petite ode à ta mémoire :

« *Rose sauvage et lilas blanc,*
Colchique et pâquerette,
Le sourire d'Elena chasse l'hiver.

Jacinthe et violette,
Anémone et iris,
Observez ses pas et vous verrez l'herbe danser.

Car, où que son pied se pose,
Des fleurs blanches poussent dans son sillage... »

— Franchement, ta poésie, j'en ai jusque-là ! le coupa Elena. Dis-moi plutôt où sont les anneaux.

— Tu n'en sauras pas plus. On ne déplacera pas les anneaux, c'est tout ce que je peux te promettre. À toi de les retrouver grâce aux indices, répondit Shinichi avec un clin d'œil.

En se retournant, il tomba nez à nez avec une Némésis livide et tremblante.

Caroline, la déesse de la Vengeance.

— Alors toi aussi ? lâcha-t-elle rageusement à Shinichi. *Toi aussi ?*

— Moi aussi quoi ? dit-il avec un sourire indolent.

— Toi aussi tu as craqué pour elle ? Tu lui écris des chansons, tu lui donnes des indices pour retrouver Stefan...

— Ces indices ne sont pas terribles, tu sais.

Caroline essaya de le frapper, mais il lui enferma le poing dans sa paume.

— *Et tu crois que tu vas t'en aller comme ça ?* s'écria-t-elle.

La voix de Caroline était presque aussi perçante que celle de Misao.

— Ce n'est pas que je le crois, j'en suis *sûr*.

Shinichi jeta un coup d'œil au visage maussade de sa sœur.

— Encore une petite chose à régler, et on s'en va. Mais sans toi.

— Après tout ce que tu m'as dit ?!

Shinichi jaugea Caroline de la tête aux pieds, comme s'il la voyait pour la première fois. Il parut sincèrement stupéfait.

— Moi ? demanda-t-il. On s'est déjà vus ?

Un ricanement strident se fit entendre. Misao gloussait dans leur dos, les mains plaquées sur la bouche.

— Je me suis servie de ton image, dit-elle à son frère, les yeux baissés comme si elle confessait une bêtise. Et de ta voix, aussi, quand je lui donnais ses instructions dans le miroir. Elle était déçue à cause d'un garçon qui l'avait plaquée, alors je lui ai dit que j'étais amoureux d'elle et que je la vengerais de ses ennemis... si elle acceptait d'accomplir quelques petites missions pour moi.

— Comme de contaminer des petites filles avec des malachs, devina Damon d'un air sombre.

Misao gloussa encore.

— Alors... c'était pas toi ? bredouilla Caroline.

Manifestement, elle avait du mal à suivre.

Shinichi lui fit un petit sourire en soupirant.

— Eh non. J'ai bien peur que ce ne soit Boucles d'Or qui ait causé ma perte.

Un instant, le désespoir plus que la colère se lut sur le visage de Caroline, et par-dessus tout la tristesse.

— Toi aussi tu n'en as que pour Elena !

— Écoute, Caroline, intervint Elena sans mettre de gants. Je le déteste. Le seul auquel je tiens, c'est Stefan.

— Le seul, vraiment ? dit Damon avec un coup d'œil à Matt.

— Tu sais très bien ce que je veux dire.

Le vampire haussa les épaules.

— Nombre de promises aux cheveux d'or finissent au bras du rude cavalier !

Puis il secoua la tête.

— Pourquoi je débite encore des niaiseries pareilles, moi ?

— Ce n'est rien, juste un effet résiduel des malachs, expliqua Shinichi en agitant les mains, les yeux toujours rivés sur Elena. Le fil de mes pensées en quelque sorte...

Une nouvelle bagarre aurait pu éclater mais, bizarrement, Damon se contenta de sourire en plissant les yeux.

De son côté, Caroline continuait de marmonner d'une voix menaçante :

— Et tu crois que tu vas t'en aller comme ça...

— Et comment, que je vais partir !

— Attends, Caroline. Je peux t'aider, dit Elena. Tu es encore sous son emprise...

— C'est pas de ton aide que j'ai besoin, c'est d'un *mari* !

Un silence de plomb envahit le toit. Même Matt ne se risqua pas à commenter.

— Il me faut un mari... ou au moins un fiancé, marmonna Caroline une main posée sur le ventre. Ça, ma famille l'accepterait.

— On trouvera une solution. Fais-moi confiance...

— Jamais, tu entends ?!

Caroline cracha aux pieds d'Elena et se tut brusquement

– soit volontairement, soit sous la contrainte du malach qui était en elle.

— Bon, revenons à nos affaires, dit Shinichi avec un sourire mauvais. Le prix à payer pour les indices fournis sera une série de souvenirs. Disons… ceux de Damon, depuis notre première rencontre jusqu'à maintenant.

— Ne fais pas ça !

Elena paniqua complètement.

— Damon n'est plus le même, il a changé ! Si tu lui enlèves ses souvenirs…

— Il redeviendra celui qu'il était ! Tu préfères te sacrifier, peut-être ?

— Oui.

— Mais tu es la seule à avoir entendu les indices pour les anneaux. De toute façon, c'est exclu. Je veux *ses* souvenirs, *sa* version des faits, pas la tienne.

À ce stade, Elena était prête à se battre à mains nues s'il le fallait, mais Damon avait déjà pris sa décision.

— Vas-y, prends tous les souvenirs que tu veux, dit-il. Mais, quand tu auras fini, quitte vite cette ville si tu ne veux pas que je te décapite avec cette cisaille.

— C'est d'accord.

— Damon, non…

— Tu veux retrouver Stefan, oui ou non ?

— Pas à ce prix !

— Dommage, railla Shinichi. C'est non négociable.

— Je t'en prie, Damon, réfléchis !

— C'est tout réfléchi. C'est de ma faute si les malachs ont contaminé toutes ces personnes. Dès le début, j'aurais dû me soucier du cas de Caroline. Je me fichais de ce qui pouvait arriver aux humains tant que les nouveaux arrivants ne s'approchaient pas de moi. Le seul moyen pour moi de rattraper tout le mal que je t'ai fait, c'est de retrouver Stefan.

Il se tourna vers elle.

— Au fond, c'est à moi de veiller sur mon frère.

— Damon, écoute-moi...

Mais il s'était déjà retourné vers Shinichi.

— C'est d'accord, dit-il.

— Marché conclu !

39.

— On a gagné une bataille mais pas la guerre, dit tristement Elena.

Il lui semblait que c'était le lendemain de leur combat contre les *kitsune*, mais elle n'était plus sûre de rien, juste du fait qu'elle était en vie, que Stefan avait disparu et que Damon était redevenu lui-même.

— Dommage que mon précieux frère n'ait pas été là ! ironisa-t-il.

Roulant à bord de la Ferrari, ils essayaient de retrouver la Jaguar d'Elena – dans le monde réel.

Elena fit semblant de ne pas avoir entendu sa remarque. Tout comme elle ne prêta pas attention au sifflement léger quoique vaguement agaçant qu'émettait un appareil sur le tableau de bord. On entendait des voix et des parasites, mais ce n'était pas une radio. Une sorte de planche de Ouija nouvelle génération, peut-être, avec un dispositif audio au lieu de toutes ces lettres fastidieuses ?

Elena eut un léger frisson.

— Tu m'as donné ta parole que tu partirais à sa recherche avec moi. Je te le jure sur… l'Autre Monde.

— Pas la peine de jurer. Si tu le dis, je te crois. Tu ne sais pas mentir… surtout à moi. Je lis en toi comme dans un livre ouvert maintenant que tu es humaine. Une promesse est une promesse !

« Humaine ? se répéta Elena. C'est vraiment ce que je suis ? Avec tous les pouvoirs que j'ai ? Damon aussi peut voir que la forêt a *réellement* changé. Ce n'est plus un vieil endroit sinistre jonché d'arbres morts. Il y a des fleurs qui bourgeonnent, de la vie partout… »

— Quoi qu'il en soit, je vais avoir tout le temps d'être en tête à tête avec toi, ma princesse des ténèbres.

« Et c'est reparti », pensa Elena d'un air las.

Il y eut une petite secousse sur la route, ce qui *a priori* n'avait rien d'étonnant vu la conduite de Damon.

— Je l'ai eu ! s'exclama-t-il.

Elena se pencha, prête à donner un coup dans le volant pour l'obliger à freiner.

— Du calme, c'était juste un bout de pneu, ajouta-t-il froidement.

Elena ne dit rien, consciente qu'elle était effectivement partie pour faire un bout de chemin avec lui. Quoi qu'il arrive, c'était dans l'esprit de Damon que Shinichi avait mis en mémoire l'emplacement de la cellule de Stefan, pas dans le sien. Elle avait donc terriblement besoin de lui pour arriver jusque là-bas et pour combattre ceux qui détenaient Stefan. Tant mieux s'il la prenait pour une simple humaine, sans se souvenir qu'elle avait des pouvoirs. Ça lui servirait sûrement un jour ou l'autre.

Damon se pencha pour ajuster les touches sur le cadran du mystérieux appareil fixé au tableau de bord.

— ... *répète : à toutes les unités, on recherche un certain Matthew Honeycutt, de race blanche, un mètre quatre-vingts, cheveux blonds, yeux bleus...*

— Qu'est-ce que c'est que ça ?

— Un scanner de police. Si on veut vivre tranquillement sur cette grande terre de liberté, mieux vaut savoir fuir quand il faut...

— Damon, ne commence pas avec tes grandes théories. C'était quoi ce message à propos de Matt ?

— Apparemment, ils ont décidé de l'arrêter. Caroline n'a pas vraiment pu se venger la nuit dernière. J'imagine qu'elle tente le coup maintenant.

— Dans ce cas, il faut d'abord qu'on s'occupe de lui. Il peut lui arriver n'importe quoi s'il reste à Fell's Church. Le problème est qu'il ne peut pas prendre sa voiture, et il n'y aura pas assez de place dans celle-là. Alors qu'est-ce qu'on fait ?

— On le livre à la police ?

— Ce n'est pas drôle, Damon.

Soudain, dans une clairière à gauche de la route, la Jaguar apparut.

— Ma voiture est là ! Elle est plus grande. Si tu veux emporter ton truc de police, tu ferais bien de commencer à le débrancher.

— Mais...

— Je vais chercher Matt. Je suis la seule qu'il voudra bien écouter. Ensuite, on laissera la Ferrari dans les bois... ou on la balancera dans le ruisseau si tu veux.

— Dans le ruisseau ? Mais bien sûr !

***

Matt fixa Elena d'un air décidé.

— Pas question que je fuie.

Elle leva ses yeux bleus vers lui, en y mettant toute l'intensité dont elle était capable.

— Matt, monte dans la voiture. Maintenant. Il le faut ! Le père de Caroline est un parent du juge qui a signé ton mandat d'arrêt. D'après Meredith, c'est une expédition punitive. Même elle te conseille de fuir. Ne t'inquiète pas pour tes affaires, on t'en trouvera en route.

— Mais... toute cette histoire est fausse !

— Et ils s'arrangeront pour qu'elle soit vraie. Crois-moi : Caroline va pleurer comme une madeleine. Je n'aurais jamais pensé qu'une fille fasse ça par vengeance, mais elle est dans un monde à part maintenant. Elle est devenue complètement cinglée.

— Mais...

— Monte, je te dis ! La police est à tes trousses. Ils sont déjà passés chez toi et chez Meredith. Et d'ailleurs, qu'est-ce que tu fais chez Bonnie ?

Bonnie et Matt échangèrent un coup d'œil.

— Rien, je suis venu bricoler la voiture de sa mère. Elle est encore tombée en panne et...

— OK, d'accord. Ramène-toi, maintenant ! Bonnie, tu fais quoi ? Tu rappelles Meredith ?

L'adolescente sursauta.

— Euh... oui.

— Dis-lui au revoir et embrasse-la pour nous. Veille sur la ville et... on s'appelle !

Alors que la Jaguar s'éloignait, Bonnie prit le combiné pour dire :

— Tu avais raison. Elle met les voiles. Je ne sais pas si Damon est avec elle, il n'était pas dans la voiture.

Elle écouta un moment avant de répondre :

— OK, je m'en occupe. À tout'.

Elle raccrocha et passa à l'action.

***

Cher Journal,

Aujourd'hui, je me suis enfuie de chez moi.

Je suppose qu'on ne peut pas vraiment appeler ça une fugue quand on a presque dix-huit ans et qu'on prend sa propre voiture – et surtout quand personne ne sait qu'on était là à l'origine. Alors disons simplement que, ce soir, je suis en cavale.

Autre fait légèrement surprenant : je me suis enfuie avec deux garçons, mais aucun d'eux n'est celui que j'aime.

Je dis ça, mais... je ne peux pas m'empêcher de me souvenir de certaines choses. Le regard de Matt dans la clairière, par exemple ; je crois sincèrement qu'il était prêt à mourir pour me protéger. Je n'arrête pas de penser à ce qui s'est passé entre nous à une époque. Ses yeux bleus et...

Mais qu'est-ce qui me prend ?

Et Damon. Je sais maintenant qu'il y a un être de chair sous cette carapace de pierre dont il a enrobé son âme. Cet être est bien caché, mais il existe. Pour être tout à fait honnête avec moi-même, je dois reconnaître que quelque part je suis touchée quand je le vois, au point d'en avoir des frissons ; ne me demande pas pourquoi, même moi je n'y comprends rien.

Bon, Elena, ça suffit ! Ne réveille pas tes vieux démons, surtout maintenant que tu as des pouvoirs. Surtout, ne fais jamais ça. *Tout a changé aujourd'hui. Tu dois te montrer plus responsable (je sais, ce n'est pas ton fort !).*

Meredith ne sera pas là pour m'aider à assumer. Mais comment ça va finir ? Matt et Damon, dans la même voiture, en virée sur la route ? Tu imagines ! Ce soir, il était si tard et Matt était si assommé par la situation qu'il n'a pas vraiment compris ce qui lui arrivait. En le voyant, Damon a juste eu son petit sourire narquois habituel. Mais demain je peux compter sur lui pour être dans une forme diabolique, c'est sûr.

Je reste persuadée que c'est vraiment dommage que Shinichi ait dû emporter les Ailes de la Purification en même temps que les souvenirs de Damon. Mais je crois aussi qu'en son for intérieur une toute petite part de Damon se souvient de celui qu'il était quand on était ensemble. Et aujourd'hui, il se sent obligé d'être plus odieux que jamais pour prouver que ce souvenir n'est qu'un mensonge.

Alors, pendant que tu lis ces lignes, Damon (je sais très bien qu'un jour tu fouineras dans mes affaires), j'en profite pour te dire que pendant un temps tu as été sympa, vraiment SYMPA, et c'était bien d'être avec toi. On a parlé. On a même ri – oui, aux mêmes blagues. Et tu... tu étais gentil.

Je t'entends d'ici : « *Pff, encore un des baratins d'Elena pour me faire croire que je peux changer, mais* moi je sais que je finirai en Enfer et ça m'est complètement égal. » *Ça te rappelle quelque chose, Damon ? Tu n'as pas l'impression d'avoir dit ça à quelqu'un récemment ? Sinon, d'où je sortirais cette phrase ? Se pourrait-il que pour une fois je te dise la vérité ?*

Passons sur le fait que tu salisses ton honneur en lisant un journal intime qui ne t'appartient pas.

Quoi d'autre ?

1 : Stefan me manque.

2 : Je n'ai pas vraiment eu le temps de faire mes valises. Matt et moi, on est passés en coup de vent à la pension, et il a pris l'argent que Stefan avait laissé pour moi pendant que j'attrapais une brassée de vêtements dans le placard – Dieu sait ce que j'ai embarqué : des hauts de Bonnie et des pantalons de Meredith, mais je n'ai pas une seule chemise de nuit digne de ce nom.

Au moins, toi aussi je t'ai emmené, mon précieux ami, ce cadeau dont Stefan voulait me faire la surprise. Ça n'a jamais trop été mon truc de taper dans un fichier intitulé « Journal ». Un beau carnet blanc, comme toi, c'est beaucoup mieux.

3 : Stefan me manque. Il me manque tellement que j'en viens à pleurer en parlant de vêtements. De l'extérieur, on dirait que c'est ça qui me fait pleurer, et je passe pour une dingue et une fille superficielle. Parfois, j'ai envie de hurler.

4 : J'ai vraiment *envie de hurler ! C'est seulement en revenant à Fell's Church qu'on a découvert quelle horreur les malachs nous avaient laissée en guise de souvenir. Il semblerait qu'une quatrième fille soit possédée comme Tami, Kristin, et Ava ; je n'en étais pas sûre, donc je n'ai rien pu faire. Quelque chose me dit qu'on n'en a pas fini avec ces histoires de démence.*

5 : Le pire, c'est ce qui s'est passé dans la maison des Saitô. Isobel est à l'hôpital avec des infections atroces à cause de ses piercings. Sa grand-mère n'était pas morte comme le croyait la première équipe de secours qui est arrivée chez elle. Elle était plongée dans une transe profonde pour essayer de nous *contacter. Je ne saurai jamais si c'est en partie grâce à elle que j'ai ressenti cette force et cette confiance pendant la bataille.*

Toujours est-il que, dans la chambre, il y avait Jim Bryce. Il s'était... mon Dieu, je n'arrive même pas à l'écrire. Dire qu'il était le capitaine de l'équipe de basket ! Il s'était auto-mutilé : il s'était mordu et déchiqueté toute la main gauche, presque tous les doigts de la main droite et les lèvres. Et il s'était aussi planté un crayon dans le crâne à travers l'oreille.

Il paraît (j'ai entendu Tyrone Alpert, le petit-fils du docteur, en parler) que ça s'appelle le syndrome de Lesch-Nyhan et que c'est très rare, mais il n'est pas le seul cas de la ville. C'est ce qu'ont dit les médecins. Je leur ai expliqué qu'il était sous l'emprise d'une créature qui le poussait à faire ça, mais ils n'ont pas voulu m'écouter.

Je ne peux même pas dire s'il est mort ou vivant. Ils l'emmènent dans un institut où on s'occupe des cas graves.

On a échoué sur ce plan. J'ai échoué. Jim Bryce n'y est pas pour grand-chose, au fond. Il a passé une nuit avec Caroline et, à partir de là, il a transmis le malach à sa petite amie Isobel et à sa petite sœur Tami. Ensuite, Caroline et Tami se sont chargées de la contagion. Elles ont essayé d'en refiler un à Matt, mais il ne s'est pas laissé faire.

6 : Les trois filles qui ont vraiment été contaminées étaient toutes sous les ordres de Misao, d'après ce qu'a raconté Shinichi. Elles disent ne pas se rappeler du tout s'être habillées n'importe comment et avoir aguiché tout le monde. On dirait qu'elles n'ont aucun souvenir de l'époque où elles étaient possédées, et leur comportement a changé du tout au tout depuis ; elles sont gentilles, calmes. Si j'étais sûre que Misao abandonne aussi facilement, je ne me ferais plus de souci pour elles. Mais j'ai comme un doute.

Enfin, je crois que le pire de tout, c'est quand je pense à Caroline. On était amies à une époque, mais aujourd'hui... elle a plus que jamais besoin d'aide. Damon a mis la main sur son journal : elle n'écrit pas, elle s'enregistre avec une caméra en parlant devant le miroir... et on a vu le miroir lui répondre. La plupart du temps, il lui renvoyait son reflet, mais parfois, au début ou à la fin d'une séance, le visage de Shinichi apparaissait. Il est plutôt mignon, bien qu'un peu dingue. Voilà pourquoi Caroline craque pour lui et accepte de répandre le mal.

J'ai épuisé mes dernières ressources pour extraire les malachs qui logeaient dans le corps de ces filles.

Évidemment, Caroline n'a pas voulu que je l'approche.

Mais il y a aussi cette phrase fatidique qu'elle a prononcée : « Il me faut un mari ! » Toutes les filles savent ce que ça signifie. Et toutes les filles sont désolées pour celle qui dit ça, même quand elles ne sont pas amies.

Caroline et Tyler Smallwood sortaient encore ensemble deux semaines plus tôt. D'après Meredith, Caroline l'a plaqué et, pour Klaus, la kidnapper était une façon de venger Tyler. Mais si avant cela ils ont couché ensemble sans se protéger (sachant que Caroline est assez stupide pour le faire), elle peut très bien avoir appris qu'elle était enceinte et cherché un nouveau petit copain juste avant que Shinichi débarque. (Autrement dit, juste avant que je... ressuscite.) Maintenant, elle essaie de coller ça sur le dos de Matt. Ce n'est vraiment pas de veine qu'elle ait dit que ça s'était passé le soir où Matt a été attaqué par le malach et qu'un voisin l'ait vu rentrer chez lui en voiture et s'endormir au volant comme s'il était ivre ou drogué.

Si ça se trouve, ce n'est pas qu'une question de malchance. Peut-être que, ça aussi, ça faisait partie du petit jeu de Misao.

Bon, je vais aller me coucher. Il faut que j'arrête de réfléchir. De m'inquiéter. Mon Dieu, ce que Stefan me manque !

S'il était là, il m'aiderait à faire face avec ses mots à lui, avec douceur et lucidité.

Je me suis enfermée dans la voiture pour la nuit. Les garçons dorment dehors ; enfin, on s'est organisés comme ça pour l'instant – c'est eux qui ont insisté. Au moins là-dessus, ils étaient d'accord.

Je pense que Shinichi et Misao ne resteront pas loin de Fell's Church très longtemps. J'ignore s'ils vont nous laisser tranquilles quelques jours ou quelques mois, mais Misao va reprendre des forces et, un jour, ils reviendront.

Ça signifie que Damon, Matt et moi... on est des fugitifs dans deux mondes.

Et je n'ai aucune idée de ce qui va se passer demain.

Elena

Ce roman vous a plu ?

Donnez votre avis sur :
www.Lecture-Academy.com

Après « Journal d'un Vampire »,
plongez dans l'irrésistible attraction
qui lie Ethan et Lena.

Voici les premières pages de

La nouvelle trilogie Black Moon,
une collection plus fascinante que jamais.

Avant
AU MILIEU DE NULLE PART

Il n'y avait que deux types de citoyens dans notre ville. « Les bouchés et les bornés », selon l'affectueuse expression de mon père pour qualifier nos voisins. « Les trop bêtes pour partir et les condamnés à rester. Les autres finissent toujours par trouver une façon de s'en aller. » La catégorie à laquelle lui-même appartenait avait beau être évidente, je n'avais jamais eu le courage de l'interroger à ce sujet. Mon père était écrivain, et nous vivions à Gatlin, en Caroline du Sud, parce que les Wate y vivaient depuis la nuit des temps, depuis que mon arrière-arrière-arrière-arrière-grand-père, Ellis Wate, avait trouvé la mort au front, sur l'autre berge de la rivière Santee, lors de la guerre de Sécession.

Que les locaux n'appelaient pas ainsi ; ceux qui avaient moins de soixante ans l'appelaient guerre inter-États ; ceux qui avaient dépassé cet âge, guerre de l'Agression yankee, comme si le Nord avait déclenché les hostilités suite à la livraison d'une balle de mauvais coton.

Notre maisonnée était la seule à l'appeler guerre de Sécession.

Une raison de plus pour expliquer ma hâte de décamper d'ici.

Gatlin ne ressemblait pas aux autres petites villes qu'on voit au cinéma, à moins que le film n'ait un demi-siècle. Trop éloignés de Charleston pour avoir un Starbucks ou un McDo, nous devions nous contenter d'un restaurant Dairy Queen, calligraphié Dar-ee Keen : les notables, à la radinerie légendaire, avaient dû obtenir une ristourne sur ces « E » quand il avait fallu remplacer l'enseigne de l'ancien Dairy King. La bibliothèque utilisait encore un fichier papier, l'école était toujours équipée de tableaux d'ardoise, et la piscine municipale se réduisait au lac Moultrie, avec ses eaux tiédasses et boueuses. Le Cineplex projetait les films à peu près en même temps qu'ils sortaient en DVD, mais il fallait faire du stop pour se rendre jusqu'à Summerville, où se trouvait également l'université de premier cycle. Les boutiques étaient regroupées sur la Grand-Rue, les demeures patriciennes sur River Street, et les pauvres au sud de la Nationale 9, là où les trottoirs se désintégraient en morceaux de béton inégaux – guère pratiques pour marcher mais idéaux pour caillasser les opossums agressifs, les animaux les plus mauvais qui soient. Ça, ils ne le montrent jamais, au cinéma.

Gatlin n'était pas une bourgade compliquée ; Gatlin était Gatlin. Pendant la canicule, les habitants montaient la garde à l'abri de leurs vérandas. Quand bien même ils se liquéfiaient de chaleur, rien ne les aurait fait renoncer. D'ailleurs, rien ne changeait jamais, ici. Demain aurait lieu la rentrée scolaire, mon année de seconde au lycée Thomas Jackson, et je savais déjà comment la journée se déroulerait : où je m'assiérais, à qui j'adresserais la parole, les blagues, les filles, qui se garerait où.

Le comté de Gatlin ne réservait aucune surprise. En gros, nous étions l'épicentre du milieu de nulle part.

Du moins, c'est ce que je croyais quand j'ai refermé mon vieil exemplaire d'*Abattoir 5* de Kurt Vonnegut, que j'ai coupé mon iPod et que j'ai éteint la lumière sur cet ultime jour des vacances d'été.

Au bout du compte, il s'est révélé que je me trompais complètement.

Car il y a eu une malédiction.

Une fille.

Et, pour terminer, une tombe.

Je n'ai rien vu venir.

2 septembre
RÊVE

Chute.

Je dégringolais en chute libre.

Ethan !

Elle m'appelait. Le seul son de sa voix provoquait les battements de mon cœur.

À l'aide !

Elle aussi tombait. Je tendais le bras pour essayer de la retenir, mais je ne saisissais que du vide. Il n'y avait pas de terre ferme sous mes pieds, je me débattais dans la boue. Nos doigts s'effleuraient, je distinguais des éclats de lumière verte dans l'obscurité. Puis elle m'échappait, et je n'éprouvais plus qu'un intolérable sentiment de perte.

Citrons et romarin. Son odeur continuait de flotter dans l'air, cependant.

Mais il m'était impossible de la rattraper.

Or, il m'était impossible de vivre sans elle.

Je me suis redressé d'un bond dans mon lit, le souffle court.

— Debout, Ethan Wate ! Je ne tolérerai pas que tu sois en retard le jour de la rentrée !

La voix d'Amma, qui s'égosillait au pied de l'escalier.

Mes yeux se sont posés sur une tache de lumière blême qui transperçait le noir. J'ai perçu le martèlement lointain de la pluie sur nos vieux volets en bois à claire-voie. Il devait pleuvoir, donc. Ce devait être le matin. Je devais être dans ma chambre. Cette dernière était étouffante et humide. Pourquoi ma fenêtre était-elle ouverte ?

J'avais mal à la tête. Je me suis laissé retomber sur l'oreiller, et le rêve s'est estompé, comme toujours. J'étais en sécurité dans notre maison ancestrale. Dans le lit d'acajou grinçant qui avait sans doute accueilli le sommeil de six générations de Wate avant moi. Le lit où personne ne basculait dans des trous noirs de boue. Le lit où il ne se passait jamais rien.

J'ai fixé le plafond, peint de la couleur du ciel afin d'empêcher les xylocopes d'y nicher. Qu'est-ce qui débloquait, chez moi ? Ce rêve me hantait depuis des mois, maintenant. Je ne me souvenais pas de tout, toujours du même passage. La fille tombait, je tombais, il fallait que je m'accroche à elle, je n'y parvenais pas. Si je lâchais prise, quelque chose de terrible allait lui arriver. C'était ça, le truc : je ne pouvais pas la lâcher, il était inconcevable que je la perde. Comme si j'étais amoureux d'elle, alors que je ne la connaissais pas. Un amour avant coup de foudre, en quelque sorte.

Ce qui paraissait fou, car elle n'était qu'une vision onirique. Je ne savais même pas à quoi elle ressemblait. Le rêve avait beau revenir depuis des semaines et des semaines, je n'avais jamais vu le visage de cette fille. Ou bien, je l'avais oublié. Mon unique certitude, c'était que chaque fois qu'elle disparaissait, je ressentais un profond mal-être. Elle échappait à mes doigts, et mon ventre semblait se détacher de mon corps, une sensation pareille à celle que l'on éprouve sur les montagnes russes, quand la voiturette plonge trop brutalement.

Des papillons dans l'estomac, dit-on. Quelle métaphore idiote ! Plutôt des abeilles tueuses, oui.

J'étais peut-être en train de devenir fou. À moins que j'aie juste besoin d'une bonne douche. Mes écouteurs étaient encore autour de mon cou. Quand j'ai jeté un coup d'œil à mon iPod, j'y ai vu un titre inconnu. *Seize Lunes.* Qu'est-ce que c'était ? J'ai allumé l'appareil, et la mélodie s'est déroulée, captivante. Si je n'ai pas identifié la voix, j'ai eu l'impression de l'avoir déjà entendue.

> *Seize lunes, seize années,*
> *Seize de tes pires peurs,*
> *Seize songes de mes pleurs,*
> *Tombent, tombent les années...*

La chanson était lugubre, angoissante, presque hypnotique.

— Ethan Lawson Wate !

Les cris d'Amma me sont parvenus par-dessus la musique. Éteignant l'engin, je me suis assis et j'ai rejeté la couverture. Mes draps donnaient l'impression d'être pleins de sable. Ce n'était pas une apparence, cependant. De la poussière. Quant à mes ongles, ils étaient en deuil, noirs de la boue qui s'y était incrustée, comme dans le rêve.

Après avoir roulé les draps en boule, je les ai fourrés au fond du panier à linge sale, avec mon maillot de basket qui empestait encore la transpiration de mon entraînement de la veille. Sous la douche, je me suis efforcé d'oublier ma nuit tout en me récurant à fond. L'eau a entraîné avec

elle les ultimes pans obscurs du rêve dans le tuyau d'évacuation. Il suffisait que je n'y pense plus pour décider
qu'il ne s'était rien passé. Telle était mon approche de la
plupart des choses, ces derniers temps.

Sauf quand il s'agissait d'elle. Là, c'était plus fort que
moi, je songeais constamment à elle. Je ne cessais de
revenir au rêve, même si je ne le comprenais pas. Il n'y
avait rien à ajouter, c'était mon secret. J'avais seize ans,
j'étais en train de m'éprendre d'une fille qui n'existait
pas et je perdais peu à peu l'esprit.

J'avais beau frotter, mon cœur continuait de battre la
chamade ; malgré le parfum du savon et du shampooing,
je sentais encore son odeur. Rien qu'un effluve, bien réel
pourtant.

Citrons et romarin.

J'ai gagné le quotidien immuable et rassurant du rez-
de-chaussée. Amma a déposé devant moi la sempiternelle assiette à motifs bleus et blancs – la porcelaine chinoise de ma mère – contenant œufs sur le plat, bacon,
pain grillé beurré et bouillie d'avoine. Amma était notre
gouvernante. Je la considérais plus comme ma grand-
mère, bien qu'elle fût plus intelligente et rouspéteuse que
ma véritable aïeule. Elle m'avait pratiquement élevé et
elle jugeait de son devoir de m'aider à grandir de quelques centimètres supplémentaires, alors que je mesurais
déjà un mètre quatre-vingt-douze. Ce matin, je mourais
étrangement de faim, à croire que je n'avais rien avalé
depuis huit jours. Je me suis dépêché d'engloutir un œuf
et deux tranches de bacon, ce qui m'a tout de suite ragail-
lardi. La bouche pleine, j'ai souri à Amma.

— Parle-moi ! lui ai-je lancé. C'est mon premier jour de
bahut.

D'un geste brusque, elle a placé sur la table un immense

verre de jus d'orange et un encore plus grand de lait – entier, le seul qu'on buvait dans la région.

— Il n'y a plus de lait chocolaté ?

J'en consommais comme d'autres carburent au Coca ou au café. Même le matin. J'étais accro à ma dose de sucre.

— A.D.A.P.T.A.T.I.O.N.

Amma vous servait la solution d'une grille de mots croisés dans à peu près toutes les situations. Plus le terme était long, plus elle était contente. Sa manière de l'épeler vous donnait l'impression qu'elle vous enfonçait les lettres dans le crâne à grands coups de spatule en bois.

— Autrement dit, fais avec, a-t-elle développé. Et n'espère pas mettre un pied dehors tant que tu n'auras pas vidé ton verre.

— Oui, madame.

— Tu t'es vêtu comme un milord, à ce que je vois.

Ce n'était pas le cas. Je portais un jean et un tee-shirt usé, ma tenue quotidienne. Tous mes tee-shirts arboraient des imprimés différents ; celui d'aujourd'hui, c'était Harley-Davidson. Aux pieds, j'avais mes baskets noires achetées trois ans auparavant.

— Je croyais que tu devais couper cette tignasse, a ajouté Amma.

Sur le ton de la réprimande, que j'ai cependant identifié pour ce qu'il était, celui d'une affection profonde.

— J'ai dit ça, moi ?

— Ignores-tu que les yeux sont une fenêtre sur l'âme ?

— Je n'ai peut-être pas envie qu'on regarde dans la mienne.

Ma punition a été une deuxième fournée de bacon. Amma mesurait à peine un mètre cinquante et était, sûrement, encore plus âgée que la porcelaine chinoise de ma mère, bien qu'elle prétendît avoir cinquante-trois ans à chacun de ses anniversaires. Elle était tout sauf une vieille dame charmante, cependant. Elle régnait sans partage sur notre maisonnée.

— En tout cas, ne t'imagine pas que je vais te laisser sortir sous ce temps avec les cheveux mouillés. Cet orage ne me plaît guère. On croirait qu'un esprit maléfique a été réveillé par le vent et qu'il va faire des siennes toute la sainte journée. Cette présence n'obéit qu'à elle-même.

J'ai grimacé. Amma avait un mode de pensée très personnel. Quand elle était en proie à l'une de ses humeurs, ma mère avait eu l'habitude de déclarer qu'elle virait au noir – mélange de religion et de superstition, comme seul le Sud profond en a le secret. Lorsque Amma virait au noir, mieux valait s'écarter. De même, il était préférable de ne pas déplacer les talismans qu'elle posait sur les rebords des fenêtres, ni les poupées qu'elle fabriquait et planquait dans les tiroirs.

Après une dernière bouchée d'œufs, j'ai liquidé le petit déjeuner des champions, mon invention, œufs, confiture et bacon, le tout écrasé entre deux tranches de pain grillé. Tout en m'empiffrant, j'ai jeté un coup d'œil dans le couloir. Réflexe ordinaire. La porte du bureau de mon père était déjà fermée. Il écrivait la nuit et dormait le jour sur le canapé antique de son repaire. Il en avait été ainsi depuis la mort de ma mère, au mois d'avril. Il aurait pu tout aussi bien être un vampire, ainsi que l'avait déclaré ma tante Caroline lors de son séjour chez nous, au printemps. Bref, j'avais sans doute raté l'occasion de le voir jusqu'au lendemain : une fois cette porte close, il était exclu de la rouvrir.

Dans la rue, un avertisseur a retenti. Attrapant mon sac à dos noir usé, je me suis précipité sous la pluie. Le ciel était si sombre qu'il aurait pu être sept heures comme dix-neuf heures. Cela faisait quelques jours que la météo était capricieuse. La voiture de Link, La Poubelle, attendait le long du trottoir, moteur crachotant, musique à fond. Link et moi allions à l'école ensemble depuis le jardin d'enfants, depuis le jour où nous étions devenus les meilleurs amis du monde après qu'il m'avait offert la moitié de son gâteau fourré à la vanille – parce qu'elle était tombée par terre, ce que je n'avais appris que plus tard. Bien que nous ayons tous deux décroché notre permis cet été, Link était le seul à avoir un véhicule, pour peu que La Poubelle mérite cette dénomination. Au moins, elle nous protégerait de l'orage.

Debout sur le porche, les bras croisés, Amma incarnait la réprobation.

— Je t'interdis de mettre ta musique aussi fort ici, Wesley Jefferson Lincoln. Si tu crois que je ne suis pas capable d'appeler ta maman pour lui raconter ce que tu as mijoté dans le sous-sol durant tout l'été de tes neuf ans, tu te trompes.

Link s'est renfrogné. Peu de gens le gratifiaient de son nom complet, excepté sa mère et Amma.

— Entendu, madame.

La moustiquaire a claqué. Link a éclaté de rire et a démarré en dérapant sur l'asphalte humide, comme si nous prenions la fuite, son habitude en matière de conduite. Si ce n'est que nous ne nous enfuyions nulle part.

— Qu'as-tu fait dans mon sous-sol à neuf ans ? me suis-je enquis.

— Demande-moi plutôt ce que je n'y ai pas fait, a-t-il rétorqué en baissant l'autoradio.

Une excellente idée, parce que la musique était atroce, et qu'il allait me demander si elle me plaisait, notre routine quotidienne. Le drame de son groupe, Qui a tué

Lincoln ?, c'est qu'aucun de ses membres ne savait ni jouer d'un instrument ni chanter. Cela n'empêchait pas Link de jacasser sans arrêt à propos de batterie, de son projet de filer à New York après son bac et de contrats mirifiques avec des maisons de disques qui ne verraient probablement jamais le jour. Par probablement, entendez qu'il avait plus de chances de marquer un panier à trois points depuis le parking du gymnase, les yeux bandés et ivre.

Link avait beau ne pas envisager d'études longues, il avait une longueur d'avance sur moi : il savait ce qu'il voulait faire, même si ce n'était pas gagné. Moi, tout ce que j'avais, c'était une boîte à chaussures pleine de dépliants envoyés par des universités que je ne pouvais pas montrer à mon père. Je me fichais de la qualité des facs en question, du moment qu'elles se trouvaient à au moins mille cinq cents kilomètres de Gatlin.

Je ne tenais pas à finir comme mon paternel, à vivre dans la même maison, la même petite ville que celle où j'avais grandi, avec les mêmes personnes qui n'avaient pas su rêver assez pour partir d'ici.

De chaque côté de la chaussée se dressaient de vieilles demeures victoriennes dégoulinantes de pluie, quasi identiques au jour où elles avaient été construites, plus d'un siècle auparavant. Ma rue avait été baptisée Cotton Bend[1], parce que, autrefois, ces maisons avaient été adossées à des kilomètres carrés de plantations de coton. Aujourd'hui, elles n'étaient plus adossées qu'à la Nationale 9. À peu près la seule chose à avoir changé dans le coin.

---

1. Soit « le virage du coton ». (*Toutes les notes sont du traducteur.*)

J'ai pioché un beignet rassis dans une boîte qui traînait sur le plancher de la voiture.

— C'est toi qui as téléchargé une chanson bizarre sur mon iPod hier ?

— Quelle chanson ? Et que penses-tu de celle-ci ?

Link a monté le volume de sa dernière maquette.

— Je pense qu'il faut encore travailler dessus. Comme sur toutes les autres.

Ma rengaine, jour après jour, ou presque.

— Ouais, ben ta tronche aura elle aussi besoin d'être retravaillée quand je t'aurais flanqué la raclée que tu mérites, a-t-il répondu.

Sa rengaine, jour après jour, ou presque.

J'ai fait défiler les titres sur l'écran de mon iPod.

— Je crois qu'elle s'appelait *Seize Lunes*, un truc comme ça.

— Connais pas.

Le morceau n'était pas répertorié. Il avait disparu, alors que je l'avais écouté ce matin même. Or, j'étais sûr de ne pas l'avoir imaginé, car la mélodie continuait de me trotter dans la tête.

— Tu veux une chanson ? Je vais t'en donner une, moi. Une nouvelle.

Link s'est penché pour tripoter l'autoradio.

— Hé ! Regarde où tu vas !

Il ne m'a pas écouté. Du coin de l'œil, j'ai vu une drôle de voiture déboucher devant nous. L'espace d'une seconde, les bruits de la route, de la pluie et de Link se sont dissous dans le silence, et la scène a paru ralentir. J'étais hypnotisé par cette voiture, incapable de m'en détacher. Juste une impression, rien que j'aurais pu décrire. Puis la bagnole est passée à côté de nous avant de bifurquer.

Je ne l'ai pas reconnue. Je ne l'avais encore jamais vue. Ce qui était totalement incongru, car aucun véhicule ne m'était étranger, en ville. À cette époque de l'année, il n'y avait pas de touristes – ils n'étaient pas assez fous pour visiter la région en pleine saison des ouragans. La voiture était longue et noire, pareille à un corbillard. D'ailleurs, j'étais presque sûr que c'en était un.

Un mauvais présage, si ça se trouve. Cette année allait peut-être se révéler pire que ce que j'avais craint.

— Et voilà ! a triomphé Link. *Bandana noir.* Ce morceau va faire de moi une star.

Quand il a relevé la tête, la voiture avait disparu.

Cet extrait vous a plu ?
Découvrez

(actuellement en librairie)

Plus d'infos sur ce titre
dès maintenant sur le site :

« Pour l'éditeur, le principe est d'utiliser des papiers composés de fibres naturelles, renouvelables, recyclables et fabriquées à partir de bois issus de forêts qui adoptent un système d'aménagement durable. En outre, l'éditeur attend de ses fournisseurs de papier qu'ils s'inscrivent dans une démarche de certification environnementale reconnue. »

Composition MCP - *Groupe JOUVE* - 45770 Saran
N° 012470K

Imprimé en France par CPI BRODARD ET TAUPIN
N° d' impression : 56607
Dépôt légal : février 2010
20.19.1763.0/03 - ISBN : 978-2-01-201763-4

Loi n° 49-956 du 16 juillet 1949
sur les publications destinées à la jeunesse.